HEYNE <

W0399041

Das Buch

Tagsüber benimmt er sich, als wäre alles in bester Ordnung. Ist fröhlich und sorglos, als könnte ihm nichts etwas anhaben. Aber in dunkler Nacht, im Schlaf, kommt seine andere Welt zum Vorschein. Und die ist nicht schön.

»Jennifer.« Er flüstert meinen Namen, dreht den Kopf, sodass unsere Gesichter, unsere Münder einander gegenüber sind. Dann ergreift er meine streichelnden Hände, verschränkt die Finger mit meinen, und ich seufze unter seiner Berührung. Es ist, als wäre er sich seines Tuns gar nicht bewusst. Er berührt mich, als wollte er mich haben. Als wären wir wirklich zusammen. Doch er geht niemals weiter als bis dahin. Keine Küsse, nichts Sexuelles. Wiewohl die Anspannung und die Hitze, die seinem kraftvollen Körper entströmen, nicht nur von seinen bösen Träumen herrühren. Es ist wegen mir. Er begehrt mich. Sein Körper reagiert immer, immer auf meine Berührung. Ich wünschte, er könnte das zumindest ein einziges Mal zugeben.

»Es tut mir leid.« Er hört sich so verzweifelt, so verloren an. Ich hasse das. Er neigt den Kopf näher, und seine Lippen streichen über meine, als er sagt: »Verlass mich nicht.«

Und dann küsst er mich.

Die Autorin

Die New-York-Times-, USA-Today- und internationale Bestseller-Autorin Monica Murphy stammt aus Kalifornien. Sie lebt dort im Hügelvorland unterhalb des Yosemite Nationalparks, zusammen mit ihrem Ehemann und den drei Kindern. Sie ist ein absoluter Workaholic und liebt ihren Beruf. Wenn sie nicht gerade an ihren Texten arbeitet, liest sie oder verreist mit ihrer Familie. *Verletzte Gefühle* ist der dritte Band der TOGETHER FOREVER-Serie.

Lieferbare Titel

Total verliebt

Unendliche Liebe

Zweite Chancen

Monica Murphy

TOGETHER FOREVER

Verletzte Gefühle

Roman

Aus dem Amerikanischen
von Evelin Sudakowa-Blasberg

WILHELM HEYNE VERLAG
MÜNCHEN

Die Originalausgabe erschien 2013 unter dem Titel
Three Broken Promises bei Bantam Books.

MIX
Papier aus verantwortungsvollen Quellen
FSC® C014496

Verlagsgruppe Random House FSC® N001967

2. Auflage
Taschenbucherstausgabe 08/2015
Copyright © 2013 by Monica Murphy
Copyright © 2015 der deutschsprachigen Ausgabe by
Wilhelm Heyne Verlag, München,
in der Verlagsgruppe Random House GmbH,
Neumarkter Str. 28, 81673 München
Printed in Germany
Redaktion: Lisa Scheiber
Umschlaggestaltung: Zero Werbeagentur GmbH, München
unter Verwendung von Corbis/Colin Anderson
Satz: Buch-Werkstatt GmbH, Bad Aibling
Druck und Bindung: GGP Media GmbH, Pößneck

ISBN 978-3-453-41855-4
www.heyne.de

Meinen Lesern gewidmet.
Ohne euch würde es diese Reihe gar nicht geben.
Danke für eure grenzenlose Unterstützung.

PROLOG

Ich will sie nicht gehen lassen.

Sie wird mich verlassen, und dieser Gedanke ist unerträglich. Ich bin durchs Leben gegangen, voller Vertrauen darauf, dass sie immer da sein wird. Mit mir arbeitet, mit mir lebt, mit mir redet, mit mir lacht und manchmal, in jenen seltenen Momenten, über die wir niemals sprechen, spät, spät in der Nacht, wenn wir allein sind, mit mir weint.

Sie liegt in meinem Bett, ihr Körper ist um mich geschlungen wie wilder Wein um ein Spalier. Ihre Hände in meinem Haar und ihr Atem an meinem Hals lösen ein so intensives Gefühl von Lebendigkeit in mir aus, dass ich ihr gern sagen würde, was ich empfinde. Was sie mit mir macht.

Aber ich habe nicht den Mut, ihr das zu gestehen.

Und jetzt will sie gehen. Behauptet, sie brauche ihre Freiheit. Als würde ich sie unterdrücken, sie einschränken. Ich bin verletzt, obwohl ich weiß, wie absurd das ist. Sie ist nicht undankbar. Nein, sie weiß zu schätzen, was ich für sie getan habe. Und ich habe viel für sie getan – vermutlich zu viel.

Die Schuld nagt an mir, höhlt mich aus. Aus diesem Gefühl von Schuld heraus hatte ich begonnen, mich um sie zu kümmern. Denn in Wahrheit bin ich dafür verantwortlich, dass sie ihre Familie verlassen hat. Dass sie plötzlich ganz allein war, auf sich gestellt, ums Überleben ringend, und dass sie Dinge tun musste, zu denen keine Frau sich jemals gezwungen fühlen dürfte. Bis ich wie ein strahlender Ritter aus dem Nichts auftauchte und sie aus einer Welt voller Dreck rettete.

Mit der Zeit haben sich die Schuldgefühle langsam, aber stetig, in etwas anderes verwandelt.

In etwas Reales.

Ich muss ehrlich sein und ihr meine Gefühle gestehen. Ich brauche sie. Verzweifelt. Sie zu verlieren wäre so, als würde ich einen Teil von mir selbst verlieren. Ich kann es nicht riskieren. Ich glaube … heilige Scheiße, nein, ich bin mir sicher, dass ich mich in sie verliebt habe.

Doch ich bin der letzte Kerl, mit dem sie zusammen sein sollte. Ich habe diese Eigenschaft, die Menschen zu zerstören, die mir am nächsten stehen. Das kann ich ihr nicht antun.

Aber ich kann sie auch nicht gehen lassen.

1. KAPITEL

Jen

»Und warum ein Schmetterling?«

Ich beuge mich vor, meine Brüste pressen sich gegen die Stuhllehne. Ich sitze hier bereits seit einer gefühlten Ewigkeit, während eine Nadel unerbittlich in die empfindliche Haut an meinem Nacken pikt. Das Summen der Nadel breitet sich in meinem Kopf aus, übertönt das lärmende Chaos, das normalerweise dort herrscht.

Das gleichmäßige, stete Summen ist mir lieber. Weitaus angenehmer als die unablässigen Fragen und Sorgen, die mir normalerweise durch den Kopf gehen.

»Hallo, Erde an Jen.« Fable wedelt mit der Hand vor meinem Gesicht herum, schnippt dann zweimal mit den Fingern. Nervensäge. Ich würde ihr die Zunge rausstrecken, wäre ich nicht viel zu beschäftigt damit, wie ein elender Jammerlappen meine Knie zu umklammern und darauf herumzuboxen.

»Was?«, stoße ich zwischen den Zähnen hervor und zucke zusammen, als die Nadel auf eine besonders empfindliche Stelle trifft.

Ach, warum mir selbst etwas vormachen? *Alle* Stellen sind empfindlich. Es ist an der Zeit, sich den Tatsachen zu stellen. Ich bin ein totales Weichei. Ich dachte, es sei ein Kinderspiel, sich ein Tattoo stechen zu lassen. Schließlich habe ich im Leben schon eine Menge Schmerz aushalten müssen, wenn auch eher emotionaler als körperlicher Art. Was soll schon dabei sein, sich eine Stunde lang piken zu lassen?

Das reine Vergnügen ist es jedenfalls nicht, denn es tut unglaublich weh, und ich muss mich echt am Riemen reißen, um die Prozedur durchzustehen.

Sich am Riemen reißen – ein blöder Ausdruck, den meine Mom früher oft gebrauchte. Damals, als sie noch glücklich und sorglos war und unsere Familie vollständig.

Inzwischen ist die Familie zerbrochen, und wir sind uns fremd geworden. Mit meinem Vater ist kein Gespräch mehr möglich. Und Mom ruft nur an, wenn sie heult und betrunken ist.

Das ist echt ätzend. Deshalb musste ich auch von zu Hause weggehen. Dass ich *diesem* Ort jetzt entfliehen möchte, hat jedoch andere Gründe.

»Ich würde gern wissen, warum du einen Schmetterling gewählt hast. Hat das eine bestimmte Bedeutung?«, fragt Fable. Ihr Ton ist etwas ungehalten, doch sie lächelt, also ist sie nicht sauer. Wir sind im Tattoo Voodoo, einem kleinen Studio in der Innenstadt, das Fable vorgeschlagen hat.

Sie hat sich auch ein Tattoo stechen lassen, das allerdings schon längst fertig ist, weil es sich nur um eine Zeile in eleganter, schlichter Schrift handelte. Ein Überraschungstattoo für ihren Freund, Verlobten oder als was immer man ihn bezeichnen will, aber da die beiden die Hände nicht voneinander lassen können, wird er seine »Überraschung« eher früher als später entdecken. Drew Callahan ist so unfassbar verliebt in Fable, dass es beinahe schon widerwärtig ist.

Aber es ist auch sehr süß. Super, super süß, vor allem, da es sich bei Fables Tattoo um eine Zeile aus einem der Gedichte handelt, das Drew für sie geschrieben hat. Seine Gedichte bringen sie total ins Schwärmen, und dieses Mädchen ist weiß Gott nicht der schwärmerische Typ. Sie ist verdammt taff. Bei dem schweren Leben, das sie hatte, musste sie sich eine gewisse Härte aneignen.

Ich könnte das eine oder andere von ihr lernen. Ich bin viel zu weich. Lasse Menschen zu nah an mich heran.

Und dann trampeln sie auf mir herum. Oder schlimmer noch, beachten mich nicht weiter.

»Freiheit«, antworte ich schließlich und atme erleichtert aus, als das Surren aufhört und ein Waschlappen über meine frisch tätowierte Haut streicht. »Ich bin bereit, aus diesem erstickenden Kokon, der mein Leben sein soll, auszubrechen und meinen eigenen Weg zu finden, statt auf andere Menschen zu bauen. Ein Schmetterling ist dafür das perfekte Symbol, findest du nicht?«

Ich kann es förmlich schmecken. Freiheit. Mein Leben lang habe ich mich viel zu sehr auf andere verlassen. Meine Freunde. Meine Familie. Vor allem auf meinen Bruder, was nun nicht mehr geht, da er bereits seit geraumer Zeit tot ist. Ich bin zwar damals von zu Hause weggelaufen, um mein Leben selbst zu gestalten, doch ich habe versagt.

Grandios versagt.

Aber dieses Mal nicht. Ich habe mir alles genau überlegt. Geld gespart. Dieses Mal habe ich einen Plan.

Oder zumindest eine Art Plan.

»Glaubst du wirklich, es ist das Beste für dich, wenn du fortgehst?«, fragt Fable, ihr Ton ist ungläubig, ihr Gesicht traurig. Sie ist meine beste Freundin, die erste richtige Freundin, seit ich aus meinem alten Leben geflohen bin. Aber nicht einmal sie weiß alles. Wenn sie es wüsste, würde sie mich nie mehr so sehen wir zuvor. »Hat es mit deinen Erlebnissen von früher zu tun?«

Ich nicke und zucke zusammen, als der Tätowierer, Dave, noch einmal mit dem Waschlappen über meine Haut streift. »Fertig«, sagt er sachlich.

»Ja, meine Vergangenheit spielt da sicher mit hinein.« Ich habe Fable von meiner Zeit im Gold Diggers erzählt, diesem schäbigen Striplokal am Stadtrand. Doch sie kennt nicht die ganze Wahrheit, wie auch meine Familie sie nicht kennt, und Colin habe ich zum Stillschweigen verpflichtet. Die offizielle Geschichte ist, dass ich als Barfrau gearbeitet habe. Die inoffizielle ist, dass ich Stripperin war.

Und es gibt die geheime, unaussprechliche Geschichte, an die ich kaum denken, geschweige denn darüber reden kann.

»Wir haben alle eine Vergangenheit«, bemerkt Fable. Ihre eigene ist ziemlich übel, aber niemand redet sie deswegen dumm an. Das würde Drew nie zulassen.

»Schon klar. Es ist nur … Ich kann nicht für immer

hierbleiben. Auch wenn du das gern hättest«, murmle ich und werfe einen flehenden Blick in Fables Richtung. Ich will mir nicht schon wieder ihre Standpauke anhören, vor allem nicht in Gegenwart unseres neuen Freundes Dave. Das würde ich im Moment nicht packen. Ich weiß, sie meint es gut, doch ihre Worte bringen meinen Entschluss jedes Mal wieder ins Wanken.

»Nicht nur ich hätte gern, dass du hierbleibst«, konstatiert Fable, die Brauen hochgezogen und einen wissenden Ausdruck im Gesicht.

Ihre Feststellung bedarf keiner Antwort. Ich weiß, auf wen sie anspielt. Colin möchte sicher, dass ich bleibe, doch bisher habe ich ihm noch nicht einmal erzählt, dass ich gehe. Ich werde es ihm heute Abend mitteilen.

Hoffentlich.

Er bietet mir ein Dach über dem Kopf, Arbeit. Und ohne irgendwelche Bedingungen, zumindest behauptet er das. Ich glaube ihm. Obwohl ein dunkler, verborgener Teil in mir sich wünscht, dass es Bedingungen gäbe. Zahlreiche Bedingungen, die mich an ihn binden, die uns verbinden würden, bis wir so in dem anderen aufgingen, dass wir zu einem einzigen langen Wort werden würden. Nicht nur Jen. Nicht nur Colin.

JenundColin.

Nur wird das niemals passieren.

Wenn ich ihn also nicht haben kann – und ich sollte ihn nicht begehren, hätte nie zulassen dürfen, mich über einen so langen Zeitraum derart abhängig von ihm zu machen –, dann möchte ich wenigstens vollständige Freiheit haben.

Dumm, riskant und verdammt unheimlich, aber … Ich

muss es tun. Die jüngsten Ereignisse zwingen mich dazu. Vor wenigen Tagen tauchte im District meine Vergangenheit in Gestalt eines Gastes auf. Er kam an die Bar und bestellte einen Drink. Zum Glück konnte ich ihm aus dem Weg gehen, und er verließ das Restaurant ohne jeden Zwischenfall.

Doch das könnte wieder passieren. Die Begegnung war eine Mahnung, dass ich der Vergangenheit niemals entfliehen kann. Colin darf nicht erfahren, was ich getan habe. Er würde mich nicht mehr mögen. Würde mich mit anderen Augen betrachten.

Und ich glaube nicht, dass ich das ertragen könnte.

Verzweifelt um einen Themenwechsel bemüht, frage ich: »Wie sieht es aus?«

Fable neigt den Kopf zur Seite und begutachtet das Tattoo auf meinem Nacken. »Sehr schön. Aber du wirst es nie richtig sehen können.«

»Es gibt Spiegel, weißt du.« Ich nehme von Dave besagtes Utensil entgegen, sehe hinein und betrachte das Bild, das von der Spiegelwand hinter mir zurückgeworfen wird. Mein langes Haar ist auf dem Kopf zu einem lockeren Dutt gezwirbelt, enthüllt meinen Nacken, die gerötete Haut und den Schmetterling.

Es ist eine filigrane Zeichnung in zarten Blau- und Schwarztönen und so naturgetreu, dass man meinen könnte, der Schmetterling würde gleich mit den Flügeln flattern und wegfliegen. Wenn er mir jetzt schon so gut gefällt, wie wunderschön wird er dann erst aussehen, wenn die Haut geheilt ist.

»Ein Meisterwerk«, hauche ich und gebe Dave den Spiegel zurück, der ihn auf die Theke legt.

»Ja, er ist wunderhübsch«, stimmt Fable lächelnd zu. »Ich bin stolz auf dich, Jen. Ich weiß, welchen Bammel du davor hattest.«

Bammel? Eher panische Angst, doch jetzt bin ich auch stolz auf mich. Ich habe es getan. Ich habe mir ein Tattoo stechen lassen und habe nicht, wie befürchtet, geheult oder bin aus dem Laden gerannt, bevor der große, stämmige Dave seine Nadel in meiner zarten Haut versenkte. Ziemlich albern, wegen so einer simplen Sache stolz zu sein. Sollte meine Mom das Tattoo jemals zu Gesicht bekommen, wird sie total ausrasten. Und mein Dad wird glauben, ich sei nun endgültig in der Gosse gelandet. Allerdings habe ich nicht vor, die beiden in absehbarer Zeit zu besuchen. Ich will nicht zurückgehen, und ich wäre auch nicht unbedingt willkommen. Ich glaube, meine Eltern sind froh, dass sie mich los sind. Ich war eine Last für sie.

Ich habe so ein Gefühl, dass auch Colin mein Tattoo nicht gefallen wird. Aber ich habe es nicht für jemand anderen machen lassen. Nur für mich.

Dave legt einen Verband um mein neues Tattoo, während er die Pflegeanweisungen so monoton herunterrattert, als hätte er das schon eine Million Mal gesagt, was vermutlich der Fall ist. Zum Abschluss drückt er mir einen Zettel mit den Anweisungen in die Hand, und ich werfe einen flüchtigen Blick darauf, sehe die Worte nicht wirklich. Mein Hirn ist zu voll mit diesen Menschen in meinem Leben, die ich so gern zufriedenstellen würde, was mir jedoch meistens misslingt.

Sie verfolgen mich, lungern in meinem Kopf herum wie Geister, die ich nicht mehr loswerde. Selbst Colin taucht dort auf, was bescheuert ist, da ich mit ihm zusammenwohne.

Fables Handy klingelt, und dem Lächeln, das in ihrem Gesicht aufleuchtet, als sie auf das Display blickt, entnehme ich, dass es Drew ist. Ich beobachte, wie sie ein paar Schritte zur Seite geht, um ungestört reden zu können, und Eifersucht schlägt ihre Krallen in mein Herz.

Ich will das auch, obwohl ich das niemals offen eingestehen würde, schon gar nicht Fable gegenüber. Bedingungslose Liebe, einen Mann, der alles tut – und ich meine alles –, damit ich glücklich bin. Beschützt. Geborgen. Geliebt.

Wenn ich mir selbst gegenüber ehrlich bin, muss ich zugeben, dass ich all das gern mit Colin hätte.

Er verhält sich, als würde er mehr wollen, doch dann zieht er sich jedes Mal wieder zurück. Ich habe mit ihm mehr intime Momente erlebt als mit irgendjemandem sonst. Ich habe in seinem Bett geschlafen. Er hat mich in den Armen gehalten. Er hat mich geküsst … aber nie mehr als geschwisterliche Küsse auf Wange oder Stirn.

Diese Küsse zeigen deutlich, wie er mich sieht. Colin und ich sind zusammen aufgewachsen. Genauer gesagt waren es Danny, Colin und ich. Mein Bruder und Colin waren beste Freunde. Eigentlich wollten sie zusammen zur Marine gehen, aber irgendwie ist nur Danny beim Militär gelandet. Und dann ist er in den Irak gegangen.

Und nie wieder zurückgekehrt.

Er ist der Geist, der am häufigsten in meinem Kopf herumspukt, obwohl er nicht richtet oder mir ein schlechtes Gefühl gibt. Es ist eher so, als würde mein großer Bruder mich manchmal mahnen, dass die Entscheidungen, die ich treffe, nicht immer die besten sind. Wüsste er alles, würde er mir niemals vergeben.

Außerdem habe ich ihm gegenüber ein schlechtes Gewissen, weil ich für Colin mehr als nur freundschaftliche Gefühle habe. Ich frage mich immer, ob Danny damit einverstanden wäre. Hätte er eine Beziehung befürwortet? Oder hätte er alle Hebel in Bewegung gesetzt, damit es niemals dazu kommt?

Es spielt keine Rolle. Danny ist nicht mehr da, und aus Colin und mir wird niemals ein Paar. Ganz egal, wie sehr ich mir das wünsche, er will es nicht. Nicht wirklich. Er hat mich gern um sich. Er baut darauf, dass ich ihm Halt gebe, wenn seine Emotionen, seine Dämonen außer Kontrolle geraten.

Aber er will mich nicht. Nicht auf die Art, wie ich es mir wünsche.

Also schlage ich mir das aus dem Kopf. Schlage mir ihn aus dem Kopf.

Heute Abend werde ich Colin mitteilen, dass ich in einem Monat kündige. Mehr als genug Zeit für ihn, um Ersatz zu finden. Und auch für mich genügend Zeit, um eine neue Wohnung zu finden, einen neuen Job und ein neues Leben in einer neuen Stadt. Ich weiß genau, wo ich hingehe, es ist also nicht so, dass ich quasi aus dem Bauch heraus die Flucht ergreife und mal so nebenbei mein Leben ändere.

Hm, irgendwie ist es schon so. Ich bin immer sehr impulsiv gewesen, was mir in der Vergangenheit viel Ärger eingebracht hat. Hoffentlich wird es diesmal anders werden.

Colin wird es nicht gefallen, dass ich gehe, aber vielleicht, nur vielleicht, wird das Tattoo mir Kraft geben. Mich daran erinnern, dass das, was ich vorhabe, das Richtige ist. Ich muss weg. Muss endlich lernen, mein Leben selbst in die Hand zu nehmen, statt wie letztes Mal einfach auf die kindische Tour abzuhauen und im Auto zu kampieren. Jetzt bin ich älter. Klüger. Erfahrener.

Ich muss fliegen und frei sein.

Colin

Das Restaurant brummt. Es ist Ende August, die Studenten sind aus den Ferien zurück und im District herrscht wieder der normale Wahnsinn. Die Bar ist gerammelt voll, das Personal arbeitet auf Hochtouren, und die Küche ist wie ein dampfender Schlund, der einen unablässigen Strom an Vorspeisenplatten ausspuckt, da heute Abend offenbar niemand eine volle Mahlzeit haben möchte.

Dafür wollen sich alle betrinken. Wollen ihre Rückkehr aufs College feiern oder ihren Kummer über das Ende der Ferien in Alkohol ertränken.

Was auch immer, solange sie fleißig Drinks bestellen und dem hart schuftenden Personal gute Trinkgelder geben, bin ich zufrieden.

»Hey, Sie sind der Besitzer, nicht wahr?«

Ich blicke auf und sehe ein hübsches Mädchen mit einem hoffnungsvollen Lächeln im Gesicht vor mir. Wahrscheinlich sucht sie einen Job. Da ich erst letzte Woche eine neue Bedienung eingestellt habe, bin ich im Moment nicht auf Personalsuche, aber ich verteile immer Bewerbungsformulare. Man weiß nie, wann jemand geht, und gutes Personal ist schwer zu finden. »Ja«, antworte ich und erwidere ihr Lächeln, während ich sie mustere. Sie abchecke.

Sie ist attraktiv. Nicht so supertoll, dass einem die Spucke wegbleibt, aber hübsch genug, um sie nicht nur im Dunkeln vögeln zu wollen. Ich mag die Art, wie sie mich ansieht.

Also sehe ich sie auch an.

»Das dachte ich mir.« Sie kommt einen Schritt näher, lehnt die Unterarme auf den Empfangstresen, reckt die Brüste hervor, die ihr winziges Top zu sprengen drohen. Sie hat einen ordentlichen Vorbau. Ich habe eine Schwäche für große Brüste, doch ich halte den Blick eisern auf ihr Gesicht gerichtet, bin so konzentriert, dass ich den morgigen Arbeitsplan in meiner Hand völlig vergesse. Es ist fast elf Uhr, die Küche hat gerade geschlossen, ich könnte also sofort verschwinden.

Aber ich will nicht. Jen ist bis Mitternacht eingeteilt, also werde ich auf sie warten und sie im Auto mit nach Hause nehmen. Wie ich es immer tue. Wie ich alles tue, um möglichst viel Zeit mit ihr zu verbringen.

»Suchen Sie einen Job? Im Moment haben wir keine freien Stellen.« Schließlich gebe ich auf, senke den Blick und starre unverhohlen auf ihre Brüste. Es ist schon eine ganze Weile her. Herrgott, ich kann mich echt nicht mehr erinnern, wann ich das letzte Mal Sex hatte. Und in Anbetracht der zahllosen Frauen, die täglich ins Restaurant kommen, übertreibe ich nicht, wenn ich behaupte, dass ich reihenweise Frauen abschleppen könnte.

Das ist keine Prahlerei, sondern einfach eine Tatsache.

Sie hat mir noch nicht geantwortet. »Ich gebe Ihnen ein Bewerbungsformular.« Ich bücke mich, greife nach dem Stapel mit Unterlagen, worauf das Mädchen lacht und den Kopf schüttelt.

»Ich bin nicht an einem Job interessiert sondern an *dir*«, sagt sie frei heraus.

Verdutzt richte ich mich auf und sehe die junge Frau an. Das Lächeln, das um ihre schimmernden pfirsichfarbenen Lippen spielt, ist schüchtern, ihr Blick heiß. Ja, sie ist definitiv an dem, was sie sieht, interessiert.

Frauen machen mich selten sprachlos, aber in letzter Zeit bin ich nicht mehr ich selbst. Trotz meiner Probleme, trotz meines Wunsches, diese eine Frau, die alles für mich bedeutet, nicht zu enttäuschen, gefällt mir das, was ich gerade vor mir sehe.

Ich habe eine Menge Frauen gehabt, und diese Frucht hier ist reif zum Pflücken. Sie riecht gut, sieht gut aus, und das Funkeln in ihren Augen ist äußerst verführerisch. Einladend.

Ich bin kein Heiliger. Manche mögen mich sogar eine männliche Hure nennen, obwohl das mehr auf früher zutrifft. Was soll ich sagen? Ich mag Frauen, und in der Regel mögen sie mich auch. Ich bin nicht dumm. Ich weiß, dass ich meinem attraktiven Äußeren einiges zu verdanken habe. Sowohl im guten wie im schlechten Sinn.

Nur eine Frau ist tabu. Ich bin vielleicht ein Arschloch, aber ein paar Skrupel habe ich wenigstens noch. Außerdem muss es in meiner Welt auch etwas Unberührbares und Heiliges geben, oder? Und das trifft auf sie zu. Das süße kleine Mädchen, das ich schon als Kind kannte. Der hübsche Teenager, den ich nicht offen anzusehen wagte, aus Angst, mein Verlangen stünde mir ins Gesicht geschrieben.

Die Frau, der ich für immer entsagen muss. Wir sind Freunde, mehr darf nicht sein. Ich habe Angst, unsere Beziehung kaputt zu machen, wenn ich mehr verlange. Und ich brauche ihre Freundschaft mehr, als ich ihren Körper begehre.

Na ja. So ganz stimmt das nicht.

Der Gedanke an sie lässt meinen Mut und meine Libido sinken, und mein Interesse an der Frau vor mir welkt dahin und weht davon wie ein totes, vertrocknetes Blatt.

Mehr bedarf es nicht. Ich denke an Jen und bin für andere Frauen nicht mehr zu gebrauchen.

»Ähm, ich fühle mich geschmeichelt, aber …« Ich fahre mir mit der Hand durch das Haar, überlege, wie ich mich am besten aus der Bredouille ziehe. So etwas habe ich noch nie gemacht. Wenn eine Frau interessiert ist, lasse ich es normalerweise geschehen. Ich lasse mich darauf ein. Nicht ganz, aber weit genug, damit wir beide das bekommen, was wir wollen.

Aber ich lasse niemanden ganz an mich heran. Jen ist die Einzige, die mir jemals nahegekommen ist. Meistens halte ich sie jedoch auf Abstand. Außer in jenen stillen, intimen Momenten im Dunkeln, wenn die Verzweiflung mich zu überwältigen droht und Jen sich in mein Zimmer schleicht, um mir Trost anzubieten.

Über diese Momente bewahre ich Stillschweigen. Wir reden nie darüber. Sie sind unsere kleinen, schmutzigen Geheimnisse.

»Du hast eine Freundin, richtig?« Die Frau lacht, neigt den Kopf zur Seite. Sie hat prachtvolle dunkelblonde Locken, die sich wild über ihre Schultern kringeln. Ihr Make-up ist dezent, ihr Outfit verführerisch. Noch vor wenigen Monaten wäre ich auf sie abgefahren. Ich hätte sie binnen einer Stunde oder früher nackt ausgezogen und wild mit ihr gevögelt.

Aber anonymer Sex reizt mich nicht mehr. Und die Frau, die ich begehre, kann ich nicht haben. Korrektur: Ich gestatte mir nicht, sie zu haben. Also anstatt *sie* nackt auszuziehen und wild mit ihr zu vögeln, wie ich es mir sehnlichst wünsche, leide ich. Wie ein echter Märtyrer.

Oder eher wie ein echter Vollidiot.

Ich räuspere mich, beschließe ehrlich zu sein. »Ich …«

»Richtig getippt.« Jen taucht neben mir auf, als hätte ich sie durch Zauberkraft heraufbeschworen, erschaffen aus Rauch und Spiegeln und so viel Schönheit, dass es wehtut, sie anzusehen. Sie schlingt ihren schlanken Arm um meinen, legt die Finger auf meinen Bizeps, und meine Haut brennt unter ihrer Berührung. Sie lehnt sich an mich, schmiegt ihren sexy, schlanken Körper dicht an meinen, sodass ich ins Schwitzen gerate und meine Haut sich zusammenzieht. Sie lächelt geheimnisvoll, und in ihren dunkelbraunen Augen liegt ein herausforderndes Funkeln, das selbst die draufgängerischste Frau der Welt abschrecken würde.

Der Blick verkündet unmissverständlich: *Hau ab, er gehört mir.*

Verdammt, das würde ich mir so wünschen.

»Tut mir leid.« Die Frau sieht ganz und gar nicht so aus, als täte es ihr leid, als sie sich von der Theke wegschiebt und kopfschüttelnd in Richtung Bar geht. »Ich wollte niemandem auf die Zehen treten.«

»Dumme Tusse«, murmelt Jen, als die Frau in der Bar verschwindet. Dann lässt sie mich sofort los, tritt ein Stück zurück, und ich spüre deutlich ein Gefühl von Verlust. »O Gott. Hast du das nicht langsam satt?«

»Was? Dass Frauen mich anmachen?« Ich habe früher mal jeden einzelnen Abend dafür gelebt. Flirten, trinken, von schönen Frauen umgeben sein – all das half mir zu vergessen, was ich getan habe. Dass ich eine Familie enttäuscht habe. Dass ich meinen besten Freund im Stich gelassen habe und er dann ums Leben kam. Dass ich vor allem dieses Mädchen vor mir ins Unglück gestürzt habe.

Meine Schuld. Alles meine Schuld.

»Ja.« Sie klingt gereizt, aber sie sieht mal wieder superscharf aus. Das schlichte schwarze Kleid, das ihre Formen betont, reicht bis zur Oberschenkelmitte und enthüllt diese endlos langen Beine. Beine, die ich gern nackt sehen würde. Ich stelle mir vor, wie ich ihre schlanken Schenkel umfasse und um meine Hüften schlinge. »Sie hat dich zwanzig Minuten lang umkreist wie ein Hai ein blutiges Stück Fleisch.«

Das war mir gar nicht aufgefallen. Bin ich ein Idiot, weil es mir gefällt, dass Jen es bemerkt hat? Dieser Anflug von Eifersucht ist neu. Ich wünschte, ich wüsste, was ihn ausgelöst hat. »Ich hätte mich ihrer annehmen sollen.«

»Wie denn? Indem du sie nach Hause einlädst?«

Ich sehe mich um und stelle erleichtert fest, dass sich im Restaurant niemand mehr aufhält. Die verbliebenen Gäste sind in die Bar weitergezogen. Ich will nicht, dass jemand diesen Wortwechsel mitbekommt, vor allem nicht mein Personal. Die Gerüchteküche im District brodelt schon heftig genug. Da will ich nicht noch mehr

Öl ins Feuer gießen. Man klatscht bereits über uns. Fragt sich, was zum Teufel wir treiben, wenn wir zusammen sind, obwohl wir ja angeblich nicht zusammen sind. Die ständigen Spekulationen sind ermüdend.

»So etwas tue ich nicht. Nicht, wenn du da bist«, sage ich schließlich und sehe Jen in die Augen. »Seit wann kümmert dich das überhaupt?«

Falsche Frage. Sie sieht aus, als würde sie jeden Moment explodieren. »Aha, wenn ich nicht da wäre, würdest du sie mit nach Hause nehmen, ja? Habe ich das richtig verstanden? Gott, du bist so ein Arsch«, murmelt sie und stolziert davon.

Ich folge ihr, den Blick auf ihren Hinterkopf gerichtet. Heute trägt sie ihr langes braunes Haar offen, und wenn sie den Kopf zurückwirft, sehe ich zwischen den dicken, seidigen Strähnen den Rand eines weißen Verbands aufblitzen. »Was ist mit deinem Kopf?«

Sie schießt mir über die Schulter hinweg einen vernichtenden Blick zu. »Was redest du da?«

»Der Verband.« Ich packe sie am Arm, halte sie fest. Wegen ihrer hohen Absätze gerät sie aus dem Gleichgewicht, und ich verstärke meinen Griff, damit sie nicht hinfällt. »Hast du dir wehgetan?«

Mit ihrer freien Hand greift sie sich in den Nacken, reibt abwesend, mit leicht gerunzelten Brauen darüber. »Ich, äh … das ist nichts.«

Während ich sie weiterhin festhalte, verschränke ich die Arme vor der Brust, verhindere so, dass sie mir entwischen kann. Ich kenne diesen Blick. Sie ist drauf und dran wegzurennen. Etwas, worin sie wirklich gut ist. »Du verheimlichst mir etwas.«

»Hier ist dafür nicht der richtige Ort.« Sie stößt einen keuchenden Atemzug aus, und ich frage mich, worüber zum Teufel sie da redet. »Können wir darüber sprechen, wenn wir zu Hause sind?«

»Worüber sprechen?« Ich bin verwirrt. Worauf läuft das hinaus?

Jen reißt sich von mir los und ringt die Hände, in ihrem schönen Gesicht ein Ausdruck tiefer Frustration. »Gut. Bringen wir's hinter uns. Ich will die Kündigung einreichen, Colin. Ich gehe.«

2. KAPITEL

Colin

»Kündigung? Was zum Teufel redest du da?«, schreie ich. Ich merke, wie sie erschrickt, und presse die Lippen aufeinander, komme mir wie ein Idiot vor. Doch ihre Worte werfen mich aus der Bahn, und ich bemühe mich nach Kräften, die Beherrschung zu bewahren.

Jen kann nicht kündigen. Sie arbeitet seit fast einem Jahr bei mir. Sie ist eine meiner besten Kellnerinnen. Das Restaurant, vor allem die Bar, funktioniert viel reibungsloser, wenn sie da ist. Doch das ist nicht der Grund, weshalb ich sie nicht gehen lassen will.

»Ich kann hier nicht länger bleiben.« Jen lässt den Blick durch das leere Restaurant schweifen, während sie abwesend über den geheimnisvollen Verband an ihrem Nacken streicht. »Fairerweise biete ich dir an, noch vier Wochen zu arbeiten. Das sollte genügen, um einen Ersatz für mich zu finden.«

Weiß sie denn nicht, dass sie unersetzbar ist? »Hast du einen anderen Job gefunden?« Das wäre die einzige Erklärung. Wenn sie die Arbeit hier so sehr hasst, hätte sie mir das sagen sollen. Dann hätte ich etwas tun können, um ihre Situation zu verbessern.

Nur was? Was kann ich noch tun?

Langsam schüttelt sie den Kopf. »Ich gehe fort.«

Was ist das nun wieder für ein Scheiß? »Zurück nach Hause?« Es fällt mir schwer das zu glauben, aber vielleicht ist sie nun nach allem, was geschehen ist, tatsächlich zu einem Wiedersehen mit ihrer Mom und ihrem Dad bereit. Nachdem sie von zu Hause weggelaufen war, ist sie nie wieder zurückgekehrt, und ich weiß, dass ihre Eltern sie vermissen. Ihre Mom hat mich mehr als einmal angerufen und sich nach Jen erkundigt. Die beiden haben auch miteinander gesprochen, aber nur selten, was ausschließlich an Jen lag. Vielleicht hat sie sich inzwischen eines Besseren besonnen.

Es gibt keine andere Erklärung für ihren Wunsch wegzugehen. Zumindest keine, die ich mir vorstellen kann.

»Nein.« Sie speit das Wort aus, als wäre es Gift, nimmt die Hand vom Nacken und strafft die Schultern. »Eine Rückkehr nach Hause kommt für mich nicht infrage. Ich ziehe nach Sacramento.«

»Sacramento? Verarscht du mich? Warum?« Ich weiß nicht mehr weiter. Mir ist völlig schleierhaft, aus welchem Grund sie weggehen will und was dieses verfluchte Sacramento zu bieten haben könnte, was so verdammt viel besser sein soll als das, was ich ihr geben kann.

»Ich brauche einen Ortswechsel, okay? Mir geht dieses spießige Kleinstadtleben total auf den Geist. Ständig begegnet man denselben Leuten. Und die meisten davon will ich gar nicht sehen.« Sie geht an mir vorbei. »Wir sollten dieses Gespräch nicht hier führen.«

Erneut halte ich sie am Arm fest, hindere sie am Weitergehen. Ich ziehe sie an mich, dringe in ihren privaten Raum ein. Ihr Geruch steigt mir zu Kopf wie der Duft einer exotischen Blüte, schwer und sinnlich. Berauschend. Ich senke den Blick zu ihrem Mund und beobachte gebannt, wie sie die Zähne in ihre pralle Unterlippe schlägt.

Verdammt. Das ist Folter pur. Ihre Nähe. Mit ihr hier, wo uns jeder sehen könnte, zu streiten. Mich mit ihr zu fetzen, als wären wir ein Liebespaar …

Wir tun so, als würden wir einander nicht wirklich etwas bedeuten, aber es wird Zeit, dass ich mir die Wahrheit eingestehe. Sie ist so tief in mein Leben verwoben, dass ich mir nicht vorstellen kann, ohne sie zu sein.

Ich will es mir auch nicht vorstellen.

»Wo sollten wir dieses Gespräch deiner Meinung nach denn führen?«, frage ich, um einen leisen und möglichst ruhigen Ton bemüht. Während ich in Wahrheit am liebsten toben und brüllen und mit Sachen um mich schmeißen würde.

Jen kann mich nicht verlassen. Was sie da sagt, ist für mich völlig unbegreiflich.

»Bei dir zu Hause?« Sie verdreht die Augen, fängt tatsächlich zu lachen an. »Obwohl wir uns dort nie unterhalten, stimmt's? Im Grunde unterhalten wir uns sowieso nie.«

Ich lasse sie los, trete einen Schritt zurück, suche Abstand. Sie hat recht. Unsere Situation ist … eigenartig. Ich kümmere mich aus verworrenen Schuldgefühlen heraus um sie, und sie bleibt bei mir, denn wo sollte sie sonst hingehen? Ich weiß, sie ist dankbar für alles, was ich für sie getan habe. Wir halten unsere gemeinsame Vergangenheit vor den anderen Angestellten geheim, mit Ausnahme von Fable. Vor einigen Monaten hat Jen ihr unsere langjährige Bekanntschaft gestanden.

Anfangs war ich wütend, dass Jen Fable von uns erzählt hat. Dann habe ich mich damit abgefunden. Ich mag Fable. Sie hat es nicht leicht – hatte damals, als ich sie einstellte, extreme Probleme, doch sie ist aus ihrem Schneckenhaus herausgekommen, und mittlerweile sind Jen und sie beste Freundinnen. Ich habe mich sogar mit Fables Freund angefreundet. Wir vier waren ein paarmal zusammen aus, als hätten wir ein Doppel-Date oder so etwas in der Art.

Der lockere Umgang mit Jen fällt mir seltsamerweise nicht schwer, aber ich schaffe es nicht, unsere Beziehung in etwas Echtes zu verwandeln. Etwas Wahres. Ich wage es nicht, weil ich eine Scheißangst davor habe, alles kaputt zu machen.

Wenn man bedenkt, dass ich in meinem Privatleben schon so einiges kaputt gemacht habe, ist das eine legitime Angst.

»Du willst reden, wenn wir zu Hause sind? Okay, dann werden wir das tun«, sage ich schließlich.

Ihre Augen weiten sich. »Echt?«

»Klar. Was immer du willst, du brauchst nur darum zu bitten.« Ich breite die Arme aus und lasse sie dann seitlich herabfallen. Sie beobachtet mich aus ihren dunklen, unergründlichen Augen, taxiert mich, verunsichert mich. In ihren High Heels ist sie fast so groß wie ich, und ich bin gute Einsfünfundachtzig groß.

»Du gibst mir, was immer ich will.« Es ist eine Feststellung, keine Frage, und ich wundere mich darüber.

»Richtig«, stimme ich zu. »Wann habe ich dir jemals etwas verweigert?«

Sie lacht, doch es liegt keine Heiterkeit darin. »Du verweigerst mir ständig etwas.«

Verwirrt kratze ich mich am Kopf. Sie meint noch etwas anderes, das weiß ich, aber ich kann mir nicht vorstellen, was das sein soll. Außerdem bin ich todmüde und nicht in Stimmung für Spielchen, wenngleich Jen nicht der Typ für Spielchen ist. Doch sie ist schwer fassbar. Geheimnisvoll. Lässt sich nicht in die Karten schauen.

»Was ist dein Wunsch? Ich werde mich bemühen, dir entgegenzukommen.« Noch während ich die Worte ausspreche, ziehe ich eine Grimasse. Ich höre mich an wie der typische Boss.

Ein winzig kleines Lächeln spielt um ihre Mundwinkel. »Also gut. Lass mich gehen. Lass mich diesen Schritt tun, Colin. Ich kann nicht mein Leben lang von dir abhängig sein.«

Die Erkenntnis trifft mich mit voller Wucht. Ich komme mir wie ein Trottel vor. »Ist das das Problem? Dass du dich schlecht fühlst, weil ich dir helfe? Du bist für mich niemals eine Last, Jen. Das weißt du auch.«

»Nein, das weiß ich nicht, aber darum geht es gar nicht.« Sie seufzt, ihr Lächeln wird traurig. »Ich schätze deine Hilfe sehr. Und ich bin dir unendlich dankbar dafür, dass du mich aus meiner üblen Lage befreit hast, bevor alles … noch schlimmer geworden wäre. Du hast mich gerettet.«

»Das war das Mindeste, was ich tun konnte.« Eine

grobe Untertreibung. Wenn ich ihren Bruder, meinen besten Freund, schon nicht retten konnte, dann zumindest seine kleine Schwester.

»Ich werde dir dafür mein Leben lang dankbar sein. Wirklich. Aber ehrlich gesagt, habe ich es satt, von dir gerettet zu werden. Mir ständig wie ein unmündiges Kleinkind vorzukommen. Ich möchte weggehen. Ich brauche meine Freiheit, um etwas Neues auszuprobieren, andere Möglichkeiten zu entdecken. In dieser miefigen Kleinstadt zu bleiben und tagein tagaus dasselbe zu tun wird meine Probleme gewiss nicht lösen.«

»Du hast Probleme?« Warum hat sie mir nichts davon erzählt?

»Ja. Tonnenweise. Alle möglichen Probleme, aber dir fällt das nicht auf, weil du zu sehr mit deinen eigenen Problemen beschäftigt bist.«

Damit hat sie wohl recht. »Ich will dir deine Freiheit nicht geben, wenn das bedeutet, dass du mich verlässt«, murmle ich und fühle mich wie ein egoistisches Arschloch. Ihre Miene verrät mir, dass sie das auch denkt. »Du kannst mich um alles bitten, Jen. Um alles. Nur ... ich will dich nicht gehen lassen. Noch nicht.«

Ein verärgerter Ausdruck huscht über ihr Gesicht, verwandelt ihre Lippen in einen Strich, ihre Augen in Schlitze. »Ich kann dich um alles bitten?«

»Was immer es ist, du bekommst es. Ohne Wenn und Aber.«

»Gut.« Sie holt tief Luft, als müsste sie sich Mut machen. »Ich will *dich*.«

Er starrt mich an, als hätte ich den Verstand verloren, womit er vermutlich recht hat. Welcher Teufel hat mich da bloß geritten? Er wird mich zurückweisen. Das spüre ich genau. Ich mache ihm keinen Vorwurf deswegen. Es würde nicht funktionieren mit uns beiden. Das weiß ich. Und er weiß es auch. Ich trage ein großes Geheimnis mit mir herum, das ich ihm niemals anvertrauen könnte. Das allein würde eine Beziehung von vorneherein unmöglich machen.

Doch ich konnte mich nicht beherrschen. Ich musste es sagen. Ich glaube, insgeheim begehrt er mich auch.

»Du willst mich nicht«, sagt er schließlich mit einem bitteren Lachen und senkt den Blick zu Boden. »Glaub mir.«

An jedem einzelnen Tag, der vergeht, bricht er mir das Herz. Die tiefe Traurigkeit, die in jenen sechs Wörtern mitschwingt, geht mir so nah, dass mein Herz in Milliarden Teile zu zerspringen droht.

»Du sagtest, ich könne dich um alles bitten«, erinnere ich ihn in zaghaftem Ton. »Ohne Wenn und Aber.« Ganz bewusst pariere ich mit seinen eigenen Worten.

Er legt den Kopf zurück und starrt an die Decke, scheint um eine Antwort verlegen zu sein, was ich bei ihm noch nie erlebt habe. Colin ist ein kommunikativer Typ. Ein Charmeur. Andernfalls wäre er nicht schon in jungen Jahren derart erfolgreich gewesen. Sicher, sein immens reicher Rabenvater hat ihm finanzielle Starthilfe für sein erstes eigenes Restaurant gegeben, doch alles, was er erreicht hat, hat er allein sich selbst zu verdanken.

Außerdem sieht er unglaublich gut aus. Und das weiß er auch. Das dunkelblonde Haar, die durchdringenden hellblauen Augen, und sein Gesicht erst ... es gibt keine Worte, um es zu beschreiben. Es ist einfach nur wahnsinnig schön.

»Du bringst mich heute Abend total aus dem Konzept«, sagt er schließlich, den Blick immer noch an die Decke geheftet.

»Es war für uns beide ein aufschlussreicher Tag«, entgegne ich leicht schnippisch.

Er wendet sich mir zu. »Ich werde einfach so tun, als hättest du das vorhin nicht gesagt.«

Allmählich werde ich richtig sauer. Er will mal wieder den Kopf in den Sand stecken. Das ist die Geschichte seines Lebens. Sein typisches Vorgehen. Ich habe diese Vermeidungstaktik so satt. Dieses permanente Herumlavieren.

Mein Leben mit Colin fühlt sich unecht an. Ich hasse es.

»Nur zu. Mach dir ruhig etwas vor, darin hast du ja Übung.« Ich würde gern wegrennen, aber ich halte die Stellung, funkle Colin wütend an.

Er ignoriert meine Bemerkung. »Wir sollten gehen.«

»Ich bin bis Mitternacht eingetragen.« Außerdem will ich jetzt nicht gehen. Wir müssen dieses Gespräch beenden. Denn was, wenn wir nach Hause fahren und Colin mir hilft, die Koffer zu packen, und mir eine gute Reise wünscht? Das ist das Letzte, was ich möchte. So weit bin ich noch nicht. Ich hätte ihn etwas ... behutsamer in meine Pläne einweihen sollen. Verdammt, ich bin die Sache völlig falsch angegangen.

Falsch, falsch, falsch.

»Der Restaurantbetrieb ist während unserer Unterhaltung auch ohne dich weitergegangen. Ich glaube nicht, dass es etwas ausmacht, wenn du früher gehst. Abgesehen davon bin ich der Boss. Ich entscheide, wann deine Schicht endet.« Er hebt den Kopf, sieht durch und durch wie der Inbegriff des arroganten, autoritären Chefs aus. »Also, gehen wir.«

Und wie ein dummes, braves Mädchen folge ich ihm.

Schweigend fahren wir heim, die angespannte Stimmung zwischen uns fast schon greifbar. Ich verbringe die Fahrt damit, Fable eine SMS zu schreiben, in der ich ihr mitteile, ich hätte mir ein Herz gefasst und Colin gekündigt. Ich dachte, sie würde sich für mich freuen. Oder wenigstens stolz auf mich sein, weil ich endlich den Mut dazu aufgebracht habe.

Stattdessen erhalte ich als Antwort eine Reihe weinerlicher SMS, in denen sie mich bittet zu bleiben. Ich meine, hey, was soll das? Nicht einmal meine neue beste Freundin stärkt mir den Rücken. Diese Stadt ist viel zu klein, und jeder kennt jeden. Nach der letzten Beinahe-Konfrontation, will ich dieses Risiko nicht mehr eingehen. Lieber gehe ich weg und tilge dieses gottverdammte Nest aus meinem Gedächtnis.

Ich werde meine Freundin vermissen. Ich werde Colin vermissen. Trotzdem ist es das Beste, wenn ich weggehe.

Ich weiß nicht einmal genau, wie ich hier gelandet bin. Ich bin ungefähr zwei Fahrstunden entfernt in den Bergen in einem kleinen, idyllischen aber sterbenslangweiligen Kaff aufgewachsen. Wo jeder den anderen kennt und die Luft frisch und klar ist, erfüllt vom Duft der Kiefern. Wo Klatsch allgegenwärtig ist und die Geheimnisse, die nicht mehr sehr geheim sind, Generationen weit reichen. Colin ist ebenfalls dort aufgewachsen; seine Mom wohnte direkt nebenan.

Sein Vater hat nie eine Rolle in seinem Leben gespielt. Ich bin Conrad Wilder ein paarmal begegnet, immer nur kurz, und weiß kaum etwas über ihn. Nur, dass er sehr großzügig mit seinem Geld ist – er hat Unmengen davon, ein wirklich großes Vermögen, das er von seinem Vater geerbt hat – und dass er Colin bei jeder sich bietenden Gelegenheit damit überhäuft hat, statt endlich mal Zeit mit seinem Sohn zu verbringen.

Es ist nicht so, dass Colin sich jemals darüber beschwert hätte. Er behält seine Gefühle meist für sich.

Sobald wir bei ihm zu Hause eintreffen, gehe ich in mein Zimmer und schließe mich ein. Ich kann mich nicht dazu überwinden, ihm eine gute Nacht zu wünschen oder ihm zu sagen, dass ich ihn hasse und er mich kreuzweise könne – nichts. Ich bin einfach weggerannt, huschte wie ein Feigling den Flur hinunter, schlüpfte in mein Zimmer, sperrte ab, zog mich aus und ging ins Bett. Schloss die Augen, in der Hoffnung, sofort einzuschlafen.

Fehlanzeige. Stunden später liege ich immer noch wach, bin frustriert und schwitze, obwohl sich der Deckenventilator träge über mir dreht. Ich habe die Decke weggestrampelt, trage nur noch Panties und ein altes Tanktop und bin so unruhig, dass ich das Gefühl habe, ich könnte jeden Moment zerspringen.

Und dann höre ich ihn. Colin. Sein Zimmer befindet sich neben meinem, und die Wände sind ziemlich dünn.

Gott sei Dank hat er nie eine Frau nach Hause mitgebracht – zumindest nicht, wenn ich da war. Müsste ich mitanhören, wie er … Was immer er mit einer anderen Frau tun würde, es würde mich in den Abgrund der Verzweiflung stürzen.

Ich schwebe bereits über dem Abgrund, halte mich dank Colin noch an einem dünnen Seil fest.

Es beginnt immer leise. Ein Wimmern oder manchmal ein leichtes Stöhnen. Ich drehe mich auf die Seite, starre die Wand an, die uns trennt, warte atemlos auf den nächsten Laut.

Seine Stimme ist kehlig und tief, obwohl ich nicht verstehen kann, was er sagt. Das gelingt mir nie. Sobald er zu reden beginnt, ist das für mich das Signal, aufzustehen und nach ihm zu sehen.

Und genau das mache ich jetzt.

Eisige Luft schlägt mir entgegen, als ich die nicht abgeschlossene Tür zu seinem Schlafzimmer öffne. Er hat die Fenster offen gelassen, und es hat nachts ziemlich abgekühlt, ein Zeichen für den nahenden Herbst. Auf Zehenspitzen durchquere ich das Zimmer, bleibe am Fußende des Betts stehen und beobachte hilflos, wie er sich hin und her wälzt, im Würgegriff seiner Dämonen gefangen, die ihn beinahe jede Nacht in seinen Träumen heimsuchen.

Es ist dunkel, doch im Mondlicht, das durch die offenen Fenster hereinfällt, kann ich seine Gestalt erkennen. Sein Oberkörper ist nackt. Die Decke bauscht sich um seine Hüften, und seine breiten Schultern und der Oberkörper glänzen im Mondlicht. Wie gerne würde ich ihn einmal bei Tageslicht so sehen – nackt und unfassbar vollkommen.

Seine Stimme wird lauter, ich kann nun verstehen, was er sagt, und die Worte brechen mir das Herz.

»Muss ihn retten. Muss ihn finden.« Er keucht, als würde er rennen, auf der Suche nach demjenigen, den er verloren hat, und ohne nachzudenken, schlüpfe ich zu ihm ins Bett, schmiege mich an seinen Rücken und schlinge die Arme um seine Mitte.

Ich weiß, wen er in seinen Träumen sucht. Auch ich habe früher ständig von meinem Bruder geträumt. Direkt nachdem wir ihn für immer verloren hatten. Der Verlust traf uns beide, schuf die starke Verbindung, die uns zusammenschweißte und die Colin, als ich von zu Hause weglief, dazu bewegte, sich auf die Suche nach mir zu machen.

Colin fand mich. Colin rettete mich. Das Mindeste, was ich tun kann, ist es zu versuchen, ihn ebenfalls zu retten.

Ich halte ihn fest, stütze das Kinn auf seine Schulter. »Ist ja gut«, flüstere ich an seinem Ohr und streiche, von einer trotzigen Kühnheit angetrieben, mit beiden Händen über seinen flachen, straffen Bauch. Ich bin es leid, mich ständig zurückzuhalten, zu zügeln. Ich will ihn spüren, will ihn auf jede erdenkliche Weise kennenlernen. »Alles ist gut. Du hast getan, was du konntest.«

Seine Albträume verfolgen ihn. Sie sind dunkel und verzweifelt. Obwohl er nie darüber spricht, muss man kein Genie sein, um zu erkennen, wie schrecklich sie sind. Wie sie ihn beinahe jede Nacht quälen. Ich verstehe nicht, wie er so leben kann. Tagsüber benimmt er sich, als wäre alles in bester Ordnung. Ist fröhlich und sorglos, als könnte ihm nichts etwas anhaben. Aber in dunkler Nacht, im Schlaf, kommt seine andere Welt zum Vorschein.

Und die ist nicht schön.

»Jennifer.« Er flüstert meinen Namen, dreht den Kopf, sodass unsere Gesichter, unsere Münder einander gegenüber sind. Dann ergreift er meine streichelnden Hände, verschränkt die Finger mit meinen, und ich seufze unter seiner Berührung.

Es ist, als wäre er sich seines Tuns gar nicht bewusst. Er berührt mich, als wollte er mich haben. Als wären wir wirklich zusammen. Doch er geht niemals weiter als bis dahin. Keine Küsse, nichts Sexuelles. Wiewohl die Anspannung und die Hitze, die seinem kraftvollen Körper entströmen, nicht nur von seinen bösen Träumen herrühren.

Es ist wegen mir. Er begehrt mich. Sein Körper reagiert immer, immer auf meine Berührung. Ich wünschte, er könnte das zumindest ein einziges Mal zugeben.

»Es tut mir leid.« Er hört sich so verzweifelt, so verloren an. Ich hasse das. Er neigt den Kopf näher, und seine Lippen streichen über meine, als er sagt: »Verlass mich nicht.«

Und dann küsst er mich.

3. KAPITEL

Jen

Seine Lippen sind warm und weich, der Kuss sanft. Meine Gefühle hingegen sind alles andere als sanft, fahren Achterbahn mit mir, wollen sich ihren Weg bahnen. Sind außer Rand und Band, als mir bewusst wird, dass unsere Lippen sich soeben zum ersten Mal richtig berührt haben. Wir haben uns auf Wange und Stirn geküsst, aber niemals auf den Mund.

Ich wünsche mir das schon so lange, aber ich glaube … nein, ich *weiß*, dass er im Halbschlaf ist. Vermutlich ist ihm gar nicht bewusst, was er tut … oder? Er nannte mich Jennifer, und so nennt er mich sonst nie. Ich bin einfach nur Jen.

Die gute, alte Jen, auf die er immer zählen kann.

Colin lässt meine Hände los und umfasst mein Gesicht, streichelt mit den Daumen über meine Wangen, während er sich ganz zu mir umdreht. Sein Oberkörper streift meine Brüste, und sofort richten meine Nippel sich auf, werden beinahe schmerzhaft hart, und ich lasse die Hände über seine muskulöse Brust gleiten, schlinge sie um seinen Hals, damit ich die Finger in seinem seidigen, weichen Haar vergraben kann.

Ich liebe es, ihn anzufassen. Und ich hasse es, wie geheimnistuerisch das immer vonstatten geht, im Schutz der Dunkelheit, im düsteren Nachklang der Albträume, im Schweigen der Nacht. Ich habe meine eigenen dunklen Geheimnisse. Hässliche, schreckliche Dinge, die ich tief in mir verschlossen halte. Sollte er jemals davon erfahren, würde er mich nie mehr so sehen wie zuvor.

Diesmal ist es jedoch anders zwischen uns. Unsere Münder bleiben verbunden, unsere Lippen öffnen sich langsam, aber ich weigere mich, diejenige zu sein, die den Kuss vertieft.

Weigern? In Wahrheit habe ich viel zu viel Bammel, um einen Vorstoß zu wagen. Was, wenn er mich zurückweist? Ich glaube nicht, dass ich damit umgehen könnte.

»Gott, was machst du mit mir?« Er raunt die Worte gegen meine Lippen, sein Atem ist heiß, als er zitternd ausatmet. Er legt die Hand auf meine Hüfte, zieht mich näher, und ich kann ihn fühlen. Jeden göttlichen, heißen Millimeter seiner nackten, festen Haut, die Boxershorts, die er trägt, und darunter die Ausbuchtung seiner Erektion.

Als ich merke, wie hart er ist, entringt sich mir ein bebender Seufzer. Er streicht mit der Hand über meine Wange und weiter durch mein Haar zu meinem Hinterkopf, wo er lange Strähnen um die Finger wickelt, bis ich nicht anders kann, als den Kopf nach hinten, in den

Nacken zu beugen. Mein neues Tattoo tut weh, das Heftpflaster des Verbands ziept an den einzelnen Haaren, die darunter kleben.

Es tut weh, doch ich schwelge in dem Schmerz. Weil er mir sagt, dass ich lebendig bin und Colin mich berührt, mich küsst. Ich will mehr.

So viel mehr als ich zu bitten bereit bin.

Er verändert seine Position, ist nun in dominanter Pose über mir, und ein köstliches Kribbeln überläuft mich außen und innen, setzt sich zwischen meinen Schenkeln fest.

»Ich könnte dich so nehmen.« Er stößt die Hüften gegen meine, eine sinnliche, kreisende Bewegung, die mich schier um den Verstand bringt. Ich bemühe mich nach Kräften, das lustvolle Wimmern zu unterdrücken, aber es gelingt mir nicht. »Würde dir das gefallen?«, fragt er, die schönen Lippen zu einem leichten Lächeln gekrümmt. Er sieht mir direkt in die Augen, seine Lider sind halb gesenkt, sein Blick so glühend, dass ich das Gefühl habe zu verbrennen.

Ich antworte nicht. Kriege verdammt noch mal kein Wort heraus, weil ich so angetörnt bin, so total hin und weg. Als ich den Kopf heben will, um unsere Münder wieder zu vereinigen, verstärkt er den Griff um mein Haar, worauf der Schmerz in meinem Nacken neu aufflackert. Meine frisch tätowierte Haut tut weh, da hilft auch der Verband nichts, doch ich ignoriere es. Konzentriere mich stattdessen auf Colin und darauf, wie er mich festhält. Mich beherrscht.

Er hat gern das Kommando. Das weiß ich schon seit Jahren. Allerdings hatte ich keine Ahnung, dass sich das auch auf den Sex ausdehnt, obwohl mich das nicht überraschen sollte.

»Aber ich werde dich nicht ficken. Das darf ich nicht«, sagt er, und in seiner tiefen Stimme liegt echtes Bedauern. Er streicht mit den Lippen über meinen Hals, bedeckt die empfindliche Haut mit kleinen, heißen Küssen, und ich stöhne auf, wünsche mir, ich wäre nackt.

Wünsche mir, er wäre in mir. Wünsche mir, er würde mich ficken, wie er es vorhin gesagt hat. Mich hart und tief vögeln, sodass ich binnen Minuten käme.

Gott, ich sehne mich so sehr danach.

Mein Stöhnen scheint ihn aus seinem benommenen Halbschlaf zu reißen. Er wirft den Kopf in den Nacken, lässt mich so abrupt los, als hätte er sich an mir verbrannt. Springt rasend schnell vom Bett herunter, dass mir ganz schwindlig wird. Dann stellt er sich neben das Bett, fährt mit den Händen durch sein Haar und umklammert seinen Hinterkopf, während er mich total ungläubig anstarrt. »Was ist da verdammt noch mal gerade passiert?«

Ich setze mich auf, streiche mein Haar zurück und zucke zusammen, als ich an den Verband komme. »Tu nicht so, als wüsstest du nicht, was gerade passiert ist.«

Er blickt an sich hinunter, entdeckt zweifellos seine Erektion, und gibt einen jener frustrierten männlichen Laute von sich, die er so gut beherrscht. »Sag mir, dass wir nicht …«

»Keine Sorge.« Ich klettere aus dem Bett, bemühe mich, so würdevoll wie möglich zu erscheinen, als ich vor ihm stehe, obwohl mir klar ist, dass mir das mit meinem durchsichtigen Tanktop und den knappen Panties kläglich misslingt. Ich sollte verlegen sein, aber Scheiß drauf. »Wir haben es nicht getan. Als würdest du das nicht wissen.« Bei unserem Kuss haben sich noch nicht einmal unsere Zungen berührt, und ich würde doch so gern wissen, wie er schmeckt. Wissen, ob wir, was das Küssen angeht, so kompatibel sind wie ich glaube.

Enttäuschung macht sich in mir breit, durchsetzt von einer gehörigen Dosis Verärgerung. Das Gespräch, das wir gleich haben werden, wird sehr schnell in eine üble Richtung gehen.

»Was hast du in meinem Bett verloren?« Er senkt den Blick, mustert mich von oben bis unten, und in seinen kühlen blauen Augen flackert unmissverständlich Erregung auf.

»Du willst wissen, was ich in deinem Bett verloren habe? Was meinst du wohl, weshalb ich mindestens viermal die Woche mitten in der Nacht in dein Zimmer komme und neben dir unter die Decke schlüpfe? Ich schöre bei Gott, Colin, wenn du weiterhin so tust, als wüsstest du nicht, was hier abgeht, kannst du dich auf was gefasst machen!«

Dieser Vollidiot hat doch tatsächlich die Frechheit zu lachen. »Weißt du eigentlich, wie verdammt scharf du aussiehst, wenn du wütend bist?«

»Das ist kein Scherz.« Ich hole tief Luft, ermahne mich zur Ruhe. Er zieht sein übliches Ding durch. Tut so, als wäre weiter nichts, verhält sich, als hätte er keinen blassen Schimmer, was tatsächlich geschehen ist.

Er ist ein Lügner. Ich frage mich, ob er mir die ganze Zeit etwas vorgemacht hat.

»Ich weiß, dass das kein Scherz ist.« Seine Worte fordern mich förmlich heraus, genau zu schildern, was sich fast jede Nacht abspielt.

Also lege ich los.

»Wir reden nie darüber.« Ich gehe einen Schritt auf ihn zu, bin zu wütend, um mir um meine dürftige Bekleidung Gedanken zu machen. »Darüber, was nachts zwischen uns abläuft. Was sich, seit ich bei dir eingezogen bin, immer weiter aufgebaut und entwickelt hat.«

Er weicht zurück, seine Miene ist wachsam. »Was meinst du damit?«

»Das weißt du ganz genau.« Ich gehe noch einen Schritt auf ihn zu, seine Körperwärme strömt mir entgegen, verführt mich. Trotz meines Ärgers und meiner Enttäuschung begehre ich ihn nach wie vor, und das wurmt mich. »Deine Albträume. Dass ich verstohlen in dein Bett schlüpfe und dich in den Armen halte, um dich zu trösten. Was träumst du, Colin?«

»Ich erinnere mich nicht«, erwidert er automatisch, doch er weiß es ganz genau. Genau so, wie ich es weiß.

»Du träumst von meinem Bruder.« Ein weiterer Schritt, und diesmal schnappe ich mir seine Hand, halte sie fest. »Es ist fast zwei Jahre her. Du solltest Danny endlich gehen lassen.«

Er entreißt mir seine Hand. »Darüber will ich nicht reden.«

»Das müssen wir aber. Dieses Thema steht zwischen uns wie diese riesige Wand zwischen unseren Zimmern. Und jedes Mal, wenn ich versuche, die Wand einzureißen, wehrst du mich ab.« Erneut gehe ich auf ihn zu, bereit, ihn zu schubsen, zu schlagen, was auch immer, doch er kommt mir zuvor. Schlingt die großen, warmen Hände um meine Mitte und schiebt mich weg, als könnte er meine Nähe nicht ertragen.

»Ich will dieses Gespräch nicht führen, Jen. Nicht jetzt.« Seine Miene besagt unmissverständlich *niemals.*

Und das ist für mich der Tropfen, der das Fass zum Überlaufen bringt. Ich kann nicht mehr.

»Und deshalb werde ich nicht hierbleiben. Diese Wohnung, diese ganze Situation ist ungesund. Ach, und unsere sogenannte Beziehung? Total ungesund. Ich habe keine Lust mehr, die Klappe zu halten, wenn du mal wieder so tust, als sei nichts passiert, obwohl sehr wohl etwas passiert ist. Ich werde mich nicht länger auf dieses Spiel einlassen.« Mit diesen Worten drehe ich mich um und gehe zur Tür, in der Hoffnung, er werde mir nachlaufen, mich packen und bis zur Besinnungslosigkeit küssen.

Oder mich wenigstens anschreien, ich solle bleiben, mich anflehen, mir seine Erklärung anzuhören. Ich würde so gern Einblick in seine Seele, sein Herz erlangen. Die Mauer, die er darum errichtet hat, ist aus Stahl und absolut undurchdringlich, doch ich möchte der Mensch sein, der diese Mauer niederreißen kann.

Doch er tut nichts. Absolut nichts. Lässt mich wie üblich einfach gehen, ohne auch nur ein Wort zu sagen.

Also gehe ich, blicke mich kein einziges Mal nach ihm um. Es kostet mich enorm viel Kraft, mich nicht umzudrehen.

In meinem Zimmer angelangt, schließe ich die Tür ab, reiße das Fenster auf, um die kühle Nachtluft hereinzulassen, lasse mich aufs Bett fallen und beginne zu weinen. Mein Körper krümmt sich unter harten, schmerzhaften Schluchzern, und ich vergrabe mein Gesicht im Kissen, damit er mich nicht hört. Ihn zu verlassen ist das einzig Richtige. Dieses immer gleiche Spiel zwischen Colin und mir ist sinnlos. Mein Weinen wegen ihm? Auch sinnlos.

Als der letzte Schluchzer verklingt, bin ich dankbar für die kühle Brise, die die Tränen auf meinen Wangen trocknet. Und vor allem für den Schlaf, der mich langsam aber süß umfängt.

Colin

Ich habe sie einfach gehen lassen, ohne zu versuchen, sie aufzuhalten. Was zum Teufel stimmt nicht mit mir? Vierundzwanzig Jahre alt, und ein Verhalten wie ein Kleinkind. Sie bedeutet mir alles, und trotzdem lasse ich sie immer wieder gehen. Gebe immer wieder vor, dass das, was nachts zwischen uns geschieht, nicht real sei. Alles nur ihr zuliebe, rede ich mir ein. Ich will ihr nicht wehtun.

Blödsinn. In Wahrheit will ich *mir* nicht wehtun. Risiken im Beruf sind für mich niemals ein Problem. Und wie steht es mit Risiken im Privatleben?

Kann man getrost vergessen.

Erschöpft setze ich mich auf die Bettkante, beuge mich nach vorne und lasse den Kopf hängen, die Ellbogen auf die Knie gestützt. Meine Erektion ist längst abgeklungen, ersetzt durch tiefes Bedauern, das in mir hochsteigt, mich zu ersticken droht. Sie hat recht. Ich habe gelogen. Ich wusste genau, was zwischen uns vorgefallen war. Wie gut sie sich anfühlte, wie köstlich sie schmeckte. Wie selbstverständlich sie auf meine Berührung reagierte.

Wie ein totales Arschloch habe ich sie weggestoßen,

so getan, als wüsste ich nicht, was sich nachts abspielt. Habe sie schon wieder aus meinem Leben ausgesperrt. Ohne sich noch einmal umzublicken, ging sie aus dem Zimmer – sie sah verdammt scharf aus in diesen Panties, die sich um ihren Arsch spannten und ihre strammen Pobacken enthüllten, und dem dünnen Tanktop, das so durchsichtig war, dass ich, ehe sie sich umdrehte, die Farbe und Größe ihrer Nippel sehen konnte.

Sie sind klein und dunkelrosa.

»Scheiße.« Wieder und wieder streiche ich mir durch das Haar, sodass es nach allen Seiten absteht. Der Traum heute Nacht war gar nicht so schlimm gewesen. Danny forderte mich mit einem Winken auf, ihm in den Wald zu folgen, wie damals, als wir Kinder waren. Ich rannte hinter ihm her und verlor ihn irgendwann, wie üblich.

Als ich merkte, dass er verschwunden war, geriet ich in Panik. Diesen Traum habe ich seit Jahren in verschiedenen Variationen. Mal sind wir kleine Kinder, mal in der Highschool, mal in dem Alter, als wir uns das letzte Mal sahen, aber immer endet es gleich.

Ich verliere ihn. Kann ihn nicht finden. Und während ich überall nach ihm suche, dämmert mir langsam die Erkenntnis, dass er niemals zurückkommen wird. Danny ist tot.

Seit Jen bei mir eingezogen ist, war sie für mich da, ohne Fragen zu stellen, schlüpfte in mein Bett, bot mir Trost an, den ich immer annahm. In dem ich schwelgte. Um danach so zu tun, als wäre nichts geschehen.

So geht das nicht weiter. Ich muss aufhören, mich wie ein Feigling zu benehmen, und mit ihr sprechen. Bevor ich sie für immer verliere.

Ich stehe auf, gehe hinaus und stapfe entschlossenen Schritts zu Jens Zimmer, mir durchaus der Tatsache bewusst, dass ich nur meine Boxershorts trage. Nicht gerade das beste Outfit für ein ernstes Gespräch, aber egal. Wenn ich Glück habe, lädt sie mich in ihr Bett ein und wir können dort weitermachen, wo wir vorhin aufgehört haben.

Ja, guter Plan.

Die Tür ist zugesperrt, doch ich bewahre oben auf dem Türrahmen einen Ersatzschlüssel auf. Ich taste danach, spüre das kühle Metall unter meinen Fingern, nehme den Schlüssel und sperre auf. Lautlos schlüpfe ich ins Zimmer, will Jen nicht erschrecken oder sie, wenn sie schlafen sollte, wecken.

Ich hoffe inständig, dass sie nicht schläft.

Aber sie schläft, und Enttäuschung breitet sich in mir aus. Als ich mich näher ans Bett heranschleiche, sehe ich, dass sie auf der Seite liegt, das Gesicht dem Fenster zugewandt; die Decke ist bis auf ihre Schultern hochgezogen, ihre Augen sind geschlossen, die Lippen leicht gespitzt. Ohne nachzudenken, setze ich mich vorsichtig auf die Bettkante, suche instinktiv Jens Wärme. Sacht streiche ich über ihr Haar, lasse die dunkelbraunen Strähnen durch meine Finger gleiten. Sie ist das komplette Gegenteil von mir. Ihr Haar ist dunkel, meines blond, ihre Augen sind schokoladenbraun, meine hellblau, sie ist ein Schatz, ich ein verkorkstes Arschloch.

Ich verdiene sie nicht, das weiß ich. Deshalb stoße ich sie ständig weg. Doch wie wäre es, der Versuchung nachzugeben? Nur ein einziges Mal? Und ihr zu zeigen, wie sehr ich sie begehre …

Jen rollt sich auf den Rücken, ein leises Seufzen entfährt ihr, und nehme die Hand von ihrem Haar und halte den Atem an, während ich darauf warte, dass sie aufwacht.

Sie wacht nicht auf.

Ich folge meinem Instinkt und strecke mich neben ihr auf der Decke aus, lege den Arm um ihre Mitte und ziehe sie an mich. Das Kinn auf ihren Kopf gestützt, schließe ich die Augen, atme ihren Duft ein, absorbiere ihre Süße. Allein ihre Nähe beruhigt meinen wilden Herzschlag, besänftigt meine gereizten Nerven. Der Traum hat mich unruhig gemacht. Der anschließende Streit mit Jen hat mich noch weiter aufgewühlt, bis ich nur noch alles unter den sprichwörtlichen Teppich kehren und mir vormachen wollte, es sei nichts passiert.

Doch jetzt, als wir zusammen im Bett liegen und ich Jen im Arm halte, senkt sich ein Gefühl von Frieden über mich. Sie rutscht näher, ihr Kopf ruht an meiner Schulter, ihr Mund ist dicht an meinem Hals. Ihr Atem umweht meine Haut, kitzelt mich, und dann bewegen sich ihre Lippen, feucht und warm. »Diesmal wirst du nicht abstreiten können, dass wir zusammen im Bett liegen«, sagt sie in diesem rauen, sexy Flüsterton, der direkt in meinen Schwanz geht.

Verdammt. Ich umfasse ihren Schenkel, schiebe sie unter mich, dann spreize ich ihre Beine, und wir sind wieder am Anfang. Dort, wo wir begonnen haben, ehe alles den Bach hinunterging.

Diesmal werde ich das nicht zulassen.

4. KAPITEL

Jen

»... und das war's. Kaum hatte ich das gesagt, stürzte er sich auf mich, als wollte er mich, na ja, vögeln oder was auch immer. Zumindest küssen. Tja, zu früh gefreut. Er starrte mich nur an, als wären mir plötzlich drei Köpfe gewachsen, rollte sich dann von mir herunter und stand auf.«

»Nein.«

»Doch.« Ich nicke, finde meine jämmerliche Geschichte selbst unglaublich. Aber wenigstens habe ich eine Freundin wie Fable, der ich davon erzählen kann, die mich versteht. Jeder andere würde mich vermutlich auslachen. »Bevor er ging, sagte er ...« Ich halte inne und senke die Stimme, um Colins Bass nachzuahmen: »›Du hast recht. Ich kann es nicht länger verleugnen.‹ Dann beugte er sich über mich, küsste mich auf den Scheitel und ging aus dem Zimmer.«

Fable starrt mich mit weit aufgerissenen Augen und offenem Mund an. Wäre die Geschichte nicht so traurig, könnte man darüber lachen. Wahrscheinlich werden wir sogar irgendwann darüber lachen, weil der gestrige Abend einfach so unglaublich absurd war. Surreal.

Doch jetzt lache ich nicht. Und Fable auch nicht. Sie weiß, wie viel mir Colin bedeutet. Wie sehr ich mich, gegen meinen Willen, zu ihm hingezogen fühle. Sie versteht das. Sie hat mit Drew ebenfalls eine Menge mitgemacht, aber irgendwie haben die beiden es geschafft. Haben ihr Happy End gefunden.

Ich habe das dumpfe Gefühl, dass das bei Colin und mir ausbleiben wird.

»Er ist also abgehauen. Er lag auf dir drauf und hat nichts gemacht«, fasst Fable schließlich zusammen. »Und dann sagte er, er könne *es* nicht länger verleugnen? Was verleugnen? Dich? Seit wann bist du eine Sache?«

Ich zucke die Achseln, senke den Blick auf den Tisch. Wir sitzen in Fables und Drews Wohnung; Drew ist jedoch gerade beim Footballtraining, wie auch Fables Bruder Owen, der in der Highschool-Junior-Mannschaft spielt. Er eifert dem Freund seiner Schwester nach, was ich irgendwie süß finde.

»Und du hast ihn gehen lassen. Hast nichts gesagt. Ihn einfach nur gehen lassen.« Fable wirkt total perplex. Das kann ich nachvollziehen, weil ich ebenfalls völlig perplex bin.

Und angesäuert. Besser gesagt, stinksauer.

»Was hätte ich denn sagen sollen? ›Hey, wäre schön, wenn du bleibst, damit wir es endlich tun können?‹ Das wäre bestimmt nicht gut angekommen.« Ich starre immer noch auf den Tisch, ein hübscher kleiner dunkler Holztisch. Er sieht neu aus, weder Flecken noch Kerben sind zu sehen, nicht einmal eine Staubfluse, und mir fällt wieder ein, dass Fable erzählt hat, sie hätten Möbel gekauft.

»Ich an deiner Stelle hätte irgendwas gebrüllt wie: ›Glaub ja nicht, dass ich dich jemals wieder in mein Bett lasse. So einen Scheiß kann ich nicht brauchen.‹ Ich meine, der Typ muss in seine Schranken verwiesen werden. Er kann dich nicht benutzen und dann einfach verschwinden. Was für ein Arsch!«, wettert Fable, und ich bewundere sie für ihre furchtlose Art. Ich wünschte, ich hätte den Mumm, Colin anzubrüllen und ihm meinen ganzen Frust um die Ohren zu hauen.

Dass mich seine gestrige Zurückweisung verletzt hat. Dass seine Angst, er könnte mich benutzen, bescheuert ist. Dass ich mir manchmal insgeheim wünsche, er *würde* mich benutzen. Ich bin aus freien Stücken in sein Bett gekommen. Ich gehe immer freiwillig in sein Bett. Denn ich halte es nicht aus zu hören wie er leidet, wie er weint. Manchmal sagt er den Namen meines Bruders, manchmal meinen.

Sein Kummer bricht mir das Herz. Es ist ein Kummer, den er tagsüber unterdrückt. Als er das, was zwischen uns läuft, halb zugab, glühte ein Funke Hoffnung in mir auf.

Und als er dann – mal wieder – abblockte und ging, erlosch das schwache Glimmen.

Genau genommen verhalte ich mich nicht anders. Ich verdränge meinen Kummer. Mein Geheimnis. Das macht mir das Leben leichter. Trotzdem verstehe ich Colin nicht.

»Ich teilte ihm mit, dass ich kündige, dass ich weggehe, all das. Er will mich nicht gehen lassen, sagte aber nicht warum, deshalb ... es ist sinnlos, noch länger hierzubleiben.« Nun hebe ich den Kopf und begegne Fables Blick. Sie sieht aus, als wäre sie von mir enttäuscht, und das hasse ich. Ich scheine eine Begabung dafür zu haben, Menschen zu enttäuschen. Es ist nicht so, dass ich das möchte. Es passiert einfach.

»Ich will auch nicht, dass du gehst. Und Drew genauso wenig.« Fables Stimme ist sanft. Eindringlich. »Wir werden dich vermissen, und du weißt, das würde ich nicht zu jedem sagen. Du bist die erste richtige Freundin, die ich jemals hatte. Drew meinte neulich scherzhaft, ich sei eine Bombe, aber du würdest mich entschärfen, und deshalb würde er eine Menge Geld bezahlen, damit du weiterhin deinen ausgleichenden Einfluss auf mich ausübst.«

Ich bin gerührt über Fables Geständnis, über ihren Versuch, dieses ernste Gespräch durch etwas Humor aufzulockern. Sie ist für mich ebenfalls die erste richtige Freundin. Ich hatte immer ein sehr enges Verhältnis zu meinem Bruder und, ja, zu Colin. Aber zu anderen Mädchen? Eigentlich nicht. Erst als ich Fable kennenlernte und wir uns anfreundeten.

»Für dich ist es okay, hier zu leben, weil du hier aufgewachsen bist und Drew hier aufs College geht. Außerdem ist da noch Owen«, sage ich. Aber ich frage mich, was passieren wird, wenn Drew von der NFL unter Vertrag genommen wird, denn der Typ ist ein viel zu guter Spieler, als dass die NFL ihn sich entgehen lassen würde.

Ich weiß, dass Fable wegen Owen nicht von hier weggehen will, doch sie wird eine Entscheidung treffen müssen und zwar bald. Ich beneide sie nicht darum.

»Für mich gibt es hier nichts – kannst du das nicht verstehen?«, frage ich. »Keine Wurzeln, keine Bande. Damit meine ich nicht, dass du nicht zählst, aber … ich will hier nicht versauern.« Ich schlucke den Kloß in meiner Kehle hinunter, bin wütend auf mich selbst. Weil ich nicht zugeben kann, dass ich hauptsächlich aus Angst, meine Vergangenheit könne mich einholen, von hier verschwinden möchte. Doch wie soll ich das Fable erklären? Ein weiterer Grund ist, dass ein bestimmter Jemand einfach nicht einsehen will, dass zwischen uns etwas entstehen könnte. Etwas Echtes und Schönes und Wunderbares, wenn er nur die Augen – und sein hermetisch verschlossenes Herz – öffnen und es erkennen würde.

»Männer sind scheiße«, stößt Fable so abrupt hervor, dass ich zu lachen beginne. Ihr zufriedenes Grinsen verrät mir, dass sie genau das beabsichtigt hat: mich zum Lachen zu bringen.

»Stimmt«, sage ich. »Bis auf deinen.«

»Oh, bitte. Er ist weiß Gott nicht perfekt. Manchmal geht er mir tierisch auf den Senkel. Trotzdem, ich werde ihn behalten.« Eine zarte Röte färbt ihre Wangen, und ich werde von einer heftigen Eifersucht gepackt, was ich nur ungern zugebe, nicht einmal mir selbst gegenüber. Ich liebe meine Freundin. Ich freue mich, dass sie so einen großartigen, süßen Typ gefunden hat, der sie bedingungslos liebt und sich rührend um sie kümmert.

Ich wünschte mir so sehr, Colin würde für mich genauso empfinden. Er hat kein Problem damit, sich um mich zu kümmern, aber Gott bewahre, sollte ich ihn für etwas anderes brauchen als für einen Job oder ein Dach über dem Kopf.

Bäh. Fable hat ja so recht. Männer sind scheiße.

»Vielleicht solltest du einfach über ihn herfallen«, schlägt Fable unvermittelt vor, reißt mich aus meinen Gedanken.

»Meinst du das ernst?« Ich weiß nicht, ob ich den Nerv dazu hätte. So sehr ich das auch möchte. Ich kenne Colin seit einer halben Ewigkeit. Ich bin bereit, ihn und die damit verbundenen Annehmlichkeiten zu verlassen, aber ich würde nie das Risiko eingehen, mich ihm an den Hals zu werfen. Von wegen Verletzbarkeit und so.

Denn was, wenn er mich zurückweist? Ich weiß nicht, ob ich damit fertigwerden könnte.

»Hey, natürlich meine ich es ernst. Besser, du verlässt ihn mit einem lauten Rumms als … ungebumst!« Fable bricht in lautes, dreckiges Gelächter aus, und ich kann nicht anders.

Ich falle mit ein.

Und als kurz darauf ihr kleiner Bruder Owen nach Hause kommt, findet er uns dabei vor, wie wir uns vor Lachen biegen, während wir sexuelle Zweideutigkeiten austauschen, je schmutziger desto besser. Ich gebe gerade eine Eier-Anspielung zum Besten, als ich Owen entdecke, der sich uns mit leicht verunsicherter Miene nähert.

Schlagartig hören wir zu lachen auf und starren ihn in stillem Entsetzen an.

Owen zieht eine Grimasse und schüttelt den Kopf. »Ich will es gar nicht wissen.«

Sogleich beginnen Fable und ich wieder wie verrückt zu kichern, während Owen in die Küche schlurft, um sich etwas zu trinken zu holen. Ich beobachte ihn aus den Augenwinkeln, bin verblüfft, wie erwachsen er aussieht. Er ist erst vierzehn und im ersten Jahr an der Highschool, doch er ist groß und gut gebaut, mit breiten Schultern und muskulöser Brust.

Die Mädchen werden ihn lieben.

»Dein Bruder wird mal ein echter Herzensbrecher werden«, sage ich.

Fable seufzt und wirft einen besorgten Blick in seine Richtung. »Das ist er schon. Seit er im Junior-High-Footballteam ist, kriegt er von den Mädchen eine Menge Aufmerksamkeit. Mir gefällt das gar nicht.«

Ich mag es, wie sie sich übergangslos in die besorgte große Schwester verwandelt. Sie ist die reinste Löwenmutter, und ich würde ihr da niemals dreinreden. »Bleib locker«, sage ich, doch sie funkelt mich an.

»Außer mir gibt es niemanden, der ihn vor diesen … Teufelinnen beschützt«, zischt sie. Ich verkneife mir ein Lachen, denn ihr Gesichtsausdruck ist echt beängstigend. »Ehrlich, Jen. Sie schnüffeln um ihn herum wie läufige Hündinnen.«

»Das habe ich gehört«, ruft Owen aus der kleinen Küche zu uns hinüber.

»Das solltest du auch«, ruft Fable zurück. Sie lehnt sich über den Tisch und sagt in gedämpftem Ton: »Weißt du, ich hatte viel zu früh Sex. Die Vorstellung, er könnte Sex haben, macht mich total kirre. Ich möchte, dass er so lange wie möglich Kind bleibt.«

Ich bringe es nicht übers Herz, ihr zu sagen, dass Owens Kindheit schon seit Jahren vorbei ist. Wahrscheinlich weiß sie das selbst, will es sich nur nicht eingestehen. Erst vor wenigen Monaten jammerte sie mir vor, sie habe schon wieder ein Päckchen Gras in seiner Jeans gefunden. Ich glaube jedoch nicht, dass er immer noch so viel kifft, weil er inzwischen im Footballteam ist und in Drews Fußstapfen treten möchte.

»Er ist für sein Alter einfach irre groß«, lenke ich ein. Ich würde wirklich gern über etwas anderes sprechen als über Owens Sexleben oder seinen Drogenkonsum.

»Schon fast so groß wie Drew«, sagt Fable mit einer Mischung aus Stolz und Wehmut. »Ich bin dagegen der reinste Zwerg. Wenn die beiden sich gegen mich verbünden, habe ich keine Chance.« Sie liebt es, wenn die beiden etwas zusammen unternehmen. Wie eine Familie. Es macht sie glücklich, dass zwischen den beiden wichtigsten Männern in ihrem Leben mittlerweile eine enge Bindung besteht.

Erneut überfällt mich ein Anflug von Eifersucht, aber ich schiebe das Gefühl beiseite und lächle Fable strahlend an. »Ihr drei seid wie eine kleine, glückliche Familie.«

Meine Bemerkung freut sie sichtlich. »Ich bin noch nie Teil einer glücklichen Familie gewesen«, gesteht sie leise.

Ich schon. Und es fehlt mir.

Ganz schrecklich.

Colin

Sie hatte heute Abend frei, und ich habe sie vermisst. Ganz schrecklich vermisst. Ich weiß, es ist armselig, aber jede Woche gleiche ich meinen Arbeitsplan so gut es geht an ihren an. Ich rede mir ein, es sei nur deshalb, damit ich sie heimfahren kann und mir keine Sorgen machen muss, wie sie nach Hause kommt, da sie kein eigenes Auto hat. Obwohl mich das eigentlich nichts angehen sollte.

Nein, in Wahrheit will ich einfach so viel Zeit wie möglich mit ihr verbringen.

Doch heute Abend war das nicht möglich. Da wir morgen wegen eines besonderen Events im Restaurant mehr Personal benötigen, musste ich ihr einen anderen Abend als üblich freigeben.

Heute Abend habe ich die Dienstpläne für die kommenden beiden Wochen ausgetüftelt und darauf geachtet, dass Jen und ich jeden Abend zusammen arbeiten. Ich muss nehmen, was ich kriegen kann, da sie mich bald verlassen wird. Für immer. Sie ist wütend auf mich, und ich kann es ihr nicht verdenken. Schließlich war ich es, der gestern zu ihr ins Bett gekrochen ist, der sich auf sie gelegt hat. Ihr halb nackter Körper war so warm und weich, ihre Augen, ihr ganzes Gesicht, offen und voller Hoffnung, voller Verlangen. Dieser Anblick, als sie sich mir anbot wie das wunderbarste Geschenk, das man sich erträumen kann, überwältigte mich total.

Und dann murmelte ich irgendeine bescheuerte Entschuldigung und ging aus dem Zimmer.

Kein Wunder, dass sie von mir genug hat. Das würde mir an ihrer Stelle genauso gehen.

Ich gehe früh nach Hause, weil ich es nicht länger aushalte und im Restaurant ohnehin tote Hose herrscht. Die Mittwochabende sind immer sehr ruhig. Als würden die Studenten an diesem einen Abend mehr als sonst lernen. Da das Semester erst vor Kurzem begonnen hat, trifft das wahrscheinlich sogar auf einen Großteil von ihnen zu. Alle fangen mit den besten Vorsätzen an, doch der Elan flaut schnell ab. Außerdem finden in der Innenstadt ständig irgendwelche Events statt, zu denen die Kids in

Scharen strömen. Der Donnerstag, auch Thirsty Thursday genannt, ist besonders beliebt zum Ausgehen und bildet den Auftakt für das Partywochenende.

Da die nächsten Tage also wieder hektisch werden, kann ich mich vorher guten Gewissens etwas ausruhen.

Als ich nach Hause komme, ist alles still und dunkel; nur aus der Küche dringt der matte Lichtschein der Lampe über der Spüle. Automatisch sehe ich mich nach Jen um, was völlig überflüssig ist, weil ich weiß, dass sie nicht da ist. Wäre sie da, würde ich sie spüren. Sie riechen. Sie fühlen.

Sie hat diese Wirkung auf mich, doch ich bin mir nicht sicher, ob sie sich dessen bewusst ist. Ihre gestrigen Worte gehen mir immer noch im Kopf herum. Sie will mich, sagte sie, aber war das wirklich so gemeint? Zugegeben, zwischen uns gibt es eine nicht zu leugnende sexuelle Anziehung, die jedes Mal, wenn wir in die Nähe des anderen kommen, in Schwingung gerät. Ich dachte immer, es sei einseitig, da Jen niemals etwas in dieser Richtung erkennen ließ.

Bis gestern Abend.

Ich denke an den Kuss zurück, der eigentlich nichts Besonderes war, sich jedoch anfühlte wie das Schönste auf der Welt. Ich weiß, ich will mehr. Ich möchte mit meiner Zunge ihre Zunge erkunden. Ich möchte die Laute hören, die sie ausstößt, wenn sie erregt ist. Ich möchte sie nackt sehen, ihre glatte, goldene Haut, die langen, schönen Beine, nur dürftig von der Bettdecke bedeckt. Ich möchte ihr Stöhnen hören und tief in sie eindringen, sie besitzen.

Seufzend gehe ich zum Kühlschrank, schnappe mir eine Flasche Wasser, drehe den Verschluss ab und trinke einen tiefen Schluck, ehe ich die Kühlschranktür so fest zuknalle, dass die darin gelagerten Bierflaschen klirren. Ehe ich die Küche verlasse, schalte ich das Licht aus, und gehe dann durch den Flur zu meinem Schlafzimmer.

Frustration steigt in mir auf – die sinnloseste Emotion neben Eifersucht. Warum versage ich mir immer alles? Ja, ich sollte mit Jen nicht herummachen. Ja, sie ist viel zu gut für mich. Ihr Bruder war mein bester Freund, ich habe ihn böse verraten – habe ihn allein in den Krieg ziehen lassen, obwohl ich eigentlich mit ihm hätte gehen sollen.

Es war kein Problem gewesen, Danny zu versprechen, dass ich mich immer um seine Schwester kümmern würde. Dieses Versprechen tatsächlich zu halten erwies sich als weitaus schwieriger. Jen rannte von zu Hause weg. Als ich sie schließlich vor einem knappen Jahr aufspürte, hauste sie in ihrem Auto und strippte für einen Hungerlohn im schmierigsten Klub der Gegend. Sie arbeitete die ganze Nacht und schlief dann in ihrem Auto auf dem Parkplatz des Gold Diggers.

So habe ich sie vorgefunden. Verzweifelt, fertig und voller Misstrauen. Sie rannte weg, aber ich lief ihr nach. Zwang sie, mich anzuhören, in meinen Wagen zu steigen, mit zu mir zu fahren. Ich werde niemals vergessen, wie sie aussah. Wie ein wildes Tier, das in der Falle sitzt. Und verzweifelt nach einem Fluchtweg Ausschau hält.

Wir sind immer Freunde gewesen, sind zusammen aufgewachsen. Danny machte sich nie über meine Zuneigung für seine kleine Schwester lustig, was ich ihm hoch anrechnete, denn zwischen Jen und mir bestand eine sehr besondere Verbindung.

Doch inzwischen können wir nicht mehr wirklich miteinander reden. Sie verheimlicht mir etwas, und ich komme nicht dahinter, was es ist. Die Entdeckung, dass sie getanzt und gestrippt hat, war schlimm genug. Was könnte sie sonst noch verbergen?

Wer weiß? Sie erzählt mir ja nichts.

Aber jetzt mache ich endlich etwas richtig. Bin kein egoistisches Arschloch mehr, sondern gebe Jen die Chance, das zu tun, was sie will. Ich kann sie nicht davon abhalten. Das wäre nicht fair. Wenn sie wirklich gehen und woanders Fuß fassen will, muss ich sie darin unterstützen. Ihre Eltern sind ihr weiß Gott keine Hilfe. Sie sind zu sehr mit ihren eigenen Problemen beschäftigt, um Jens Probleme wahrzunehmen.

Hm. Da spricht der Richtige!

Sobald ich mein Schlafzimmer betrete, streife ich meine Klamotten ab, lasse sie auf dem Weg ins Bad Stück für Stück zu Boden fallen. Dann gehe ich in die Duschkabine, drehe das kalte Wasser an und stelle mich beherzt, mit zusammengebissenen Zähnen unter den eiskalten Sprühregen. Das kalte Wasser reißt mich aus meiner beschissenen Stimmung, belebt mich.

Macht mir einen klaren Kopf.

Schließlich drehe ich das warme Wasser an, shampooniere mir das Haar, seife mich ein und spüle alles wieder ab. Ich nehme meinen Schwanz in die Hand und lasse meine Gedanken sehnsüchtig zu Jen schweifen wie ein heranwachsender Junge, der eine heimliche, unerwiderte Liebe hegt. Jen mit mir unter der Dusche, ihr Körper seifig und glitschig, ihre glatte Haut vor Nässe glänzend. Sie berührt mich überall, ihre Hände gleiten über meine Haut, als sie sich vor mich hinkniet. Sie bewegt die Lippen an der Spitze meines steifen Schwanzes, flüstert etwas, ehe sie mich tief in den Mund nimmt …

Als ich unter der Wucht meines Orgasmus' keuchend und zitternd gegen die Wand sinke, schließe ich die Augen und presse die Wange an die kalten Fliesen. Wünsche mir, Jen wäre hier, würde wie in meiner Fantasie nackt und nass vor mir knien, bereit, mich in den Mund zu nehmen.

Bevor ich sie an den Schultern packe und hochziehe, sie gegen die Wand presse und bis zur Bewusstlosigkeit ficke. Denn das ist es, was ich wirklich will.

Stattdessen bin ich allein. Wie immer.

»Danny! Verdammt, wo bist du?« Ich bewege mich durch den Wald, rufe immer wieder seinen Namen.

Er lacht. Ich kann ihn hören. Vielleicht sitzt er in einem Baum oder hängt an einem Ast und beobachtet, wie ich ihn überall suche. Und die ganze Zeit über lacht er über meine Verzweiflung. Oder vielleicht versteckt er sich ja gleich neben dem Pfad, hinter einem Busch. Ich finde nicht heraus, wo er ist. Ich weiß nur, dass ich ihn höre.

»Danny! Ich werde dich windelweich schlagen, wenn du nicht sofort dein hässliches Gesicht zeigst«, schreie ich und bleibe mitten auf dem Pfad stehen. Die Sonne brennt gnadenlos auf mich herab, und ich streiche mit der Hand durch mein schweißnasses Haar. In der Ferne ertönt sein Lachen, macht mich wütend, und ich trete gegen einen Stein, bin sauer, weil er ständig seine Spielchen mit mir treibt.

Ich habe es so satt. Ich will mit ihm reden. Ihn ansehen. Ihn beschimpfen. Mit ihm lachen.

Wie in den alten Zeiten.

»Fick dich, Wilder. Los, such mich!«

Er fordert mich heraus, als würden wir eine bizarre Art von Verstecken spielen, also stapfe ich weiter. Ignoriere die Hitze, ignoriere, dass der Pfad schmaler und steiniger wird. Gefährlicher. Ich stolpere und höre sein schadenfrohes Lachen. Dieser Wichser.

»Nicht herumtrödeln. Folge einfach meiner Stimme«, feuert Danny mich an. »Komm schon, sei kein Mädchen.«

Seine Worte machen mich wütend, und ich beschleunige meinen Schritt, entschlossen, den Idioten zu finden und ihm ordentlich eins vor den Latz zu knallen. »Fick dich, Cade«, murmle ich, und er lacht noch lauter.

»Du kriegst mich nicht. Ich war schon immer der Stärkere. Der Bessere«, höhnt er.

Stimmt nicht.

»Der Schnellere«, fährt er fort. »In der Schule war ich in allen Sportarten besser. Ich habe die hübscheren Mädels gekriegt. Du warst immer der Zweitbeste, Wilder. Mann, dein Vater meldet sich auch nicht mehr bei dir. Eigentlich hat er sich nie für dich interessiert, richtig?«

»FICK. DICH!« Ich fange zu rennen an, ungeachtet der Hitze und meiner Erschöpfung. Brennender Schweiß tropft mir in die Augen, und als ich ihn mit dem Handrücken wegwische, erspähe ich Danny in der Ferne. Lässig steht er da, die Hände auf den Hüften und ein fettes, arrogantes Grinsen im Gesicht.

Ich würde ihm dieses Grinsen gern mit der Faust aus der Fresse polieren.

Die Hände so fest zusammengeballt, dass es wehtut,

renne ich zu ihm hin, strecke schon die Hände nach ihm aus, um ihn an der Schulter festzuhalten, doch das nächste, was ich weiß, ist, dass er auf dem Boden liegt. Flach auf dem Rücken. Sein Körper ist völlig reglos, seine dunkelbraunen Augen sind weit geöffnet. Starren mich leblos und mit leerem Blick an.

»Nein.« Aufschluchzend sinke ich auf die Knie und nehme ihn in die Arme. Sein Körper ist kalt. So schrecklich kalt und steif, und ich halte ihn fester, drücke sein Gesicht an meine Brust, meine Wange an seinen Kopf. »Du wirst mir jetzt nicht sterben, du verdammter Idiot.«

Keine Reaktion.

Tränen strömen über meine Wangen, und ich schüttle den Kopf. »Ich werde nicht zulassen, dass du stirbst.« Ich drücke ihn so fest, dass ich ihm die Luft abschnüre, schiebe ihn dann von mir weg und starre mit wachsendem Entsetzen auf sein Gesicht hinunter, als er mit einem dumpfen Laut auf den staubigen Boden fällt.

Seine Augen sind verschwunden, nur leere, schwarze Höhlen sind geblieben. Das ist nicht mehr Danny. Das ist eine Leiche. Ein Skelett. Sein Körper ist zerfallen, seine Kleidung, seine verdammte Haut … weg.

Scheiße.

Ein krächzender Laut entweicht mir, und ich springe auf die Beine, sehe mich panisch nach allen Seiten um. Ich habe mich verirrt. Und wenn ich den Rückweg nicht finde, werde ich bald genauso tot wie Danny sein.

»Ich muss hier weg«, murmle ich, während ich versuche, meine Schritte zurückzuverfolgen. Doch es ist sinnlos. Je länger ich gehe, desto mehr verlaufe ich mich. Laufe im Kreis herum und komme wieder bei Danny an.

Er liegt mitten auf dem steinigen Pfad, ein kaltes, lebloses Skelett. Das gottverdammte Skelett setzt sich auf, heftet seine schwarzen, leeren Augen auf mich und hebt die Hand. Mit dem Finger auf mich deutend, sagt es ruhig: »Du allein bist schuld an meinem Tod. Ich hoffe, du bist stolz darauf.«

Ein Schluchzer entringt sich meiner Brust, und ich falle wieder auf die Knie. Verdammt, nein, ich bin nicht stolz darauf. Wenn ich mit Danny tauschen könnte, würde ich es tun. Sofort. Er hat es nicht verdient zu sterben. Danny wurde von allen Menschen geliebt. Während ich von allen Menschen außer Danny gerade mal toleriert wurde.

Ich wünschte, ich wäre derjenige, der tot ist.

»Colin.« Eine leise, süße Stimme dringt durch den Nebel zu mir, und ich presse die Lippen zusammen, versuche mein Weinen zu unterdrücken. »Colin, wach auf. Du hattest einen bösen Traum.«

Das ist kein Traum. Ich stelle mich jeden einzelnen Tag der hässlichen Realität. Ich lasse alle, die ich kenne, im Stich.

Alle.

»Bitte, Colin.« Mein Körper bebt. Ihre schlanken Hände berühren mich, versuchen mir Trost zu spenden. Sie streicht über meine Schultern, ehe sie mich erneut rüttelt, diesmal fester. Ich hatte keine Ahnung, dass sie so stark ist. Mental, ja, sie kann alles aushalten. Ich bewundere sie dafür.

Liebe sie dafür.

Liebe?

Vielleicht träume ich tatsächlich …

Als ich blinzelnd die Augen öffne, sehe ich sie. Jens Gesicht schwebt über meinem, ihre fein geschwungenen Brauen sind zusammengezogen, ihre großen braunen Augen von Sorge erfüllt. Dann spielt ein erleichtertes Lächeln um ihre Mundwinkel, und sie streicht mit zarten Fingern über meine Wange. »Du bist wach.« Ihre Stimme ist so sanft, dass ich sie kaum verstehen kann, und ich frage mich, ob sie absichtlich diesen Ton anschlägt, um mich nicht zu erschrecken oder zu ängstigen.

Ich blicke zu ihr auf, nehme ihre schönen, vertrauten Züge in mir auf. Der weiche Schimmer in ihren Augen, die Art, wie sie mich berührt, das alles macht mir bewusst, dass ich sie in meinem Leben brauche. Ich möchte, dass sie sich mir wieder öffnet, mir von ihren Hoffnungen, Träumen und Problemen erzählt. Ich will ihr helfen. Und ich will, dass sie mir hilft.

Zwischen uns ist mehr als Freundschaft, mehr als unsere gemeinsame Geschichte. Jen bedeutet mir alles.

Die Erkenntnis raubt mir den Atem.

Ich presse die Augen fest zusammen, öffne sie dann langsam wieder und konzentriere den Blick auf Jen. Meine Muskeln sind angespannt, mein ganzer Körper steht unter Spannung, und sie streicht mit den Fingern so zart, so sanft durch mein Haar, dass meine ganze Haut zu prickeln beginnt.

Meine sehr entblößte Haut, da ich so nackt bin wie am Tag meiner Geburt.

5. KAPITEL

Jen

Er zittert in meinen Armen, sieht mich an, und in seinen blauen Augen liegt so viel Not, so viel Schmerz. Ich lasse mich von meinem Instinkt leiten und ziehe ihn ganz in meine Arme, drücke ihn so fest an mich, dass ich fast fürchte, ich hätte nicht die Kraft, ihn jemals wieder loszulassen.

Seine Träume kommen nun häufiger, und das bereitet mir Sorge. Sie zehren an ihm, fressen ihn auf. Die Zeit sollte doch alle Wunden heilen und sie nicht schlimmer machen.

Doch die Zeit hat auch *meine* Wunden nicht alle geheilt, warum sollte ich das also bei Colin erwarten?

Ich rolle mich auf den Rücken, ziehe Colin mit mir, sein Kopf ruht auf meiner Schulter, sein Haar kitzelt auf meiner Haut. Er schlingt den Arm um mich, legt ihn quer über meine Brust und umfasst mit seiner großen Hand meine Schulter. Mir macht das Gewicht seines Körpers nichts aus. Es fühlt sich kompakt, lebendig und so unglaublich richtig an, wie Colin da in meinen Armen liegt. Er zittert noch, aber seine Atmung wird langsam regelmäßig, und sacht streiche ich mit den Fingern durch sein seidiges, weiches Haar, um ihn zu beruhigen.

»Möchtest du darüber reden?« Diese Frage stelle ich ihm jedes Mal.

Und jedes Mal ignoriert er sie. Dennoch muss ich es immer wieder versuchen.

Wieder und wieder streiche ich durch sein Haar, schließe die Augen, als er sich an mich schmiegt, die Beine um meine Beine schlingt. Seine Haut ist heiß, die Haare an seinen Beinen kratzen auf meiner Haut, und er ist so unglaublich hart …

Ich spüre seine Erektion, denn er ist völlig nackt.

Ich reiße die Augen auf, starre an die Decke. Bisher hatte er jedes Mal, wenn ich nachts an sein Bett eilte, mindestens Unterwäsche an. Heute jedoch nicht. Ich kann jeden herrlichen Millimeter von ihm spüren. Erregung durchströmt mich, pulsiert durch meine Adern, setzt sich zwischen meinen Beinen fest, und ich beiße mir auf die Unterlippe. Die Versuchung, mich an ihn zu pressen, ist nahezu übermächtig. Streng ermahne ich mich, dass ich das nicht darf.

Na ja. Ich könnte es tun. Aber ich habe keine Lust, mit dem Feuer zu spielen.

»Ich bin hinter Danny hergelaufen«, sagt er schließlich, und seine Stimme ist so leise, dass ich die Ohren spitzen muss, um ihn zu hören. Es verblüfft mich, dass er überhaupt etwas sagt. Das ist das allererste Mal. »So fangen meine Träume immer an.«

Schweigend warte ich ab. Ich will nicht sprechen, nichts sagen, aus Angst, er könnte dichtmachen.

»Die Szenerie kann sich verändern, aber immer, immer renne ich hinter Danny her. Suche ihn. Meistens finde ich ihn nicht, aber wenn ich ihn finde …« Ein Schauder überläuft ihn. »Diese Träume sind in der Regel die schlimmsten.«

»Hast du ihn diesmal gefunden?« Ich will es wissen, aber gleichzeitig will ich es nicht wissen. Ich habe früher auch von Danny geträumt, gleich nachdem er gestorben war. Manche Träume waren traurig, die meisten schön, obwohl ich immer mit wehem Herzen aufgewacht bin, weil ich ihn so schrecklich vermisste. Diese Träume waren eher wie Erinnerungen an unsere gemeinsame Kindheit, aber keine Albträume.

»Ja.« Seine tiefe Stimme ist belegt, der Klang bricht mir das Herz.

Colin bricht mir immer das Herz. Er kann bei der Arbeit lächeln, Witze machen und flirten, doch das ist alles Fassade, eine Maske. Zu Hause, mitten in der Nacht, ist er der echte Mann. Der Mann, der unter so viel Kummer und so verdammt vielen Schuldgefühlen leidet, dass es kaum auszuhalten ist.

Ich wünschte, ich könnte ihm etwas davon abnehmen, doch ich habe meine eigenen Probleme, mit denen ich fertigwerden muss. Hätte ich nicht die Befürchtung, er würde mich lebenslang hassen, würde ich ihm erzählen, was ich getan habe. Wie ich mich einfach so an Männer verkauft habe. Mein schändliches Geheimnis würde ihn zerstören. Er glaubt, er habe eine enorme Schuld auf sich geladen …

Meine Schuld ist so schwer, dass sie mich fast erstickt.

Er sagt jetzt nichts mehr, und ich auch nicht. Schweigend liegen wir da, bis sein Atem tiefer wird, und ich kenne ihn gut genug, um zu wissen, dass er wieder eingeschlafen ist.

Ich wünschte, ich könnte auch einschlafen, aber wie soll das gehen, wenn ich von diesen starken Armen umfangen bin und sein kräftiger, heißer Körper an mich gepresst ist? Ich denke darüber nach, was er gesagt hat, und zahllose Fragen schwirren mir im Kopf herum. Ich kenne Colin seit Jahren, doch in vielerlei Hinsicht ist er nach wie vor ein Mysterium für mich.

Während ich an die Decke starre, bin ich mir schmerzhaft unserer Nähe bewusst, denn unsere Körper sind praktisch ineinander verschlungen. Nach unserem Kuss gestern Nacht kann ich nur noch daran denken, dass ich ihn wieder küssen will. Und noch viel mehr. Intimere Dinge.

Würde ich Colin küssen und mit ihm was weiß ich alles machen, könnte ich ihn nicht mehr verlassen. Ich bin zwar nicht dumm, aber mein Herz könnte es sein und mein Körper würde mich sowieso sofort verraten. Ich weiß, ich würde süchtig nach Colin werden. Obwohl zwischen uns gar nichts läuft, verlange ich schon jetzt nach ihm wie nach einer Droge. Möchte ihn schmecken, ihn berühren, seinen Körper mit Händen, Mund und Zunge erforschen.

Ich würde mich nicht als Jemanden bezeichnen, der übermäßig an Sex interessiert ist. Okay, ich bin keine verklemmte Jungfrau, aber bisher hat mich noch kein Typ wirklich umgehauen und in mir die Gier nach mehr erweckt. Da ich mit einem überfürsorglichen Bruder und seinem nicht minder fürsorglichen besten Freund aufwuchs, gingen mir die Jungs zunächst aus dem Weg, und ich konnte es ihnen nicht verübeln. Doch als ich älter wurde und Danny und Colin die Highschool abgeschlossen hatten, begannen dieselben Jungs hinter mir herzulaufen, und, ja, mit einigen von ihnen hatte ich Dates. Im letzten Highschool-Jahr hatte ich dann am Abend des Abschlussballs mit meinem ersten richtigen Freund zum ersten Mal Sex.

Eine spektakulär schlechte Erfahrung, zumindest für mich, und Doug Evans und ich haben auch kurz danach Schluss gemacht. Er ging im Sommer nach unserem Abschluss aufs College, und ich habe nie wieder etwas von ihm gehört oder gesehen.

Danach hatte ich längere Zeit einen anderen Freund, doch wir trennten uns kurz nach Dannys Tod. Er hielt den ganzen Schmerz und die Trauer nicht aus, und dafür habe ich volles Verständnis. Ich hätte mich damals auch von mir getrennt. Später hatte ich noch mit einer Handvoll Typen Sex, aber nichts Ernstes – und was in meiner Zeit im Gold Diggers passierte, zählt nicht.

Wie gesagt, kein Typ hat mich jemals wirklich umgehauen. Der einzige Mann, nach dem ich verlange, ist derjenige, der gerade neben mir, an meiner Schulter schläft, sich an mich klammert, als hinge sein Leben davon ab.

Er richtet mich zugrunde, und er weiß es noch nicht einmal.

Das ist absolute, herrliche Folter. Ich muss aus seinem

Bett flüchten, bevor ich irgendwas Dummes tue. Behutsam versuche ich, mich aus seiner Umklammerung zu lösen, doch er presst sich noch enger an mich, gräbt die Finger in meine Schulter, und da er halb auf mir liegt, scheint sein Gewicht schwerer zu werden. Ich dachte, er würde schlafen, aber sein Verhalten verrät etwas anderes.

»Geh nicht fort.« Er flüstert die Worte gegen meinen Hals. Ich spüre die Bewegung seiner Lippen, seinen warmen Atem auf meiner Haut, der mich erbeben lässt. »Bleib bei mir.«

Seine Worte und sein Tonfall lassen mich innehalten, und ich bleibe reglos liegen. Ich möchte mehr, würde gern so viel mehr tun, doch ich habe Angst, er könnte mich so wie gestern Abend zurückweisen. Fable gegenüber habe ich die Sache heruntergespielt – und auch mir selbst gegenüber –, aber es ist so verdammt kränkend, dass er mich ständig abwehrt. Dass er nie zugibt, was zwischen uns läuft. Das ist verwirrend.

Zerstörerisch.

»Colin …« Ich verstumme, als er meine Wange berührt, mit federleichter Hand an meinem Kinn entlangstreicht und dann weiter zu meiner Kehle. Er legt die Hand um meinen Hals, übt einen minimalen Druck aus, und bei der besitzergreifenden Geste brandet Erregung in mir auf.

Nun lässt er die Hand nach unten gleiten, legt sie mitten auf meine Brust und presst seine breite Handfläche auf meine Brustwarzen, während er mit den Fingern zart über mein Schlüsselbein streicht. Mein Atem gerät ins Stocken, dringt in abgehackten, keuchenden Lauten, die ich nicht kontrollieren kann, aus meiner Kehle.

»Du willst es. Ich spüre, wie dein Herz rast.« Seine Lippen sind an meinem Hals, sein Atem streicht heiß über meine Haut. »Jede Nacht kommst du zu mir, willst mir immer helfen. Bittest nie um irgendwas. Warum, Jen?«

»Du bist mein Freund.« Ein zitternder Atemzug entweicht mir. »Ich halte es nicht aus, wenn du leidest.«

Colin bleibt stumm, reibt die Nase an mir, atmet meinen Geruch tief ein, als wollte er *mich* einatmen. Ich liege steif da, bin völlig baff über sein Verhalten. Es gefällt mir, das kann ich nicht leugnen, aber es macht mir auch Angst. Ich will mir keine falschen Hoffnungen machen.

»Ist das alles? Ich bin einfach nur dein Freund, den du trösten willst?« Er klingt total skeptisch, was nicht verwunderlich ist. Schließlich habe ich ihm erst gestern erzählt, dass ich ihn begehre.

Kein Zweifel, er weiß, dass ich Mist rede.

»Ach, was weiß ich …« Herrgott, ich kann ihm unmöglich *noch einmal* gestehen, was ich für ihn empfinde, nur um meine Worte wieder brutal um die Ohren gehaut zu kriegen.

Erschrocken keuche ich auf, als er mit einer blitzschnellen Bewegung plötzlich über mir kauert, das Gesicht dicht an meinem, die Hand an meinem Hals. Seine Augen glühen förmlich, während er den Blick langsam über mich gleiten lässt. »Was zum Teufel tun wir da?«

Die ruppige Frage erschreckt mich noch mehr. Ich habe keine Ahnung, was ich antworten soll. Er presst die Stirn an meine, und ich schließe die Augen. Kann ihn nicht ansehen. Was ich in diesem Moment fühle, ist einfach … zu viel.

Colin Wilder ist der Inbegriff von »zu viel«.

Er beugt sich näher herab, sodass unsere Lippen sich praktisch berühren. »Weiß nicht«, wispere ich an seinem Mund. Und dann ist sein Mund auf meinem, und er küsst mich. Sanfte, berauschende Küsse, die mich schwindlig machen. Meine Lippen öffnen sich unter seinen zarten Küssen, und ein Wimmern entweicht mir, als er meine Unterlippe zwischen die Lippen zieht und daran zu saugen beginnt.

Er fühlt sich so gut an, schmeckt sogar noch besser, und er drängt sich näher, sein erigierter Schwanz streicht über meinen Unterbauch. Wir sind perfekt positioniert; wenn er wollte, könnte er meine Panties zur Seite schieben und direkt in mich eindringen.

Ja, das will ich. Ich begehre ihn so sehr, dass mein ganzer Körper zum Zerreißen angespannt ist, als könnte er jeden Moment in Millionen winzige Stücke zerspringen.

Ein entferntes Klingeln ertönt, und als ich die Augen öffne, sehe ich Colins fragende Miene. Ausgeschlossen, dass ich das hier abbreche. Wir haben gerade erst begonnen. Wer immer der Anrufer ist, Colin kann ihn später zurückrufen.

Doch dann wird mir klar, dass das Klingeln aus meinem Zimmer, von meinem Handy kommt. Das Geräusch dringt durch die dünne Wand zwischen unseren Zimmern hindurch. Der Frust, der mich überfällt, spiegelt sich auch in Colins Augen.

Verdammt! Da liegt Colin splitternackt auf mir, und ausgerechnet jetzt klingelt mein blödes Handy. Zudem ist es der Klingelton, der ich für meine Mutter reserviert habe, die mich sonst nie anruft. Vor allem nicht mitten in der Nacht.

Zumindest ist das schon länger nicht mehr passiert. Plötzlich habe ich so ein Gefühl von Déja-vu, das mir Unbehagen bereitet.

»Ich … ich muss rangehen.« Ich drücke gegen seinen kräftigen Oberkörper, doch er rührt sich nicht von der Stelle. »Es ist meine Mom.«

Das Wort »Mom« genügt, um ihn blitzartig von mir herunterspringen zu lassen, und ich stehe auf, renne in mein Zimmer, doch ich komme zu spät. Mom hat aufgelegt. Hektisch wähle ich ihre Nummer, mein Herz rast, mein Kopf dröhnt und mein Magen verkrampft sich vor Sorge.

»Da bist du ja«, meldet sie sich mit verwaschener Stimme.

»Mom, was ist passiert?« Von böser Vorahnung erfüllt, umfasse ich das Handy fester. Ich will gar nicht wissen, was passiert ist. Vielleicht ist irgendwas mit meinem Dad. Sonst gibt es in unserer Familie ja niemanden mehr, um den man sich Sorgen machen müsste. Und wir, also Mom und ich, haben erst seit Kurzem wieder Kontakt, was anfangs nicht leicht war. Nachdem ich ohne ein Wort abgehauen bin und Colin mich dann aufgespürt hatte, fiel es mir schwer, mit meinen Eltern zu reden. Ich hatte so ein verdammt schlechtes Gewissen.

Ich erinnere mich noch an die Nacht meiner Flucht. Ich hatte alles wochenlang geplant. Mir etwas Geld zurückgelegt, ein paar meiner Sachen verkauft. Ich erzählte niemandem etwas von meinem Vorhaben, hatte offen gesagt aber auch keine Freunde, die das interessiert hätte.

Es war ein eisig kalter Abend gewesen, und meine Eltern waren eine gefühlte Ewigkeit wach geblieben. Hatten getrunken, gestritten und – mal wieder – um Danny geweint. Ich lag im Bett, hielt mir die Ohren zu und kniff die Augen fest zusammen, als könnte ich so den Schmerz meiner Eltern abwehren.

Die Flucht war mir nicht leichtgefallen, doch es war damals die einzig richtige Entscheidung für mich gewesen. Bis ich meine Handynummer geändert hatte, reagierte ich nicht auf die Anrufe und die SMS meiner Mom. Ich gab meinen Eltern keine Chance, mich zu finden, obwohl sie mich dann schließlich doch aufspürten. Ich glaube, einer von Dannys Highschool-Freunden sah mich in dem Klub.

Wie schrecklich peinlich!

Meine Eltern sind immer noch so mit ihrer Trauer um Danny beschäftigt, dass es sie gar nicht interessiert, was ich dazu zu sagen habe. Es gäbe einige Dinge, die ich ihnen erzählen könnte. Schreckliche, schlimme Dinge, aber ich weiß, dass sie mir nicht zuhören würden. Oh, sie würden so tun, als hörten sie zu, doch meine Worte würden nicht bei ihnen ankommen. Außerdem reden meine Eltern nicht wirklich miteinander. Mein Dad arbeitet zu viel. Meine Mom … keine Ahnung, was sie tut, aber ich habe da so einen Verdacht. Sie trinkt zu viel. Ertränkt ihren Kummer in Alkohol.

Ich weiß nicht, wie ich ihr helfen soll. Ich will es auch gar nicht. Das klingt vielleicht egoistisch, aber ich kann es nicht ändern.

»Belinda Lambert hat mich angerufen«, sagt sie nun. »Du erinnerst dich doch an Parker Lambert, nicht wahr? Er war im Alter zwischen Danny und dir, hat ein Jahr nach deinem Bruder die Highschool abgeschlossen.«

Stirnrunzelnd versuche ich ein Bild heraufzubeschwören, doch es gelingt mir nicht. All die Mädchen und Jungs, mit denen ich auf der Schule war, verschmelzen zu einem großen verschwommenen Haufen. Und das, obwohl ich ziemlich viele Mitschüler vom Kindergarten bis zum Ende der Highschool kannte. Schon komisch, dass sie jetzt alle nur noch eine gesichtslose Masse sind, aus der niemand wirklich hervorsticht. »Wieso rufst du mich mitten in der Nacht an, um mit mir über irgendwelche früheren Mitschüler zu klatschen?«

Sie gibt einen verärgerten Laut von sich, und ich frage mich, ob sie betrunken ist. Es ist kurz vor zwei Uhr früh. War sie in einer Bar? Irgendwie kann ich mir das nicht vorstellen, aber irgendwie dann doch. Sie hat das schon früher gemacht. Und abgesehen davon sind in den letzten Jahren weiß Gott seltsamere Dinge passiert. »Ich bin seiner Mom zufällig im Buckhorn begegnet. Parker ist in Afghanistan umgekommen, g-genau wie dein Bruder im Irak.«

O Gott. Sie ist definitiv betrunken, wenn sie im Buckhorn war, der Bar, in der alle Einheimischen meiner Heimatstadt Shingletown rumhängen. »Wann ... wann ist das passiert?«

»Vor einigen Tagen. Belinda ist völlig fertig. Total am Ende.« Sie hickst und schluchzt gleichzeitig, und ich setze mich auf die Bettkante, senke den Kopf und höre zu, wie sie lamentiert. Um Danny weint, um Parker weint.

Um sich selbst weint.

Gleich nach Dannys Tod habe ich eine Menge Anrufe dieser Art von ihr erhalten. Ich arbeitete damals Spätschicht in einem Lokal in der Nachbarstadt, eine echte

Touristenfalle, wo ich ordentlich zu tun hatte und super Trinkgelder bekam. Auf der ungefähr halbstündigen Rückfahrt nach Hause rief Mom mich dann öfter an, etwas betrunken von dem Wein, den sie zum Abendessen getrunken hatte, und bitterlich weinend. Immer bitterlich weinend über den Verlust von Danny und die Ungerechtigkeit der Welt.

Ich habe genug davon. Ja, ich vermisse meinen Bruder, aber es ist jetzt fast zwei Jahre her. Warum können alle nicht einfach … weitermachen? Er wäre total sauer, wenn er sehen würde, wie sich die Leute verhalten, vor allem Colin. Genau aus diesem Grund bin ich von zu Hause weggegangen, und jetzt bin ich wieder mittendrin. Umringt von Trauer und Verzweiflung. Ich brauche dringend einen Ortswechsel. Ich muss zu mir selbst finden, ohne dass ständig diese dunkle Wolke über mir hängt.

Als ich das Gespräch mit Mom schließlich beende und in mein eigenes Bett krieche, statt zu Colin zurückzugehen, ist mir mehr denn je bewusst, wie sehr ich meine Freiheit brauche.

Das abheilende Schmetterlingstattoo auf meinem Nacken wird mit jedem Tag, der verstreicht, immer mehr zu einem Symbol für mein Leben.

6. KAPITEL

Colin

Zwischen Jen und mir ist wieder alles wie gehabt. Die beiden Tage, nachdem sie gekündigt und mir dann gestanden hatte, dass sie mich begehrt, diese beiden Nächte in meinem Bett ... alles vergessen. Wir sind wieder zurück in unserem Alltag, wo sie arbeitet, wo ich arbeite, und wir zwar zusammenwohnen, aber nicht wirklich miteinander reden.

Eine Woche ist bereits vergangen. In drei Wochen wird sie mich verlassen. Um zu erfahren, was sich in ihrem Leben so tut, belausche ich ihre Gespräche mit ihren Arbeitskollegen, wie ein erbärmlicher Loser, der gierig nach jedem Fitzelchen an Information schnappt. Alle sind neugierig, verstehen nicht, warum sie geht und ich nichts dagegen unternehme. Sie glauben, wir hätten eine heimliche Affäre, und Jen und ich haben nie wirklich versucht, ihnen das auszureden.

Besser gesagt, *ich* habe es nie versucht. Jen sieht superscharf aus. Die Typen würden sie permanent anmachen, wenn sie der Meinung wären, auch nur den Hauch einer Chance zu haben. Also ziehe ich jedes Mal, wenn ein Kerl sich ihr nähert, ein finsteres Gesicht. Schlüpfe wieder in die Rolle des »Ich bin der starke große Bruder, der sie beschützt, also lass die Pfoten von ihr«, die ich mir angeeignet hatte, als Jen ein Teenie war und alle Jungs in der Klasse sie vögeln wollten.

Die Typen lassen sie in Ruhe, und Jen protestiert nicht. Irgendwie pfusche ich immer noch in ihrem Leben herum.

Wenn Leute sie nach ihren Plänen fragen, weicht sie aus, gibt unverfängliche Antworten und lächelt dabei so bezaubernd, dass mir jedes Mal, wenn ich es sehe, ungelogen das Herz in der Brust fast zerspringt. Es würde mich nicht wundern, wenn ich noch vor meinem fünfundzwanzigsten Geburtstag an einem Herzinfarkt sterbe. Die gestrige Nacht hat mir die Augen geöffnet. Ich begehre sie. Allein sie anzusehen erweckt in mir einen eifersüchtigen Besitzanspruch. Jen gehört mir.

Das ist ihr einfach noch nicht bewusst.

Nur Fable weiß, was wirklich in Jens Leben und in ihrem Kopf vor sich geht – zumindest nehme ich das an, da die beiden sich sehr nahe sind. Wohingegen ich nichts weiß, weil Jen und ich uns alles andere als nahe sind.

Im Moment befinden sich meine Angestellten alle in der Bar und quatschen miteinander, bevor die ersten Dinnergäste antanzen. Ich ermahne sie nicht, obwohl ich das sollte. Normalerweise lasse ich es ihnen nicht durchgehen, wenn sie während der Arbeitszeit untätig herumstehen.

Doch das Restaurant sieht gut aus – alles ist sauber, die Tische sind perfekt gedeckt. Ich mag es, wenn alles einen besonderen Touch hat, eine puristische Ästhetik; deshalb stehen wir auch, wie mein Vater sagen würde, im Ruf, ein Nobelrestaurant zu sein, statt nur ein weiterer x-beliebiger Schuppen, in dem die Studenten abhängen.

Da ich meine Angestellten gut ausgebildet habe und sie die anfallenden Arbeiten erledigen, ohne ständig von mir erinnert werden zu müssen, ist autoritäres Boss-Gehabe überflüssig.

Abgesehen davon will ich Informationen über Jen ergattern, weil sie selbst mir bestimmt nichts erzählen wird. Alle stehen um Jen herum, denn sie genießt großen Respekt. Mehr als einmal ist sie klaglos eingesprungen, wenn Not am Mann war. Daneben hat sie eine sehr überzeugende Art und versteht es meisterhaft, das Personal zu führen.

Sie würde irgendwann eine großartige Managerin abgeben. Noch ist sie nicht so weit, doch mit entsprechender Anleitung würde sie sehr gut werden.

»Hast du schon einen neuen Job?«, wird Jen nun von Becca gelöchert, einer meiner neuen Barkeeperinnen.

»Wenn alles gut geht, fahre ich an meinem nächsten freien Tag zu Vorstellungsgesprächen nach Sacramento.« Jen zuckt die Achseln, gibt sich lässig, doch ich höre die Nervosität in ihrer Stimme. »Ich habe da ein paar Sachen angeleiert.«

»Ich finde es wahnsinnig mutig von dir, dass du einfach kündigst, ohne irgendwas in petto zu haben.« Becca ist nicht ganz bei Trost, wenn sie Jen dafür bewundert, dass sie ohne jeden Plan abhaut. Ich dachte, Jen hätte einen Plan. Aber sie war schon immer viel zu impulsiv. »Ich wünschte, ich hätte auch den Mumm, so was in der Art zu tun.«

»Mumm? Ich finde eher, dass Jen total spinnt. Was soll bitte schön mutig daran sein, wenn man einen guten, sicheren Job hinschmeißt und eine Stadt verlässt, in der man tolle Freunde hat, die immer für einen da sind, egal, worum es geht? Warum sollte man so etwas aufgeben wollen? Hört sich doch nach einer idealen Situation an, aber sie ... klinkt sich aus.« Aha, man kann es also getrost Fable überlassen, Jen die Meinung zu geigen. Ich weiß bereits, dass Fable total sauer auf Jen ist.

»Fable.« Jen schüttelt den Kopf. Ich kann nur ihren Hinterkopf sehen, aber ich bin mir sicher, dass sie Fable wütend anfunkelt. »Hatten wir dieses Gespräch nicht schon?«

»Kann sein.« Fable zuckt die Achseln. »Darf ich mir nicht ganz egoistisch wünschen, dass du dableibst? Es gibt keinen Grund für dich wegzugehen.«

»Es gibt Trillionen Gründe. Einer davon ist zufällig gerade hier anwesend.«

Vor Schreck wird mir ganz schlecht. Sie redet über mich. Und nicht nur, dass sie über mich redet, sie macht das auch in Gegenwart meiner Angestellten. Die daraus natürlich folgern werden, dass zwischen Jen und mir was läuft. Und die jetzt den Verdacht haben werden, dass ich mit ihrer Kündigung zu tun habe. Ich allein.

Na prima!

Ich verlasse meinen Lauschposten am Empfangspult, schlendere in die Bar, klatsche in die Hände und setze meine strenge Boss-Miene auf. »So, Schluss jetzt mit der inoffiziellen Versammlung und ab an die Arbeit. Die Gäste werden jede Minute eintreffen.«

Sie schwirren in alle Richtungen davon wie Kakerlaken, wenn das Licht angeht – sogar Jen, die mir im Vorbeigehen einen besorgten Blick zuwirft, eilt sofort in den Speisesaal. Nur Fable bleibt da, weicht nicht von der Stelle, vom Scheitel bis zur Sohle ganz die kampfbereite kleine Kriegerin.

»Hast du nichts zu tun?« Ich höre mich wie ein komplettes Arschloch an, doch es kümmert mich nicht. Ja, ich bin mies drauf. Bin verdammt mies drauf, seit Jen ihre Ich-kündige-Bombe platzen ließ.

Fable hebt die Hand, das Licht der Deckenlampen fängt sich in ihrem Verlobungsring, bringt den Diamanten zum Funkeln. »Da niemand sonst etwas unternimmt, muss ich es tun.«

Ehe ich etwas sagen kann, stürmt sie mit wild entschlossener Miene auf mich zu, rüttelt mich so fest an der Schulter, dass ich einen Schritt zurücktrete. »Wofür, zum Teufel, war das denn?«, frage ich, während ich mir, mehr als nur ein wenig angepisst, meine Schulter reibe.

Vor allem aber bin ich total baff, dass sie so etwas macht. Mich körperlich angeht. Und mich anstarrt, als wollte sie meinen Arsch in den Weltraum schießen.

»Dafür, dass du so ein blöder Trottel bist, der nichts unternimmt, um das Mädchen, an dem dir sehr viel liegt, daran zu hindern, für immer aus deinem Leben zu verschwinden.« Ihre grünen Augen brennen vor Zorn, und ich gehe noch einen Schritt zurück, habe tatsächlich etwas Bammel vor der Wildheit, die sich in ihrem ausdrucksvollen Gesicht spiegelt.

»Ich weiß nicht, wovon du redest.« Ich springe zur Seite, um ihrem Faustschlag auszuweichen.

»Dein Glück, dass ich nicht getroffen habe. Du bist ein Riesenarschloch.« Sie senkt ihre zu Fäusten geballten Hände auf die Hüften, kocht vor Wut. »Es ist mir egal, dass du mein Boss bist, wir sind nämlich auch Freunde, richtig?«

»Ja, aber im Moment bin ich offiziell dein Boss und weise dich darauf hin, dass du heute Dienst hast.« Sobald die Worte heraus sind, weiß ich, dass es der falsche Spruch war.

Ihre Lippen werden so schmal, dass sie fast völlig verschwinden. »Ha, schon wieder verhältst du dich wie ein Arschloch.«

Ich packe sie am Arm und führe sie schweigend durch den Hintereingang auf die Gasse hinaus, wo die Angestellten in ihren Pausen herumhängen. Manche essen, manche rauchen, und alle klatschen. Zum Glück ist außer Fable und mir im Moment niemand da. Es dürfte niemand mitbekommen, wenn Fable mich beschimpft … Als würde ich das zulassen.

Wenn ich den Macho rauskehren wollte, könnte ich sie auf der Stelle feuern. Oder sie wenigstens abmahnen und für einige Tage von der Arbeit suspendieren. Sie hätte es für ihr respektloses Verhalten durchaus verdient. So was von frech!

Aber was immer sie sagen wird, ich weiß, ich verdiene es, und deshalb werde ich es hinnehmen. Es wird hässlich werden, aber vielleicht kann sie mich irgendwie zur Vernunft bringen. Das habe ich, weiß Gott, bitter nötig.

»Wenn du mich anschreien willst, dann tu es hier draußen«, sage ich, sobald ich die Tür hinter uns geschlossen habe. Ich höre die Musik aus der Bar, höre, wie der Geräuschpegel ansteigt, als sich das Restaurant mit Gästen zu füllen beginnt. Wie auf Knopfdruck wird es voll, einfach so.

»Kann ich brutal offen sein?«

Jesus, wenn sie vorhin noch nicht brutal offen gewesen ist, womit habe ich dann noch zu rechnen? »Bitte, tu dir keinen Zwang an«, sage ich sarkastisch, während ich mich auf den Schlag vorbereite.

»Sie ist in dich verliebt.«

Fuck. Das hatte ich nicht erwartet. Ich zucke zurück, als hätten mich Fables Worte körperlich getroffen.

»Sag jetzt nichts, du würdest nur alles schlimmer machen. Und mich noch wütender. Ich warne Drew immer, irgendwas zu sagen, wenn ich mit ihm so eine Art von Gespräch führen will, weil er es sonst immer, immer schlimmer macht. Männer!« Fable schüttelt den Kopf, wirkt aber alles andere als erzürnt. Sie liebt Drew Callahan mehr als das Leben selbst. Verdammter Glückspilz. »Hast du nicht bemerkt, wie sie dich ansieht? Sie behält alle deine Geheimnisse für sich, weicht aus, wenn jeder, und ich meine wirklich *jeder,* ihr ins Gesicht sagt, dass sie mit dem Boss fickt. Sie verteidigt dich immer.«

Ich schweige, denn was gibt es da schon zu sagen?

Zudem ist Fable dermaßen in Fahrt, dass ich sowieso nicht zu Wort käme. »Ich verstehe nicht, was zwischen euch abläuft, wie soll ich mir da ein Urteil anmaßen? Aber ich bin mir auch nicht sicher, ob Jen es versteht. Ich weiß nur, dass sie glaubt, du würdest für sie nicht so empfinden wie sie für dich. Und deshalb geht sie. Sie hält das nicht länger aus.«

»Hält was nicht länger aus?«, frage ich schließlich. Meine Stimme klingt brüchig, als wäre ich kurz davor, heulend zusammenzubrechen.

»Dass sie in dich verliebt ist und du diese Gefühle nicht erwiderst.« Sie mustert mich mit diesem allwissenden Blick. Ich frage mich, wie Drew damit klarkommt. Ihre Liebe für ihn ist grenzenlos, aber sie kann mitunter echt nerven. Ich muss mich beherrschen, damit ich mich unter ihrem durchdringenden Blick nicht winde wie ein Kind, das etwas ausgefressen hat. »Also, empfindest du für sie das Gleiche? Oder verarscht du sie?«

»Ich …«

»Wenn du jetzt sagst ›ich weiß nicht‹, schwöre ich bei Gott, dass ich dir in die Eier treten werde.«

Ich schlucke hart, stelle fest, dass ich keine Stimme mehr habe. Ich zweifle nicht eine Sekunde an Fables Drohung. Herrgott, aus Angst vor diesem Moment schrumpeln meine Eier schon jetzt zusammen!

»Ich weiß, ich überschreite die Chef-Angestellten-Grenze, aber du musst dir das anhören, Colin. Und das weißt du auch. Deshalb gibst du keinen Mucks von dir. Du wirst nicht einmal sauer, wenn ich mich wie ein aggressives Miststück gebärde und dich übelst beschimpfe.« Fable tritt näher, macht mir eine Scheißangst, doch ich halte die Stellung, bereite mich auf den nächsten körperlichen Angriff vor.

Aber stattdessen teilt sie nun mit Worten aus.

»Wenn du nicht willst, dass Jen geht, musst du die Eier haben – um die du im Moment so bangst, weil du fürchtest, ich könnte sie zerquetschen – und es ihr sagen. Lass sie nicht gehen. Sag ihr, was du für sie empfindest.«

Puh, bei ihr klingt das so einfach, aber leider ist es das nicht. »Sie ist bereits auf der Suche nach einem anderen Job«, wende ich matt ein. »Diese Woche will sie nach einem WG-Zimmer Ausschau halten.«

»Alles Ausreden!« Mit einer Handbewegung tut sie meine Worte ab. »Aber, hey, wenn du bereit bist, sie einfach gehen zu lassen, auch gut. Dann stärke ihr wenigstens den Rücken. Hilf ihr, mach ihr das Weggehen leichter und schmeiß sie ein für alle Mal aus deinem Leben.« Fable lacht, aber es klingt bitter. »Hast du dich jemals gefragt, warum du sie nicht gehen lassen kannst? Ist dir nicht klar, dass du sie ständig verfolgst, egal, was sie tut oder wohin sie geht? Dass du ständig versuchst, sie an dich zu binden? Wenn du ihr die Freiheit geben willst, nach der sie so verzweifelt sucht, dann lass sie verdammt noch mal endlich los.«

Bevor ich dazu komme, etwas zu meiner Verteidigung zu sagen, marschiert sie zur Tür und knallt sie so heftig hinter sich zu, dass das Gebäude und ich gleichermaßen erbeben.

Ich bin allein mit meinen Gedanken, meinen Gefühlen. Sie umschwirren mich, überwältigen mich, und ich weiß, ich kann auf keinen Fall noch länger hier draußen ausharren und mich mit diesem ganzen verworrenen Scheiß befassen.

Also folge ich Fable ins Restaurant und verstecke mich in meinem Büro.

Verstecke mich vor Jen.

7. KAPITEL

Jen

»Kenne ich Sie nicht?«

Als ich aufblicke, sehe ich einen Mann, ungefähr Mitte vierzig, der auf der anderen Seite des Empfangspults steht und mich anstarrt.

Mich prüfend taxiert.

Das Restaurant ist gerammelt voll. Das Personal war den ganzen Abend auf den Beinen. Ich sollte eigentlich in der Pause sein, helfe stattdessen jedoch am Empfang aus, kümmere mich um die Rechnungen und begrüße Gäste, während die Hostess andere Gäste zu ihren Plätzen geleitet. Zwischendurch eile ich zu meinen Tischen, um zu überprüfen, ob dort alles in Ordnung ist. Wenn es stressig ist, helfe ich oft da und dort aus, und niemand scheint etwas dagegen zu haben. Heute geht es jedoch besonders hektisch zu, ein Beweis dafür, dass Colin mehr Personal benötigt, und bei dem Gedanken kriege ich sofort ein schlechtes Gewissen wegen meiner Kündigung.

Doch als ich den Mann vor mir sehe, weiß ich wieder, warum ich unbedingt von hier wegmuss. Ich will ihn nicht kennen, aber ich kenne ihn. Er ist eine böse Erinnerung, mit der ich mich nicht auseinandersetzen will, vor allem nicht hier.

Von einer jähen Nervosität befallen, zwinge ich mich zu einem matten Lächeln, obwohl ich ihm am liebsten sagen würde, er solle sich verpissen. Mir gefällt der Blick nicht, mit dem er mich mustert. Er reicht mir seine Kreditkarte und seine Essensrechnung, und automatisch nehme ich beides entgegen. »Sind Sie Stammgast im District?« Wir haben zahlreiche Stammgäste, die in der Regel jedoch jünger sind. Ich weiß, dass er kein Stammgast ist. Nicht hier.

»Nein. Meine Frau wollte, dass ich sie zum Hochzeitstag hierhin ausführe.« Er klingt gereizt, und ich frage mich, warum ich den Kerl überhaupt am Hals habe und seine Kreditkarte durchlaufen lassen muss. War er nicht Fables Gast?

»Glückwunsch«, murmle ich, von Schuldgefühlen übermannt. Natürlich ist er verheiratet. Waren sie das nicht alle? »Waren Sie mit dem Dinner zufrieden?«

»Etwas überteuert«, stößt er unfreundlich hervor.

Ich ignoriere ihn, tippe auf den Bildschirm, warte auf die Kreditkartenbestätigung. Es dauert ewig, und als die Quittung endlich ausgedruckt wird, reiße ich sie ab, gebe sie ihm und schiebe ihm den Kugelschreiber förmlich in die Hand.

»Ich weiß, dass ich Sie schon einmal gesehen habe«, sagt er, ehe er die Quittung unterschreibt und sie mir zusammen mit dem Kugelschreiber zuschiebt. Ich wage es nicht, ihn anzusehen, und er scheint zu wissen, dass ich mich vor ihm verstecke.

»Danke für Ihren Besuch. Einen schönen Abend«, sage ich und reiche ihm seine Kopie der Quittung. Als ich einen Blick auf ihn riskiere, sehe ich, wie er mich von oben bis unten auf eine unverhohlen intime Art mustert.

Ein Schauer läuft mir über den Rücken. Ja, das ist definitiv einer der Typen, die ich …

»Haben Sie mal im Gold Diggers gearbeitet?« Er hat die Stimme gesenkt, beugt sich über die Theke zu mir hinüber, und ich trete einen Schritt zurück, schüttle heftig den Kopf.

»Ich weiß nicht, wovon Sie sprechen«, beginne ich, presse dann jedoch die Lippen zusammen, als er anzüglich grinst und mit dem Finger auf mich deutet.

»Doch, natürlich haben Sie da gearbeitet. Ich erinnere mich an Sie.« Das Grinsen wird breiter, und mir sinkt das Herz in die Kniekehlen. »Hm, ich glaube, Sie haben sogar eines Abends Überstunden gemacht und für mich privat gearbeitet.« Er hält inne, sein Blick verweilt auf meinen Lippen. »So einen Mund vergisst kein Mann.«

Scheiße! Ich fasse es nicht, dass er das gerade gesagt hat. Panisch blicke ich mich um, suche nach einem Fluchtweg.

»Bist du so weit?« Eine Frau nähert sich dem Mann, hakt sich bei ihm unter. Sie ist eindeutig seine Gattin, und ich frage mich, was sie tun würde, wenn sie wüsste, dass ich ihrem Gatten gegen Bezahlung einen geblasen habe.

Denn daher kennt er mich, und meine Scham darüber ist so gewaltig, dass ich versucht bin wegzurennen. Ich habe die meisten Männer ausgeblendet, habe nie allzu sehr auf ihre Gesichter oder Körper geachtet. Wollte keine Details wissen, sie nicht als Menschen wahrnehmen. Es ist leichter, wenn man so tut, als wären sie nicht real.

Doch dieser Typ ist real – und seine Frau ebenfalls.

»Ja, Schatz.« Er wirft mir einen betonten Blick zu, als wollte er mich ermahnen, nur ja nichts auszuplaudern. Diese Sorge kann er sich sparen. Ich will keinen Ärger. »Danke«, sagt er unfreundlich zu mir, und als Antwort nicke ich, bin überrascht über den giftigen Blick, den die Frau mir über die Schulter hinweg zuwirft, ehe beide das Restaurant verlassen.

Erleichtert ausatmend lehne ich mich an die Theke, reibe mir mit den Fingerspitzen über die Stirn. Wenn diese Begegnung nicht Hinweis genug war, dass ich schleunigst von hier verschwinden sollte, was dann? Das ist der zweite Vorfall dieser Art innerhalb von zwei Wochen.

Warum jetzt? Warum tauchen hier plötzlich die Wichser auf, die im Gold Diggers verkehrten? Ich kapier es nicht. Es ist, als wollte mir das Universum etwas mitteilen.

»Alles okay?« Eine warme Hand legt sich auf meine Schulter; die viel zu intime Berührung entlockt mir ein Keuchen, und ich wirble herum.

Aber es ist nur Colin. Als er die Hand von meiner Schulter nimmt, sehe ich die Sorge in seinem Blick, doch ich versuche, es zu ignorieren. »Alles klar«, sage ich und schlucke hart.

»Du bist blass.« Er kommt einen Schritt näher, berührt meine Wange, und ich zucke zurück. Noch während er die Hand wegnimmt, vermisse ich seine Berührung.

»Ich bin nur müde.« Ich schenke ihm ein kleines Lächeln, wünsche mir, er möge mich allein lassen. Und wünsche mir gleichzeitig, er möge mich von hier entführen, mich für immer in Sicherheit bringen. Wir könnten zusammen weglaufen. Er will sich seinen Problemen nicht stellen, ich will mich meinen nicht stellen. Wir könnten allem aus dem Weg gehen. Zusammen. Nur wir beide. Nackt …

Ja, so stelle ich mir die Erfüllung meiner Träume vor.

»Ziemlich hektisch heute. Du solltest eine Pause machen«, schlägt er vor und streckt die Hand nach mir aus. Erneut. Dieses Mal lasse ich ihn gewähren, presse die Lippen zusammen, als er mir eine widerspenstige Strähne hinter das Ohr streicht. Er ist so zärtlich, so süß. Weiß er, wie quälend das ist? Wie sehr ich ihn begehre?

Wir versagen einander, was wir beide wollen. Langsam frage ich mich, ob wir beide nicht ganz bei Trost sind.

»Ich werde hier noch überall gebraucht«, sage ich, und mein Atem gerät ins Stocken, als er noch näher kommt. Er dringt in meinen persönlichen Raum ein, hilft mir zu vergessen, was ich soeben mit dem grässlichen Gast erlebt habe. »Ich werde meine Pause in einer halben Stunde nehmen. Bis dahin sollte es ruhiger geworden sein.«

»Du musst auf dich achten. Ich will nicht, dass du dich so verausgabst.« Sein Blick heftet sich auf meine Lippen, und ich öffne sie leicht, wünsche mir, er würde mich küssen. Was völlig irre ist, da wir uns mitten in einem sehr belebten Restaurant befinden.

»Mir geht's gut. Ehrlich.« Ich schenke ihm ein breiteres Lächeln, worauf er mir dieses vertraute schiefe und so herzzerreißend süße Grinsen zuwirft, sodass ich ihn am liebsten in die Arme nehmen und nie wieder loslassen würde.

»Mir fehlen die Gespräche mit dir«, gesteht er leise.

Seine Worte verblüffen mich. »Das geht mir genauso«, antworte ich automatisch.

»Bevor du – gehst, lass uns noch mal reden, okay?« Als ich keine Antwort gebe, hakt er nach. »Wollen wir das tun? Uns gegenseitig auf den neuesten Stand bringen? Es kommt mir vor, als würde ich dich gar nicht mehr kennen, Jen.«

Stimmt, er kennt mich nicht. Es gibt zu viele Dinge, die er nicht erfahren darf. Deshalb findet zwischen uns kein wirkliches Gespräch mehr statt.

»Klar. Machen wir. Hört sich gut an«, sage ich flapsig und ignoriere den gekränkten Ausdruck in seinen Augen.

Wir tun einander lieber weh, als uns der Wahrheit zu stellen. Das ist einfacher.

»Du fährst an deinem freien Tag nach Sacramento?«, fragt Fable unschuldig, aber hinter ihren harmlosen Worten verbirgt sich eine Absicht. Sie will wissen, ob ich diese Sache tatsächlich durchziehe.

Sie hofft so sehr, dass ich einen Rückzieher mache und bleibe. Leider, leider muss ich sie enttäuschen. Nach dem heutigen Vorfall weiß ich, dass Weggehen die richtige Entscheidung ist. Lieber lebe ich irgendwo anonym als mit diesen Begegnungen der dritten Art konfrontiert zu werden.

»Das ist der Plan«, sage ich, während ich fortfahre, mein Trinkgeld zu zählen. Das ist unser nächtliches Ritual; wir sitzen alle um ein paar Tische herum, rechnen unsere Trinkgelder zusammen, und danach gibt jede von uns etwas für die Hilfskellner und Hostessen.

»Wie kommst du dorthin?« Eine weitere unschuldige

Frage, und diesmal habe ich keine einfache Antwort parat, weil ich kein Auto besitze.

Ja. Ich brauche wirklich einen Wagen. Der steht ganz oben auf der Liste mit den Anschaffungen, die ich für ein selbstständiges Leben benötige. »Ich dachte, ich könnte mir Colins Wagen ausleihen.«

Fable bricht in schallendes Gelächter aus. »Geht's noch? Glaubst du wirklich, er wird dir für deinen Trip nach Sacramento seine Nobelkarosse leihen, obwohl er dich in Wahrheit gar nicht gehen lassen will? Das kann nicht dein Ernst sein.«

»Ich habe einen Führerschein. Ich weiß, verdammt noch mal, wie man einen Wagen fährt«, erwidere ich brummig, während ich die Eindollarnoten staple. Heute war ein guter Abend, es gab reichlich Trinkgeld, und ich bin für jeden Dollar dankbar.

Für meinen Neuanfang brauche ich jeden Cent, denn das Leben in der Großstadt ist teuer.

»In dieser riesigen Stadt? Mach dir doch nichts vor, du Schönheit vom Lande! Du wirst durchdrehen, bei dem ganzen Verkehr. Und ist diese Karre nicht Colins kostbares Baby?«

Für eine Person, die behauptet, diesen Schritt sorgfältig geplant zu haben, stehe ich im Moment wie eine komplette Idiotin da. »Okay, du kannst mich fahren.«

»An dem Tag muss ich arbeiten. Ich habe bereits im Schichtplan nachgesehen.« Fable zuckt die Achseln. »Außerdem gehört der Pick-up nicht mir sondern Drew. Wir haben nur dieses eine Auto, und wenn ich es nicht benutze, um Owen zum Training zu fahren, braucht Drew es, um zu seinem Training zu fahren oder um mich von der Arbeit abzuholen oder ins College zu fahren oder … was auch immer.«

Scheiße. Ich würde das am liebsten allein durchziehen. Ich will nicht von jemand anderem abhängig sein. Vielleicht könnte ich einen Wagen mieten, aber ich habe keine Kreditkarte, und wenn ich die Debitkarte benutze, gibt es alle möglichen Bestimmungen und man muss einen bestimmten Mindestbetrag auf dem Konto haben. Es ist zu kompliziert, und ich habe auf meinem Konto auch kein Geld für Extras herumliegen. Ich habe Geld für meinen Umzug gespart und nicht dafür, es für einen Mietwagen rauszuhauen. »Ich überlege, wer mich sonst noch fahren könnte …«

»Hä? Ich dachte, du hättest alles genau geplant.« Ungläubig sieht Fable mich an, und ich würde mich am liebsten in ein Mauseloch verkriechen.

»Irgendwie habe ich gar nicht daran gedacht, dass ich ein Auto brauche und welche Kosten das verursacht und so …« Ich verstumme, krümme mich innerlich vor Verlegenheit. Als Colin mich aufspürte, habe ich in meinem Auto campiert, das dann, kurz nachdem ich bei Colin eingezogen war, kaputtging. Colin half mir, das Auto zum Ausschlachten zu verkaufen, da einzelne Ersatzteile noch zu nutzen waren, und das Ganze brachte mir sagenhafte zweihundert Dollar.

Was zum Teufel habe ich mir nur dabei gedacht, als ich Colin derart früh von meiner Kündigung unterrichtete? Okay, ich weiß, was ich mir gedacht habe. Er hat mich so sauer gemacht, dass ich einfach mit der Kündigung herausgeplatzt bin, statt zu warten, bis ich alle Dinge geregelt habe.

Mist, ich habe es total versaut. Jetzt zu ihm zu gehen und zu sagen: »Hey, gib mir noch ein paar Monate, ich brauche einen besseren Plan«, wäre viel zu demütigend.

Aber wie soll ich das nur alles schaffen?

»Ja, das ist eine Riesenausgabe. Du hast Geld für ein Tattoo ausgegeben, aber nicht daran gedacht, Geld für einen Wagen zu sparen? Das kapier ich nicht.« Fable schüttelt den Kopf, ihre Missbilligung ist unübersehbar.

Ich greife mir an den Nacken, streiche über das fast abgeheilte Tattoo. Fable schafft es, dass ich mich wie ein kompletter Versager fühle. Außerdem macht mich ihre Kritik langsam ziemlich wütend. Seit wann hat Fable das Recht, ein Urteil über mich zu fällen? »Wir treffen alle unsere Entscheidungen, okay? Aber nicht jeder hat es drauf, alles richtig zu machen.« *Wie du anscheinend,* liegt mir auf der Zunge, doch ich spreche es nicht aus.

Diese drei Wörter schwingen jedoch mit, Fables erschrockene Miene verrät, dass ihr das bewusst ist.

»Ich habe nie behauptet, ich würde alles richtig machen«, wehrt sie ab.

»Brauchst du auch nicht.« Ich schmeiße mein Geld für Hilfskellner und Hostess in die Mitte des Tisches und stehe auf, will nur noch hier raus.

»Jen, warte!«, ruft Fable, doch ich ignoriere sie. Sie hat ihren ganzen Scheiß geregelt, hat ihren perfekten supertollen Freund/Verlobten, einen guten Job und einen Bruder, der auf dem richtigen Weg ist. Okay, ihre Mom säuft und ihr Dad ist praktisch nicht vorhanden. Okay, Drew hat so seine Probleme, aber … Er ist ein Footballstar auf dem Weg in die NFL, er hat Kohle und er ist total verknallt in sie.

Ich bin allein, lebe mit einem Mann zusammen, der nicht zugeben kann, dass zwischen uns womöglich etwas ist. Oder schlimmer noch, der absolut nichts für mich empfindet, und ich bilde mir diese ganze Sache nur ein. Oh, er ist scharf auf mich. Das weiß ich. Aber sonst ist da nichts.

Rein gar nichts.

Und jetzt sitze ich in der Klemme, weil ich gehen muss, obwohl ich noch nicht annähernd darauf vorbereitet bin. Was, wenn ich keinen Job finde? Was zum Teufel soll ich dann tun?

Wessen Schuld ist es denn, du Schwachkopf? Genau – wirf einen Blick in den Spiegel, dann weißt du es.

Ich verlasse das Restaurant durch den Hintereingang und trete in die Gasse hinaus, wo zum Glück niemand ist. Seufzend lasse mich auf einen alten Stuhl plumpsen, lege den Kopf in den Nacken und blicke zum sternenklaren Himmel empor.

Colin wird entweder in seinem Büro oder am Haupteingang auf mich warten. Alle anderen werden auch durch den Haupteingang hinausgehen. Ich kann mich also ein paar Minuten entspannen.

Oder über mein absolutes Scheitern mit gerade mal zweiundzwanzig Jahren sinnieren. Wie konnte ich nur so unglaublich dumm sein? Es ist eine Sache, für den Lebensunterhalt auf der Bühne zu tanzen und zu strippen. Sich von Männern Geldscheine in den G-String stecken zu lassen, Spaß vorzutäuschen – es war schrecklich, aber ich habe es gemacht, um Geld zu verdienen. Das machen viele Frauen.

Dann ging es in rasendem Tempo bergab. Bei einer

Tänzerkollegin einzuziehen war mein erster Fehler. Sie verkehrte mit zweifelhaften Leuten, die mir mein ganzes Geld klauten. Als Nächstes fand ich mich wieder, wie ich mir von Männern auf Autorückbänken Geld dafür geben ließ, dass ich es ihnen mit der Hand besorgte. Oder mit dem Mund.

Weiter bin ich nie gegangen. Doch mit der Zeit wäre das womöglich passiert. Ich weiß es nicht. Ich war verzweifelt. Hatte Angst. Colin kam zum richtigen Zeitpunkt und rettete mich.

Ich schulde ihm unendlich viel. Trotzdem verlasse ich ihn ohne eine Erklärung. Es ist schlimm genug, dass er gesehen hat, wie ich strippte. Noch schlimmer, dass er mich mit einem Kerl im Auto ertappt hat, obwohl nichts passiert ist. Das ist ein Ereignis, über das wir nicht reden.

Ich lege den Kopf noch weiter zurück, rutsche im Stuhl nach vorne, schlage mit dem Kopf auf die Holzlehne. Einmal. Dann noch einmal. Vielleicht kann ich meinem dummen Hirn auf diese Weise etwas Verstand einbläuen. Und endlich den Mut aufbringen, mit Colin wirklich zu reden statt die wesentlichen Themen zu vermeiden.

»Versuchst du gerade, dir den Kopf einzuschlagen?«

Toll. Ich schließe die Augen. Wenn ich ihn nicht sehe, ist er vielleicht gar nicht da, richtig? »Geh weg.«

Er ignoriert die Aufforderung. »Ich habe dich gesucht.«

Klar, was sonst? Er sucht mich ständig. Und sobald er mich gefunden hat, tut er nichts mehr. Ganz schön feige.

Seine Stimme ist der Stoff, aus dem Träume gesponnen sind. Tief und melodisch, voller Verheißung, selbst wenn er nur irgendeine Floskel von sich gibt wie »Schönen Tag noch.« Die Mädchen reißen sich gegenseitig in Stücke, um diese Worte zu hören. Irgendwelche Worte.

»Vielleicht will ich nicht gefunden werden.« Herrgott, warum sollte ich mich denn sonst hierhin zurückgezogen haben?

»Fable sorgt sich, dass du sauer auf sie sein könntest.«

Als ich das höre, würde ich die Augen am liebsten öffnen, aber ich kneife sie einfach noch fester zusammen. »Sie hat allen Grund, sich zu sorgen. Ich bin stocksauer auf sie.«

»Warum?« Er klingt erschrocken. Immerhin sind Fable und ich praktisch seit dem Moment, als wir uns kennenlernten, beste Freundinnen. Die Leute finden, wir gäben ein hübsches Paar ab, weil wir äußerlich totale Gegensätze sind. Ich bin groß. Sie ist klein. Sie ist blond. Ich habe dunkelbraunes Haar. Wir sehen irgendwie witzig zusammen aus und werden ständig angeglotzt, was ziemlich nervt. Das ist keine Sitcom. Es ist unser Leben.

Und im Moment machen mich mein Leben und alle, die sich darin tummeln, verdammt wütend.

»Ich will nicht darüber reden«, murmle ich. Das ist sicher die letzte Antwort, die Colin hören will. Tja, Pech. Ich bin nicht in der Stimmung, ihm zu erzählen, was gerade in mir vorgeht. Er selbst ist so verdammt verschwiegen, und was er kann, kann ich schon lange.

»Hm, ich möchte zusperren.« Er hakt nicht nach, wofür ich dankbar bin. Gleichzeitig macht es mich total verrückt. Wenn ihm wirklich etwas an mir liegen würde, würde er nachbohren und versuchen, mehr aus mir herauszuholen, oder? »Die anderen sind schon alle weg.« Er hält inne, und ich frage mich, ob er sich genauso durcheinander und unsicher fühlt wie ich. »Gehen wir? Bist du so weit?«

Ich würde gern verneinen, aber das wäre ziemlich dumm. Er ist mein Chauffeur. Wir wohnen zusammen. Wie soll ich sonst zu ihm nach Hause gelangen? Zu Fuß, mitten in der Nacht? Sein Viertel ist ziemlich weit vom Stadtzentrum entfernt, und ein Fußmarsch dorthin würde ewig dauern. Und wer weiß, welchen Perversen ich begegnen könnte. Nachts ist die Innenstadt voll mit gruseligen Typen.

Ohne mich zu einer Antwort herabzulassen, stehe ich auf und gehe an Colin vorbei zur noch offenen Hintertür. Wortlos folgt er mir, sein Schweigen macht mich total nervös, und ich beschließe, es ihm mit gleicher Münze heimzuzahlen. Normalerweise bin ich diejenige, die die Stille durchbrechen muss. Lieber quassle ich irgendwelchen Unsinn, als so ein angespanntes Schweigen auch nur eine Minute lang zu ertragen.

Heute Abend bin ich selbst dafür zu erschöpft.

Colin

Sie klettert in meinen BMW, das Auto, das ich mir nach der Eröffnung des District als Belohnung gegönnt habe. Es ist ein klasse Wagen, doch bis auf die Fahrt in die Arbeit und zurück benutze ich ihn kaum. Wie langweilig bin ich denn?

Ihr Duft erfüllt das Wageninnere, süß und sinnlich und so unvergleichlich Jen, dass mein ganzer Körper reagiert. Als sie sich anschnallt, streift ihre Schulter meine und ihr

Haar verfängt sich für einen kurzen Moment in meinem T-Shirt, ehe sie sich in ihrem Sitz zurücklehnt.

Es ist jeden Tag das gleiche Ritual. Ich atme tief ein und aus, wenn wir auf dem Weg in die Arbeit sind. Und ich atme tief ein und aus, wenn wir auf dem Heimweg sind. Versuche, meine Nerven zu beruhigen, mir einzureden, dass ich Jen nicht wirklich begehre.

Mehr als alles andere versuche ich jedoch, ihren Duft zu inhalieren. Als könnte ich ihn in mir einsperren und ihn – oder sie – nie wieder herauslassen.

Das werde ich vermissen. Ich werde sie vermissen. Ausnahmsweise war ich mal mutig und bat sie, sich mir anzuvertrauen. Ich hatte dabei jedoch einen Hintergedanken. Ich habe sie früher am Abend beobachtet. Habe mitbekommen, wie der Gast ihr sagte, er kenne sie aus dem Gold Diggers, und wie daraufhin die blanke Panik in ihr Gesicht getreten war. Ich wünschte, sie hätte mir davon erzählt. Ich hätte viel mehr nachbohren sollen, als ich sie fragte, ob alles okay sei.

»Darf ich dich etwas fragen?«, sagt sie plötzlich aus heiterem Himmel. Ihr Ton ist total sachlich. Zu sachlich.

»Ähm, klar, schieß los«, antworte ich und frage mich, worauf das hinauslaufen wird.

»Würdest du mir, rein hypothetisch, meine ich … deinen Wagen leihen?« Sie bemüht sich, so zu klingen, als wäre das keine große Sache. Aber das kaufe ich ihr nicht ab.

»Warum fragst du?« Ich werfe ihr aus den Augenwinkeln einen Blick zu.

»Keine Ahnung. Nur so.« Sie zuckt die Achseln, was bedeutet, dass hinter der Frage weit mehr liegt, als sie zugibt.

»Soweit ich mich entsinne, bist du eine hundsmiserable Fahrerin.« Als ihr Bruder ihr Fahrunterricht gab, fuhr sie seinen Wagen zu Schrott. Er hat wochen-, wenn nicht monatelang getobt.

»Wenn du auf Dannys blöden Bronco anspielst, okay, stimmt. Das war Scheiße. Ich bin eine schreckliche Fahrerin.« Sie hält kurz inne. »Hey, ich war gottverdammte fünfzehn Jahre alt, was erwartest du?«

Ich pruste los, bin überrascht, dass ich das noch kann. Lachen. In letzter Zeit war alles extrem angespannt, und das hasse ich. »Er hat dir das immer unter die Nase gerieben.«

»Das würde er wahrscheinlich heute noch tun.« Sie presst die Lippen aufeinander, als wollte sie zu diesem Thema nichts mehr sagen, und ich schweige, habe ebenfalls kein Verlangen danach, noch länger über Danny zu reden.

Es tut so verdammt weh.

Zwischen meinem besten Freund und mir blieb alles ungeklärt. Wir hatten uns gezofft, weil ich nicht zum Militär gegangen war. Ich sagte ihm, dass es dumm von ihm sei, das ohne mich zu machen. Ich war so wütend darüber, dass er die Chance sausen ließ, mit mir zusammen ein Unternehmen zu gründen, dass ich mich nicht einmal persönlich von ihm verabschiedete, als er wegging. Erst danach hatte ich den Mumm, ihm eine E-Mail zu schreiben und mich zu entschuldigen. Wir chatteten, schrieben E-Mails, doch es war nie mehr so wie früher. Bei einem unserer letzten Gespräche ließ er mich schwören, auf seine Schwester aufzupassen, falls ihm etwas zustoßen sollte.

Kurz darauf war er tot.

»Du hast mir noch keine Antwort gegeben.« Sie runzelt die Stirn, knabbert an ihrer Unterlippe. Oh, wie gern würde *ich* an dieser prallen, sexy Unterlippe knabbern! *Scheiße.* »Also, würdest du mir deinen Wagen leihen?«

»Hm, ist es ein Notfall?«

»Ähm ... irgendwie schon.« Für meine Ohren klingt sie viel zu unsicher, um ihr zu glauben.

»Ein geplanter Notfall? So etwas gibt es nicht.« Ich drossle das Tempo und biege rechts in die Straße ab, die zu meinem Viertel führt, lasse den Blick über die schönen Häuser gleiten, die perfekt getrimmten Rasenflächen, die teuren Autos in den Einfahrten und am Straßenrand. Verdammt, ich mag dieses Viertel. Es ist eines der besseren Stadtviertel und ganz anders als die Gegend, in der ich aufgewachsen bin.

Solche Viertel sieht man in Werbespots, im Fernsehen, in Kinofilmen. Als Kind wohnte ich an einer Schotterstraße in dem kleinen Haus meiner Mom, das nicht mehr als eine Bretterbude war. Das Dach war voller undichter Stellen, die Böden mit den knarrenden Dielenbrettern und dem rissigem Linoleum waren uneben, und das einzige Badezimmer war nicht größer als ein Schrank und verfügte lediglich über eine Dusche. Kein richtiger Garten, ein paar verdammte Hühner, die durch den Dreck und das Unkraut stakten und überall hinschissen. Die Basisvariante von rustikal. Ich habe es gehasst.

Sobald es ging, haute ich von dort ab. Und kehrte, sehr zum Verdruss meiner Mom, nie mehr zurück. Als wir letztes Mal miteinander telefonierten, warf sie mir vor, ich benähme mich genauso wie mein Dad.

Ich konnte ihr im Stillen nur beipflichten. Danach bekam ich sofort Schuldgefühle und schickte ihr am nächsten Tag einen Scheck. Vor einigen Jahren habe ich ihr ein neues Haus gekauft, über das sie sich allerdings laufend beschwert. Sie vermisst das alte Haus, in dem sie aufgewachsen ist und das für sie offenbar von emotionalem Wert ist.

Ich persönlich hätte die Bruchbude am liebsten mit dem Traktor plattgewalzt, doch das ließ Mom nicht zu. Also steht es immer noch da, inzwischen vermutlich bevölkert von Mäusen, Eichhörnchen und Waschbären.

»Na gut.« Sie stößt ein genervtes Seufzen aus. »Ich muss nach Sacramento. Dich kann ich ja wohl nicht bitten, mich zu fahren, das wäre echt geschmacklos. Also habe ich mir überlegt, ob du mir für diesen Tag nicht dein Auto leihen könntest.«

Sie spinnt. Als würde ich sie mit meinem Wagen in einer ihr unbekannten Stadt herumgondeln lassen. Dass sie mich bittet, ihr meinen Wagen zu leihen, *das* ist geschmacklos. Ich weiß, was dahintersteckt, doch ich will es aus ihrem Mund hören. »Warum kannst du mich nicht bitten, dich zu fahren?«

»Ähm, weil ich Unterkunft und Job, was du mir beides so großzügig gewährt hast, für das große, wilde Unbekannte hinschmeiße?« Sie lacht, hört sich fast … manisch an.

Keine Frage, sie ist total gestresst. Und mir geht es nicht viel anders.

»Ich bin nach wie vor dein Freund, Jen. Du hast so viel für mich getan. Das ist das Mindeste, was ich für dich tun könnte«, sage ich ruhig, während ich in meine Straße einbiege.

Noch mehr Gelächter erschallt, doch es klingt nicht froh. »Ich habe so viel für dich getan? Soll das ein Witz sein? *Du* hast alles für mich getan. Immer. Du bist mein strahlender Ritter, der mich aus jeder misslichen Lage rettet. Was habe ich denn jemals für dich getan?«

Du warst einfach ... da. Hast mich in den Arm genommen, wenn ich zitternd und schreiend aus meinen beschissenen Albträumen erwacht bin. Hast mich nie bewertet, nie zu viele Fragen gestellt. Ich wünschte, ich könnte dir das sagen. Wünschte, ich wäre mutig genug, dir zu sagen, was ich wirklich empfinde. Mehr als alles wünschte ich, ich könnte dir all meine Geheimnisse erzählen.

Ich verjage die Wörter aus meinem Kopf. Ich kann sie jetzt nicht aussprechen. Kann sie ... niemals aussprechen.

»Ich werde dich nach Sacramento fahren.« An der Einfahrt drücke ich auf den Knopf zum Öffnen der Garage, lasse den Wagen hineinrollen und schalte den Motor ab, wie ich es jeden Abend tue.

Doch heute Abend ist es anders. Heute Abend starrt Jen mich mit ihren schönen, dunklen Augen an, als hätte ich komplett den Verstand verloren. Vermutlich fragt sie sich, was zum Teufel noch mal mit mir nicht stimmt.

Auch ich frage mich das.

»Das geht nicht.«

Ich wende mich ihr zu, starre sie genauso eindringlich an wie sie mich. »Warum? Was ist das Problem?«

Sie leckt sich über die Lippen, sodass sie zu schimmern beginnen und meine Aufmerksamkeit auf sich ziehen.

Zur Hölle mit dem ganzen Scheiß, ich möchte sie küssen. Die Vergangenheit vergessen, die Gegenwart vergessen, die so verdammt beängstigende Zukunft vergessen – ich will mich einfach nur über die Mittelkonsole beugen und Jen küssen. Ihren Atem stehlen, ihre Gedanken stehlen, ihr Herz stehlen.

Genauso, wie sie es mit mir gemacht hat.

Doch ich tue nichts von alldem. Den Autoschlüssel in der Hand, sitze ich reglos da, jede Faser meines Körpers angespannt und bereit zur Flucht. Ein falsches Wort von ihr, und ich bin draußen. Sagt sie das Richtige, stürze ich mich an Ort und Stelle auf sie, wie ein Teenager, der noch schnell zum Schuss zu kommen will, bevor er nach Hause zu Mami muss.

»Das Problem ist, dass ich nach Sacramento ziehen will, um dir zu entkommen«, gesteht sie leise. »Diese Stadt, alles, was hier passiert ist ... das sind keine guten Erinnerungen, Colin. Ich kann nicht bleiben. Das tut zu weh.«

Ihre Worte zerreißen mir das Herz, obwohl sie nicht unerwartet kommen. Nachdem ich ihre Miene gesehen hatte, als der Gast sie fragte, ob sie im Gold Diggers gearbeitet habe, ist mir klar, warum sie von hier wegwill. Weg aus dieser Stadt, weg von mir.

Also tue ich, was ich mir vorgenommen habe. Ich trete die Flucht an, lasse Jen allein im Wagen, in der Garage zurück.

Und verbarrikadiere mich in meinem Zimmer.

8. KAPITEL

Colin

Ich kann die Musik hören, die aus dem großen, gesichtslosen Gebäude dringt. Sie ist laut, ein hämmernder Beat. Als ich mich dem Eingang nähere, ist das anfeuernde Gejohle der männlichen Gäste kaum zu ignorieren.

Wer immer auf der Bühne ist, die Darbietung scheint ziemlich scharf zu sein.

Ich bezahle den Eintritt, trete ein und warte, bis sich meine Augen an die Dunkelheit angepasst haben. Die Musik hat aufgehört, die Bühne ist dunkel, die Männer sind verstummt und warten an ihren Tischen gespannt auf die nächste Show.

Ich setze mich an einen Tisch und bestelle bei der Bedienung ein Bier. Sie wirft mir ein laszives Lächeln zu, ihr blondes Haar wallt lang über ihre Schultern, verdeckt jedoch nicht ihre riesigen, betont zur Schau gestellten Brüste.

Sie interessiert mich nicht. Ich bin zu beschäftigt damit, nach dem Mädchen zu suchen, dessen Spur ich verloren habe. Nach dem Mädchen, das ich enttäuscht habe.

Plötzlich flammt über der Bühne mit den geteilten Vorhängen ein einzelner Scheinwerfer auf, beleuchtet eine Frau, die rittlings auf einem Stuhl sitzt, die nackten Beine gespreizt, an den Füßen Sandaletten mit hohen Pfennigabsätzen. Ihr Kopf ist vornüber gebeugt, das dunkle Haar fällt über ihr Gesicht, verdeckt es völlig.

Ein jähes Wiedererkennen durchzuckt mich, verursacht mir Gänsehaut. Ich weiß, wer sie ist.

Die Musik setzt ein, langsam und sinnlich, und die Frau umfasst die Rückenlehne des Stuhls, wirft den Kopf hin und her, ihr langes dunkles Haar fliegt durch die Luft. Dann steht sie auf, kickt den Stuhl mit ihrem sexy Bein weg, und die Männer beginnen zu johlen, als sie über den Laufsteg stolziert, die rubinroten Lippen zu einem provozierenden Lächeln verzogen.

Eifersucht flackert in mir auf, und von einem Gefühl von Besitzanspruch übermannt, lege ich meine zu Fäusten geballten Hände auf den Tisch. Das ist meine Jenny da oben auf dem Laufsteg, bekleidet mit einem verfluchten G-String und einem Bikinitop, das ihre Brüste kaum bedeckt. So habe ich sie noch nie gesehen. Sie bewegt sich zur Musik als wäre sie zum Tanzen geboren, lässt die Hüften kreisen, hebt die Arme nach oben, streicht mit den Fingern durch ihr Haar. Sie ist die Fleisch gewordene Verführung, und ich fühle mich, als würde eine unsichtbare Faust meine Eingeweide zerquetschen.

Die Männer um mich herum brüllen und pfeifen, skandieren ihren Namen. Sie nennen sie Janey, und Erleichte-

rung durchströmt mich, weil sie diesen Horden fremder Männer, die hier sind, um ihr beim Tanzen zuzusehen, zumindest ihre wahre Identität vorenthält.

Ich weiß, wer sie ist. Ich kenne die wahre Jennifer. Zumindest glaubte ich das.

Als die Musik endet, stehe ich auf und bahne mir einen Weg zur Tür, die hinter die Bühne führt. Ein Security-Typ stellt sich mir in den Weg. Er ist extrem groß und breit, mit Armen so dick wie mein gottverdammter Schädel, und ich versuche, mich an ihm vorbeizuschieben. Erzähle ihm, ich sei Janeys/Jennys Bruder.

Er scheint mir nicht zu glauben und schmeißt mich raus.

Ich lungere auf dem Parkplatz herum. Halte Ausschau. Erkundige mich nach ihr. Aber ich sehe sie nicht. Niemand kennt sie. Alle lügen, schützen sie vor was auch immer. Frustriert gehe ich zu meinem Wagen. Ein Auto fällt mir auf, das abseits von den anderen Autos geparkt ist; die Fenster sind beschlagen und das Fahrzeug ruckelt leicht von den Bewegungen, die im Inneren stattfinden.

Wie ein Wahnsinniger renne ich darauf zu, reiße die Fahrertür auf und entdecke Jenny und einen Mann. Ein fremder Mann, der die Hand auf ihrer Brust hat, während ihre Hand auf seinem Schritt liegt. Ich habe keine verdammte Ahnung, was da los ist, doch als Nächstes weiß ich, dass ich ins Innere des Wagens greife und Jen herauszerre. Sie mir über die Schulter werfe und zu meinem Auto schleppe, ungeachtet ihrer Proteste und ihrer Faustschläge, die auf meinen Rücken trommeln.

»Lass mich runter! Hau ab, Colin! Ich brauche dich nicht! Ich habe dich noch nie gebraucht!«

Sie ist wütend, doch das ist mir egal. Ich bin noch wütender. Enttäuscht. Sowohl von ihr, als auch von mir. Was tut sie nur? Es ist schlimm genug, dass sie jeden Abend auf einer Bühne strippt. Warum zum Teufel war sie mit diesem Mann in seinem Auto, hat ihm erlaubt, sie so anzufassen?

Ich will es gar nicht wissen. Ich verschließe mich vor der verfickten Realität.

So ist es einfacher.

Ich sitze aufrecht im Bett, mein Körper ist schweißnass, mein Kopf dröhnt, das Blut rauscht mir in den Ohren, übertönt alle anderen Geräusche, alle Gedanken. Hektisch fahre ich mit der Hand durch mein Haar, schnappe mir mein Handy und checke die Uhrzeit, sehe, dass es kurz nach drei Uhr morgens ist.

Ein Schauer überläuft mich, und ich lasse mich auf die Matratze zurückfallen, starre an die Decke. Ausnahmsweise ist keine Jen in meinem Bett, die mir nach meinem Albtraum Trost spendet, mich in den Armen wiegt.

Scheiße. Dieser Traum war echt ein starkes Stück.

Ich träume selten von Jen, was sicher daran liegt, dass sie ein fester Bestandteil meines Alltags ist und ich sie deshalb nicht in meinen Träumen heraufbeschwören muss. Okay, gelegentlich habe ich diese klebrigen Sexträume, in denen sie nackt und hingebungsvoll bei mir liegt und ich tief in sie eindringe. Leider sind diese Träume sehr selten.

Dieser letzte Albtraum hat mich total aufgewühlt. Sie in dem Auto zu entdecken, wie sie den Typen anfasste und er sie betatschte …

Wie sie mich ansah, was sie sagte …

Hau ab, Colin! Ich brauche dich nicht! Ich habe dich noch nie gebraucht!

Herrgott.

Ich hole tief Luft, lege den Arm über die Augen, bemühe mich, die Worte zu verdrängen. Ich konzentriere mich darauf, meinen Herzschlag zu verlangsamen, versuche mich zum Einschlafen zu zwingen, doch es klappt nicht.

Dieser verdammte Traum spukt mir unablässig im Kopf herum. Jen. Jennifer Cade, die auf einer Scheißbühne wie eine Art Sexgöttin tanzt – für andere Männer. Seit wann will ich sie eigentlich als meine persönliche Sexgöttin haben?

Länger, als dir überhaupt klar ist, Arschloch.

Richtig. Ich habe mich in ein ängstliches kleines Arschloch verwandelt, das nichts anderes tun kann, als Trübsal zu blasen und ein hinreißendes Mädchen zurückzustoßen. Dabei könnte ich mein Leben wahrscheinlich in ein großartiges Fest verwandeln, wenn ich Jen nur hereinließe. Wenn ich meine Mauern nur niederreißen könnte.

Frauen sind in meinem Leben ein- und ausgegangen. Namenlose Gesichter, hübsche Körper, Frauen, die ich lediglich zur körperlichen Befriedigung benutzt habe. Beziehungen bedeuten mir nichts. Ich hatte nie den Wunsch danach. Habe nie gedacht, eine Frau würde mit mir eine Beziehung haben wollen. Ich bin ganz wie mein Vater. Ich kann mich nicht festlegen. Dad hatte es versucht, doch er kapitulierte und ging, und Mom blieb von ihm abhängig. Eine Abhängigkeit, die sie allerdings sehr genießt.

Ich kapiere es nicht.

Fable kommt mir in den Sinn, und ich frage mich, ob

ihr Freund mir wohl einen Rat geben würde. Leise vor mich hin lachend, rolle ich mich auf die Seite und schließe die Augen. Okay, wir sind irgendwie befreundet und kommen gut miteinander klar, aber hey. Ich bin älter als der Typ, wenn auch nur ein paar Jährchen. Ich habe mein Leben wirklich gelebt, wohingegen er mit Daddys Geld von einer Schule zur nächsten befördert wurde, niemals etwas arbeiten musste außer im Football an der Perfektionierung seines Wurfes.

Ja, inzwischen habe ich auch gut Kohle. Dad hatte immer Geld, weil er zwei Jahre nach meiner Geburt ein Vermögen von meinem Grandpa geerbt hat, aber für mein Geld hat er mich ordentlich schuften lassen, der Hurensohn. Er hat mir das Restaurant geschenkt, genauso wie sein Vater ihm ein Restaurant geschenkt hatte – das geschah in der Zeit, als Dad meine Mom verließ und ich noch ein Baby war –, und nach einer intensiven Ausbildung blieb ich mir selbst überlassen. Dad ließ sich immer wieder bei mir blicken, wollte eine Zusammenarbeit mit mir, und ich stimmte widerstrebend zu.

Wir sind uns so ähnlich, da ist eine Zusammenarbeit schwierig. Wir geraten ständig aneinander.

Meine Mom nahm, was er ihr gab, beklagte sich mir gegenüber immer, was für ein knauseriger Mistkerl er doch sei, aber ich weiß, dass das nicht stimmt. Ich verstehe die beiden nicht, verstehe nicht, wie sie sich überhaupt ineinander verlieben und heiraten konnten. Sie passen absolut nicht zusammen.

Trotzdem sind sie nach wie vor verheiratet. Ich glaube, Mom wünscht sich insgeheim, dass er zu ihr zurückkommt. Und er sonnt sich, glaube ich, in dem Wissen, dass sie da ist, auf ihn wartet. Ihr Verhältnis ist krank und verkorkst. Das ständige Hin und Her zwischen ihnen. Die Streitigkeiten. Bei diesen Eltern ist es kein Wunder, dass ich keine Beziehung haben will.

Ja. Mein Leben ist völlig anders als Drews Leben. Trotzdem könnte er mir vielleicht helfen. Es kann nicht schaden, mal einen anderen Blickwinkel zu kriegen.

Zumindest könnte Drew mir ein paar wertvolle Einsichten vermitteln, denn er scheint ein recht vernünftiger Kerl zu sein. Immerhin muss er Tag für Tag mit Fable klarkommen. Und diese Frau ist komplett irre. Irre schön, irre fürsorglich, irre rechthaberisch und noch viel mehr, aber sie ist auch die loyalste Freundin, die ich kenne.

Du bist nur sauer auf Fable, weil sie dir ein paar unbequeme Wahrheiten an den Kopf geknallt hat.

Stimmt. Sie hat mich mit Dingen konfrontiert, mit denen ich mich nicht befassen wollte.

Mit denen ich mich nach wie vor nicht befassen will.

»Also, worüber willst du reden?«

Ich nehme einen Schluck Bier, werfe Drew einen Blick zu. »Wie kommst du auf die Idee, dass ich über etwas Bestimmtes reden will?« Mein jovialer Ton ist so gekünstelt wie mein Lächeln. Wir sind in einer Bar im Zentrum, relativ weit entfernt von meinem Restaurant, ein Laden, in dem bestimmt keine College-Studenten abhängen. Die Bar ist mehr auf ältere Typen ausgerichtet, die sich nach der Arbeit noch ein, zwei Drinks genehmigen wollen, bevor sie sich zu Hause ihrer traurigen Realität stellen müssen. Ich habe die Location absichtlich ausgewählt, um ungestört zu sein.

»Na ja, wir sind zwar irgendwie ... Freunde, aber wir sehen uns eigentlich nie allein.« Drew runzelt die Stirn. »Ich glaube, du hast mich noch nie gefragt, ob wir uns auf ein paar Bier in einer Bar treffen wollen. Normalerweise haben wir die Mädels als Puffer dabei.«

Er hat recht. Wir haben immer Fable und Jen dabei.

»Fable ist sauer auf mich«, sage ich, das Thema wechselnd.

Drew nickt, macht ein finsteres Gesicht. »Ich weiß. Sie wird sich schon wieder einkriegen. Ich habe ihr gesagt, dass sie nicht allen Leuten vorschreiben kann, was sie zu tun haben.«

Es verblüfft mich, dass er Bescheid weiß, aber ich hätte es mir denken können. Die beiden erzählen sich alles. Sie haben bestimmt keine Geheimnisse voreinander. »Auf Jen ist sie, glaube ich, auch sauer.«

»Ja, aber die beiden haben sich bereits ausgesprochen, und jetzt ist alles wieder gut.«

Krass. Ich hatte keine Ahnung. Aber wie auch, da ich Jen den ganzen Tag über nicht gesehen habe. Ich bin mir sicher, dass sie mir aus dem Weg geht. Und das kann ich ihr verdammt noch mal nicht verübeln.

»Ich vermute mal, die Tatsache, dass jeder auf jeden wütend ist, hat etwas mit Jen und dir zu tun, richtig?« Drew zieht eine Braue hoch, wartet auf meine Antwort, die er ohnehin bereits kennt.

Ich nicke, fühle mich deprimiert. »Ich sollte mich entschuldigen.«

»Wäre sicher hilfreich«, erwidert Drew trocken.

Mist. Es entspricht so gar nicht meinem Selbstbild, dass ich wegen einer Frau derart Trübsal blase. Ich bin eher ein aktiver, zupackender Typ. Wenn ich etwas sehe, das ich haben will, bemühe ich mich, es zu bekommen. Normalerweise. Doch was Jen angeht, halte ich mich aus irgendeinem Grund zurück.

Frauen sind nur zur gelegentlichen Triebbefriedigung gut. Ihre Gefühle sind mir egal. Ich habe keine Zeit, mich um eine Beziehung zu kümmern. Was immer eine Frau von mir haben wollte, sie bekam nie mehr als meinen Körper. Meine Emotionen, meine Gedanken? Die gehörten immer mir allein.

Es ist so einfach, mit einer Frau ins Bett zu steigen. Sex zu haben, sich gegenseitig Lust zu verschaffen. Es ist das Zusammensein danach, das mir Angst macht. Deshalb kann ich es nicht riskieren, mit Jen Sex zu haben. Sie ist zuallererst meine Freundin, und sie ist mir verdammt noch mal *nicht* egal. Ich weiß, ich würde unsere Freundschaft zerstören. Jen würde mehr wollen, als ich ihr geben könnte. Ich würde sie enttäuschen, und sie würde den Kontakt zu mir abbrechen. Für immer.

Das kann ich nicht riskieren.

»Ich habe vor, Jen morgen nach Sacramento zu fahren, um ihr bei der Wohnungssuche zu helfen und sie zu ein paar Bewerbungsgesprächen zu fahren, die sie angeleiert hat«, sage ich, den Blick auf die Flasche Bier vor mir geheftet, an deren Hals sich Kondenswasser gebildet hat.

»Und warum zum Teufel tust du das?«

Ich gebe mir Mühe, nicht auf Drews ruhigen, gelassenen Ton zu reagieren, aber scheiß drauf. Die Art, wie er redet, geht mir gehörig auf den Senkel. Es wurmt mich, dass ich überhaupt hier bin, ihn um Rat frage. Was zum Teufel tue ich da?

»Wenn ich sie nicht hier, bei mir halten kann, kann ich ihr genauso gut helfen, dorthin zu gelangen, wo sie hinwill«, sage ich. Noch während ich die Worte ausspreche, packt mich eiskaltes Entsetzen. Es ist eine Sache, diese Gedanken irgendwo im Hinterkopf zu haben. Etwas völlig anderes ist es jedoch, sie laut auszusprechen.

»Huh. Ich hätte dich nie für so eine Pussy gehalten.« Drew lehnt sich über die Theke, nimmt seine fast leere Bierflasche und dreht sie zwischen den Fingern.

Fassungslos starre ich ihn an. »Was hast du gerade gesagt?«

Drew wirft mir einen Blick zu, sieht dann wieder weg. »Das hast du doch gehört. Ich dachte, du hättest mehr Eier, Mann. Es ist okay, wenn du sie aus deinem Leben gehen lässt. Aber dich persönlich hinters Steuer zu setzen und sie in ihr verdammtes neues Leben zu kutschieren? Hey, das geht gar nicht. Kein Wunder, dass Fable wütend auf dich ist.«

»Ich verstehe nicht, was euch beide das überhaupt angeht«, knurre ich. Zorn steigt in mir auf, bringt mich auf hundertachtzig. Herrgott, er beleidigt meine Männlichkeit. Er hat mich Pussy genannt und gesagt, ich hätte keine Eier.

Drew kann mich mal. Ich hau ab.

»Ich bin echt die letzte Person, die als Ratgeber taugt«, sagt Drew, als ich vom Barhocker herunterrutsche. Er weiß, dass ich die Schnauze voll habe, dass ich nicht hören will, was er zu sagen hat. »Ich bin beziehungstechnisch ein echter Idiot, weil ich vor Fable weggelaufen bin, als ich eigentlich zu ihr hätte hinlaufen sollen.«

Den Rücken ihm zugewandt, neige ich den Kopf zur

Seite, nehme seine Worte in mich auf, den dahinter liegenden Schmerz. Die beiden haben gelitten, so viel weiß ich. Als ich Fable einstellte, dachte ich, Drew übe einen schlechten Einfluss auf sie aus. Ich dachte, er sei irgendein schleimiges Arschloch, das sich in ihr Leben drängen, ihr den Kopf verdrehen und sie dann abservieren würde.

Wie sich herausstellte, war er das Beste, was Fable passieren konnte. Die beiden tun sich gut, wirken ausgleichend aufeinander. Ich würde das niemals laut aussprechen, aber ... ja, ich bin neidisch auf ihre Beziehung. Sie lieben sich so innig, gehen so fürsorglich miteinander um.

Ich will das auch. Könnte es wahrscheinlich haben. Mit Jen.

Ist das so? Oder hast du alles zwischen euch bereits kaputt gemacht?

»Ich bin ein Arschloch.« Langsam drehe ich mich zu ihm um, verschränke die Arme vor der Brust. »Ist es das, was du mir zu verklickern versuchst? Denn da kann ich nur zustimmen.«

Drew grinst. »Das ist nicht alles, was du von hier mitnehmen sollst, aber, na ja. Hör auf, ein Arschloch zu sein. Und hör auf, deine Gefühle vor dir selbst zu verleugnen. Nimm sie an. Nimm Jen an. Du willst doch mit ihr zusammen sein, oder?«

Ich biete den Anflug eines Nickens an, kann jedoch nichts sagen. Allein die Vorstellung, ich könnte mit echten Worten einer anderen Person gegenüber bestätigen, dass ich mit Jen zusammen sein will, überwältigt mich.

Mit Jen zusammen zu sein bedeutet, dass ich mich ihr komplett öffnen muss. Der Gedanke ist beängstigend. Was, wenn ihr nicht gefällt, was sie sieht? Was, wenn ich sie enttäusche? Das könnte passieren. Ich enttäusche alle in meinem Leben. Meine Mom, meinen Dad, Danny.

Es ist leichter, mir vorzumachen, sie sei lediglich eine Freundin, als mir einzugestehen, dass ich mehr will. Die Vorstellung, sie könnte mich ablehnen, macht mir eine Scheißangst.

»Dann sag es ihr. Oder zeig es ihr zumindest.« Er hält inne. »Sie verdient es, nach allem, was sie durchgemacht hat. Der Verlust von Danny und …« Er verstummt, und ich frage mich, was er sonst noch meint.

Vermutlich mich und alles, was ich getan habe, um Jen zu enttäuschen.

»Ich habe ihr Leid zugefügt.« Meine Stimme klingt brüchig, und ich räuspere mich. »Ich habe ihrer ganzen Familie Leid zugefügt. Ich habe im Verlauf der Jahre immer wieder Versprechen gebrochen, die ich ihrer Familie gegeben habe.«

»Was für Versprechen?«, fällt Drew mir ins Wort.

Ich halte inne und starre ihn an. »Was hast du gesagt?«

»Ich habe gefragt, was für Versprechen du gebrochen hast. Ich bin neugierig.« Er hebt die Hände hoch, als ich ihn finster anfunkle. »Ich weiß, das geht mich nichts an. Du musst es mir nicht erzählen, wenn du nicht willst.«

Ich habe geschworen, ich würde zu Danny stehen, egal, worum es geht. Und als ich das nicht tat, versprach ich meinem besten Freund, ich würde mich um seine Schwester kümmern. Ich versprach den Eltern der beiden, ich würde mich um beide kümmern. Ich verlor Danny und wollte Jen retten – und das tat ich. Doch ich habe auch dieses Versprechen gebrochen. Ich hatte geschworen, dass ihr nichts Schlimmes widerfahren würde. Doch schreckliche, unaussprechliche Dinge sind ihr widerfahren, als sie im Gold Diggers war.

Ich habe auf der ganzen Linie versagt.

»Ich habe Danny versprochen, dass ich mit ihm am selben Tag ins Militär eintreten würde, aber ich bin abgesprungen.« Allein das Aussprechen der Worte erfüllt mich mit Reue.

»Warum?«

»Mein Dad hat mir ein Angebot gemacht, das ich nicht ausschlagen konnte. Er hat mir ein eigenes Restaurant geschenkt, mit dem ich mich selbstständig machen konnte und das über genügend Potenzial verfügte, um es auszubauen.« Welcher junge Mann hätte sich diese Gelegenheit entgehen lassen?

»Und was noch?«, hakt Drew nach, drängt mich, und ich gebe bereitwillig nach.

»Ich hatte Danny versprochen, dass ich mich um seine Schwester kümmern würde. Und auch dabei habe ich versagt.« Elendiglich versagt. »Ich ... ich verdiene sie nicht.«

»Glaubst du das ernsthaft?«, fragt Drew ruhig.

Ich hasse es, dass er so gelassen ist, sich in diesem Moment so selbstsicher fühlt, während in mir ein totales Gefühlschaos herrscht. Eigentlich bin *ich* der selbstsichere Typ. Derjenige, der sich durch nichts aus der Ruhe bringen lässt, der mit jeder Situation umgehen und sie sofort zum Positiven wenden kann.

Mit Ausnahme der gesamten Cade-Familie. Bei ihr habe ich jämmerlich versagt.

»Ja«, stoße ich schließlich hervor.

»Dann beweise dir selbst das Gegenteil, Mann.« Drew schüttelt den Kopf. »Beweise dir selbst das Gegenteil.«

9. KAPITEL

Jen

»Aufstehen, Pfirsichbäckchen.«

Ich kuschle mich noch tiefer in mein Kissen, kneife die Augen gegen das helle Licht der Morgensonne zusammen, das in mein Zimmer strömt. Ich weiß, dass ich die Rollläden vor dem Schlafengehen zugemacht habe. Demnach muss ich träumen. Nie im Leben würde Colin in mein Zimmer kommen und mich *Pfirsichbäckchen* nennen. Ich meine, geht's noch?

»Jennifer Lynn Cade.« Er rüttelt mich an der Schulter, und ich schüttle seine Hand ab, spüre die Wärme, die seine Berührung auf meiner Haut verursacht. »Wenn wir zu einer anständigen Zeit in Sacramento ankommen wollen, solltest du jetzt aufstehen und dich fertig machen.«

Okay. Ich bin definitiv im falschen Film. Erstens: Colin ist hier, in meinem Zimmer. Normalerweise bin *ich* in *seinem* Zimmer, um ihn aus einem seiner schlimmen

Albträume zu wecken, die ihn immer tiefer in die Spirale aus Selbsthass zu treiben drohen.

Zweitens: Colin redet mich mit einem Kosenamen an. Was soll das nun wieder?

»Kleiner Faulpelz«, murmelt er, bevor er mir – *jawohl!* – einen Klaps auf den Po gibt. »Komm, Pfirsichbäckchen. Raus aus dem Bett.«

Ich drehe mich um, öffne die Augen einen Spalt und sehe ihn neben mir auf der Bettkante sitzen, gekleidet in Jeans und ein dunkelblaues T-Shirt, das sich auf höchst appetitliche Weise um seine Schultern und seinen Oberkörper spannt. Dieser Mann ist wie ein Berg, und ich bin bereit, ihn zu besteigen! »Hast du mich gerade so genannt, wie ich glaube, gehört zu haben?«

Er lächelt, und mir ist, als würde mein Herz von einer Million winziger Dolche durchbohrt werden. Ich spüre förmlich, wie mein Herz zerspringt, weil er so unfassbar schön ist. »Da dein Po von deinen winzigen Shorts kaum verhüllt wird, kann ich eindeutig beurteilen, dass deine Pobacken wie pralle Pfirsiche aussehen.«

»Oh, mein Gott.« Das Blut schießt mir ins Gesicht, und mir wird so heiß, dass ich das Gefühl habe zu verbrennen. Hastig ziehe ich die Decke über mich. Mir war gar nicht bewusst, dass ich nur halb zugedeckt war und er die knappen Shorts sehen konnte, die ich zum Schlafen anziehe. Ohne Slip darunter.

Wie unendlich peinlich!

Seine gute Laune ist irritierend. In letzter Zeit war er immer so finster und mies drauf gewesen, und jetzt klebt ihm schon seit Minuten ein Lächeln im Gesicht. Obwohl: »Kleben« ist der falsche Ausdruck, denn das

Lächeln wirkt echt, und ich muss zugeben, es gefällt mir. Es gefällt mir, ihn fröhlich und sorglos zu sehen. Das erinnert mich an früher, bevor diese ganzen bedrückenden, schlimmen Sachen passiert sind.

»Als hätte ich deinen Hintern noch nie gesehen.« Er steht auf, dehnt sich, streckt die Arme hoch über den Kopf und stößt einen tiefen, kehligen Laut aus, der unglaublich sexy ist. Bei der Bewegung rutscht sein T-Shirt nach oben, gewährt einen Blick auf seinen flachen, straffen Bauch, und ich spüre das brennende Verlangen, ihn dort zu lecken.

Heilige Scheiße, was soll *das* denn? Ich sitze da und glotze ihn an, als wäre ich in Schockstarre verfallen. Solche Gedanken wie den, ihm über den perfekten, muskulösen Bauch zu lecken, sollte ich mir tunlichst verkneifen. Ich sollte lieber zusehen, dass ich schleunigst aus der Situation herauskomme, bevor ich irgendetwas unfassbar Dummes tue.

Wie, nun ja, ihm über den Bauch zu lecken.

»Du hast zehn Minuten, um deine Pfirsichbäckchen unter die Dusche zu schieben und dich fertig zu machen. Dann fahren wir los«, befiehlt er, während er die Arme seitlich fallen lässt. In seiner Stimme liegt jene aggressive Autorität, die mich, was ich niemals zugeben würde, total anmacht.

Manchmal liebe ich es, wenn er mich herumkommandiert.

»Wohin fahren wir?«, frage ich, mit dem Blick seiner rechten Hand folgend. Sie gleitet unter das T-Shirt, kratzt träge seinen Bauch und hebt dabei den Saum an, sodass ich einen weiteren Blick auf dieses verführerische Stück Haut ergattere. Ein Streifen goldener Härchen verläuft unterhalb seines Nabels, ein Pfad, ja, dem ich mit meiner Zunge folgen möchte. Um zu sehen, wohin er mich führt.

Mmm, ich weiß genau, wohin er mich führt, und ich würde so gern dorthin gelangen.

Genervt schließe ich die Augen, knalle mit dem Hinterkopf gegen das Kopfteil des Bettes. Bin ich geil? Hatte ich einen sehr realistischen Sextraum, oder was? Colin hier, in meinem Zimmer zu haben, auf meinem Bett – ich kann nicht aufhören, an ihn zu denken. Was ich gern mit ihm tun würde. Nackt. Mit meinem Mund und meiner Zunge und meiner …

»Ich fahre dich nach Sacramento, schon vergessen?«

Als ich die Augen wieder öffne, sehe ich, dass er mich beobachtet, eine Braue hochgezogen, die Hände auf den Hüften. Er sieht super aus. Zum Anbeißen. Er ist etwas genervt – das lese ich in seinen schönen blauen Augen. Aber es funkelt auch Belustigung darin, also ist er nicht wirklich auf mich sauer.

Nur ein ganz kleines bisschen.

»Hattest du heute nicht etwas vor? In Sac? Du weißt schon, Job finden, Wohnung suchen, diese ganzen wichtigen Dinge eben, die ein Mädchen für einen Neustart braucht?«, stichelt er.

Jetzt fällt mir alles wieder ein. Oh, Mann, vor der ersten Tasse Kaffee ist in der Früh nichts mit mir anzufangen. »Ich habe heute zwei Vorstellungsgespräche. Aber beide erst nachmittags.«

»Du wirst sicher sehr schnell einen Job finden.« Er mustert mich, sein Blick ist völlig sachlich. »Wenn du eine Empfehlung brauchst, kannst du in deiner Bewerbung gern auf mich verweisen. Ich werde dir keine Steine in den Weg legen, Jen. Ich hoffe, das weißt du.«

»Natürlich«, erwidere ich, aber stimmt das auch? Ich bin mir da nicht so sicher. Seine aufgeräumte Stimmung ist mir suspekt. Erst will er mich auf keinen Fall gehen lassen, und jetzt ist er plötzlich der erstklassige, sexy Begleitschutz auf der Fahrt in mein neues Leben? Das verstehe ich nicht.

Besser gesagt, ich verstehe *ihn* nicht.

»Ich würde ja gern noch länger herumstehen und quatschen, aber wir vergeuden unsere Zeit. Du musst dich fertig machen.« Ohne Vorwarnung zieht er mir die Decke weg, worauf ich erschrocken quietsche. Verdammt, ich habe nur ein dünnes weißes Tanktop an, keinen BH, sowie besagte Shorts, die ihm meinen Arsch bereits enthüllt haben.

Genauso gut könnte ich nackt sein.

Ich beuge mich nach vorn und versuche, ihm die Decke zu entreißen, aber er hält sie außerhalb meiner Reichweite. »Ich habe kaum etwas an«, sage ich mit einem bedeutsamen Blick.

Er ignoriert die stumme Aufforderung. »Ich habe dich schon spärlicher bekleidet gesehen.«

Meine Wangen glühen vor Verlegenheit. »Ja, als ich acht war, und du mich ertappt hast, als ich nackt im Fluss gebadet habe. Aber das zählt nun wirklich nicht.«

»Tatsächlich warst du neun. Und es zählt definitiv.« Er feixt. Ich hasse es, wenn er feixt. Er kommt mir dann wie ein arroganter alter Sack vor, obwohl er das natürlich nicht ist. Er ist manchmal nur so verdammt großspurig, und das wurmt mich, weil er ja allen Grund dazu hat. Dieser Mann ist nahezu vollkommen. »Wenn du zu mir ins Bett schlüpfst, trägt du genau dasselbe Outfit. Also, wo ist das Problem?«

»Willst du mich wirklich fahren?« Auf keinen Fall will ich mit ihm während der Fahrt über seine Albträume reden und uns beiden die Laune vermiesen. Der fröhliche, sorglose Colin ist mir viel lieber. Ich kann mich nicht erinnern, wann ich ihn das letzte Mal so gesehen habe.

»Es gibt viele Ort, an die ich gern mit dir fahren würde, Jen. Ich habe dir nur noch nie von ihnen erzählt.« Mit diesen Worten geht er hinaus und macht die Tür hinter sich zu.

Kaum ist er weg, lehne ich mich an das Kopfteil des Bettes und atme erleichtert auf. Was hat er mit seiner letzten Bemerkung gemeint? Er macht mich total nervös. Diese Schmetterlinge-im-Bauch-, ich-habe-keinen-Appetit-, ich-kann-kaum-denken-oder-reden-Nervosität, die kein anderer Typ jemals in mir hervorgerufen hat. Ich liebe es. Ich giere danach.

Und gleichzeitig macht es mir eine Scheißangst.

»Wie wärst du ohne mich hierhergekommen?«, fragt Colin drei Stunden später, als wir durch Sacramento fahren und nach einem Restaurant suchen, das in der Nähe des Unternehmens liegt, bei dem ich mein erstes Vorstellungsgespräch habe. Das Gebäude haben wir bereits ausfindig gemacht; für Colin war es sehr wichtig, dass es sich in einem guten, sicheren Viertel befindet. Auf der Hinfahrt sagte er bereits, er werde nicht zulassen, dass ich in einem schlechten Stadtviertel arbeite. Dann folgte ein fünfzehnminütiger Vortrag über Sicherheit und Wachsamkeit, bla, bla, bla.

Zu einem anderen Zeitpunkt hätte mich der Vortrag genervt. Jetzt finde ich es irgendwie nett. Es zeigt, dass ihm etwas an mir liegt. Da es ihm normalerweise sehr schwerfällt, Gefühle zu zeigen, genieße ich diese kleine Zuwendung. Ziemlich schwach, was?

Aber das ist mir egal.

»Wie meinst du das?« Ich habe ihm nicht richtig zugehört, weil ich ganz darauf konzentriert bin, ein anständiges Lokal zu finden, bevor mein Magen laut zu knurren beginnt.

»Du hast doch sicher eine andere Mitfahrgelegenheit organisiert.« Er wirft mir einen raschen Blick zu. »Wer hätte dich gefahren?«

Oh. Toll. Ich hatte tatsächlich etwas organisiert, aber per SMS abgesagt, nachdem Colin aus meinem Zimmer gegangen war. »Jason.« Ich zucke die Achseln. Jason ist einer der Kellner im District. Netter Kerl, geht aufs College, ist süß und klug. Ich könnte interessiert sein, wenn nicht jemand anderer mir ständig im Kopf herumspuken würde.

Und in meinem Herzen.

»Jason wie mein Kellner Jason?« Colins Stimme ist angespannt. Er klingt beinahe ... eifersüchtig.

Ja, genau.

»Da ich keinen anderen Jason kenne, wird er das wohl sein.« Ich wende den Blick bewusst von ihm ab, will seine argwöhnische Miene nicht sehen. Soll ich ihn in dem Glauben lassen, dass zwischen Jason und mir etwas läuft? Ein wenig Eifersucht kann nicht schaden. Ich brauche ihm ja nicht unter die Nase zu reiben, dass Jason bereits eine Freundin hat und die beiden total verliebt sind. Jason ist ein ruhiger Typ, der bei der Arbeit nicht viel über sein Privatleben erzählt, aber als er hörte, dass ich wegen Bewerbungsgesprächen nach Sacramento müsse und keinen Wagen habe, bot er mir an, mich zu fahren. Und ich habe sein Angebot angenommen.

Colin braucht auch nicht zu erfahren, dass Jasons Freundin, Kim, uns begleitet hätte.

»War er sauer darüber, dass du ihm so kurzfristig abgesagt hast?«

Ich riskiere einen Blick auf ihn. Er starrt stur geradeaus, was gut ist, da er am Steuer sitzt. Seine Kinnpartie ist angespannt, und seine Hände halten das Lenkrad so fest umfasst, dass die Knöchel weiß hervortreten.

O ja, er ist definitiv eifersüchtig. Ich fasse es nicht.

»Nein, er blieb total cool. Er hat nur aus Freundlichkeit angeboten, mich zu fahren, und nicht, weil er in Sacramento etwas zu tun gehabt hätte oder so. Wahrscheinlich war er ganz froh über die Absage.« Denn so kann er den Tag mit seiner Freundin verbringen und das tun, worauf er Lust hat, statt für mich den Chauffeur zu spielen.

»Das bezweifle ich«, murmelt Colin und schüttelt den Kopf. »Wahrscheinlich wollte er dir an die Wäsche.«

Was für ein Blödsinn – und total unbegründet. Aber irgendwie süß. Seine Eifersucht ist eine weitere unerwartete Gefühlsäußerung. »Bestimmt nicht.« Als er mich ansieht, schenke ich ihm ein breites Lächeln. »Er hat eine Freundin.«

»Wenn schon.«

»Nicht jeder ist ein Heuchler.« *Wie du,* würde ich gern

hinzufügen, verkneife es mir jedoch. »Jasons Freundin wäre auch mitgekommen. Jason ist ein netter, hilfsbereiter Typ. Wir kommen gut miteinander klar, aber wir sind nur Kumpel«, betone ich. Warum ich das Bedürfnis habe, mich vor ihm zu rechtfertigen, weiß ich auch nicht. Er ist schließlich nicht mein Aufpasser. Obwohl er sich so verhält. »Du bist derjenige, der sich ziemlich merkwürdig verhält.«

»Hä? Wieso verhalte ich mich merkwürdig?« Er biegt auf den überfüllten Parkplatz einer beliebten Restaurantkette ab.

Dazu fiele mir eine Menge ein. »Als ich dir mitgeteilt habe, dass ich weggehe, bist du ausgeflippt. Hast versucht mich zum Bleiben zu überreden. Wir haben uns gestritten, haben tagelang nur das Allernötigste geredet. Und jetzt bist du plötzlich mit allem einverstanden, willst mir helfen, stellst keine Fragen. Reagierst eifersüchtig, als ich den Namen eines anderen Typen erwähne.« Die Arme vor der Brust verschränkt, lehne ich mich in meinem Sitz zurück, während Colin in eine Parklücke fährt und den Motor ausschaltet. »Also ich finde so ein Verhalten merkwürdig.«

Er wendet sich mir zu, beugt sich ein wenig nach vorn, sodass er mir gefährlich und wunderbar nahe kommt, und ich bin versucht, mich wie eine verliebte Idiotin an ihn zu schmiegen. »Gleich mal vorweg bemerkt, ich weiß, dass Jason eine Freundin hat. Wenn ich dann von dir höre, dass er dich fahren wollte, werde ich natürlich misstrauisch. Das liegt in der Natur der Sache. Er ist ein netter Kerl, aber hey, selbst nette Kerle haben mitunter böse Absichten.«

»Nicht jeder Typ ist ein Arschloch.« Ich ziehe bedeutungsvoll die Brauen hoch.

»Willst du damit andeuten, ich sei ein Arschloch?«

Sein joviales Verhalten, so nach dem Motto »zwischen uns ist nie was passiert«, geht mir auf den Geist. Wenn hier jemand misstrauisch sein sollte, dann ich und nicht er. Außerdem macht mich seine Nähe total kirre. Ich muss den ganzen Tag mit ihm verbringen, mit ihm in seinem Wagen herumkurven. Ihn ansehen. Riechen. *O Gott!* »Du hast, was Frauen angeht, nicht gerade den besten Ruf«, sage ich geziert.

»Und das wirfst du mir vor.« Gedankenverloren blickt er zum Restaurant hinüber.

Ich gebe mich ebenfalls meinen Gedanken hin. Wenn es um Colin geht, laufen meine Gefühle Amok. Wut, Trauer, Frustration, Erregung – all das erlebe ich in diesem einen Moment. Es ist total verrückt. Mein ganzer Zorn verraucht, je länger ich ihn ansehe. Sein schönes Gesicht betrachte, diese feste Kieferpartie, die ich so gern mit den Lippen nachzeichnen würde, sein perfekter Mund, den ich so gerne …

»Ich würde dich gern eines Besseren belehren.« Seine tiefe Stimme reißt mich aus meinen wirren Gedanken, lässt mich aufschrecken. »Ich kann die Zeit nicht zurückdrehen. Kann das, was ich dir und deiner Familie angetan habe, nicht ungeschehen machen.«

Stirnrunzelnd schüttle ich den Kopf. »Was du mir und meiner Familie angetan hast? Hey, worüber sprichst du?«

»Ich habe deiner Familie versprochen, ich würde mich um dich kümmern. Ich habe es deinem Bruder versprochen.« Er zieht die Brauen zusammen, macht eine abwehrende Handbewegung. »Du willst ein neues Leben beginnen, und daran werde ich dich nicht hindern. Du verdienst es, glücklich zu sein, Jen. Und wenn du dort, wo du jetzt lebst, nicht glücklich bist, musst du dein Glück woanders suchen. Du verdienst es.«

Ich presse die Lippen zusammen, bin über seine Worte geradezu lächerlich gerührt. Diese Situation, wie wir da auf dem Restaurantparkplatz im Auto sitzen und dieses ernste Gespräch führen, kommt mir fast surreal vor. Erstmals stellt sich mir die Frage, ob es nicht ein großer Fehler ist, ihn zu verlassen. Alles, was ich kenne, aufzugeben und einen Neubeginn zu wagen ... Wofür? Weil ich eine Veränderung brauche? Eine Herausforderung? Weil ich meiner Vergangenheit entfliehen will?

Meine Vergangenheit rückt schleichend näher, sickert immer mehr in meine Gegenwart ein. Grund genug für mich, um Reißaus nehmen zu wollen.

Ich streiche über meinen Nacken, spüre den Schorf auf meinem Schmetterlingstattoo. Das Tattoo zu berühren erdet mich, erinnert mich daran, dass ich mein Leben aus gutem Grund verändern will. In letzter Zeit habe ich häufig an Danny gedacht. Er würde nicht wollen, dass es mir schlecht geht. Oder dass es Colin schlecht geht.

Aber vielleicht geht es uns ja genau deshalb so schlecht, weil wir so viel Zeit miteinander verbringen ...

»Gehen wir was essen«, sage ich, wild entschlossen das Thema zu wechseln, bevor ich etwas richtig Dummes sage. »Ich sterbe vor Hunger, und in knapp einer Stunde habe ich mein Vorstellungsgespräch.«

Ohne mich anzusehen, greift er nach dem Türgriff. Er

will die Tür gerade öffnen, als ich die Hand auf seinen Arm lege. »Danke«, murmle ich.

Er sieht mich über die Schulter hinweg an. »Wofür?«

»Für deine Unterstützung.« Ich will seinen Arm nicht loslassen. Er besteht nur aus Muskeln und Sehnen und weichen Härchen, die an meinen Fingerspitzen kitzeln. Ich senke den Blick auf seine große Hand, die langen, geschickten Finger.

»Ich würde alles für dich tun, Jennifer.« Ruckartig hebe ich den Kopf, als er mich bei meinem vollen Namen nennt, und sehe ihn verwundert an. »Eines Tages wirst du das hoffentlich erkennen.«

10. KAPITEL

Jen

»Sie arbeiten also gegenwärtig als Kellnerin.« Mit einer angewiderten Grimasse überfliegt die Frau meine Bewerbung.

Ich sitze ihr gegenüber an einem schmalen Tisch. Es geht um eine Stelle als persönliche Assistentin für die stellvertretende Leiterin einer Werbeagentur. Wir befinden uns in einem winzigen Konferenzraum, eher ein Kabuff, und die Klimaanlage scheint auch kaputt zu sein. Es ist so stickig, dass ich mich beherrschen muss, um mir nicht mit der Hand Luft zuzufächeln. »Ja, das ist richtig.«

Sie nimmt meinen Lebenslauf zur Hand, den ich vor einigen Tagen in stundenlanger mühsamer Arbeit für diesen Termin angefertigt habe. Fable hat mir dabei geholfen. Selbst Owen leistete seinen Beitrag; der Knabe ist überraschend gut in Rechtschreibung und hat sofort ein paar Fehler erspäht.

Doch die Frau verschwendet kaum einen Blick auf den Lebenslauf, sondern hebt den Kopf und taxiert mich aus schmalen Augen. »Ihre Berufserfahrung ist fast ausschließlich auf die Gastronomie beschränkt.«

»Stimmt, in diesem Bereich kenne ich mich aus, aber ich bin mehr als bereit, etwas Neues zu lernen.« Ich beuge mich ein Stück vor, um endlich die Rede zu halten, die ich auf der Fahrt hierher in Gedanken geübt habe, all diese beeindruckenden Worte, die diese Frau zweifellos dazu bewegen würden, mich vom Fleck weg einzustellen. Das hoffe ich zumindest. »Ich bin neu in dieser Gegend und suche eine Stelle, die mir Potenzial zur Weiterentwicklung bietet. Ich lerne schnell und brauche diesen Job wirkl–«

»Kennen Sie sich mit Microsoft Office aus«, fällt sie mir ins Wort.

Ich beiße mir auf die Unterlippe, lege meine Rede vorerst auf Eis. »Einigermaßen.« Das ist leicht übertrieben. Okay, ich kann mit Word umgehen, komplizierte Sachen kann ich damit jedoch nicht machen.

»Und speziell mit Excel? Ohne Tabellenkalkulationen läuft hier gar nichts.« Sie lächelt, aber ihr Lächeln ist nicht echt. Sie weiß, sie hat mich kalt erwischt. »Wie steht es mit PowerPoint? Wir halten hier laufend Präsentationen ab.«

»Ich ... ich kann einen Kurs belegen«, biete ich matt an. Volkshochschulen bieten alle möglichen Kurse an, und ich würde wahnsinnig gern etwas Neues dazulernen. Sobald ich es mir leisten kann ...

»Ich weiß Ihr Angebot zu schätzen.« Das Lächeln wird herablassend, einfach so. *Autsch.* »Wir melden uns bei Ihnen.«

Das war es? Als die Frau aufsteht, erhebe ich mich ebenfalls. Völlig benommen schüttle ich ihr die Hand, und dann schiebt sie mich förmlich aus dem Zimmer hinaus.

Und ich hatte geglaubt, schlimmer als das vorherige Vorstellungsgespräch könne es gar nicht werden. Aber dort hatte der Mann mir wenigstens zehn Minuten seiner Zeit geschenkt und die Aufgaben der Empfangsdame, um deren Stelle ich mich beworben habe, aufgelistet, wobei sein Blick alle paar Sekunden zu meinen Brüsten gewandert war, was ich echt widerlich fand.

Schließlich war ich nicht aufreizend gekleidet oder so. Schmaler schwarzer Rock, hochhackige Pumps, weiße ärmellose Bluse mit feinem Spitzenkragen und hübschen kleinen Perlenknöpfen. Mein Haar habe ich zu einem Pferdeschwanz gebunden und meine Ohren zieren die Perlenohrstecker, die mir meine Grandma, als ich dreizehn wurde, zu Weihnachten geschenkt hat. Obwohl ich also absolut anständig und seriös aussah, hat der Wichser mich mit anzüglichen Blicken gemustert.

Diese Sorte Typ kenne ich leider nur allzu gut.

In Gedanken versunken, gehe ich über den vor Hitze flimmernden Parkplatz. Je näher ich Colins Wagen komme, desto entschlossener werden meine Schritte. Ich weigere mich, niedergeschlagen zu sein, aber etwas entmutigt bin ich doch. Alle Vorstellungsgespräche, die ich heute geführt habe, sind negativ verlaufen, einschließlich jenem, über das ich zufällig gestolpert bin, als wir im Restaurant darauf warteten, an einen Tisch geführt zu werden.

Ich bekam mit, wie ein Gast erzählte, er brauche einen Marketingassistenten. Sofort mischte ich mich in seine Unterhaltung ein und machte einen Termin mit ihm aus. Das Bewerbungsgespräch, das ich mit ihm vor einer Stunde in seiner Marketingfirma führte, war ein totaler Flop.

Ein Flop – genauso wie ich.

»Das ging aber schnell«, bemerkt Colin, als ich einsteige. Im Wageninneren ist es dank der Klimaanlage angenehm temperiert, und ich beuge mich vor, genieße die kühle Brise auf meiner erhitzten Haut. »Sag mir, dass du den Job hast.«

»Das wäre leider eine Lüge.« Den Kopf zur Seite geneigt, schließe ich mit einem wohligen Seufzer die Augen. Erst jetzt wird mir bewusst, wie kaputt ich von diesem bescheuerten und völlig überflüssigen Bewerbungsgespräch bin.

»Das ist doch nicht dein Ernst.« Er hört sich ungläubig an, und dafür liebe ich ihn. Ich brauche jetzt jemanden, der an mich glaubt, weil ich mich wie ein absoluter Versager fühle.

»Man kriegt nun mal keinen Bürojob, wenn man null Ahnung von Büroarbeit hat.« Die Augen immer noch geschlossen, lehne ich mich zurück. Ich frage mich, ob er es mir übel nehmen würde, wenn ich auf der Rückfahrt ein Nickerchen mache.

»Wie sollst du in diesem Bereich Erfahrung kriegen, wenn niemand dich einstellt?«

»Genau das ist mein Problem.« Erneut seufze ich, weil sich das so gut anfühlt. Es fühlt sich auch gut an, diese mörderisch hohen Hacken abzustreifen. Ich schwöre, als ich meine Zehen strecke, seufzen sie mit mir vor Glück. »Die Frau war irre unfreundlich. Herablassend. Hat mich naserümpfend gemustert und gefragt, ob ich

Erfahrung mit Excel und PowerPoint hätte. Habe ich natürlich nicht, und das wusste sie.«

Meine Karriere im Gold Diggers habe ich selbstverständlich verschwiegen. Wie ich diese Episode immer verschweigen werde. Das geht niemanden etwas an.

»Soll ich reingehen und der blöden Zicke eine Abreibung verpassen? Das würde ich sofort tun.« Er hört sich so eifrig an, dass ich lachen muss.

»Ich weiß, dass du das tun würdest, aber nein, danke. Sie würde die Polizei auf dich hetzen, und das würde ein böses Ende nehmen.« Ich schüttle den Kopf. »Puh, dieser ganze Trip war totale Zeitverschwendung. Lass uns nach Hause fahren.« Noch während ich die Worte *nach Hause* ausspreche, möchte ich sie am liebsten zurücknehmen. Aber es ist zu spät.

Zum Glück scheint Colin es nicht registriert zu haben. »Ich dachte, du willst dir noch Wohnungen anschauen.«

»Was hat das für einen Sinn, wenn ich sie mir nicht leisten kann? Ich habe keine Arbeit. Wahrscheinlich werde ich doch in irgendeiner Kaschemme kellnern müssen, um über die Runden zu kommen.« Allein der Gedanke deprimiert mich, und ich mache die Augen wieder zu, versuche die bedrückenden Optionen beiseitezuschieben. Ich habe alles in den Sand gesetzt, aber jetzt gibt es kein Zurück mehr. »Ich habe mir immer gesagt, das Kellnern sei nur ein vorübergehender Job, aber wir wissen beide, dass das nicht stimmt. Ich werde mein Leben lang Kellnerin sein. Gott, das ist echt deprimierend!«

»Hey.« Er nimmt meine Hand, drückt sie kurz. »Du wirst es schaffen. Das weiß ich. Okay, heute hast du es verbockt. Das wird nicht das erste und nicht das letzte Mal gewesen sein. Du bist klug. Du hast was drauf.«

»Klar. Sagt das Mädchen, das nichts auf die Reihe kriegt, das bei dir gekündigt hat und in wenigen Wochen quasi auf der Straße steht, weil es weder einen neuen Job noch eine Wohnung hat.« Ich ziehe die Nase kraus. »Ich bin ein Versager.«

»Blödsinn. Du hast einfach nur Bammel davor, endlich damit anzufangen, so zu leben, wie du leben willst. Das verstehe ich. Das verstehe ich total.« Ich öffne die Augen einen Spalt weit, gerade rechtzeitig, um zu beobachten, wie er meine Hand an seinen Mund führt und einen sanften Kuss auf meine Knöchel haucht. Meine Haut prickelt unter der Berührung, und ich verschränke meine Finger mit seinen, wünsche mir, wir hätten nicht diese gemeinsame Vergangenheit, die uns so blockiert. Er stellt mich auf ein Podest und ist der festen Meinung, mit uns beiden könnte es nie funktionieren.

Wenn er die Wahrheit erführe, würde er mich zutiefst verachten. Apropos jemanden vom Sockel stürzen! Schlimm genug, dass er von meiner Stripperkarriere weiß. Was würde er fühlen, wenn er wüsste, dass ich praktisch eine Prostituierte war, die es den Männern gegen Bares auf dem Parkplatz des Gold Diggers mit der Hand und dem Mund besorgt hat?

Gott, das klingt so schmutzig und abstoßend!

»Fahr mich nach Hause, Colin«, flüstere ich, und mein Mund wird trocken, als ich seinem heißen Blick begegne. Ich sehe das Feuer darin und möchte in den herrlichen blauen Tiefen seiner Augen ertrinken, die direkt auf mich gerichtet sind, mich sprachlos machen.

Es ist so verdammt albern, was wir tun. Warum können wir uns dem Ganzen nicht ergeben? Ich gehe fort. Werde Colin wahrscheinlich nie wiedersehen. Was wäre also gegen ein wenig Sex zwischen zwei guten Freunden einzuwenden, bis ich ausgezogen bin und dieses beschissene Kaff weit hinter mir gelassen habe? Dieses Kaff, das ich mein Zuhause nenne, als würde ich mir insgeheim wünschen, es wäre so.

Es ist verdammt beängstigend, doch in Wahrheit fühle ich mich nur dann sicher und tatsächlich *zu Hause,* wenn ich mit Colin zusammen bin.

Colin

Es gefällt mir, wie sie sagte, ich solle sie nach Hause fahren, obwohl ich meine ganze Beherrschung aufbringen muss, um diesen kleinen Ausrutscher geflissentlich zu ignorieren. Noch mehr gefällt es mir, wie sie mich, während ich fahre, verstohlen von der Seite ansieht. Sie glaubt, ich würde es nicht merken, aber das stimmt nicht. Ich nehme alles wahr, was sie tut.

Drews Rat ist mir den ganzen Tag im Kopf herumgespukt, also habe ich mich nach Kräften bemüht, einen leichten Ton anzuschlagen und ihr zu zeigen, dass ich sie begehre, doch stattdessen habe ich sie misstrauisch gemacht und verunsichert. Tja, das kann ich ihr nicht verdenken. Trotzdem hat es sich verdammt gut angefühlt, als ich heute früh mit ihr flirtete. Gott, was für einen verlockenden Anblick sie geboten hat …

Ich sehe immer noch vor mir, wie ihr hübscher Arsch

aus diesen unanständig knappen Shorts hervorblitzte. Wie sie auf der Seite lag und schlief, das lange Haar offen über das Kissen gebreitet, die Lippen leicht geöffnet, die Augen geschlossen. Ein Bein um die Decke geschlungen, die bis zu ihrer Taille heruntergerutscht war. Die ihr Tanktop enthüllte, das mehr zeigte als verbarg.

Am liebsten wäre ich neben sie unter die warme Decke geschlüpft und hätte sie berührt. Sie gestreichelt und langsam aufgeweckt, bis sie nur noch ein stöhnendes, sich windendes, bedürftiges Bündel gewesen wäre.

Tja. Fehlanzeige.

Auf der Heimfahrt schweigen wir, aber es ist kein unangenehmes Schweigen. Bevor wir Sacramento verließen, habe ich mein Satellitenradio angeschaltet, auf das ich beim Fahren nur selten verzichte, und durch die Kanäle gescrollt, bis ich einen anständigen Sender fand. Die Strecke ist gut zu fahren und in wenigen Stunden zu schaffen, und zum Glück herrscht kaum Verkehr. Nach einem letzten verstohlenen Blick auf mich, döst Jen sofort ein, und ich lasse sie schlafen, bin froh, dass wir keinen Smalltalk machen müssen.

Wie immer beim Fahren lasse ich die Gedanken schweifen, und sie wandern natürlich zu Jen und den Ereignissen des heutigen Tages. Bin ich ein Arschloch, weil ich froh bin, dass ihre Bewerbungsgespräche nicht so gelaufen sind wie von ihr erhofft? Das bedeutet keinesfalls, dass ich nicht an sie glauben würde. Jen schafft alles, was sie sich in den Kopf gesetzt hat, und sie ist verdammt clever.

Aber ich will nicht, dass sie mich verlässt. O Gott, was bin ich nur für ein egoistischer Mistkerl!

Beweise dir selbst das Gegenteil, Mann.

Drews Worte hallen in mir nach. Ich frage mich, ob dieser Blödmann überhaupt ahnt, wie sehr mich unser Gespräch beeinflusst hat. Ich laufe weg, genauso wie er es getan hat, ehe er seinen Fehler erkannte. Oder anders gesagt, ich schiebe Jen von mir weg. Gebe mir alle Mühe, damit zwischen uns ja nichts entstehen kann, und jetzt hat dieser Gedanke auch auf Jen abgefärbt.

Ich bin nicht nur ein Egoist, sondern auch ein Idiot.

Sobald wir die Außenbezirke der Stadt erreichen, drehe ich das Radio lauter, um Jen zu wecken. Sie bewegt sich, murmelt irgendetwas Unverständliches vor sich hin, und ich riskiere einen Blick auf sie.

Großer Fehler.

Jen sitzt zurückgelehnt da; die Schuhe hat sie ausgezogen, ihre Bluse hängt über dem Rockbund, und ein paar Knöpfe stehen offen, gewähren mir einen verführerischen Blick auf glatte, goldene Haut. Und auf ihre Brustwarzen, die sich unter der weißen Spitze ihres BHs abzeichnen – allein beim Anblick bricht mir der Schweiß aus.

Mit zitternder Hand schalte ich die Klimaanlage kälter, um etwas abzukühlen.

»Mir ist kalt«, murmelt sie.

Ich beobachte sie aus den Augenwinkeln, sehe, wie sie als Schutz gegen den kalten Luftstrom fröstelnd die Arme um sich schlingt. Ja, jetzt ist sie hellwach. »Mach dein Gebläse aus«, schlage ich vor, nicht willens, die Klimaanlage herunterzudrehen. Ich brauche die kalte Luft, um wieder einen klaren Kopf zu kriegen.

Sie folgt der Aufforderung, lehnt sich dann wieder in

ihrem Sitz zurück. »Ich fasse es nicht, dass ich die gesamte Rückfahrt verpennt habe.«

»Du warst eben müde.«

»Eher gestresst.« Sie legt die Beine angewinkelt unter sich, und es liegt mir auf der Zunge zu sagen, dass diese Haltung nicht sehr sicher sei, doch ich will nicht wie ein blöder Spießer klingen und verkneife mir den Hinweis. »Mist. Jetzt muss ich wieder ganz von vorne anfangen.«

Ich bleibe stumm, konzentriere mich auf die vertraute Strecke zu meinem Haus. Es dämmert, der Himmel ist purpurrot und schwarz, ein paar blinkende Sterne sind bereits zu sehen, und als ich auf die Abzweigung zufahre, gehen die Straßenlaternen an.

»Ich könnte dir helfen«, sage ich schließlich beiläufig, während ich in meine Straße abbiege. »Ich möchte demnächst das Lokal in Redding eröffnen und brauche jemanden, der mich unterstützt und im Büro arbeitet, wenn ich nicht da bin.«

»Nein«, erwidert sie schroff. Feindselig. Sie schüttelt den Kopf. »Auf keinen Fall.«

Was für ein Mist ist das nun wieder? »Und warum nicht?«

»Ich weigere mich, deine Almosen noch länger anzunehmen.« Sie richtet sich kerzengerade auf, stellt die Beine auf den Boden und schlüpft in diese unglaublich sexy High Heels. »Wir hatten diese Diskussion schon eine Million Mal, Colin. Nein.«

»Und wir werden diese Diskussion wahrscheinlich noch eine weitere Million Mal haben.« Ich fahre in die Garage, sobald die Tür sich weit genug geöffnet hat, schalte den Motor aus und wende mich Jen zu. »Ich verstehe nicht, warum du meine Hilfe nicht länger annehmen willst. Ich möchte für dich da sein, Jen. Ich bin dein Freund. Lass mich dir helfen.«

»Ich bin nicht dein verdammter Sozialfall, okay?« Die Worte brechen aus ihr hervor, schockieren mich total, und ich weiche zurück, lehne mich mit dem Rücken an die Fahrertür. »Ich werde deine wohltätigen kleinen Gaben nicht annehmen, weil du das nur aus irgendwelchen absurden Schuldgefühlen heraus machst, die mit Dannys Tod zu tun haben. Mein Bruder ist seit zwei Jahren tot. Seit zwei verdammten Jahren. Du verhältst dich, als hättest du die Bombe geworfen, die Danny getötet hat, und das kapiere ich einfach nicht!«

Ich öffne den Mund, um den gleichen Scheiß zu meiner Verteidigung anzuführen wie immer, doch Jen kommt mir zuvor, lässt sich nicht mit dem üblichen Blabla abspeisen.

»Ich will das nicht hören. Ich kenne deine Ausflüchte in- und auswendig. Dass du gern hilfst. Dass du es für meine Familie tust, dass du es tust, weil du dich schuldig gemacht hast, was kompletter Schwachsinn ist. Heb dir den Quatsch für jemanden auf, der ihn dir tatsächlich abnimmt.«

»Ich habe Versprechen gebrochen. Dir gegenüber, deinen Eltern gegenüber, Danny gegenüber. Das darf nie wieder vorkommen«, sage ich, aber Jen hört gar nicht zu.

Ohne ein weiteres Wort reißt sie die Tür auf, steigt aus und knallt die Tür so fest hinter sich zu, dass die ganze Garage erbebt und die Metalltüren klappern.

Benommen steige ich ebenfalls aus und folge Jen ins Haus. Mein Kopf pocht, das Blut rauscht mir in den Ohren. Da versuche ich, ihr zu helfen, und sie macht mir das zum Vorwurf. Ich habe es so satt. Herrgott, ich habe mich selbst so satt.

Ich treffe Jen in der Küche an. Sie steht, den Rücken mir zugewandt und den Kopf gesenkt, an der Theke und hält sich an der Granitplatte fest. Obwohl sie ihre sexy High Heels weggekickt hat, ist sie immer noch groß. Ich höre ihren Atem, spüre die Spannung, die von ihr ausgeht, und ich möchte sie berühren. Trösten. In die Arme nehmen und nie wieder loslassen.

»Du bist nicht mein Sozialfall«, sage ich leise, worauf sie sofort sichtbar die Schultern strafft. »Ich ... ich mag dich, Jen. Ich will dich beschützen. Es zerreißt mich innerlich, wenn ich daran denke, was du erlebt hast, als niemand wusste, wo du bist.«

Sie sagt nichts, wendet mir weiterhin den Rücken zu.

»Wenn es dir nicht gut geht, will ich immer irgendwas tun, damit es dir wieder besser geht«, gestehe ich. »Aber jedes Mal, wenn ich den Mund aufmache, scheine ich es noch schlimmer zu machen.«

Sie stößt einen zitternden Atemzug aus, ehe sie sich zu mir umdreht. In ihrem Gesicht liegt ein undefinierbarer Ausdruck. »Du bist nicht ehrlich zu mir, deshalb machst du es schlimmer. Du verschweigst mir, was du wirklich denkst.«

»Ich glaube manchmal, dass auch du nicht ehrlich zu mir bist.« Ich presse die Lippen aufeinander, bin außerstande weiterzusprechen. Ich kann sie nicht anklagen und selbst kneifen. Wäre ich ehrlich, würde ich ihr verraten, was ich wirklich empfinde.

Ich habe Dinge getan, auf die ich nicht stolz bin. Habe Menschen, die ich mag, links liegen lassen, um mich meiner Karriere zu widmen. Ich fürchte fast, ich bin genauso wie mein Vater geworden.

Und meinen Vater mag niemand.

»Okay. Du hast recht. Ich bin nicht ehrlich. Ich habe meine Geheimnisse. Und aus diesem Grund gehe ich von hier fort. Ich laufe vor alledem davon. Kein sehr verantwortungsvolles, erwachsenes Verhalten, aber eine andere Option habe ich nicht.« Langsam kommt sie näher, in ihren Augen schimmern Tränen. Der Anblick zerreißt mir das Herz, aber ich richte mich kerzengerade auf, spanne meinen Kiefer an, zeige keine Regung, als wäre ich eine verdammte Statue. »Ich bin mir nicht sicher, ob du mit meinen Geheimnissen umgehen könntest. Aber trotzdem will ich dich, Colin. Mit all deinen Schwächen und Stärken, den guten und schlechten Eigenschaften. Ich will dich so haben wie du bist.«

Ihre Worte wirken auf mich wie ein lindernder Balsam, und ich spüre, wie sich alles in mir löst. Die ganze verkrustete Anspannung, die Wut, die Frustration, alles, was sich seit einer halben Ewigkeit in mir aufgestaut hat, schmilzt unter dem Schimmer ihrer Augen einfach dahin. Diese Tränen gelten mir. Ihr Schmerz, ihre Emotionen, sie gelten mir, und ich bin in den letzten Monaten einfach darauf herumgetrampelt wie ein komplettes Arschloch.

Herrgott, in den letzten Jahren. Eigentlich seit ich sie kenne. Ich bin überfürsorglich gewesen. Habe sie beschützt, auf sie aufgepasst. Sie verloren …

Sie begehrt. Mir nicht erlaubt, sie zu haben. Sie weggestoßen, gekränkt. Jedes einzelne verdammte Mal.

Sie verdient etwas Besseres. Einen Mann, der sie sofort gerettet hätte, statt sie weiterhin an einem Ort arbeiten zu lassen, der sie mit jedem Tag tiefer und tiefer herunterzog.

»In wenigen Wochen bin ich weg. Es gibt kein Zurück mehr.« Trotzig reckt sie das Kinn, in ihrem traurigen Gesicht zeichnet sich Entschlossenheit ab. »Ich werde in jedem Fall gehen, ob es dir passt oder nicht. Daran gibt es nichts zu rütteln, auch wenn es, wie sich heute gezeigt hat, nicht ganz einfach werden wird. Also warum kannst du mir nicht einen kleinen Teil von dir geben? Das ist alles, was ich will, Colin. Und bevor es zu kompliziert wird, werde ich gehen. Das ist doch ganz in deinem Sinn, oder? Ich weiß, du stehst nicht auf kompliziert.«

Ich mag es nicht kompliziert, weil ich das bei meinen Eltern erlebt habe, und zwar in der schlimmsten Form. So etwas käme für mich nie infrage.

Doch mit Jen ist es bereits kompliziert, bevor es überhaupt begonnen hat. So verknallt bin ich in sie. Aber werde ich sie, wenn ich mit ihr im Bett war, noch gehen lassen können?

Ich weiß es nicht.

»Du wirst mich wieder zurückweisen, nicht wahr?«, fragt sie, als ich keine Antwort gebe. Sie klingt wütend, und ihr Körper vibriert förmlich vor Anspannung. »Ich fasse es nicht. Da biete ich mich dir an, ohne irgendwelche Bedingungen daran zu knüpfen, und du überlegst, wie du mir am besten beibringen kannst, dass du kein Interesse an mir hast. Gott, was bin ich nur für eine jämmerliche Idiotin!«

Außerstande mich zu beherrschen, eile ich zu ihr, kann es nicht ertragen, dass sie sich selbst so herabsetzt. Außerdem habe ich Angst, dass sie tatsächlich gehen und ich meine Chance verspielen könnte. Zu viel Nachdenken ist Mist. Ich muss es einfach geschehen lassen. Diese Gelegenheit, die sich mir bietet, beim Schopf ergreifen.

Und Jen gehen lassen, wenn der Zeitpunkt gekommen ist.

»Du bist keine Idiotin«, murmle ich, während ich mit beiden Händen ihr Gesicht umfasse und ihren Kopf so halte, dass sie meinem Blick nicht ausweichen kann. Mit den Daumen streiche ich über ihre Wangen und spüre, wie sie unter der Berührung erzittert. »Wenn ein Mann so ein Angebot erhält, muss er das erst einmal verarbeiten.«

Tränen funkeln in ihren Augen, und eine Träne entweicht, rollt über Jens Wange. Mit den Lippen stoppe ich sie, schmecke das Salz, höre, wie Jens Atem ins Stocken gerät. »Wir werden es tun, aber es wird nicht irgendein bescheuertes Sex-Ding werden«, flüstere ich.

Sie schließt die Augen, ihre Tränen verfangen sich in ihren langen, dichten Wimpern. »Was wird es dann werden?«

»Eine Entdeckung.« Ich reibe die Nase an ihrer, atme Jen ein, ihr ganzes Wesen. Gott, ich könnte sie auffressen! Ich muss mich schwer beherrschen, um ruhig zu bleiben und mich nicht hemmungslos auf sie zu stürzen. »Eine Erkundung.«

»Das klingt nach ... wissenschaftlicher Forschung.« Sie zieht scharf die Luft ein, als ich ihr einen zärtlichen Kuss auf die Nasenspitze gebe.

Leise lachend schüttle ich den Kopf. »Mit Wissenschaft hat das nun wirklich nichts zu tun.« Ich streiche mit dem Mund über ihre Wange, spüre ihre blütenzarte Haut. »Du hast recht, wenn du sagst, dass ich ein Problem mit

Beziehungen habe. Das Einzige, was einer Beziehung am nächsten kommt, ist … das, was ich mit dir habe.«

Zögernd legt sie die Hände auf meine Hüften, schlingt die Finger um meinen Jeansbund. Ihre Berührung ist wie ein Sperrfeuer aus winzigen Feuerpfeilen, macht mich sofort hart. Sie hat keine Ahnung, welche Wirkung sie auf mich hat. Wie sehr ich mich gerade beherrschen muss, um sie mir nicht wie ein grunzender Neandertaler über die Schulter zu werfen und in mein Schlafzimmer zu schleppen.

»Aber es kann nicht mehr als Freundschaft sein mit einigen … Extras.« Ich hebe den Kopf und blicke in ihre besorgte Miene. Es gefällt ihr nicht, was ich zu sagen habe, und mir gefällt es auch nicht, doch ich muss aufrichtig sein. Es wäre falsch, sie hinzuhalten und in dem Glauben zu wiegen, aus der Sache zwischen uns könnte mehr werden.

Mit uns beiden würde es nie funktionieren. Dazu bin ich viel zu egoistisch. Ich würde sie enttäuschen. Ich würde sie ihrer Freiheit berauben. Ich bin ihrer nicht wert. Sie ist alles, was in meinem Leben gut und schön ist.

Ich habe immer darauf geachtet, dass unser Verhältnis keusch bleibt. Doch aufgrund der Erkenntnis, dass sie mich verlassen wird, dass wir uns womöglich nie wiedersehen werden, muss ich meine Chance wahrnehmen.

Jen beißt sich auf die Unterlippe und senkt den Blick. »Damit kann ich umgehen.«

Ihre Körpersprache verrät mehr als deutlich, dass das Gegenteil der Fall ist, doch damit möchte ich mich jetzt nicht belasten.

Dazu begehre ich sie viel zu sehr.

11. KAPITEL

Jen

Was Colin mir anbietet, ist genau das, was er jeder Frau anbietet, die in sein Leben hinein- und wieder hinausflattert. Eine vorübergehende Affäre, bedeutungslos und unverbindlich, denn zu mehr ist er nicht imstande.

Ich habe ihm als Erste das Angebot gemacht. Also brauche ich nicht herumzujammern. Ausnahmsweise werde ich mir jetzt mal nehmen, was ich kriege, und mich nicht um die Konsequenzen scheren. Ich will Colin, egal wie. Der ständige Kampf und das ewige Hin und Her zwischen uns sind Schnee von gestern.

Ich habe ein neues Mantra, das ich unentwegt in Gedanken rezitiere.

Sei frei. Lass los.

Ich stütze mich mit den Händen auf seinen Hüften ab, stelle mich auf die Zehenspitzen und streife mit den Lippen seinen Mund. Der Kuss ist zart, so keusch wie ein

Kuss nur sein kann, und Colin hält völlig still. Beinahe so, als hätte er Angst, ich könnte mich zurückziehen, wenn er eine plötzliche Bewegung macht.

Aber genau das würde ich mir wünschen. Dass er aktiv wird. Mir zeigt, dass er mich begehrt, irgendetwas, um die Sache zwischen uns anzukurbeln. Die Spannung zwischen uns hat sich schon so lange aufgebaut, dass ich mir unsicher bin, wie ich vorgehen soll.

Manchmal frage ich mich, ob er mich zurückweist, weil ich als Stripperin gearbeitet habe. Und das war noch nicht mal der schlimmste Teil der Arbeit. Deshalb muss ich dieses Geheimnis unbedingt für mich behalten. Nicht einmal Fable kennt die ganze schreckliche Wahrheit. Und wenn es nach mir geht, wird auch niemand jemals davon erfahren.

Entschlossen schiebe ich all diese negativen Gedanken beiseite und hauche erneut einen Kuss auf Colins Mund, erkunde zärtlich seine Lippen. Sie sind weich, voll und feucht, und er schmeckt absolut himmlisch. Als ich mich zitternd und mit weichen Knien an ihn presse, fasst er mich um die Taille und atmet scharf ein. Dieser Laut und die Art, wie sein Körper sich unter meiner Berührung vor Erregung anspannt, erfüllt mich mit einem berauschenden Machtgefühl.

Er reagiert auf mich. Er will mich. Vielleicht genauso sehr wie ich ihn will.

Ich schnappe nach Luft, als er mich plötzlich hochhebt und auf die Küchentheke setzt. Jetzt bin ich über ihm, aber nur ein kleines Stück, da er so groß ist. Ich sehe ihm in die Augen, schlinge die Arme um seinen Nacken, streiche mit den Fingern durch sein seidiges weiches Haar. Seine unglaublich schönen blauen Augen erwidern meinen Blick, und ich beuge mich herunter, küsse ihn abermals. Stöhne, als er mit der Zunge über meine Unterlippe leckt, daran knabbert. Die sinnliche Berührung versetzt mich schlagartig in Erregung, und ich dürste sofort nach mehr.

So viel mehr. Mehr, als er jemals bereit sein wird, mir zu geben. Aber damit kann ich umgehen.

»Mach auf, Jenny«, flüstert er an meinem Mund, seine Stimme heiser und voller Verheißung. Niemand nennt mich heutzutage noch Jenny. Als ich in der achten Klasse war, habe ich beschlossen, dass ich so nicht mehr genannt werden will, doch diesen Namen jetzt aus Colins Mund zu hören, verursacht mir ein köstliches Kribbeln. »Lass mich rein.«

Folgsam öffne ich die Lippen, und er stößt seine Zunge gegen meine, und der Kuss wird augenblicklich heiß. Tief. Ich klammere mich an ihn, als er näher an die Theke herantritt. Er legt seine großen Hände auf meinen Rücken, hält mich fest, während wir uns gierig küssen.

Genauso hatte ich mir das zwischen uns vorgestellt. Heiß. Verzehrend. Überwältigend. Gedämpftes Wimmern dringt an mein Ohr, und es dauert einen Moment, bis mir bewusst wird, dass die Laute von mir stammen. Zwischen meinen Beinen breitet sich ein Ziehen aus, während seine Hände überall auf mir sind, sein Mund mit meinem verschmilzt. Ich will mehr. Mehr Berührung, mehr Küsse, mehr Hautkontakt. Wir versuchen, uns immer näher und näher aneinanderzudrängen, und ich lege die Hand auf seinen breiten Rücken, schlüpfe mit den Fingern unter sein T-Shirt, um nackte, glatte Haut zu spüren.

Er reißt sich von meinen Lippen los, unterbricht den Kuss, atmet keuchend an meiner Wange, als brauchte er eine Pause. Ich könnte eine gebrauchen. Meine Emotionen, mein ganzes Sein ist in hellem Aufruhr, obwohl ich es gar nicht anders haben wollte. »Wenn ich aufhören soll, dann sag es mir jetzt«, sagt er mir belegter Stimme. Er ist außer Atem, sieht so unglaublich erregt aus, dass ich mich irgendwie geschmeichelt fühle, weil ich es bin, die dafür verantwortlich ist. »Dann werde ich sofort gehen.«

Wenn er jetzt geht, bringe ich ihn um ...

Hilfe, was ist mit mir los? Dieser Mann spielt derart mit meinen Gefühlen, dass er mich zur Gewalttätigkeit treibt. »Ich will nicht, dass du aufhörst«, stammle ich.

Er zupft an den kleinen Perlenköpfen meiner Bluse. »Auf diesen Moment habe ich so lange gewartet.«

Ich schlucke hart, bin zutiefst berührt von seinem Eingeständnis. *Ich auch,* würde ich gern sagen, obwohl es mir schwerfällt, dies zuzugeben. Außerdem würde ich ihn gern fragen, warum wir nicht schon längst zusammen sind, da wir doch offenbar beide diesen Augenblick so heiß ersehnt haben.

Aber ich sage nichts davon. Denn ich weiß, dass er nicht wirklich mit mir zusammen sein will. Er will keine feste Beziehung. Das würde er nicht aushalten.

»Bitte, hör nicht auf«, flüstere ich, denn ich will nicht riskieren, dass er geht. Schon wieder geht.

»Gut. Denn sobald ich dich ausgezogen und überall geküsst habe«, er hält inne, legt den Mund an mein Ohr, »werde ich nicht mehr imstande sein aufzuhören.«

»K-kein P-problem.« Jetzt fange ich auch noch an zu

stottern! Mein Hirn, mein Körper, mein ganzes System ist durch seine erregende Nähe überlastet. Seine Hände auf mir, seine Finger, die langsam meine Bluse aufknöpfen. Er zieht mich aus, streift mit den Fingern meinen Bauch, meinen BH, meine Brustwarzen, bis die Bluse aufgeknöpft ist.

Er geht ein kleines Stück zurück, zieht sie mir über die Schultern, sodass sie an meinen Armen hinabgleitet und hinter mir auf der Küchentheke landet. In seinen Augen glüht dunkles Begehren, als er mich schamlos mustert. »Du bist so verdammt schön«, stößt er rau hervor.

Meine Wangen brennen vor Verlegenheit, aber trotzdem richte ich mich auf, sodass sich meine Brüste automatisch nach vorne schieben. Mein BH ist aus weißem Satin mit Spitzenbesatz. Ich bin nicht sonderlich gut bestückt, und mir schießt durch den Kopf, dass der BH ziemlich dick gepolstert ist und meine Brüste größer erscheinen lässt als sie sind. Typen mögen das gar nicht. Ich hatte das Pech, dies vor einigen Jahren hautnah zu erfahren, als ich mit einem Typen, mit dem ich ein paar Dates hatte, ins Bett ging und er dann total enttäuscht war, als er mir den BH auszog.

Verdammt, ich wünschte, ich hätte einen anderen BH an.

»Hübsch.« Mit dem Zeigefinger fährt er über meine Brustwarzen, die sich unter der zarten Spitze aufrichten, und ich presse die Oberschenkel zusammen, aber das bringt nichts. Ich spüre seine Berührung, als würde er mich zwischen den Beinen streicheln, meinen ganzen Körper entflammen. »Trotzdem sollten wir ihn ausziehen. Ohne bist du bestimmt noch hübscher.«

Atemlos sehe ich zu, wie er geschickt den Vorderverschluss meines BHs öffnet. Die Cups fallen auseinander, und ich presse die Lippen zusammen aus Sorge, er könnte enttäuscht sein. Oder schlimmer noch, mich als Mogelpackung ansehen.

Die Frauen, mit denen er im Restaurant flirtet, sehen völlig anders aus als ich. Sie sind blond, kurvig, mit Riesenbrüsten und schmaler Taille, wohingegen ich groß und dünn bin, mit leichten Kurven und kleinen Brüsten. Also das totale Gegenteil von den Frauen, an denen er normalerweise – soweit ich das beurteilen kann – interessiert ist. Da frage ich mich natürlich, was er an mir findet.

Doch dann berührt er mich, und ich vergesse meine Sorgen, meine Unsicherheit. Ich kann nur noch fühlen.

Er schiebt die Cups meines BHs ganz zur Seite, streift dabei mit den Handflächen meine harten Nippel. Die köstliche Berührung entlockt mir ein Keuchen, und ich schließe die Augen, als ich seinen intensiven Blick spüre, der direkt auf meine Brüste gerichtet ist. Er streift mir die BH-Träger über die Schultern, und ich strecke die Arme aus, fühle, wie der BH herunterrutscht. Jetzt bin ich seinen Blicken schutzlos ausgeliefert.

»Herrgott, du bringst mich total um den Verstand.« Ohne Warnung beugt er sich vor, presst den Mund auf meine Brüste und streift mit den Lippen über meine Brustwarzen. »Du schmeckst wundervoll«, murmelt er, ehe er erst den einen, dann den anderen Nippel mit der Zunge umkreist. Ich öffne die Augen und stelle fest, dass seine Hände genauso beschäftigt sind wie seine Zunge. Mit einer Hand streicht er an meinem Bein entlang unter meinen Rock. Seine Fingerspitzen gleiten über meine feuchten Panties, und ich schnappe nach Luft, spreize die Beine so gut ich kann, um ihn willkommen zu heißen, aber der enge Rock behindert mich.

»Komm.« Er schiebt den Rock hoch, und ich helfe ihm, indem ich den Po anhebe, bis der Rock sich um meine Taille bauscht. Nun legt er die Hände auf die Innenseite meiner Oberschenkel, spreizt meine Beine noch mehr, den Blick gebannt auf meine hellrosa Panties geheftet. Mich mit den Händen auf der kalten Granitplatte abstützend, lehne ich mich zurück.

Sein glühender Blick gibt mir das Gefühl, schön zu sein, begehrenswert. Allein die Art, wie er mich ansieht, macht mich fast schon peinlich feucht. Ich winde mich, als er mit einem Finger über die Mitte meiner Panties streicht und dann fest auf meine empfindlichste Stelle drückt.

Ich presse die Lippen aufeinander, um das Stöhnen zu unterdrücken, das mir entweichen will, und plötzlich dringt Colins Stimme an mein Ohr. »Ich will nicht, dass du dich zurückhältst«, sagt er bestimmt. »Ich wünsche mir das schon so lange und will sehen, wie du dich vor Lust auflöst.«

Ohne den Blick auch nur einen Moment von mir zu wenden, schiebt er die Finger unter meine Panties, trifft auf nackte, heiße, feuchte Haut. Leise stöhnend beiße ich auf meine Unterlippe und schließe die Augen, damit ich mich ganz dem Gefühl seiner kundigen Finger hingeben kann, die mich an all den richtigen Stellen anfassen. Als wüsste er genau, wo ich ihn spüren will, wie viel Druck er ausüben, wie behutsam er sein muss. Er ist perfekt auf meinen Körper eingestimmt, und ich spüre bereits die Woge, die im Hintergrund lauert und sich machtvoll aufbaut, bereit, über mir zu brechen und mich in ihren Strudel zu reißen.

»Mach die Augen auf«, befielt er mit seiner tiefen Stimme. »Sieh mich an.«

Schwer atmend reiße ich die Augen auf, begegne seinem Blick. Ohne mich aus den Augen zu lassen, zieht er mir die Panties über die Hüften und streift sie mir über die Beine, bis sie mir um die Knöchel hängen. Während ich die Panties wegkicke, wird mir schlagartig bewusst, dass Colin immer noch vollständig bekleidet ist, während ich, bis auf den um meine Taille gebauschten Rock, nackt bin.

Ich fühle mich verletzlich und gleichzeitig sehr sexy, vor allem, als er mich anerkennend von Kopf bis Fuß mustert.

»Du sollst sehen, wer dich gleich zum Orgasmus bringen wird«, murmelt er, die Augen zu schmalen Schlitzen verengt. Dann legt er die Arme um meine Mitte, packt mich am Hintern und zieht mich zum Rand der Küchentheke. Wortlos kniet er sich vor mich hin, presst den Mund auf die Innenseite meines Oberschenkels. Sein heißer Atem streicht über meine Haut, entlockt mir ein Wimmern.

Ich fasse es nicht, was er soeben gesagt hat. Als wüsste ich nicht, dass er es ist. Colin. Und noch weniger fasse ich es, dass er vor mir kniet, drauf und dran, seinen Mund zwischen meine Beine zu pressen, um mich wahrscheinlich binnen Sekunden in komplette Raserei zu versetzen.

»Du bist so heiß. So feucht.« Sein Mund ist zwischen

meinen Beinen, leckend, züngelnd. Ich zucke so heftig zusammen, dass ich fast von der Theke falle.

Aber er fängt mich auf. Seine großen Hände sind um meine Hüften geschlungen, halten mich am Platz, während er fortfährt, mich mit neckender, neugieriger Zunge und saugenden Lippen in den Wahnsinn zu treiben. In meinem Bauch breitet sich ein Kribbeln aus, ein Zittern erfasst meinen Körper, und ich werfe den Kopf in den Nacken, hebe die Hüften an, um diesem maßlosen, gierigen Mund näher zu sein, während er seine Zauberkraft auf mich ausübt.

»Sieh mich an, Jenny.« Erneut nennt er mich bei diesem Namen, und ich hebe abrupt den Kopf und sehe, als ich zu ihm hinunterblicke, dass er mich aufmerksam beobachtet. »Du bist kurz davor, stimmt's?«

Ich nicke heftig, während sich mir ein neuerliches Wimmern entringt. Ich balanciere am Abgrund, bereit, mich in die Tiefen eines gewaltigen Orgasmus' zu werfen. Und das weiß er.

»Sag mir, was du magst. Sag mir, was ich tun soll, um dich zum Orgasmus zu bringen.« Seine Stimme ist dunkel, sein Blick heiß, als er versucht, mir die Worte zu entlocken.

Ich bin kein Fan von Verbalerotik. Vor allem nicht dann, wenn ich gerade Sex habe, aber das hier ist Colin. Und er war schon immer ziemlich hartnäckig.

»Mm …« Ich stöhne, als er die Lippen um meine Klitoris legt und seinen langen Zeigefinger in mich schiebt, ihn langsam in meinen bereitwilligen Körper gleiten lässt, hinein und hinaus, und die wie eine Sprungfeder gespannte Erregung in mir mit ein paar Stößen aufbaut.

»O Gott, genauso. Weiter. Ja, ja«, stoße ich hervor, kaum imstande, Worte zu bilden.

Ich spüre sein Lächeln an der empfindlichen Stelle zwischen meinen Beinen, und ein Schauer überläuft mich. Er nimmt einen zweiten Finger hinzu, stößt tiefer in mich ein, schneller, während er weiterhin an mir saugt und leckt und mich dabei ununterbrochen beobachtet.

Es ist der intensivste und intimste Moment meines Lebens. Unsere Blicke treffen sich, sein Mund auf mir, seine Zunge, seine Finger in mir. Ich fühle mich mit ihm so tief verbunden wie noch nie zuvor mit einem Menschen, und ich schließe die Augen, bin überwältigt von meinen Gefühlen.

Von viel zu vielen Gefühlen.

Und dann werde ich vom stärksten, intensivsten Orgasmus meines Lebens überwältigt. Ich zittere, stammle Colins Namen, bäume mich so heftig auf, dass ich von der glatten Granitplatte gerutscht wäre, hätte Colin mich nicht an den Pobacken gepackt, und zwar so fest, dass ich wahrscheinlich blaue Flecken davontragen werde.

Doch das macht mir nichts aus. Ich will, dass er Spuren auf meiner Haut hinterlässt; das fühlt sich an, als würde ich ihm gehören. Und ich möchte ihm gehören, obwohl ich ihm vormache, ich sei völlig zufrieden mit einer vorübergehenden Affäre.

Mein Körper wird immer noch von Zuckungen geschüttelt, mein Herzschlag rast. Mir ist schwindlig und ich schnappe keuchend nach Luft. So heftig bin ich noch nie gekommen.

Colin

Das war ein irre schöner Anblick, wie Jen sich völlig ihrem Höhepunkt hingab. Okay, es war vielleicht nicht sehr romantisch, sie auf meine Küchentheke zu setzen, nackt auszuziehen und es ihr mitten in der Küche mit dem Mund zu besorgen.

Aber es war jede Minute wert.

Ich schmiege die Lippen in ihr nasses, bebendes Fleisch, lecke ein letztes Mal darüber, ehe ich mich zurückziehe. Sie ist schweißgebadet, zittert, keucht und ihr vorher so adretter Pferdeschwanz ist jetzt ein wildes Durcheinander. Ihre Lippen sind geschwollen von meinen Küssen, ihre Brust und ihre Wangen sind gerötet.

Sie ist umwerfend. Und jetzt werde ich sie in mein bequemes Bett locken, mich ausziehen und sie die ganze Nacht vögeln.

Meine Träume werden wahr.

»Bist du okay?«, frage ich, bevor ich sie lang und tief küsse.

Obwohl mein Mund nach ihr schmecken muss, zuckt Jen nicht einmal andeutungsweise zusammen. Ich unterbreche den Kuss als Erster, bin verzaubert von ihren geschwollenen, köstlichen Lippen. »Das war … intensiv«, murmelt sie.

»O ja. Intensiv und wunderschön. Du bist unglaublich.« Ich küsse sie wieder, weil ich es nicht schaffe, sie *nicht* zu küssen. Wie sie da breitbeinig auf meiner Theke sitzt, ist sie so verdammt hübsch und höllisch sexy. Sie hat einen tollen Körper, nichts als lange, elegante Gliedmaßen und sanfte Rundungen. Ich kann mir so gut vorstellen, wie sie ihre endlos langen Beine um mich schlingt, während ich sie bis zur Besinnungslosigkeit ficke.

Bei dem Gedanken wird mein Schwanz noch härter.

Entschlossen hebe ich sie hoch, und sie schlingt automatisch die langen Beine um mich, hält sich fest. Ich packe sie am Arsch, bohre die Finger in ihr Fleisch, während ich sie durch den Flur in Richtung meines Schlafzimmers trage.

»Wo bringst du mich hin?«, flüstert sie mir ins Ohr, obwohl sie das natürlich genau weiß. Ihre Arme liegen um meinen Hals, ihre Finger streichen am Hinterkopf durch mein Haar. Sie beginnt die Stelle direkt hinter meinem Ohr zu küssen und zu lecken, als wüsste sie, wie sehr mich das antörnt.

»In mein Zimmer«, knurre ich. »Damit ich dich in meinem Bett anständig ficken kann.«

Sie hört auf, mich zu küssen, und lehnt sich ein Stück zurück, damit sie mich ansehen kann. »Du hast ein ganz schön obszönes Mundwerk.«

»Ich glaube, dieses obszöne Mundwerk gefällt dir ganz gut, vor allem wenn dieser Mund auf deiner …« Jen legt mir die Hand auf den Mund, um mich daran zu hindern, das Wort auszusprechen, und das ist so komisch, dass ich einfach lachen muss.

»So hat noch nie ein Typ mit mir geredet«, gesteht sie mit weicher Stimme und nimmt die Hand von meinem Mund.

Eifersucht durchzuckt mich, und ich bemühe mich, dieses Gefühl zu ignorieren. »Noch nie?«

Langsam schüttelt sie den Kopf. »Noch nie.«

»Freut mich, dass ich der erste bin.« Mit großen Schritten gehe ich in mein Schlafzimmer und werfe Jen aufs Bett, sodass sie mit einem kleinen Hüpfer dort landet. Fasziniert beobachte ich dann, wie sie hinter sich greift, den Reißverschluss ihres Rocks öffnet, sich herausschlängelt und das zerknüllte Stück Stoff auf den Boden schmeißt. Jetzt ist sie völlig nackt.

So schön und ganz die meine, zumindest für heute Nacht. Für die nächsten paar Wochen, wenn wir uns an das Versprechen halten, das wir uns gegeben haben. Ich möchte mich daran halten. Aber will sie das auch? Auf lange Sicht gesehen, klappt es mit Sex zwischen Freunden nur selten.

Wäre ich nicht so wild darauf, mich ebenfalls auszuziehen, würde ich diesen Gedanken witzig finden.

»Machst du das immer?«

»Was denn?« Ich schlüpfe aus meinem T-Shirt und knöpfe meine Jeans auf.

»So schmutzige Sachen sagen, wenn du Sex hast.« Die Augen fallen ihr fast aus dem Kopf, als ich mit einem Ruck Jeans und Unterhose herunterstreife und meinen Schwanz nur für sie schamlos zur Schau stelle. »Oh …«

Lächelnd gehe ich zum Bett und geselle mich zu Jen, lege mich auf die Seite und schmiege mich an ihren warmen, duftenden Körper. Ich lege die Hand auf ihren Bauch, lasse sie nach oben wandern, streiche langsam über die Mulde zwischen ihren Brüsten. Es macht mich an, dass ich Jen sprachlos gemacht habe. »Was ich vorhin zu dir sagte, war noch milde ausgedrückt«, sage ich, trage extra dick auf.

Sie dreht mir ihr Gesicht zu, ihr süß duftendes Haar

kitzelt meine Wangen. »Du bist überhaupt nicht so, wie ich es erwartet hatte.«

Ich streiche ihre seidigen Strähnen aus meinem Gesicht. »Was hattest du denn erwartet?« Mich über sie beugend, drücke ich rasche, kleine Küsse auf ihr Schlüsselbein, ihre Brüste, die hübschen, kleinen harten Nippel. Sie ist nicht gerade üppig ausgestattet, und normalerweise ziehen mich Frauen mit großen Brüsten an.

Doch ich liebe alles an Jens Körper. Würde kein Fitzelchen davon anderes haben wollen.

»Ich weiß nicht«, flüstert sie und legt die Hände um meinen Hinterkopf. Der leichte Druck, den sie ausübt, zeigt mir, was sie sich wünscht, und so nehme ich ihren Nippel in den Mund, sauge daran, koste den Geschmack. »Das fühlt sich so gut an.«

Bald berühren, küssen und lecken wir uns gegenseitig, die Beine umeinandergeschlungen, Jens Finger um meinen Schwanz. Ich lechze danach, tief in ihren warmen, bereitwilligen Körper einzudringen, sie bis zum Orgasmus zu vögeln und mich ganz und gar in ihr zu verlieren, doch ich lasse mir Zeit. Gehe es gemächlich an, weil Jen nur das Allerbeste verdient.

Ich kann nur hoffen, dass ich sie nicht enttäusche.

»Ich will dich in mir spüren«, wispert sie, nachdem wir uns minutenlang diesen quälend süßen Liebkosungen hingegeben haben. Sie klettert auf mich, ihr Gesicht dicht an meinem, ihre Finger nach wie vor um meinen steifen Schwanz.

Ich streiche über ihren Rücken, drücke zärtlich ihren glatten, runden Arsch. »Hol ein Kondom aus der Schublade.«

Sie streckt die Hand nach dem Nachtkästchen aus, zieht die Schublade auf und nimmt ein eingewickeltes Kondom heraus. Geschickt öffnet sie es, kniet sich dann vor mich und hält den Gummiring über meinen Schwanz. »Darf ich?«

»Ja, verdammt«, murmle ich, hingerissen von dem Ausdruck in ihrem Gesicht, dem Funkeln in ihren Augen. Als sie sich über meine Erektion beugt, fällt ihr das Haar ins Gesicht, da ich vorhin das Band aus ihrem Pferdeschwanz gezogen habe. Ihre Finger gleiten über meinen aufgerichteten Schwanz, folgen der Form der Eichel, ehe sie das Kondom auf die Spitze schiebt. Langsam rollt sie es herunter, streichelt mich währenddessen, und ich stöhne laut auf, weil es sich so gut anfühlt.

Wir necken und quälen einander wie wir es schon seit so vielen Jahren tun. Nur sind wir diesmal nackt, ineinander verschlungen und tun alles, um den anderen vor Lust wahnsinnig zu machen. Irgendwann kann ich nicht mehr und rolle mich auf sie, sodass sie mit gespreizten Beinen unter mir liegt, meine Hüften zwischen ihren Schenkeln und mein Schwanz direkt auf sie gerichtet.

Schweißtropfen bilden sich auf meiner Stirn, als ich mich mit den Händen zu beiden Seiten von Jens Kopf abstütze und sie betrachte. Ihr dunkles Haar ergießt sich über das Kissen, ihre samtigen braunen Augen sind verhangen, ihr voller sexy Mund geschwollen von meinen gnadenlosen Küssen. Sie fährt mit der Hand über meine Brust, meinen Bauch, umrundet spielerisch meinen Nabel und folgt dann der schmalen Linie aus Haaren nach unten zu meiner schmerzenden Erektion.

»Du sagst, ich bin schön, aber der wirklich Schöne

bist du«, flüstert sie, den Blick wie gebannt auf meinen Oberkörper gerichtet. »Ich könnte dich die ganze Nacht berühren.«

»Und mich komplett um den Verstand bringen«, murmle ich und ernte dafür ein breites Grinsen.

»Oh, das können wir natürlich nicht zulassen.« Sie legt die Hände um meine Hüften, zieht mich zu sich, und dann gleite ich in sie hinein, in ihr dunkles Inneres, das meinen Schwanz heiß und feucht umfängt. Langsam sinke ich tiefer, immer tiefer, bis ich ganz von ihr umgeben bin. Unsere Körper sind perfekt aufeinander abgestimmt, Oberkörper an Oberkörper, Hüfte an Hüfte.

Ich schließe die Augen. Presse die Kiefer aufeinander. Es bedarf all meiner Beherrschung, um mich zurückzuhalten und nicht wie ein unerfahrener Teenager explosionsartig in ihr zu kommen. Sie schlingt diese Wahnsinnsbeine um mich, zieht mich tiefer in sich hinein, und ich stöhne, spüre bereits das vertraute Kribbeln am unteren Ende meines Rückens.

Nein. Ich werde jetzt nicht kommen! Dieses erste Mal muss gut für sie werden. Für uns.

Den Blick auf die Stelle gerichtet, wo unsere Körper verbunden sind, ziehe ich mich fast völlig aus ihr zurück, ehe ich wieder in sie eintauche. Immer wieder stoße ich meinen Schwanz in sie hinein, behalte ein langsames Tempo bei, bin total erregt von dem Anblick, wie mein Schwanz wieder und wieder in ihr verschwindet. Wie sie mir die Hüften entgegenreckt, den Kopf hin und her wirft, den Rücken krümmt. Dann schließt sie die Augen, bewegt sich im Takt mit mir, lässt die Hüften kreisen, stößt kleine miauende Laute aus.

Ein, zwei harte Stöße, und ich würde kommen. Doch Jen scheint noch nicht so weit zu sein. Ausgeschlossen, dass ich meinem Wunsch nach Erlösung nachgebe, ehe ich nicht sicher sein kann, dass sie auch kommt. »Fass dich an«, flüstere ich.

Sie erstarrt, reißt die Augen auf und sieht mich mit dunklem, unergründlichem Blick an. »Was?«

»Fass dich an, Jenny. Mach es dir selbst, während ich in dir drin bin«, ermuntere ich sie, weil ich unbedingt sehen will, wie sie es macht. Die Vorstellung wie sie ihre Klitoris reibt, sich zum Orgasmus bringt und ich am ganzen Schwanz ihre Zuckungen fühle, erregt mich ungemein.

Sie gräbt die Zähne in die Unterlippe, legt den Arm zwischen unsere Körper und reibt ihre Klitoris mit dem Zeigefinger, dessen Spitze leicht gegen meinen Schwanz stößt. Stöhnend stoße ich fester zu, bemerke, dass sie in dasselbe Tempo verfällt, ihre Klitoris schneller massiert, fester. Bis wir dann beide unaufhaltsam darauf zusteuern …

Ich stöhne laut ihren Namen, während ich so fest und hart zustoße, dass ich fürchte, ich könnte sie auseinanderreißen. Doch am ganzen Leib zitternd, klammert sie sich an mich, wispert unablässig meinen Namen, und so lasse ich los. Ergebe mich.

Lass mich von meinem Orgasmus überrollen.

Jetzt klammern wir uns aneinander, nur das Geräusch unseres lauten Atems ist zu hören. Ich bin schweißgebadet, genauso wie sie, und will mich von ihr herunterrollen, doch sie verstärkt den Griff ihrer Arme, bohrt die Finger in meinen Rücken, als wollte sie mich nie wieder loslassen.

»Bleib noch kurz so«, murmelt sie, die Lippen an meiner Brust. Ihr Atem kitzelt auf meiner Haut, lässt mich erzittern.

»Ich erdrücke dich«, beginne ich, doch sie unterbricht mich.

»Das mag ich. Es fühlt sich gut an, von dir erdrückt zu werden«, sagt sie mit weicher, schläfriger Stimme.

Scheiße. Ich weiß nicht, was ich sagen soll. Was ich tun soll. Nach dem Sex springe ich in der Regel aus dem Bett, entledige mich des Kondoms und sehe zu, dass ich meinen Arsch möglichst schnell aus der Tür bringe. Ich nehme Frauen niemals mit nach Hause. Diesen Fehler habe ich vor langer Zeit einmal gemacht, als ich erfolgreich mein erstes Restaurant in South California leitete. Nach einem Blick auf meine hippe Wohnung in der Nähe des Strands beschloss die Frau, es sei an der Zeit, sich niederzulassen und fortan die Hausfrau zu spielen.

Dieses Ansinnen musste ich sofort im Keim ersticken. Und danach schwor ich mir, nie wieder eine Frau zu mir mitzunehmen. Und jetzt wohnt eine Frau bei mir. Eine Frau, die von mir weggehen will, während ich mir verzweifelt wünsche, sie möge bleiben.

Bei Jen ist alles anders. Wir haben eine gemeinsame Geschichte. Eine vielschichtige Vergangenheit, die ich nicht durch eine Beziehung zerstören möchte, die schon von vorneherein keine Zukunft hat. Sie wird gehen, und ich werde sie nicht aufhalten. Es spielt keine Rolle, dass der Sex zwischen uns phänomenal gut ist. Sie will weg.

Also lasse ich sie gehen.

Als sie mich schließlich loslässt, gehe ich ins Bad, schmeiße das Kondom in den Mülleimer und werfe einen Blick in den Spiegel. Ich sehe nicht anders als sonst aus, obwohl ich mich definitiv anders fühle. Doch im Spiegel blickt mir jenes altvertraute, attraktive Gesicht entgegen, das ich ehrlich gesagt beinahe hasse. Dieses Gesicht bringt mir nichts als Probleme. Wenn man ein attraktives Äußeres hat, bekommt man leichter das, was man will, richtig? Und ich brauche keine Hilfe dabei, in Schwierigkeiten zu geraten. Das schaffe ich sehr gut allein, schönen Dank auch.

Andererseits bin ich neugierig. Was sieht Jen, wenn sie mich betrachtet? Jemanden, den sie gernhat? Jemanden, den sie mühelos vergessen kann? Beide Optionen machen mir Angst.

Deshalb weiß ich es nicht. Ich bin mir nicht sicher, ob ich überhaupt wissen möchte, was sie sieht. Was sie empfindet.

Ich knipse das Badezimmerlicht aus, gehe ins Zimmer zurück, schlüpfe ins Bett und ziehe die Decke über Jen und mich. Wortlos rutscht sie näher, schmiegt den Rücken an meine Vorderseite, und ich schlinge den Arm um ihre Mitte, halte sie fest. Sie fühlt sich verdammt gut an. Kuschelig und warm und perfekt an meinen Körper angepasst. Ich will sie nie wieder loslassen.

Als ich ein kleines Stück zurückrutsche, um ihr das Haar aus dem Nacken zu streichen, fällt mein Blick auf das Tattoo. Durch die Schlitze der Jalousien dringt der matte Schein der Straßenlaterne herein, sodass ich den fein gezeichneten, farbenprächtigen Schmetterling gut erkennen kann.

Mit dem Finger folge ich dem Umriss, spüre, wie sie unter der Berührung erbebt. Ich beuge mich vor, drücke einen Kuss darauf, und sie seufzt leise.

»Der Schmetterling hat für dich eine bestimmte Bedeutung, richtig?« Ich lecke kurz darüber, genieße den salzig-süßen Geschmack ihrer Haut. Ich kann einfach nicht genug von ihr kriegen.

»Ich mag Schmetterlinge.« Erneut seufzt sie, als ich sie enger an mich drücke. »Und ja. Er hat eine Bedeutung.«

»Welche?«

»Er repräsentiert meinen Wunsch, mich aus dem Kokon meiner Vergangenheit zu befreien.« Ihr Ton ist stockend, und ich runzle die Stirn, presse mein Kinn an ihre Schulter. »Ich habe Sachen gemacht, auf die ich nicht stolz bin, Colin.«

»Ich weiß. Und ich wünschte, du könntest damit abschließen, die Vergangenheit loslassen. Niemand verurteilt dich.« Ich hasse, was sie gemacht hat, doch ich mache ihr keine Vorwürfe. Sie war in einer schwierigen Situation. Verwirrt, allein und verdammt, ja, das war teilweise auch meine Schuld.

»Vielleicht lerne ich irgendwann, die Vergangenheit loszulassen.« Sie stockt. »Jetzt noch nicht, aber ich hoffe bald.«

Verdammt. Mein Leben hat sich durch diese schöne, außergewöhnliche Frau, die ich seit meiner Kindheit kenne, vollkommen verändert.

Und ich bin mir nicht sicher, was ich damit anfangen soll.

12. KAPITEL

Jen

»Du strahlst ja wie ein Honigkuchenpferd.«

Ich gebe Fable im Vorbeigehen einen Klaps auf den Arm. »Blödsinn.« Mist, wahrscheinlich strahle ich wirklich, obwohl ich das nie zugeben würde, vor allem nicht ihr gegenüber.

Aber das passiert nun mal, wenn man die ganze Nacht lang unfassbar guten, aufregenden Sex mit einem Mann hatte, der die Hände nicht von einem lassen konnte. Und die Finger, die Lippen, die Zunge …

Bei der köstlichen Erinnerung überläuft mich ein Schauer.

»Ha, und wie du strahlst. Das kann nur eines bedeuten.«

Unwillkürlich verkrampfe ich mich, und ein mulmiges Gefühl macht sich in mir breit. Ich weiß, sie ist meine beste Freundin, und bisher habe ich ihr immer erzählt, was zwischen Colin und mir gerade abläuft. Dieses letzte Kapitel in Colins und meinem Leben kennt sie jedoch nicht, und ich will mit ihr auch nicht darüber reden.

Sie war nie hundertprozentig davon überzeugt gewesen, dass Colin gut für mich sei, und ich habe keine Lust, mir ihre Warnungen anzuhören. Ihrer Meinung nach ist Colin zu glatt, zu sehr der charmante Sonnyboy, um etwas Ernstes zu wollen. Der Ansicht war ich auch immer. Da stellt sich mir natürlich die Frage, ob mein Urteilsvermögen momentan gestört ist.

Mal ganz abgesehen davon, was zwischen Colin und mir passiert ist, es fühlt sich viel zu neu, viel zu zerbrechlich an, um es nach außen zu tragen. Ich möchte es noch für mich behalten, es beschützen.

Mich daran erfreuen. Allein.

»Du hast einen Job gefunden, stimmt's?«, fragt sie, als ich stumm bleibe.

Erleichterung durchströmt mich, und ich schüttle den Kopf, versuche, mein Lächeln zu verbergen. Ich sollte nicht lächeln. Ich sollte total niedergeschlagen sein, denn wie zum Teufel soll ich nun aus diesem Kaff wegkommen, das voller schmutziger Erinnerungen ist, die ständig drohen mich heimzusuchen? Ich hatte die beschissenen Vorstellungsgespräche von gestern total vergessen. Offenbar hat die Nacht mit Colin alle unangenehmen Gedanken vorübergehend gelöscht.

Dafür kehren sie jetzt mit voller Wucht zurück.

»Leider nicht«, antworte ich schließlich, während ich durch den Speisesaal gehe und die Kerzen anzünde, die auf jedem Tisch in der Mitte stehen. »Niemand wollte mich einstellen.«

»Soll das ein Scherz sein?« Sie hört sich empört an, genau wie Colin gestern. Ein warmes Gefühl breitet sich in meinem Bauch aus. Alle glauben an mich, nur ich nicht. Vielleicht sollte ich mir das zu Herzen nehmen und ausnahmsweise mal positiv denken. »Warum nicht?«

Ich zucke die Achseln, während ich den langen Anzünder in einen gläsernen Teelichthalter stecke und auf den Zündknopf drücke. »Ich habe keine Lust mehr, als Kellnerin zu arbeiten, und habe mich für einen Bürojob beworben. Das Problem ist, dass die Leute jemanden mit Erfahrung haben wollen, und damit kann ich nun mal nicht dienen.«

»Aber du bist ... *du*. Du bist super. Bestimmt hattest du ein großartiges Vorstellungsgespräch und hast die Leute total beeindruckt. Du bist klug. Du siehst klasse aus. Wer würde dich da nicht einstellen wollen?« Fable wirkte total perplex, und ich liebe sie dafür.

»Offenbar bin ich nicht toll genug, denn sonst hätte man mir ja einen Job angeboten. Aber niemand schien sonderlich interessiert an mir zu sein.« Ich gehe von Tisch zu Tisch, gefolgt von Fable, die das Besteck auflegt. Wir sind am Ende der Vorbereitungen für den heutigen Abend angelangt. Da wir schon so lange zusammen arbeiten, sind wir perfekt aufeinander eingespielt.

»Und was hast du jetzt vor?«, fragt Fable, als der letzte Tisch fertig ist.

Gute Frage. Eine Frage, auf die ich keine Antwort habe. »Ich werde wohl ... auf Plan A zurückgreifen.« Was immer Plan A sein mag.

»Und das wäre ...?« Sie zieht eine Braue hoch, sieht mich fragend an.

Eines muss man Fable lassen: Sie hat es drauf, einen mit nur einem Blick und einem Anheben der Braue ordentlich ins Schwitzen zu bringen. Armer Drew. Und armer Owen. Bei einem Streit mit Fable haben sie keine Chance. »Ähm, na ja, wieder auf Jobsuche gehen. Und auf Wohnungssuche. Ich checke im Internet bei Craigslist gerade die WG-Angebote.«

»Du willst mit jemandem zusammenziehen, den du gar nicht kennst? Spinnst du?« Fable schüttelt den Kopf. »Was, wenn es ein Serienkiller auf der Suche nach einem neuen Opfer ist und du genau in sein Beuteschema passt?«

»Du machst dir viel zu viele Sorgen«, wehre ich ab. Ich will mich nicht mit diffusen Ängsten belasten, und außerdem werde ich bestimmt jemand Passenden finden, am besten ein Mädchen in meinem Alter, vielleicht eine Collegestudentin. Ich bin die Einträge der letzten Tage durchgegangen und habe auch bereits ein paar Leute angeschrieben. Bisher hat sich allerdings noch niemand zurückgemeldet.

Vielleicht wirke *ich* ja wie ein Serienkiller …

»Aber Jen …«

»Jetzt hör mir mal gut zu, Fable«, fahre ich sie an, worauf sie verdutzt stehen bleibt. Ich habe es satt, mir ständig dreinreden zu lassen. »Ich weiß, was ich tue. Auch wenn es für dich riskant klingt, glaub mir, ich bin nicht blöd. Ich werde alle notwendigen Sicherheitsvorkehrungen treffen.«

Fable legt die Stirn in Falten. »Ich habe nie gesagt, dass du blöd bist. Ich bin nur …«

»Du machst dir Sorgen um mich. Okay, das verstehe

ich. Ich würde mir auch Sorgen um mich machen. Aber ich werde es schaffen. Ich lande immer auf den Füßen. Wie eine Katze.«

»Eine Katze, die von einem gewissen Colin Wilder immer irgendwann aufgegriffen und wieder auf die Füße gestellt wurde«, murmelt Fable.

Ich bin schon drauf und dran, ihr eine gepfefferte Antwort zu geben, als mir bewusst wird, dass Colin hinter mir steht. Ich kann seine überwältigende Präsenz spüren, seinen berauschenden, sauberen Geruch riechen, seine Körperwärme fühlen, die mich heiß umfängt, als er näher tritt. Wie zufällig streift seine Hand meinen Hintern in einer diskreten Liebkosung, und eine Welle des Verlangens durchflutet mich.

»Habe ich da eben meinen Namen gehört?«, fragt er in amüsiertem Ton. Der Klang seiner tiefen Stimme verursacht mir am ganzen Körper Gänsehaut, und ich schlucke, habe fast Angst, mich zu ihm umzudrehen.

Angst, ich könnte schmelzen wie Schnee in der Sonne, wenn ich dieses bestimmte Leuchten in seinen Augen sehe. Dieses Leuchten, das besagt, dass er genau weiß, wie ich nackt aussehe, und dass er es kaum erwarten kann, mich wieder in diesen Zustand zu bringen.

»Wenn man vom Teufel spricht«, sagt Fable mit süffisantem Grinsen. »Deine Kleine hier hat mir gerade von ihrer erfolglosen Jobsuche erzählt, als ihr zusammen in Sacramento wart.«

Hat sie mich tatsächlich gerade »Kleine« genannt? Ha, wenn hier jemand klein ist, dann Fable.

»Die Leute, bei denen sie sich vorgestellt hat, waren allesamt Idioten.« Colin stellt sich neben mich, sein Arm streift meinen. Nur mit äußerster Willenskraft gelingt es mir, ein Keuchen zu unterdrücken, denn *wow* … Diese flüchtige Berührung ist mir durch und durch gegangen. »Sie haben nicht ihr Potenzial erkannt.«

Fable blickt von mir zu Colin und dann wieder zurück, diesmal hat sie beide Brauen hochgezogen. *Hilfe!* »Hey Boss, willst du damit sagen, dass *du* ihr Potenzial siehst?«

Er lacht. »Ja. Ich habe Jens Potenzial immer gesehen.« Zufällig begegnen sich unsere Blicke. Großer Fehler. Ist es Bewunderung, die sich in seinen Augen spiegelt? Ich sehe weg, bevor Fable zu viel hineininterpretiert, aber zu spät. Sie kneift die Augen zu Schlitzen zusammen und grinst wie eine zufriedene Katze. Ich kenne diesen Ausdruck nur zu gut.

Und damit will ich mich jetzt ganz sicher nicht befassen.

»Zeit, an die Arbeit zu gehen, Mädels«, sagt Colin und drückt zart meinen Arm, bevor er geht. »Ich schließe jetzt auf.«

Hingerissen sehe ich ihm nach, mein Arm prickelt noch an der Stelle, wo er mich berührt hat, und mein Blick ruht wohlgefällig auf dem perfekten Knackarsch in der perfekten schwarzen Hose. Gestern Nacht habe ich diesen tollen Arsch eingehend kennengelernt. Er besteht ganz aus straffer, steinharter Muskulatur, und ich fand es wunderbar zu fühlen, wie er sich zusammenzog, als Colin tief in mich eindrang …

»Du hast mit ihm gevögelt.«

Fables leise Stimme reißt mich aus meinen lüsternen Gedanken, und ich wende mich ihr zu, bereit, alles abzustreiten, doch sie schüttelt den Kopf.

»Spar dir die Mühe, es zu leugnen. Es ist so offenkundig. Bei euch beiden, wohlgemerkt. Oh mein Gott, kein Wunder, dass du so strahlst.« Sie tritt näher, senkt die Stimme. »Du hattest Sex. Mit Colin. Heilige. Scheiße.«

»Sei still.« Ich packe sie am Arm und ziehe sie aus dem Speisesaal, der sich bereits mit Angestellten und Gästen zu füllen beginnt. Mit sanfter Gewalt dirigiere ich sie zur Hintertür, die auf die Gasse hinausführt. »Kein Wort mehr darüber, okay? Ich will nicht, dass es sich herumspricht oder Colin mitkriegt, dass du es weißt.«

»Ich werde es niemandem erzählen. Du kannst mir vertrauen. Ich bin die beste Geheimnishüterin der Welt. Frag Drew.« Sie schürzt die Lippen und schüttelt den Kopf, in ihren Augen blitzt ein geheimnisvolles Licht auf. Manchmal werde ich aus ihr einfach nicht schlau. Doch das ist im Moment meine geringste Sorge. »Warum darf Colin eigentlich nicht erfahren, dass ich weiß, dass ihr beiden Sex hattet?«

Die letzten Worte zischt sie, und ich verdrehe die Augen. Ich fasse es nicht, dass ich dieses Gespräch führe. Fable ist die beste Freundin, die ich jemals hatte, aber ich bin definitiv nicht der Typ, der über sein Sexleben plaudert. Ich bin ein verschwiegener Mensch, vor allem, was Sex angeht. Den guten wie den schlechten. »Hör auf, so darüber zu reden.«

»Und hör du auf, dich so zu benehmen, als wäre es etwas Schlimmes.« Ihre selbstverständliche Akzeptanz ist eine Erleichterung. »Nicht zu fassen, dass ihr beide endlich kapituliert und es getan habt. Das wurde auch höchste Zeit.« Sie knufft mich in den Arm. »Und? Taugt er was?«

Meine Wangen brennen bei der Erinnerung daran, wie

er in dieser gottverdammten Küche sein Gesicht zwischen meinen Schenkeln vergraben und mir einen so gewaltigen Orgasmus beschert hat, dass ich seinen Namen herausschrie und fast von der Theke gefallen wäre.

»Spar dir die Antwort. Deine Miene sagt alles.« Fable lacht. »Alles klar. Er ist super.«

Er ist der absolute Hammer, doch ich werde keine intimen Details preisgeben. Nicht jetzt. Wahrscheinlich nie.

Diese kleinen, feinen Einzelheiten möchte ich lieber für mich behalten.

Colin

Ich bemühe mich nach Kräften, sie zu ignorieren, doch das ist verdammt hart. Besser gesagt, ich bin verdammt hart, als ich Jen beobachte, wie sie den ganzen Abend in diesem kurzen, knallengen schwarzen Kleid herumläuft, der Standarduniform für die Kellnerinnen. Doch Jen ist in diesem Kleid die verführerischste von allen. Ihre Beine wirken ellenlang in den hochhackigen Sandaletten. Ihr Haar hat sie zu einem Pferdeschwanz hochgebunden, sodass an ihrem Nacken das filigrane Schmetterlingstattoo zu sehen ist. Das Tattoo, das ihren Wunsch symbolisiert, sich von ihrer Vergangenheit zu befreien, um frei für die Zukunft zu sein.

Der Anblick des Tattoos erfüllt mich mit Groll und gleichzeitig mit dem Verlangen, jede zarte bunte Linie mit dem Finger nachzufahren. Und dann mit der Zunge.

Herrgott. Ich muss mich wieder in den Griff bekommen.

Sie ertappt mich wiederholt dabei, wie ich sie anstarre, aber ich wende den Blick nicht ab. Manchmal senkt sie die Lider und errötet leicht, was wahnsinnig süß ist. Dann wieder starrt sie offen zurück, ein laszives Lächeln um die vollen Lippen, die ich so gerne küssen würde.

Mitunter lacht sie einfach und schüttelt den Kopf, als amüsierte sie mein unkontrollierbares Verlangen, sie mit Blicken zu verschlingen. Aber ich ertappe auch sie dabei, wie sie mich beobachtet. Sehr oft sogar. Sie verlangt genauso heftig nach mir wie ich nach ihr.

Heute Nacht, wenn wir mit der Arbeit fertig sind, werde ich sie ganz tief ficken. Allein die Vorfreude darauf verursacht mir eine gewaltige Erektion.

Schließlich ziehe ich mich in mein Büro zurück, um nicht wie ein sabbernder Lüstling dazustehen. Keine Ahnung, wie Jen das sieht, aber ich will nicht, dass meine Angestellten von unserem Verhältnis erfahren. Das Getuschel ist so schon schlimm genug. Ich habe den Spekulationen zwar nie widersprochen, will sie aber auch nicht bestätigen.

Also stürze ich mich in die Arbeit und lese die Berichte über die Bauarbeiten für das Restaurant in Redding. In den nächsten Tagen möchte ich hinfahren, um mir selbst ein Bild zu machen. Der Umbau kommt gut voran und alles scheint nach Plan zu verlaufen. Das Restaurant soll in knapp acht Wochen eröffnet werden, und bisher sieht es ganz danach aus, als ob es mit dem Termin klappen könnte.

Jen wird dann nicht mehr bei mir sein, wird mir plötzlich bewusst. Und diese Erkenntnis ist wie ein Faustschlag in die Magengrube.

Ich schiebe die Berichte beiseite, wende mich meinem Computer zu und werfe einen Blick auf die bevorstehenden Reservierungen. Dann checke ich die Facebook-Seite des District. Mache auf Twitter einen Eintrag über das Happy-Hour-Special, das wir jeden Donnerstag anbieten.

Ich bin so vertieft in mein Tun, dass ich nicht höre, wie meine Bürotür geöffnet wird, und erst als sie mit leisem Klicken ins Schloss fällt, blicke ich auf und entdecke Jen, die schüchtern lächelnd an der Tür lehnt.

»Hey«, sage ich und lasse meinen Blick hemmungslos über sie gleiten. Sie sieht großartig aus, ein wenig unsicher, aber höllisch sexy.

»Hi.«

»Hast du gerade Pause?«

Sie nickt und kommt auf mich zu. »Kannst du mit mir zusammen Pause machen?«

Ich schiebe meinen Stuhl vom Schreibtisch weg, lehne mich zurück. »Was hast du vor?«

»Oh, keine Ahnung.« Das schüchterne Lächeln weicht einem verführerischen Ausdruck. »Was würdest du gern tun?«

Alles, was ich innerhalb von, hm, zehn Minuten schaffen kann? Ich wette, ich könnte die Finger zwischen ihre Beine schieben und sie in weniger als fünf Minuten zum Höhepunkt bringen. Und anschließend könnte sie sich vielleicht vor mich hinknien und mir einen blasen.

Mm, ja. Wir könnten verdammt viel machen in zehn Minuten.

»Ich bin für alles bereit.« Ich lege die Arme hinter den Kopf und verschränke die Hände. »Sag mir, was du willst.«

»Das.« Ehe ich weiß, wie mir geschieht, sitzt sie schon rittlings auf mir, ihr Mund auf meinem Mund, ihre Hände in meinem Haar. Der Kuss wird sofort gierig, unsere Zungen liebkosen sich, vertiefen den Kuss. Ich lege die Hände auf Jens Taille, folge der sanften Rundung nach oben. Dann umfasse ich ihre Brüste, drücke sie fest, und Jen wimmert an meinen Lippen.

»Bist du auf einen Quickie aus?«, frage ich, als sie den Kuss abbricht und mit den Lippen meinen Hals erkundet.

»Vielleicht«, murmelt sie und fährt mit der Zunge über meinen Hals.

Ich schließe die Augen, lasse die Hände nach unten gleiten, zupfe am Rocksaum ihres Kleides. »Du machst mich schon den ganzen Abend völlig verrückt.«

»Du mich auch«, murmelt sie, hebt den Kopf und sieht mich an. »Es war, als würdest du mich mit Blicken ausziehen.«

»Gut erkannt.« Ich greife unter ihren Rock, streiche über die weiche Haut ihrer Oberschenkel und höher. Ihr Arsch ist unbedeckt, sie trägt eine Art Spitzen-Tanga, und ich lechze danach, ihn ihr herunterzureißen. »Du willst mich wirklich um den Verstand bringen, was?«

Ein verlockendes Lächeln spielt um ihre Mundwinkel, und der Anblick raubt mir den Atem. Ich bin an eine resolute Jen gewöhnt. Eine freundliche Jen. Ich habe alle möglichen Launen von ihr miterlebt, kenne jede Facette ihrer Persönlichkeit – zumindest glaubte ich das.

Aber eine sexy Jen ist fast zu gut, um wahr zu sein.

Sie leckt sich die Lippen, rutscht ein Stück nach vorn, sodass ihr Unterleib gegen meinen erigierten Schwanz reibt. Sie beugt sich vor, ihr Mund ist an meinem Ohr und ihre feuchten Lippen streichen darüber, als sie sagt: »Ich will, dass du mich auf diesem Stuhl fickst.«

Heftige Erregung packt mich, schießt direkt in meinen Schwanz. Ich drücke ihre Pobacken, ziehe Jen so nah an mich, wie es geht. »Ach ja?«

»Ja.« Sie knabbert an meinem Ohrläppchen. »Ich bin schon feucht für dich, seit du das Gespräch zwischen Fable und mir unterbrochen hast. Total herrisch und fordernd. Gott, es macht mich an, wenn du so bist.«

Okay, jetzt verblüfft sie mich echt. Ich hatte keine Ahnung, dass sie das in sich hat. Wie auch? »Hm, dann werde ich mal nachsehen, ob das stimmt.« Ich schiebe die Finger von hinten zwischen ihre Beine und entdecke, dass sie total feucht ist. Und heiß. Sie reibt sich an meinen Fingern, die Zähne in die Unterlippe gebohrt, die Lider halb geschlossen. Sie sieht aus wie die fleischgewordene Verführung, und ich kann sie nur sprachlos ansehen, bin zu gebannt, um etwas anderes zu tun.

»O Gott. Ich komme«, stöhnt sie, als ich zwei Finger tief in sie hineinschiebe. Sie hebt die Hüften an, reitet auf meinen Fingern, treibt sich selbst dem Höhepunkt entgegen, und dann beginnt sie zu zucken, keucht meinen Namen, krallt die Hände in meine Schultern und klammert sich an mich, als müsste sie sich in ihrer Ekstase an mir festhalten.

Genau wie ich es mir vorgestellt habe, ist sie in, was? Einer Minute gekommen? Oder zwei? Wow, unglaublich.

»Das war das Geilste, was ich je gesehen habe«, flüstere ich und küsse sie sanft, beinahe ehrfürchtig, während ich die Finger weiterhin langsam in ihr hin und her bewege.

Sie stößt einen zitternden Atemzug aus, entzieht sich dann meinen Fingern und rutscht von meinem Schoß herunter. Im ersten Moment bin ich verwirrt, bis sie sich vor mich hinkniet und die Hände auf meine Knie legt. Mir ohne ein Wort mitteilt, was sie vorhat.

Es kommt mir vor, als würden all meine Fantasien wahr werden. Ich hätte sie auch auf dem Stuhl genommen, aber sie jetzt auf Knien vor mir zu haben, nachdem ich sie soeben mit ein paar Stößen meiner Finger zum Orgasmus gebracht habe? Unglaublich.

Und, ja, ein Blowjob ist eine geile Sache, aber ist meine Bürotür abgesperrt? Bei meinem Glück würde nämlich genau dann jemand hereinkommen, wenn mein Schwanz in Jens Mund ist. Und das würde sich sofort wie ein Lauffeuer verbreiten.

»Ist die Tür abgeschlossen?«, frage ich. Auf keinen Fall will ich den erotischen Zauber brechen, indem ich aufstehe und die Tür abschließe. Das wäre definitiv ein Lustkiller.

»Ich habe sie gleich nach dem Eintreten zugesperrt.« Sie greift nach dem Knopf an meinem Hosenbund, macht ihn auf. »Also keine Bange, niemand kann uns stören. Es gibt hier nur dich und mich.«

Ich halte den Atem an, als sie den Reißverschluss meiner Hose aufzieht, den Hosenlatz aufspreizt und die Ausbuchtung meines Schwanzes enthüllt, der sich unter der dunkelgrauen Baumwolle meiner Boxershorts abzeichnet. Sie legt die Finger um meinen Schwanz, drückt leicht zu, den Blick auf meine Boxershorts geheftet.

Ich befinde mich in einem Zwiespalt. Einerseits möchte ich, dass sie mich schnell zum Orgasmus bringt, andererseits hätte ich gern, dass sie sich Zeit lässt, damit ich diese unglaublich sexy Situation zwischen uns total auskosten kann.

»Du bist groß«, flüstert sie und blickt zu mir auf.

Lächelnd lege ich die Hand auf ihre Wange, worauf sie den Kopf zur Seite dreht und einen Kuss auf meine Handfläche drückt. »So ein Kompliment freut jeden Mann.«

Jen verdreht die Augen, und ich nehme die Hand von ihrem Gesicht weg. Sie zieht am Gummibund meiner Boxershorts. »Aber es stimmt. Du hast den größten, den ich je gesehen habe.«

Unmut macht sich in mir breit. Verdammt, ich hasse es, wenn sie über andere Typen spricht, was sie ziemlich oft und ganz beiläufig tut. Ich weiß, ich bin ein Beziehungsfeigling, doch allmählich wird mir klar, dass das auch auf Jen zutrifft. Ich kann mich nicht erinnern, sie jemals in einer längeren Beziehung erlebt zu haben. Nicht einmal in der Highschool.

Ihre sexuellen Erfahrungen würden mich zwar interessieren, gleichzeitig will ich es jedoch gar nicht wissen. Nur ein Masochist würde sie danach fragen.

Also lasse ich es bleiben.

»Meine Pause ist in knapp zehn Minuten zu Ende«, sagt sie mit einem provozierenden Grinsen, während sie an meinen Boxershorts zupft. »Und mein Boss ist ganz schön streng, deshalb will ich ihn nicht verärgern.«

»Ach ja? Was würde er denn tun, wenn du zu spät aus deiner Pause zurückkommst?« Ich richte mich auf und hebe die Hüften an, damit sie mir die Boxershorts herunterziehen kann. Nun sitze ich nur noch in mein Hemd gekleidet vor ihr, meine Hose und die Boxershorts liegen in einem Häufchen um meine Knöchel und mein erigierter Schwanz ist direkt auf Jen gerichtet.

»Keine Ahnung. Mich feuern?« Sie lacht, während sie meinen Schwanz mit federleichter Präzision streichelt; ihre Finger tanzen über die empfindliche Haut an meinem Bauch, den Innseiten meiner Oberschenkel. Erwartung durchströmt mich, jede Berührung steigert meine Erregung in fast unerträglichem Ausmaß, bis sie sich dann endlich nach vorne beugt und die vollen Lippen um meine Eichel schließt.

Wenn ich könnte, würde ich sie als meine persönliche Sexsklavin halten. Weil, Herrgott, ihre Hände, ihr Mund, alles an ihr fühlt sich so verdammt gut an …

Ich lehne mich im Stuhl zurück, schließe die Augen und genieße das Gefühl, wie ihr Mund mich langsam in sich aufnimmt. Sie leckt, saugt, bewegt sich an meinem Schwanz auf und ab, und ihre engen, heißen Lippen treiben mich binnen Sekunden in einen Zustand der Raserei.

Sie gibt lustvolle Laute von sich, die um meinen Schwanz vibrieren, und ich stoße tiefer in ihren Mund, bin kurz vor dem Höhepunkt, und es ist mir auch nicht peinlich, dass ich so schnell komme. Wir sind schon den ganzen Abend total geil aufeinander. Die letzten Stunden im Restaurant waren nichts als ein qualvolles Vorspiel gewesen.

Sie schlägt die Augen zu mir auf, sieht mich an, ihr Blick ist dunkel und heiß und gibt absolut nichts preis. Ich würde gern etwas sagen, irgendetwas, sie fragen, was zum Teufel sie denkt, und was zum Teufel sie mit mir angestellt hat, weil ich mich nicht mehr wiedererkenne. Das hier ist wie ein Rausch. Wir sind zusammen auf einem Wahnsinnstrip in unbekannte Gefilde, und ich will, dass es niemals endet.

Also, was hält mich davon ab?

Ich schiebe alle negativen Gedanken beiseite, konzentriere mich ganz auf Jen. Darauf, was sie mit ihren geübten Lippen und ihrer kundigen Zunge anstellt, wie sehr sie es zu genießen scheint, mir Lust zu bereiten. Langsam zieht sie die Lippen von meinem Schwanz zurück, züngelt neckend über die Spitze, leckt gemächlich um den Rand der Eichel, lässt keine Stelle aus.

Und die ganze Zeit sieht sie mir unverwandt in die Augen.

Fuck, das war es. Ich kann es nicht mehr aufhalten. Ich komme, ergieße mich auf ihre Lippen, ihre Zunge. Sie nimmt mich wieder in den Mund, trinkt meinen Saft, begleitet mich durch meinen Orgasmus, und als es schließlich vorbei ist, sacke ich in meinem Stuhl zusammen, bin selbst geschockt über die Erschöpfung, die mich erfasst. Ich fühle mich benommen und völlig ausgepumpt.

Sie wischt sich den Mund mit dem Handrücken ab, steht auf und lächelt mich an. »War es okay so?«

Okay ist die Untertreibung des Jahrhunderts. Ich kann kaum Worte formulieren, geschweige denn, mich aus diesem verdammten Stuhl hochhieven. »Ähm … ja. Es war super, Jen«, ächze ich schließlich.

Ihr Lächeln wird breiter, und sie neigt den Kopf zur Seite. »Dann ist meine Arbeit hier beendet.«

»Könnte man so sagen«, brumme ich, während ich mich vorbeuge und aus der Box auf meinem Schreibtisch ein paar Kleenex herausziehe. Ich wische mich ab, stehe dann auf und ziehe mich wieder an.

Lachend dreht sie sich um und geht zur Tür. »Ich muss wieder an die Arbeit, sonst bestraft mich mein Boss, weil ich zu lange Pause gemacht habe.«

Ihre Wortwahl lässt mich aufmerken. »All diese Anspielungen, dass du bestraft wirst ... würdest du denn gern bestraft werden?«, frage ich.

Die Hand auf dem Türknauf, bleibt sie stehen, dreht sich aber nicht zu mir um. »Was meinst du damit?«

»Stehst du auf diese Ich-bin-ein-böses-Mädchen-bitte-bestraf-mich-Nummer?« Ich bin beim Sex eher der dominante Typ. Ich genieße es zu kommandieren. Manchmal bin ich auch gern ein wenig grob, aber nicht zu extrem. An den Haaren ziehen, in pralle, süße Haut beißen und danach all das feuchte, heiße Fleisch verschlingen.

Allein der Gedanke, wie ich dies und noch viel mehr mit Jen anstellen werde, macht mich wieder hart. Unglaublich.

»Ich hätte nie gedacht, dass ich das mag«, gesteht sie schließlich und dreht sich zu mir um. Sie lächelt, in ihrem Blick spiegelt sich dunkles Verlangen und noch etwas anderes, das ich nicht deuten kann. »Aber bei dir kann ich mir das vorstellen.«

Wow. Dieses Geständnis regt meine überhitzte Fantasie zu allen möglichen köstlichen Ideen an.

13. KAPITEL

Jen

Die Fesseln meiner Vergangenheit lockern sich allmählich, gestatten mir einen offenen, freizügigen Umgang mit Colin. Ich muss nicht mehr ständig an all die beschämenden Dinge denken, die ich in dieser deprimierenden, schlimmen Zeit getan habe. Eine Zeit, die ich am liebsten für immer aus dem Gedächtnis löschen würde, aber das gelingt mir nicht, so sehr ich mich auch bemühe. Für meinen Lebensunterhalt zu strippen gab mir eine Art von Freiheit, die ich niemals zuvor erlebt hatte. Ich fühlte mich stark, zumindest am Anfang.

Als ich es dann Männern auf dem Rücksitz ihrer Autos für fünfzig Dollar besorgte, fühlte ich mich hinterher ausgelaugt und alles andere als stark oder machtvoll. Dieser Widerspruch war … verstörend.

Doch niemals habe ich so viel Macht empfunden wie beim Sex mit Colin. Ich befinde mich auf einem sexuellen

Höhenflug und bedaure nichts von dem, was Colin und ich gemacht haben. Es ist befreiend. Schon komisch, dass ich dachte, ich könnte, wenn ich Colin verlasse, meiner Vergangenheit entrinnen und die so dringend benötigte Freiheit finden. Vielleicht habe ich mich geirrt.

Ist es nicht wunderbar, Sex mit Colin zu haben, meinen Panzer endlich abzulegen und ihm die vielen Varianten aufzuzeigen, die ich gern mit ihm ausprobieren würde? Ihm zu erzählen, was ich für ihn empfinde?

Das ist mehr als befreiend.

Mit Worten kann ich ihm meine Empfindungen jedoch nicht mitteilen, auf gar keinen Fall. Das würde ihn erschrecken, und das wäre weiß Gott das Letzte, was ich will. Doch ich kann es ihm zeigen. Oh, und wie ich es ihm zeigen kann! Was ich auch getan habe. Mehrfach. Als wir das erste Mal Sex hatten, hatte ich Sorge, wir würden uns hinterher verlegen fühlen, peinlich berührt, aber ... nein. Die Stimmung zwischen uns ist definitiv nicht verlegen.

Nein, zwischen uns knistert und funkt es gewaltig. Wir kriegen nicht genug voneinander. Als ich ihn gestern Abend im Restaurant bei der Arbeit beobachtet habe, wurde ich so erregt, dass ich kaum meine Aufgaben erledigen konnte. Ich konnte nur noch an ihn denken. Daran, wie er mich berührt. Wie ich ihn berühre. Ich war so scharf, dass ich mich in meiner Pause in sein Büro schlich und ihm einen Blowjob gab.

Was für ein irres Erlebnis das war, obwohl die Gedanken an meine Vergangenheit diesen Moment kurzzeitig überschatteten. Ich erinnerte mich wieder daran, was ich getan hatte, dass ich Geld für einen Akt genommen hatte, der heilig ist und der nur zwischen zwei Menschen, die sich gernhaben, stattfinden sollte.

Doch ich konnte diese Gedanken rasch beiseiteschieben. Zwischen Colin und mir ist es anders. Ich mag ihn, mag ihn mehr, als ich es jemals für möglich gehalten hätte.

Ich genoss es, ihn verrückt zu machen, ihn binnen kürzester Zeit zum Höhepunkt zu bringen. In seinem Gesicht konnte ich lesen, wie sehr er mich begehrt, konnte es spüren, als er die Finger in mein Haar krallte, daran zog. Der köstliche Schmerz hatte mir den zweiten Orgasmus in weniger als zehn Minuten beschert, was einfach … irre ist.

Colin Wilder macht mich absolut irre.

Es fühlt sich so gut an zu wissen, dass wir beide gleichermaßen scharf aufeinander sind. Dass wir es kaum erwarten können, uns aufeinander zu stürzen, sobald wir im selben Raum sind. Verdammt, sobald wir dieselbe Luft atmen. Ich bin mir lange Zeit so schrecklich allein vorgekommen mit all diesen Gefühlen, die ich für Colin hatte. Und jetzt sind diese Gefühle auf beiden Seiten vorhanden.

Im Moment bin ich jedoch allein. Sitze auf einem Liegestuhl in Colins Garten neben dem kleinen Swimmingpool und genieße die spätsommerliche Sonne. Der September hat in North California nichts von Herbst an sich. An den meisten Tagen ist es nach wie vor knallheiß, und der heutige Tag bildet da keine Ausnahme. Die Gegend wird von einer Hitzewelle heimgesucht, und für heute wurden achtunddreißig Grad vorhergesagt.

Die späte Morgenluft ist noch angenehm kühl, obwohl ich direkt in der Sonne liege, doch ich spüre bereits die nahende Hitze. Ich trage meinen Lieblingsbikini und wünsche mir sehnlichst, Colin würde nach Hause kommen und mich so sehen. Der Bikini ist sehr knapp und türkisblau, mit einem an den Hüften gebundenen Tanga und zwei knappen Dreiecken als Oberteil. Da ich wenig Busen habe und ziemlich dünn bin, kann ich so einen Bikini gut tragen.

Ich hatte mir immer blonde Haare und Riesenbrüste gewünscht, auf die Colin normalerweise abfährt, aber seit einigen Tagen bin ich mit meinem Aussehen total zufrieden. Und das hat mit Colin zu tun. Er findet mich schön. Sexy. Er schafft es, dass ich mich wohl in meiner Haut fühle, und das ist ein ganz neues Gefühl für mich. Ich liebe es, das er meine Formen, meine Brüste so offen bewundert, mir nie das Gefühl gibt, billig zu sein.

Als wir gestern Nacht nach Hause kamen, zog er mich sofort aus, ließ mir keine Chance zu protestieren – was ich sowieso nicht getan hätte. Er legte mich auf sein Bett und begann dann, jeden Millimeter meiner Haut mit dem Mund zu erforschen. Und wenn ich sage, dass er mich überall geküsst hat, dann meine ich *überall.* Auch an peinlichen Stellen, wo noch kein Mann versucht hat, mich zu küssen.

Ich kam gestern Nacht dreimal. Ich werde schon wieder feucht, wenn ich daran denke, was er alles mit mir angestellt hat, wie weit er mich aus meiner Komfortzone herausgetrieben hat.

Wie sehr ich es genossen habe.

Ich seufze und krümme mich leicht, versuche, die Gedanken an Colin beiseitezuschieben und mich auf die Modezeitschrift vor mir zu konzentrieren. Lustlos blättere ich durch die Seiten, bin gelangweilt von den Klamotten, den penetranten Werbeanzeigen mit wunderschönen Frauen, die selbstbewusst vor der Kamera posieren. Auch die Artikel handeln einzig davon, wie man sich selbst findet und Karriere macht. Wie man den besten Sex seines Lebens kriegt – habe ich schon, schönen Dank auch –, die hippsten Klamotten, das beste Was-auch-immer. Eigentlich sind diese Artikel dazu gedacht, die Leserinnen zu inspirieren. Doch ich werde mit jedem Artikel, den ich überfliege, niedergeschlagener.

Bekomme immer mehr Zweifel.

Ist es wirklich die richtige Entscheidung, Colin zu verlassen? Soll ich jetzt, da ich Colins volle Aufmerksamkeit habe, einfach meine Sachen zusammenpacken und gehen, wie ich es ursprünglich geplant habe? Sicher, er schenkt mir seine Aufmerksamkeit wahrscheinlich deshalb, weil er weiß, dass unser Verhältnis nur vorübergehender Natur ist. Es ist leichter, sich zu etwas zu bekennen, das nicht von Dauer ist, das eine bestimmte Frist hat. Ein festgelegtes Ende.

Stimmt doch, oder?

Die Tatsache, dass ich keinen wirklichen Plan habe, ist ebenfalls ziemlich beängstigend. Ich habe über ein Online-Portal ein mögliches WG-Zimmer bei einer jungen Frau gefunden, mit der ich bereits telefoniert habe. Sie ist ein Jahr jünger als ich, im zweiten Jahr auf dem College und jobbt nebenher. Ihre frühere Mitbewohnerin ist vor Kurzem ausgezogen, und obwohl sie erst versucht hat, es allein hinzukriegen, schafft sie es nicht. Sie ertrinkt in Rechnungen, wie es so ist, wenn man als junger Mensch auf eigenen Beinen stehen will, und eine Mitbewohnerin würde ihre finanzielle Belastung deutlich senken. Tja, und meine natürlich auch.

Sie klang perfekt, also habe ich ihr zugesagt und die Kaution vor nicht einmal einer Stunde per PayPal überwiesen. Anschließend bin ich ins Bad gerannt und habe mich übergeben. Ich bin mir so verdammt unschlüssig, ob ich das Richtige tue, dass mir vor Panik kotzübel ist.

Dies ist die bei Weitem schwierigste Entscheidung, die ich jemals treffen musste.

Genervt werfe ich die Zeitschrift auf das Tischchen neben mir, klappe die Lehne des Liegestuhls herunter, lege mich hin und schließe die Augen. Eigentlich sollte ich nicht mitten in der Sonne liegen, denn man weiß ja um die Gefahren von Hautkrebs, aber bevor ich rausging, habe ich mich mit reichlich Sonnenschutzmittel eingecremt. Die Wärme fühlt sich auf meiner fast nackten Haut unsagbar gut an, und kurzentschlossen binde ich die Nackenbänder meines Bikini-Tops auf und lasse sie seitlich herunterbaumeln, damit ich später am Dekolleté keine hellen Streifen habe.

Eine falsche Bewegung, und das Top würde herunterrutschen, aber wenn schon. Ich bin allein hier draußen. Die Leute, die rechts und links von Colin wohnen, arbeiten beide, also brauche ich mich nicht vor neugierigen Hausfrauen oder im Garten herumtobenden Kindern in Acht zu nehmen. Ich könnte mich auch splitternackt sonnen oder nackt in den Pool hüpfen, und niemand würde mich dumm anreden.

Also setze ich mich auf, löse die Rückenbänder des Tops und lasse es zu Boden segeln. Zufrieden seufzend lege ich mich dann wieder hin, setze die Sonnenbrille auf und schließe die Augen.

Nur kurz, sage ich mir. Ich werde ein paar Minuten oben ohne hier liegen und meinen Busen von der Sonne wärmen lassen. Es fühlt sich gut an, fast … erotisch. Hm, in letzter Zeit fühlt sich alles erotisch an, was wohl mit dem anhaltenden Erregungszustand zu tun hat, in dem ich mich seit Tagen befinde.

Ich habe mit etlichen Männern geschlafen, vermutlich mit zu vielen, aber ich behalte die Anzahl für mich. Und dann gibt es jene, von denen niemand etwas weiß, diejenigen, die nicht zählen. Diejenigen, die mir Geld für eine schnelle Befriedigung gaben, Geld, das ich dringend brauchte.

Colin darf nie, *niemals* von diesen Männern erfahren …

Aber bei keinem Mann, keinem einzigen Mann, habe ich jemals so empfunden wie bei Colin. Ein Lächeln von ihm, und ich schmelze dahin. Eine flüchtige Berührung, und meine Knie werden butterweich. Und wenn er mich küsst, gehen jedes Mal ein paar meiner Gehirnzellen drauf. Echt.

Erregung durchrieselt mich bei dem Gedanken an seine berauschenden Küsse. Meine Nippel ziehen sich fast schon schmerzhaft zusammen, und ich bin versucht, sie zu streicheln. Das Verlangen zu lindern, das sich langsam aber sicher in mir aufbaut …

»Oho. Was für ein hübscher Anblick!«

Beim Klang von Colins samtiger tiefer Stimme, bricht mir der Schweiß aus. Ich hebe den Kopf, öffne die Augen und erspähe Colin auf der anderen Seite des Pools, gleich neben der Hintertür. Ich kann nicht glauben, dass ich weder das Öffnen noch das Schließen der Tür gehört habe.

Vielleicht denkt Colin ja, ich hätte mich eigens für ihn hier draußen hindrapiert.

»Ich habe dich nicht erwartet«, sage ich und verfluche mich innerlich für diese dämliche Antwort. Doch falls das Grinsen in seinem Gesicht irgendein Hinweis sein sollte, scheint er sich nicht daran zu stören.

»Und deshalb liegst du halbnackt hier draußen? Ich sollte vormittags öfter mal zu Hause bleiben.« Er geht auf mich zu, und mir läuft förmlich das Wasser im Mund zusammen, so gut sieht er aus. Er ist in Jeans und ein schlichtes weißes T-Shirt gekleidet, und die Art, wie sein Shirt sich um seine Schultern spannt, erweckt in mir den Wunsch, es ihm vom Leib zu reißen.

Ich zucke die Achseln, gebe mich betont lässig, obwohl ich innerlich vor Erwartung bebe, brenne ... überall. Er bewegt sich mit raubtierhafter Anmut, lässt mich keine Sekunde aus den Augen. Mein Mund wird trocken, und plötzlich nervös, sehe ich mich suchend nach meinem Bikini-Top um, das ich auf dem Betonboden neben der Liege entdecke. Rasch beuge ich mich hinunter und schnappe es mir, um es wieder anzuziehen. Oder mich zumindest damit zu bedecken. Ich fühle mich ausgeliefert. Komme mir dumm vor, wie ich da halbnackt herumliege.

»Nein. Nicht.« Mit einem Satz ist er neben mir, reißt mir das Top aus der Hand, wirft es außerhalb meiner Reichweite in den Garten. Übermütig grinsend lässt er sich dann auf den Rand des Liegestuhls sinken, sitzt so dicht neben mir, dass seine Hüfte an meine Seite stößt und der derbe Stoff seiner Jeans meine nackte Haut kratzt.

Hemmungslos mustert er mich, sein gieriger Blick gleitet über meinen Körper, bleibt an meinen Brüsten hängen, und meine Nippel schreien förmlich nach seiner Berührung. »Genießt du die Sonne?« Seine heisere Stimme bringt mein Inneres zum Schmelzen, raubt mir den Atem.

Ich lecke mir über die Lippen und setze mich auf, sodass mein Gesicht nah an seinem ist. »Ja.« Verlangend presse ich die geöffneten Lippen auf seinen Mund, koste, schmecke ihn. Er erwidert den Zungenkuss, und ich stöhne leise.

»Herrgott, du willst mich umbringen, was?« Seine großen Hände streifen meine Brüste und Nippel so sacht, dass ich mir nicht sicher bin, ob ich mir die Berührung nur einbilde.

Aber nein, er ist real. Seine Hände auf mir sind real. Heiß und suchend, und sie wissen genau, was es braucht, um unkontrollierbares Verlangen nach ihm auszulösen.

»Ich schwöre, ich hatte keine Ahnung, dass du nach Hause kommst. Vormittags bist du ja meistens unterwegs«, sage ich zu meiner Verteidigung. Er ist gern im Büro, wenn niemand da ist, und erledigt dann seinen Papierkram, telefoniert, beantwortet E-Mails, was immer gerade ansteht. Zurzeit hat er besonders viel zu tun, da in Kürze das neue Restaurant eröffnet wird. »Ich dachte, ich hätte den Vormittag für mich allein.«

»Sag mal.« Er gibt mir einen raschen, süßen Kuss, lässt die Lippen aber auf meinem Mund verweilen. »Hattest du vor, dich hier draußen anzufassen, Jenny? Dir ein bisschen Lust zu bereiten, während ich fort bin?«

»Nein.« Ich schüttle den Kopf, beiße Colin, als er die Kontur meines Mundes nachzeichnet, spielerisch in die

Fingerspitze, worauf er leise aufjault. »Aber ich habe an dich gedacht.«

»Und was hast du da so gedacht?« Seine Stimme hat nun einen angespannten Unterton, ein sicherer Hinweis darauf, dass er erregt ist, und ich lächle.

»Wie sehr ich dich vermisse.« Erneut küsse ich ihn, und er umfasst mit einer Hand mein Gesicht, hält mich fest und drängt sich mit der Zunge in meinen Mund, bis ich den Kuss wieder unterbreche. »Wie sehr ich mir wünschen würde, dass du hier wärst. Mich berührst.«

Sein Lächeln wird breiter. »Nun, dein Wunsch wird gleich in Erfüllung gehen.«

Colin

Auch mein Wunsch wird in Erfüllung gehen. Verdammt, er ist bereits in Erfüllung gegangen. Welcher Mann wäre nicht begeistert, wenn er die Frau, die er rasend begehrt, am helllichten Tag halbnackt in seinem Garten vorfindet? Mit ihrem winzigen Bikinihöschen, den nackten Brüsten und der in der Sonne schimmernden Haut sieht sie aus wie ein fleischgewordener feuchter Traum aus meinen Jugendtagen. Ihr Haar ist zu einem hohen, unordentlichen Pferdeschwanz zusammengebunden, auf der Nase trägt sie eine Sonnenbrille mit großen schwarzen Gläsern, und sie ist einfach … schön. Sexy.

Ihr Anblick erregt mich ungeheuer, und ich hole tief Luft, um ruhiger zu werden und meine Gier zu zügeln. Behutsam nehme ich ihr die Sonnenbrille ab, lege sie auf das Tischchen neben dem Liegestuhl, und lege dann die

Hände auf ihre herrlichen Brüste, umfasse sie mit sanftem Druck. Ihre harten Brustwarzen pressen sich gegen meine Handflächen, und ich drehe die Nippel zwischen Daumen und Zeigefinger, kneife sie leicht, was Jen einen kleinen Aufschrei entlockt.

Sie hat es gern etwas härter, genauso wie ich. Gestern Nacht habe ich sie von hinten genommen, sie an den Haaren gezogen, ihr einen von zahlreichen spektakulären Orgasmen verschafft. Sie ist so empfänglich für meine Liebkosungen, spricht so unglaublich auf meine Berührungen, auf mich an, und mir geht es umgekehrt genauso.

Ich kann nicht genug von ihr kriegen.

»Bist du feucht für mich?«, frage ich barsch. Es törnt sie an, wenn ich obszöne Sachen zu ihr sage. Diese Frau hat so viele Abgründe und Geheimnisse, dass sie mir vorkommt, wie ein kompliziertes Puzzle, an dem ich ständig aufs Neue herumtüftle. Und sobald ich glaube, das Puzzle gelöst zu haben, kommt ein neues Teilchen hinzu, und mir wird klar, dass diese Frau womöglich für immer ein Mysterium für mich bleiben wird.

Und das gefällt mir.

»Warum prüfst du das nicht selbst nach?«, erwidert sie mit mutwillig funkelnden Augen.

Hört sich gut an. »Leg dich auf den Rücken, Jen«, befehle ich ihr mit meiner extra strengen Boss-Stimme, die Jen total anzumachen scheint. Mann, es ist der Hammer, wie leicht wir uns gegenseitig erregen können.

Sie folgt meinem Befehl, streckt sich auf der gepolsterten Liege aus, die Beine ein ganz klein wenig gespreizt. Ich nehme ihr Bild, ihr ganzes Sein in mich auf. Der Geruch ihrer Haut, dieser einzigartige feine Duft gemischt mit dem schwachen Plastikgeruch des Liegestuhls. Die dunklen Haarsträhnen, die ihre Wangen streifen, ihr elegant geformter Hals, um den sie eine zarte Goldkette mit einem winzigen Herz trägt.

Ich schiebe den Finger unter die Kette, spiele mit dem kleinen Herz. »Die Kette habe ich dir geschenkt«, sage ich, verwundert darüber, dass sie den Schmuck trägt.

Sie nickt, schluckt hart. »Ja, das stimmt.«

Ich hatte ihr die Kette anlässlich ihres Highschool-Abschlusses geschenkt, und ich war verdammt stolz gewesen, dass ich ihr etwas von Wert geben konnte, obwohl die Kette mit einem Preis von knapp zweihundert Dollar nicht exorbitant teuer gewesen war. Sie war so aufgeregt, als ich ihr das kleine, hübsch verpackte Etui überreichte, riss es hastig auf und umarmte mich dann stürmisch. Ihr geflüstertes *Danke* an meinem Ohr löste tief in meinem Inneren ein seltsames Gefühl aus. Und die Art, wie ihr Körper sich perfekt an den meinen anschmiegte, berührte mich ganz eigenartig.

Niemals werde ich diesen Abend vergessen. Er zählt zu jenen Erinnerungen, die für immer in meinem Gedächtnis eingebrannt sind.

Es war der Abend, an dem ich merkte, dass ich die kleine Schwester meines besten Freundes nicht mehr als lästiges Gör betrachtete, das uns ständig hinterhertrottete. Schlagartig wurde mir klar, dass sie zu einer attraktiven, begehrenswerten jungen Frau herangereift war. Witzig, wie ich sie in Gedanken sofort für tabu erklärte. Ich konnte doch nicht mit der kleinen Schwester meines besten Freundes herummachen.

Nun ja, ein frommer Wunsch.

Entschlossen konzentriere ich mich wieder auf die Gegenwart und streiche mit dem Finger über Jens Schlüsselbein. »Ich freue mich, dass du die Kette trägst.«

»Und ich freue mich, dass du sie mir geschenkt hast.« Sie hebt die Hand zur Kette, und unsere Finger berühren sich.

Ehe ich Gefahr laufe, etwas blödsinnig Sentimentales zu sagen, beuge ich mich vor und küsse Jen, heiß, hart, gnadenlos. Sie gibt sich mir hin wie sie es immer tut, lässt die Zunge um meine Zunge kreisen, legt die Arme um meinen Hals, zieht mich näher. Ich atme ihre weichen, bedürftigen Seufzer ein, streiche mit den Händen über ihren Körper, ihre Brüste, ihren straffen Bauch, ihre sanften Rundungen, bis meine Hände schließlich auf ihren Hüften liegen bleiben.

Ich spiele mit den dünnen Bändern, die ihr Bikini-Höschen an Ort und Stelle halten, bin versucht, sie aufzuziehen. Doch ich lasse mir Zeit, lehne mich ein Stück zurück, betrachte sie. Sie atmet flach, ihre Brust hebt und senkt sich, ihre Haut glänzt vor Schweiß und Sonnencreme.

Sie ist wirklich verdammt hübsch. Ich könnte sie auffressen. Sie wochenlang in meinem Haus einsperren. Mich wieder und wieder in ihr verlieren, bis ich an nichts anderes mehr denken kann. Nur an Jen. Jenny. Jennifer.

Für mich ist sie jede dieser drei Frauen.

Sanft streiche ich nun mit dem Finger über ihren Hüftknochen und nestle an den zugeknoteten Bändern. Langsam löse ich den Knoten auf der einen, dann auf der anderen Seite und ziehe die Vorderseite des Bikinihöschens weg, sodass Jen vollkommen unverhüllt vor mir liegt.

Schweißtropfen bilden sich auf meiner Stirn, und ich

lecke mir die Lippen. Am liebsten würde ich sie sofort an Ort und Stelle vernaschen. Sie spreizt die Beine etwas weiter auseinander, enthüllt rosafarbenes glitzerndes Fleisch, und als ich den Blick zu ihrem Gesicht hebe, stelle ich fest, dass sie mich beobachtet. Ihre Augen sind fast schwarz vor Begierde, ihre Lippen geöffnet, als hätte sie Mühe zu atmen.

Mir stockt jedenfalls der Atem.

»Gefällt dir, was du siehst?«, fragt sie scheu.

Ich gebe keine Antwort. Lege einfach nur die Hand auf sie, streiche über ihr spärliches Schamhaar, schiebe die Finger zwischen ihre feuchten Falten. Wie immer ist sie klatschnass für mich, und das kleine Wimmern, das ihr bei meiner Berührung entweicht, schießt mir wie ein elektrischer Schlag direkt in den Schwanz.

Ich bin total hart und kann nichts dagegen tun. Rasch blicke ich mich um, obwohl ich weiß, dass die Nachbarn auf beiden Seiten um diese Tageszeit normalerweise in der Arbeit sind. Hinter uns befindet sich kein Haus, da mein Zaun an die Straße grenzt. Gut, zwei Häuser weiter wohnt eine Familie mit drei Kindern, deren Mutter Hausfrau und immer zu Hause ist, aber sie wird ja wohl nicht meinen Garten beobachten, oder?

Wenn schon, dieses Risiko muss ich auf mich nehmen.

»Ich werde dich zum Orgasmus bringen«, flüstere ich, während ich die Finger tiefer in sie gleiten lasse. »Und ich möchte dich dabei ansehen.«

Ein leichtes Lächeln spielt um ihre Lippen. »Immer willst du mich ansehen.«

»Stimmt. Aber ich habe noch nie gesehen, wie du draußen gekommen bist. In der Sonne.«

Ihr Lächeln wird zu einem belustigten Grinsen, und gleich darauf löst sich ein leiser Lustschrei von ihren Lippen, als ich noch einen Finger in sie hineinschiebe. »Ist es dein persönliches Ziel, an so vielen Orten wie möglich zu beobachten, wie ich zum Orgasmus komme?«

»Woher weißt du das nur?« Erneut küsse ich sie, um nur ja nichts Dummes zu sagen. Zum Beispiel, dass ich nicht will, dass sie mich verlässt. Dass ich sie schrecklich vermissen werde, wenn sie geht. Dass es völlig unnötig ist, dass sie geht, weil ich langsam glaube, wir könnten es zusammen hinkriegen. Wenn sie es nur zulassen würde.

Ich bin jedenfalls mehr als bereit, es zuzulassen.

14. KAPITEL

Colin

Binnen Minuten stöhnt sie und windet sich unter meinen Fingern, die Zähne so tief in die Unterlippe gegraben, dass ich jeden Moment damit rechne, Blut zu sehen. Sie kreist die Hüften, während mein Daumen über ihre Klitoris reibt, und dann brechen in ihr alle Dämme, ihr Orgasmus überflutet sie, reißt sie mit sich.

Gebannt sehe ich zu, wie sich auf ihrer Haut eine jähe Röte ausbreitet, wie ihre Brüste sich unter ihrem schweren Atem heben und senken, wie ihr Inneres sich um meine Finger verkrampft. Ihre Befriedigung verschafft *mir* Befriedigung. Bei anderen Frauen war das nie so. Ob die Frau ebenfalls gekommen war oder nicht, war mir egal. Verdammt egoistisch, ich weiß, aber ich habe nie abgestritten, dass ich ein egoistischer Typ bin.

Bei Jen will ich, dass sie kommt. Immer. Und dass ich der einzige Mann bin, der das bei ihr schafft. Der es ihr so gut besorgt, dass sie nie mehr einen anderen Mann haben will.

»Jedes Mal, wenn ich denke, es kann nicht mehr besser werden, kommt etwas Neues, Aufregendes hinzu«, flüstert sie. »Ich hätte nie geglaubt, dass das möglich ist.«

Da geht es mir ganz genauso.

Sie schlingt die Arme um meinen Hals und zieht mich so dicht an sich wie es nur geht. Gierig küsst sie mich, legt die Hand auf meine Brust. Langsam bewegt sie die Hand nach unten zu meinem Bauch, kommt meinem erigierten Schwanz gefährlich nah.

»Gehen wir rein«, sagt sie, und als ich langsam den Kopf schüttle, sieht sie mich stirnrunzelnd an. »Warum nicht?«

»Ich werde dich hier vögeln.« Ich küsse sie. »Hier und jetzt.«

»Nein.« Jetzt schüttelt *sie* den Kopf, so heftig, dass ihr Pferdeschwanz wie eine Peitsche um ihr Gesicht fliegt. »Auf keinen Fall. Ich werde deinen Nachbarn ganz sicher keine Vorstellung bieten.«

»Tut mir leid, dir das zu sagen, aber das hast du bereits. Aber zum Glück ist niemand da.« Lächelnd küsse ich sie, während sie versucht, sich mir zu entwinden. »Niemand wird etwas sehen, Jen. Vertrau mir.«

»Aber …« Sie verstummt, als unsere Blicke sich begegnen. »Ich weiß nicht.«

»Hey, du bist diejenige, die sich halbnackt hier draußen hingelegt hat. Also hast du damit angefangen«, argumentiere ich und lache, als sie mir einen Klaps auf die Schulter gibt.

»Ich habe doch gesagt, dass ich dich nicht erwartet habe.«

»Also ist es okay, wenn du hier oben ohne herumliegst, aber es ist nicht okay, wenn ich hier draußen Sex mit dir haben will.« Und ob ich sie hier draußen vögeln werde! Da kann sie protestieren wie sie will. Ich brenne darauf, mich endlich auszuziehen und die Party zu starten.

Schon klar, ich höre mich wie ein blödes Macho-Arschloch an. Ja, darauf hat sie mich reduziert.

Sie seufzt, ein leiser, kehliger Laut, der mir sofort in den Schwanz geht. »Ich will dich.« Sie drückt kleine Küsse auf meine Lippen, meine Wangen, meinen Kiefer, meinen Hals und dann direkt hinter mein Ohr. »Zieh dich aus, Colin.«

Wow. Von bebender Vorfreude erfüllt, stehe ich auf und streife so schnell ich kann T-Shirt, Jeans und Unterwäsche ab. Dummerweise habe ich kein Kondom einstecken, was mir die erhoffte Nummer total verpatzt, und als unsere Blicke sich begegnen, verrät mir der wissende Ausdruck in ihren Augen, dass sie genau weiß, was mir gerade durch den Kopf geht.

»Ich bin sauber«, murmelt sie und senkt den Blick auf ihre Hände. »Ich hatte noch nie im Leben ungeschützten Sex. Außerdem nehme ich die Pille.«

Ich bin perplex. Und erfreut. So kann ich wenigstens in einer Hinsicht der Erste für sie sein. »Echt?«

Sie hebt den Kopf, sieht mich an. »Echt.«

Gut. Dann haben wir das gemeinsam. »Ich hatte auch noch nie ungeschützten Sex.« Ich habe viel zu viel Panik davor, Vater zu werden, um so ein Risiko einzugehen. Man braucht sich ja nur meine Eltern anzusehen. Sie hatten gar nicht vor zu heiraten, hatten nicht einmal eine feste Beziehung, als meine Mom mit mir schwanger wurde. Sie hat meinen Dad auf seine Verantwortung hingewiesen, und dann waren sie aneinandergekettet.

So verrückt sich das anhört, aber bei Jen würde ich am liebsten sagen, »scheiß drauf«, und alle Bedenken in den Wind schlagen. Ich würde gern wissen, wie es sich anfühlt, in ihr zu sein, ohne dass etwas zwischen uns ist. Haut an Haut.

Bei dem Gedanken überläuft mich ein Kribbeln.

Sie sieht mich an, ihr Blick gleitet an meinem nackten Körper hinunter, und dann steht sie auf, zeigt sich mir in ihrer ganzen herrlichen Nacktheit. Ich liebe ihren Körper. Herrgott, ich bete ihn nahezu an. Drei Tage Sex mit ihr, und ich bin bereit, vor ihr auf die Knie zu fallen wie irgend so ein Muschi-besessenes Arschloch.

Aber irgendwie ist mir das total egal.

»Setz dich.« Es hört sich an, als hätte *sie* jetzt das Kommando übernommen, und ich gebe gerne nach, überlasse ihr zum ersten Mal die Zügel. Ich bin gespannt, was sie will. Wie sie es will.

Egal, was, ich weiß, ich werde es mögen.

Ich tue wie mir befohlen, schwinge mich rittlings auf die Liege, damit ich Jen gegenübersitze. Ich bin nackt und steinhart, mein Schwanz sehnt sich wie verrückt nach ihr. Und dann setzt sie sich auf mich, die Knie an meinen Hüften, die Hände um meine Schultern. Ich kann sie fühlen, mein Schwanz pocht gegen ihr feuchtes Geschlecht, und ich sehne mich danach, in sie einzudringen, mich tief in ihr zu versenken.

Sie bewegt sich über mir, neckt mich, lächelt, als ich laut stöhne. »Sch«, wispert sie, während sie sich langsam auf meinen Schwanz senkt, mich quälende Zentimeter um Zentimeter in sich aufnimmt, bis ich ganz in ihr bin. »Oh, Gott, du fühlst dich so unglaublich gut an.«

Ich werde fast ohnmächtig, als sie beginnt, sich auf mir zu bewegen, langsam und zögernd. Ich halte sie an den Hüften fest, dirigiere sie. Ich bestimme die Geschwindigkeit, lasse sie gemächlich an meinem Schwanz hinauf- und hinabgleiten, gehe mit jedem Stoß ein Stückchen tiefer. Bis wir dann beide das Tempo erhöhen, uns ganz dem Rhythmus unserer Körper hingeben. Sie ist eng und feucht und warm, und das Gefühl, wie sich die Innenwände ihrer Möse um meinen Schwanz klammern, ist so überwältigend, dass mir die Sinne zu schwinden drohen.

»Gl-gleich ko-komme ich«, stammelt sie, als ich meinen Schwanz wie besessen in sie stoße. Und dann kommt sie, ihr Inneres verkrampft sich um meinen Schwanz und treibt mich geradewegs in meinen eigenen überwältigenden Orgasmus.

Wir klammern uns aneinander, während wir versuchen, unsere wild zuckenden, sich aufbäumenden Körper zu beruhigen. Wir sind ein zitterndes, bebendes Gewirr aus Leibern, und unser keuchender Atem hallt laut in der stillen Morgenluft wider. Ich höre einen Vogel zwitschern, das nicht allzu weit entfernte Zuknallen einer Autotür, und dieses Geräusch ist es, das Jen aus ihrer Versunkenheit reißt, sie daran erinnert, dass wir immer noch Teil dieser äußeren Welt sind, die wir für eine kurze Zeit ausgesperrt haben, um einfach nur das zu tun, was wir wollen.

Aber jetzt ist die Wirklichkeit wieder über uns hereingebrochen.

»Wir sollten reingehen«, flüstert sie mir ins Ohr, und

ihr warmer, zitternder Atem macht mich sofort wieder hart. Sie spürt es auch. Das merke ich an der Art, wie sie sich an mich drängt. Wie sie versucht, mich enger an sich zu ziehen.

»Lass uns zusammen duschen.« Ich küsse sie. Wir haben das noch nie gemacht. Zusammen geduscht, meine ich. Plötzlich bin ich total wild darauf, ihren eingeseiften, rutschigen Körper überall zu berühren.

»Ich weiß nicht, ob …« Sie verstummt, aber ich sehe das spitzbübische Lächeln, das ihre Mundwinkel kräuselt.

Ohne Vorwarnung stehe ich auf und hebe Jen hoch. Sie quietscht, trommelt mit den Fäusten gegen meinen Oberkörper, doch ich ignoriere ihren Protest und trage sie ins Badezimmer. In der Duschkabine stelle ich sie ab, drehe das Wasser auf und springe ebenfalls unter die Dusche.

Um genüsslich jeden Millimeter ihres Körpers einzuseifen.

Jen

Ich hätte mit Colin nicht duschen dürfen. Jetzt bin ich schläfrig von dem warmen Wasser, Colins warmen, forschenden Händen und meinem dritten Orgasmus an diesem Tag. Dabei ist es noch nicht einmal Mittag! Der Mann ist echt eine tödliche Waffe. Ich glaube, ich hatte noch nie so viele Orgasmen in so kurzer Zeit.

Jetzt liegen wir in seinem breiten Bett, unsere sauberen, nackten Körper ineinander verschlungen. Er ist eingeschlummert, während ich hellwach bin. Mein Kopf ruht auf seiner Brust, und ich lausche seinem regelmäßigen Herzschlag. Es beruhigt mich, tröstet mich, und ich wünschte, ich könnte für immer so mit ihm zusammenliegen.

Doch das geht nicht. Bisher hatte ich noch nicht den Mumm, ihm von dem WG-Zimmer zu erzählen. Ich wollte ihm nicht die Laune vermiesen. Er wird ziemlich angepisst sein, wenn er es erfährt, und ich bin noch nicht bereit, mich dem zu stellen.

Also liege ich hier und tue so, als wäre zwischen uns alles bestens, obwohl es das definitiv nicht ist. Ich wusste, dass es so kommen würde. Der Sex mit Colin ist so gut wie ich es mir gedacht hatte. Wir haben eine gemeinsame Geschichte, eine Verbindung, und jetzt, da unsere Beziehung auf einem neuen Level ist, ist diese Verbindung noch tiefer geworden.

Zumindest für mich. Und für ihn? Da bin ich mir nicht sicher.

Kaum zu glauben, aber ich habe noch nie auf diese Art für einen Mann empfunden. Sex war immer ein Mittel zum Zweck. Ein Akt, der mich fast langweilte, wenn ich mit dem falschen Typ zusammen war. Und es gab einen Haufen falscher Typen …

Ich lege die Hand auf seine Brust, lasse die Finger langsam nach unten, zu seinem muskulösen Bauch wandern. In wenigen Stunden müssen wir in die Arbeit gehen, doch ich würde lieber nackt mit Colin im Bett liegen bleiben, mit ihm reden, lachen und so viel Sex haben, wie wir wollen.

»Alles okay?«

Seine tiefe Stimme reißt mich aus meinen Gedanken.

Ich hebe den Kopf und sehe, wie er mich mustert, mich mit einem nachdenklichen Ausdruck in den schönen blauen Augen betrachtet.

»Ich dachte, du schläfst«, sage ich.

»Ja, ich war kurz eingenickt. Hey, du bist so unruhig.« Zärtlich streicht er über meine Wange. »Was bedrückt dich?«

Die Tatsache, dass er meine leicht deprimierte Stimmung wahrnimmt, zeigt, wie gut er mich kennt. Ich frage mich, ob ihm das überhaupt bewusst ist. »Ich habe Neuigkeiten«, sage ich, entschlossen, es hinter mich zu bringen.

Jetzt wird er unruhig. »Welcher Art?«

Ich hole tief Luft, will nicht lange um den heißen Brei herumreden. »Ich habe ein WG-Zimmer gefunden.«

In seiner Miene ist keine Regung zu erkennen. Nicht einmal ein Wimpernzucken. »Ach.«

Ich nicke, bin schrecklich aufgeregt und nervös. »Die Wohnung sieht nett aus und ist total zentral. Sie liegt genau in dem Viertel, wo ich hinwollte. Ich habe mir die Anlage im Netz angesehen. Meine Mitbewohnerin ist Collegestudentin, ein Jahr jünger als ich, und jobbt nebenher in einem Bekleidungsgeschäft in einem Einkaufszentrum.«

»Aber du hast sie noch nicht kennengelernt, oder?«

»Na ja, wir haben telefoniert. Außerdem habe ich ihr heute früh die Kaution überwiesen.«

Immer noch mustert er mich mit diesem unheimlichen, reglosen Ausdruck. Ich kann nicht sagen, ob er glücklich, traurig, angepisst, verärgert oder was auch immer ist. »Dann steht es also fest. Du hast ein WG-Zimmer bei dieser Frau und wirst dort hinziehen.«

»Ja.«

»Und du hast sie noch nie persönlich getroffen.«

»Nein. Wozu auch?«, fauche ich, verärgert über seine emotionslose, sachliche Art. »Schließlich kann ich dich nicht ständig bitten, mich nach Sacramento und zurück zu fahren, oder? Ich habe keinen Wagen und deshalb keine andere Möglichkeit, dorthin zu kommen.«

Er ignoriert meine Bemerkung. »Findest du das nicht ziemlich riskant?«

»Was? Diesen ganzen Kram per Telefon und über das Internet zu klären?« Ich hole tief Luft. Die Sache droht zu einem Streit zu eskalieren, und das will ich unbedingt vermeiden. Aber wann war es zwischen Colin und mir jemals einfach? Der Sex war bisher absolut einfach, im Sinne von mühelos und himmlisch gewesen, aber so wundervolle Dinge haben normalerweise einen Preis. »Ich hatte keine andere Wahl.«

»Du willst also nach wie vor weggehen?« Er hört sich ungläubig an. Und sieht jetzt auch so aus, was mich so ärgert, dass ich ihm am liebsten eine knallen würde.

»Ja. Nach. Wie. Vor.« Ich betone sorgfältig jedes Wort, will, dass er die Botschaft kapiert. Ich werde meine Zelte hier abbrechen – aber mit ein paar wenigen Worten könnte er mich umstimmen. Er weiß nicht alles, was damals im Gold Diggers passiert ist, aber er weiß eine Menge.

Ich müsste von ihm hören, dass es ihm nichts ausmacht. Dass er mich nicht verurteilt. Dass ich ihm etwas bedeute.

Mit angehaltenem Atem warte ich darauf, dass er etwas sagt. Irgendetwas. Ich erwarte nicht, dass er mich anfleht – das ist nicht sein Stil. Er müsste nur ein Wort sagen. Ein einziges Wort, und ich würde nicht weggehen.

Bleib.

»Ich werde dir einen Umzugswagen besorgen«, sagt er, steht auf und geht in Richtung Badezimmer. Er ist nackt, und wie immer heftet sich mein Blick auf seinen perfekt geformten Hintern.

Im Moment würde ich ihm jedoch am liebsten einen Tritt dorthin verpassen.

15. KAPITEL

Colin

Ich hatte mir den perfekten Plan überlegt und bin mitten am Tag nach Hause geeilt, um Jen davon zu erzählen, in der Hoffnung, es würde ihr zusagen. Warum auch nicht? Gestern Abend hatten wir in meinem Büro den geilsten Non-Fick-Quickie aller Zeiten gehabt, während im Restaurant auf der anderen Seite der Tür Hochbetrieb herrschte. Wie Jen unerwartet und total scharf bei mir aufgetaucht ist, wie sie binnen weniger Minuten gekommen ist und mir dann einen geblasen hat, dass mir Hören und Sehen verging, wird eine meiner wunderbarsten Erinnerungen bleiben.

Als ich sie heute Vormittag halbnackt in meinem Garten vorfand, kam es mir vor, als wären meine Lieblingsfantasien wahr geworden. Sex am Pool, Sex in der Dusche … oh, Mann. Zwischen uns ist alles einfach grandios.

Dann wurde der Zauber zerstört, als sie verkündete, sie habe ein WG-Zimmer gefunden. Und ich habe nichts gesagt, nur dumm aus der Wäsche geglotzt wie ein hirnloser Idiot. Um mich gleich darauf als gefühlloses Arschloch zu outen, als ich ihr anbot, einen Umzugswagen zu organisieren. Statt in dieser heiklen Situation etwas Fingerspitzengefühl an den Tag zu legen, habe ich es total verpatzt. Ich bin echt ein hoffnungsloses Arschloch.

Seitdem hat sie kaum noch mit mir geredet. Das kann ich ihr auch nicht verübeln.

Warum ist sie so verflucht scharf darauf wegzugehen? Okay, ich weiß, dass sie nach Unabhängigkeit strebt. Aber ich biete ihr Stabilität. Vielleicht zu viel Stabilität, aber immerhin. Sie muss sich nicht darum kümmern, einen Job zu finden oder die Miete zu zahlen oder einen Wagen zu kaufen. Ich biete ihr all das und noch viel mehr.

Und das ist wahrscheinlich das Problem, Arschloch. Du verhätschelst sie, als wärst du ihr verdammter Sugar Daddy.

Frustriert seufzend streiche ich mir mit der Hand durch das Haar. Sie steht auf mich. Ich stehe auf sie. Ich biete ihr einen besser bezahlten Job in einer anderen Stadt an, die nah genug ist, dass wir uns weiterhin sehen können. Wo ist also das Problem?

Vergiss nicht ihr Bedürfnis nach Freiheit.

Freiheit. Von wegen! Es ist eher ein Weglaufen.

Ich verbanne die lästige kleine Stimme in meinem Kopf in den hintersten Winkel. Ich sollte mich heute Abend nicht mit diesem Scheiß befassen. Ich möchte Jen wenigstens noch eine kleine Weile in meinem Leben behalten. Ein super Job in einer anderen Umgebung ist da die optimale Lösung. Jen hätte die Chance, sich zu entwickeln und die Freiheit zu erlangen, von der sie ständig redet, und ich hätte Jen nach wie vor in der Nähe. Nah genug, um uns regelmäßig sehen zu können. Wie in einer richtigen Beziehung.

Zum ersten Mal lässt mich dieser Gedanke nicht ausflippen. Ich kann es kaum erwarten, Jen davon zu erzählen. Zeit mit ihr zu verbringen. Abends mit ihr im Bett zu liegen, sie im Arm zu halten, mit ihr zu reden. Einfach mit ihr zusammen zu sein.

Will sie überhaupt mit mir zusammen sein? Vermisst sie mich so wie gestern Abend, als sie zu mir ins Büro kam? Bisher hat sie mir jedenfalls noch keinen Überraschungsbesuch abgestattet, was verdammt schade ist. Ich hatte vor, sie über meinen Schreibtisch zu legen und schnell und wild zu ficken, bis sie zum Orgasmus kommt und ich ihr den Mund zuhalten muss, um ihre Lustschreie zu dämpfen.

Herrgott, ich bin total besessen von ihr. Sie ist gefährlich und weiß es noch nicht einmal.

Heute Abend war extrem viel los. Unerwartet tauchten zwei große Gruppen auf, die das Personal den ganzen Abend auf Trab hielten. Zum Glück hatte Jen die Aufsicht, sie hat alles gemanagt und mich mal wieder total beeindruckt. Sie hat so verdammt viel Potenzial. Zusammen könnten wir in der Gastronomie großartige Dinge leisten. Neue Konzepte entwickeln …

In der Bar ist immer noch einiges los, als ich mich gegen Mitternacht auf die Suche nach Jen mache, um mit ihr endlich nach Hause zu fahren. Ich finde sie in einem der Nebenräume, wo sie zusammen mit einer anderen

Kellnerin den Saustall aufräumt, den die Dinnergäste hinterlassen haben.

»Bist du so weit?«, frage ich, um einen neutralen Ton bemüht, was schwierig ist, wenn ich sehe, wie Jen sich nach vorne beugt, den Rücken mir zugewandt, um den Tisch abzuräumen. Wäre Mandy nicht im Raum, würde ich mich an Jen schmiegen. Mit den Händen über ihren Arsch streichen. Sie fest an mich pressen und fühlen lassen, was sie da mit mir macht. Sie über den Tisch lehnen und von hinten nehmen, um die Fantasie auszuleben, die mich den ganzen Abend beschäftigt hat.

Stattdessen gebe ich mich lässig, vergrabe die Hände tief in den Hosentaschen, damit ich nicht irgendetwas Dummes tue wie zum Beispiel, Jen zu packen und mich vor Mandy zum Idioten zu machen.

»Fast.« Jen wirft mir über die Schulter hinweg ein Lächeln zu. Der Knoten, der sich früher am Tag um mein Herz zusammengezogen hat, löst sich langsam, lindert die Anspannung, die mich den ganzen Abend begleitet hat. Jen scheint nicht mehr wütend auf mich zu sein. »Gib uns noch ein paar Minuten. Wir können uns dann gleich draußen am Auto treffen.«

»Wunderbar.« Ich gehe hinaus und nicke Mandy, die mir ein Lächeln schenkt, zum Abschied zu. Der Speisesaalbereich ist dunkel und still, aber an der Bar herrscht immer noch Betrieb. Mit einem kurzen Winken verabschiede ich mich von Steven, dem Barkeeper, und gehe hinaus. Auf dem Weg zu meinem Auto ziehe ich den Kopf zwischen die Schultern, da ein jäher Wind aufgekommen ist. Er ist ein Vorbote des Herbstes, kalt und beißend, und lässt mich frösteln.

Verrückt, wenn man bedenkt, wie heiß und schwül es in den vergangenen Wochen war.

Ich steige in den Wagen und schalte das Radio an, den Blick auf die Eingangstür des Restaurants geheftet. Lange Minuten verstreichen, in denen ich auf dem Handy meine E-Mails checke und ein paar SMS beantworte, deren Eingang ich gar nicht bemerkt hatte. Ich bin seit Wochen, ach, seit Monaten unglaublich beschäftigt. Sobald das neue Restaurant eröffnet ist, werde ich Urlaub machen. Mich eine Weile aus allem ausklinken, mein Handy, wenn ich es mir erlauben kann, zu Hause lassen. Ich brauche dringend eine Atempause.

Wenn ich Urlaub mache, hätte ich gern Jen an meiner Seite. Vielleicht könnten wir zusammen nach Hawaii fliegen. Oder in die Karibik. Irgendwohin, wo es heiß und tropisch ist und ich Jen dabei zusehen kann, wie sie in diesem winzigen Bikini, den sie heute anhatte, auf dem Liegestuhl am Strand liegt, die Haut golden von der Sonne, und ihren verlockenden, spärlich bedeckten Körper nur für mich zur Schau stellt. Um mich um den Verstand zu bringen ...

Ein schriller Schrei reißt mich aus meinem Tagtraum, und ich setze mich auf, öffne die Tür und springe aus dem Wagen, um zu sehen, was los ist. Wer da in Not ist.

Ich renne über den Parkplatz, blicke nach rechts und links, kann jedoch nichts Auffälliges entdecken. Mein Herz beginnt vor Panik wie verrückt zu rasen, als mir bewusst wird, dass ich schon seit mindestens einer Viertelstunde auf Jen warte. Im Nebenzimmer abzuräumen kann unmöglich so lange dauern.

Plötzlich entdecke ich eine auf dem Boden gekauerte

Frau, die den Kopf unablässig hin und her bewegt. Ich sprinte auf die Frau zu, und als sie zu mir aufblickt, spiegelt sich in ihrem tränenüberströmten Gesicht tiefe Erleichterung. Mich durchfährt ein solcher Schreck, dass mir für einen Moment schwarz vor Augen wird.

Die Frau ist Jen.

Jen

Ich bin etwas zu lange geblieben, habe noch da und dort ein Schwätzchen gehalten und versucht, mir nicht anmerken zu lassen, dass ich es kaum erwarten konnte zu gehen, obwohl ich immer noch ein wenig sauer auf Colin war wegen seines blöden Verhaltens. Mir einen Umzugswagen anzubieten, wie scheiß großzügig von ihm!

Also habe ich mit den Kolleginnen gequatscht und herumgealbert, dabei jedoch ständig auf die über der Bar hängende Wanduhr geblickt. Fable warf mir fragende Blicke zu, und den anderen fiel es sicher auch auf. Ganz bestimmt sogar. Ich hatte das Gefühl, als würden mich alle beobachten.

Sie haben alle den Verdacht, dass ich es mit dem Boss treibe. Früher war mir das egal, weil zwischen Colin und mir ja absolut nichts lief. Das hat sich inzwischen geändert. Ich habe echt Bammel davor, dass sie es herausfinden, weil ich dann unter Dauerbeobachtung stehen würde.

Mist. Ich bin einfach nur nervös. Ich möchte nicht entdeckt werden. Ich will nicht, dass alle mit dem Finger auf mich zeigen und sagen, ich würde mit dem Boss vögeln.

Okay, das glauben sowieso alle, doch bis vor Kurzem

war es nur leeres Geschwätz. Fable hat es großartig verstanden, die Gerüchte mit ihrer sachlichen Art zu zerstreuen. Doch jetzt ist es die Wahrheit. Wenn das ans Licht käme, würde sich das ungut auf das Betriebsklima auswirken. Ich möchte, dass meine Kollegen mich respektieren, mich nicht für ein Flittchen halten oder denken, ich erhielte eine Sonderbehandlung.

Schließlich reiße ich mich los, lehne endgültig ab, noch auf einen letzten Drink zu bleiben. Als ich auf die Uhr blicke, stelle ich überrascht fest, dass schon beinahe eine Viertelstunde verstrichen ist. Ich hoffe, Colin ist nicht wütend, weil er so lange auf mich warten muss.

Aber da er weiß, dass ich den ganzen Abend sauer auf ihn gewesen bin, wird er mir meine Verspätung wohl nachsehen.

An der Glastür bleibe ich stehen und blicke stirnrunzelnd auf den dunklen Parkplatz hinaus. Nein, Colin wird nicht wütend sein. Er ist nie wirklich wütend. Gleichgültig, ja, aber nicht nach dem, was gestern Abend passiert ist.

Oder vor einigen Stunden.

Auch ich sollte nicht wütend sein. Er steht einfach nur zu seinem Wort. Wir haben nichts anderes als eine lockere, unverbindliche Affäre. In weniger als zwei Wochen ziehe ich in eine andere Stadt. Er wird mich vermissen, das weiß ich, genauso wie ich ihn vermissen werde. Doch ich sollte mir vor Augen halten, dass wir einfach nur ein kleines Abenteuer haben. Ein Abenteuer, das sich irgendwann später in eine teure Erinnerung verwandeln wird.

Ja, das sollte ich mir immer vergegenwärtigen. Obwohl ich es kaum erwarten kann, ihn zu sehen.

Während ich suchend über den Parkplatz blicke, frage ich mich, wo der Mann von der Security ist. Einige der Laternen, die den Parkplatz beleuchten, sind kaputt, sodass es an manchen Stellen stockdunkel ist. Auf dem Weg zu Colins Wagen werde ich eine dieser dunklen Stellen passieren müssen.

Soll ich ihm eine SMS schreiben, mit der Bitte, mich an der Tür abzuholen? Das würde er tun. Ganz bestimmt.

Nein, lieber nicht. Er würde mich für einen Feigling halten. Ich kann über den Parkplatz rennen. So groß ist er nicht. Colin ist ganz in der Nähe.

Als ich nach draußen gehe, schlägt mir ein eisiger Wind entgegen, der mir durch Mark und Bein geht. Mit gesenktem Kopf und hochgezogenen Schultern laufe ich über den Parkplatz. Ich kann Colin sehen, wie er in seinem Wagen sitzt, den Kopf gesenkt, sein Gesicht schwach erhellt von seinem Handydisplay. Unwillkürlich lächle ich, und in meinem Bauch flattern winzige Schmetterlinge herum, als mir bewusst wird, dass dieser schöne, sexy Mann mir gehört, zumindest vorübergehend.

Plötzlich taucht aus dem Nichts eine massige Gestalt vor mir auf und schmeißt mich um. Mit einem Aufschrei falle ich auf den Asphalt, treffe so hart auf, dass mir die Luft wegbleibt. Ich rolle mich zusammen, um mich zu schützen, und es fühlt sich an, als würde meine Schulter ausgekugelt.

»Los, du Schlampe! Her mit deiner Handtasche!« Der Typ ragt bedrohlich über mir auf. Sein Gesicht liegt im Schatten, sodass ich es nicht erkennen kann, doch seine Stimme klingt jung. Wahrscheinlich ist er sogar jünger als ich.

Ich hatte gar nicht gemerkt, dass ich meine kleine Handtasche fest an mich drücke. Ich lockere meinen Griff, lasse mir die Tasche wegnehmen und sehe dann fassungslos zu, wie der Typ die Tasche wie einen Football unter den Arm klemmt, losrennt, um die Ecke biegt und verschwindet.

Keuchend und wie gelähmt vor Schreck, bleibe ich auf dem Boden sitzen und lasse den Blick hilflos über den Parkplatz wandern. Mein Mund ist völlig trocken, ich bringe keinen Ton heraus. Ich versuche aufzustehen, bin jedoch so wacklig auf den Beinen, dass ich taumle, auf die Knie falle. Vor Schmerz zucke ich zusammen, blicke an mir hinunter und sehe, dass meine Knie aufgeschrammt und blutig sind, und in dem Moment finde ich meine Stimme wieder.

Und beginne wie verrückt zu schreien.

Binnen Sekunden ist Colin bei mir, und kurz darauf kommen Leute aus dem Restaurant hinzu. Irgendjemand, ich weiß nicht, wer, ruft die 911 an. Colin hat den Arm um meine Schultern gelegt, sein Gesicht dicht an meinem, in seiner Stimme eine Mischung aus Sorge und ruhigem, eiskaltem Zorn.

»Was ist passiert, Baby?«, flüstert er dicht an meinem Ohr, während er mir tröstend über den Kopf streicht. »Wer hat dir das angetan?«

Ich lehne den Kopf an seine starke Schulter und schließe für einen Moment die Augen, weigere mich zu weinen. Ich werde mich von dieser Sache nicht fertigmachen lassen. Dieser Wichser, der meine Tasche – und das gesamte Trinkgeld dieses Abends – geklaut hat, ist keine einzige Träne wert. Ich habe schon Schlimmeres ausgehalten. Viel, viel Schlimmeres. Das hier ist nichts Besonderes. »Ich war auf dem Weg zu deinem Auto, dann kam dieser Typ und schmiss mich um. Er – er hat meine Tasche gestohlen.« Meine Stimme wird zittrig, und ich schniefe, versuche mit aller Kraft, die drohenden Tränen zu unterdrücken.

»Scheiße!«, zischt Colin aufgebracht, während er den Kopf hebt und sich umsieht. In seiner Wange ist ein nervöses Zucken zu sehen, das immer auftaucht, wenn er superwütend ist, und in seinen Augen lodert ein blaues Feuer. »Hat jemand den Kerl gesehen?«

»Außer dir war niemand hier draußen«, sagt Steven in einem ausgesprochen feindlichen Ton, den Colin hoffentlich ignorieren wird, aber ...

Nein. Schlimmer noch, er lässt sich provozieren.

»Willst du damit sagen, es sei meine Schuld, Harper?« Colins Stimme ist leise, gefährlich leise, und Steven versteht die Botschaft. Kleinlaut schüttelt er den Kopf und geht.

Binnen Minuten ist die Polizei da und befragt mich, aber ich kann nicht viel Auskunft geben. Die weibliche Beamtin erzählt mir, dass es in den vergangenen Monaten eine ganze Reihe ähnlicher Überfälle gegeben habe und ich von Glück reden könne, unverletzt davongekommen zu sein. Vor wenigen Tagen erst sei eine Frau auf dem Parkplatz ihres Wohnkomplexes mit einer Handfeuerwaffe niedergeschlagen worden und wegen ihrer schweren Kopfverletzungen nach wie vor im Krankenhaus.

Als ich das höre, läuft mir ein eisiger Schauer über den Rücken.

Colin drängt mich, ich solle in die Notaufnahme gehen und mich durchchecken lassen, um sicherzugehen, dass ich okay bin, aber ich weigere mich. Ich will nur noch nach Hause, ins Bett kriechen und schlafen. Diesen bösen Zwischenfall einfach vergessen.

»Du musst bei deiner Bank anrufen und deine Kreditkarten sperren lassen«, sagt Colin auf der Heimfahrt. Bevor die Polizei uns gehen ließ, hat sich die Beamtin Colin vorgeknöpft und ihn streng ermahnt, die kaputten Laternen reparieren zu lassen, und dafür zu sorgen, dass der Sicherheitsbeamte, der normalerweise hier sein sollte, auch tatsächlich im Dienst ist.

Colin war wegen dieser Rüge total angepisst, was ich auch verstehe. Er fühlt sich auch schon so verantwortlich.

Er hat immer das Gefühl verantwortlich zu sein, vor allem für mein Wohlbefinden. Es wundert mich, dass ihm das noch nicht zum Hals raushängt.

»Ich habe keine Kreditkarten«, sage ich erschöpft, worauf Colin mir einen überraschten Blick zuwirft.

»Aber sicher eine Bankkarte. Der Kerl war wahrscheinlich auf Bargeld aus, aber wer weiß, was er mit einer Karte anstellt. Kartenbetrug ist zu einem riesigen Problem geworden.«

»Mm. Ich werde morgen früh bei meiner Bank anrufen und eine neue Karte beantragen.« Ich schließe die Augen, spule in Gedanken immer wieder die Szene ab, wie der Typ mich mit seinem massigen Körper umgeschmissen hat. Was hätte ich getan, wenn er wirklich handgreiflich geworden wäre wie bei dieser Frau vor einigen Tagen? Hätte ich mich zur Wehr gesetzt? Oder hätte ich mich einfach niederschlagen lassen?

»Du solltest anrufen, sobald wir zu Hause sind«, beharrt Colin. »Du kannst auch mein Handy nehmen und jetzt anrufen.«

»Ich … ich kann mich jetzt nicht darum kümmern, Colin«, flüstere ich und wünsche mir, er möge aufhören, auf mich einzureden. Einen Vortrag kann ich jetzt wirklich nicht brauchen. Genauso wenig wie die Kopfschmerzen, die sich bereits ankündigen. »Lass mich bitte eine Weile still dasitzen.«

»Gut.« Er klingt gereizt, aber das ist mir egal. Schließlich ist nicht er derjenige, der gerade ausgeraubt wurde. Ich weiß, er macht sich Sorgen um mich, aber ich wünschte, er würde einfach mal für einen Moment … Ruhe geben.

Sicher, ich sollte ihm für seine immerwährende Fürsorge dankbar sein, aber aus irgendeinem Grund bin ich total genervt, habe es satt, dass er ständig zu meiner Rettung herbeieilt, mir ständig sagt, was ich zu tun und zu lassen habe.

Wahrscheinlich bin ich total irrational, aber die Tatsache, dass er schon wieder versucht, sich um mich zu kümmern, besser gesagt, über mich zu bestimmen, beweist nur, wie wichtig es für mich ist, von ihm wegzukommen. Trotz der Verbindung zwischen uns, trotz des sagenhaft guten Sex' … es wird nicht andauern. Er wird sich nicht binden.

Und ich mich auch nicht.

Die restliche Heimfahrt verläuft schweigend, und sobald er den Motor ausgestellt hat, flüchte ich aus der Garage ins Haus. Ich habe keine Handtasche, was bedeutet, dass dieses Arschloch, das mir die Tasche gestohlen hat, auch im Besitz meiner Schminke, meines Handys, meiner Brieftasche und meines Hausschlüssels ist. Ganz zu schweigen von dem fetten Trinkgeld, dem ich echt nachtrauere.

Ich weiß, Colin hat recht, und ich sollte wenigstens bei meiner Bank anrufen, doch ich bin sogar zu müde, um mir das Make-up vom Gesicht zu schrubben. Ein Anruf würde mich im Moment einfach überfordern.

Ich kann kaum wie ein normaler Mensch denken und handeln. Ich bewege mich wie ein Zombie durch das Haus, mein Hirn ist völlig leer und mein Körper bringt mich dorthin, wo ich hinmuss, als würde ich auf Autopilot laufen.

In meinem Zimmer angekommen, knipse ich die Lampen an und starre auf mein Gesicht im Spiegel über der Kommode. Auf meinen Wangen sind Streifen aus zerlaufener Wimperntusche und Tränen, Tränen, von denen ich nicht einmal mehr weiß, dass ich sie geweint habe. Mein Gesicht ist geschwollen, meine Augen blutunterlaufen, kurzum: Ich sehe furchtbar aus.

Na, toll.

Als ich an mir hinuntersehe, stelle ich fest, dass der Saum meines Kleides zerfetzt ist und meine aufgeschrammten Knie immer noch bluten. Seufzend schleppe ich mich ins Badezimmer, um meine Wunden zu säubern, doch Colin ist bereits dort und wühlt sich durch die Regale, bis er eine antiseptische Creme und Pflaster gefunden hat.

Ich beobachte ihn von der Türschwelle aus, bin angepisst und gleichzeitig dankbar für seine Mühe, sich immer und allzeit um mich zu kümmern. Ich sollte gerührt sein, dass er mich umsorgt und beschützt, als wäre er mein großer Bruder. Mein Held, mein strahlender Ritter, der auf seinem herrlichen Ross zu meiner Rettung herbeieilt.

»Lass mich dir helfen«, sagt er, als er mich in der Tür bemerkt. »Komm.«

Ich folge der Aufforderung und setze mich auf den Klodeckel. Mein Rock rutscht nach oben, enthüllt meine blutigen Knie. Colin zieht aus einer Schublade einen Waschlappen, befeuchtet ihn mit kaltem Wasser und drückt ihn dann sanft auf mein linkes Knie.

Ich zucke zusammen, ziehe scharf die Luft ein. Erstaunlich, wie weh so eine Schramme tun kann. Vorsichtig tupft Colin das Blut ab und mustert dann stirnrunzelnd mein Knie.

»Da sind Steinchen drin«, sagt er und schnippt sie mit der anderen Hand sorgfältig weg. »Sieht aber nicht schlimm aus.«

»Das tut weh«, murmle ich und verfluche mich, weil ich mich so wehleidig anhöre.

»Entschuldige.« Er schenkt mir ein kurzes, mitfühlendes Lächeln. »Deine Knie werden mit den ganzen Pflastern eine Woche lang richtig scheiße aussehen, aber hey, vielleicht kreierst du ja einen neuen Trend.« Er versucht zu scherzen, mich aufzuheitern, während er die Creme auf mein Knie aufträgt und ein Pflaster über die Wunde klebt, aber es funktioniert nicht.

»Was für ein Trend soll das sein?«, frage ich, als er sich mein anderes Knie vornimmt. »Raubüberfall ist geil?«

Er wirft mir einen prüfenden Blick zu, verarztet mein Knie jedoch weiter. Seine Berührung ist so sanft wie der

Ausdruck in seinem Gesicht, und ihn zu beobachten, erfüllt mich sowohl mit Freude, als auch mit Trauer. Es ergibt alles keinen Sinn, in meinem Kopf herrscht totale Verwirrung. Warum nehme ich es Colin übel, dass er sich um mich kümmern will? Ich sollte dankbar sein. Ja, ich sollte ihn umarmen und ihm dafür danken, dass er in dieser Notlage für mich da ist.

Stattdessen sage ich nichts. Weil ich ständig in einer Notlage zu sein scheine. Und er scheint immer für mich da zu sein. Mich zu retten.

So langsam hasse ich das.

Das rechte Knie ist nicht so schlimm verletzt wie das linke, und Colin versorgt es mit raschen Handgriffen. Mit einem knappen Lächeln sagt er dann, ich sei wieder heil.

Ich bringe es nicht übers Herz, ihm zu sagen, dass ich mich zerbrochener fühle als jemals zuvor.

16. KAPITEL

Jen

»Ich werde der Security-Firma kündigen«, ruft Colin, sobald ich in die Küche geschlurft komme.

Abrupt bleibe ich stehen, mustere Colin verschlafen und denke bei mir, dass es eine Gemeinheit ist, wenn ein Mann so früh am Morgen schon so unverschämt gut aussieht. Lediglich in eine schwarz-graue Flanellpyjamahose gekleidet, die unanständig tief auf seinen Hüften sitzt und all die glatte Haut enthüllt, die ich so gern berühren würde, kocht er gerade Kaffee und wirkt dabei topfit.

»Wieso kündigen?«, frage ich, während ich mich mit sorgsamen Bewegungen an den kleinen Küchentisch setze. Mir tut alles weh, und meine Knie brennen wie Feuer. Während ich den aromatischen Kaffeegeruch einatme, merke ich, wie meine Lebensgeister langsam erwachen.

Colin steht mit dem Rücken zu mir, und seine Hose rutscht noch ein wenig tiefer, als er in den Wandschrank über ihm greift und zwei Kaffeetassen herausholt. Über dem Bund seiner Pyjamahose wird ein weißer Streifen sichtbar, der mich sofort daran erinnert, wie ich diese Körperpartie erst gestern früh ausgiebig erkundet habe. Vor Erregung schießt mir das Blut in die Wangen, und mein Körper beginnt an all den richtigen Stellen zu kribbeln.

Unnötig zu sagen, dass gestern Nacht nichts zwischen uns gelaufen ist. Ich habe in meinem Bett geschlafen, er in seinem. Mitten in der Nacht wurde ich davon wach, dass er irgendetwas Unverständliches schrie, doch ich ging nicht zu ihm. Das Schreien hörte so plötzlich auf wie es begonnen hatte, sodass die Träume hoffentlich nicht allzu schlimm waren.

Es fiel mir schwer, nicht zu ihm zu gehen, aber ich muss mit dieser Gewohnheit brechen. Ich kann nicht länger versuchen, ihn zu retten. Genauso wie er nicht länger versuchen kann, mich zu retten.

Gott, wir sind schon ein sonderbares Paar, was?

»Es war abgemacht, dass bis zwei Uhr früh ein Wachmann zur Stelle ist, aber der Typ ist einfach früher gegangen, ohne irgendjemandem Bescheid zu geben. Das war nicht das erste Mal. Der Kerl ist schlicht untragbar. Letztlich liegt die Schuld bei der Firma, deshalb werde ich, sobald ich im Büro bin, den Vertrag mit ihr kündigen.«

»Vielleicht hatte der Wachmann einen Notfall«, gebe ich matt zu bedenken. In meinem Kopf beginnt es zu pochen. Ich bin echt nicht in der Stimmung, mich zu streiten oder über die Ereignisse der gestrigen Nacht zu diskutieren.

Ich will das Ganze einfach vergessen.

»Quatsch. Ich habe mich per SMS bei Steven und einigen anderen Leuten erkundigt. Alle gaben an, dass der Kerl sich extrem früh vom Acker gemacht hat, und das finde ich echt zum Kotzen. Selbst wenn es tatsächlich einen Notfall gab, ist das unentschuldbar. Er hätte auf jeden Fall Bescheid geben müssen. Das ist ein klarer Vertragsbruch und somit Grund für eine fristlose Kündigung. Jetzt muss ich eine andere Security-Firma finden, die am besten gleich heute Abend anfängt.« Er schenkt den Kaffee ein, gibt Milch und Zucker hinzu, stellt beide Tassen auf den Tisch und nimmt mir gegenüber Platz. Lächelnd schiebt er mir meine Tasse zu. »Da. Genau so, wie du ihn magst.«

Er weiß, dass ich meinen Kaffee immer mit viel Milch trinke. »Danke«, sage ich, nehme die Tasse zwischen beide Hände, hebe sie an die Lippen und atme das köstliche Aroma ein, ehe ich einen Schluck trinke.

»Hast du gut geschlafen? Was machen deine Knie?«, fragt er mit tiefer, besorgter Stimme.

Nachdem er mich gestern Nacht verarztet hatte, brachte er mich in mein Zimmer und steckte mich wie ein kleines Kind ins Bett. Mir lag es auf der Zunge, ihn zu fragen, ob er zu mir ins Bett kriechen wolle, doch ich hielt mich zurück. Ich wollte nicht zu bedürftig wirken.

Es ist schlimm genug, wie bedürftig ich bereits bin. Von wegen mit schlechten Gewohnheiten brechen! Ich muss das im Kopf behalten.

»Ich habe ganz gut geschlafen, danke der Nachfrage.« In Wahrheit habe ich mindestens eine Stunde lang wach gelegen und den Überfall unentwegt in Gedanken abgespult. Mich gefragt, wie ich es hätte verhindern können. Auf dem Weg zu Colins Wagen hatte ich den Kopf gegen die eisige Kälte gesenkt gehalten und nur an Colin gedacht. Daran, dass ich schnell nach Hause wollte, um ihm die Kleider vom Leib zu reißen. Ich war so in meine lüsternen Gedanken vertieft, dass ich keinen Blick für meine Umgebung übrig hatte. Ich war leichte Beute für diesen Kerl; kein Wunder, dass er sich das nicht entgehen ließ.

Es ist einzig und allein meine Schuld.

»Hast du irgendwelche Schmerzen?« Sein sanfter Ton bringt mich fast zum Weinen. Herrgott, ich bin dermaßen rührselig, dass ich mir am liebsten eine runterhauen würde.

»Na ja, eigentlich tun mir sämtliche Knochen weh. Ich bin ziemlich hart hingefallen. Aber meinen Knien geht es besser. Sie tun nicht mehr so schlimm weh.« Das ist nicht einmal gelogen. Sicher, meine Knie brennen wie verrückt, doch das ist nichts im Vergleich zu den Schmerzen von gestern Abend.

Das mordlüsterne Glitzern in Colins Augen sagt mehr als alle Worte. Wäre der Typ, der mich überfallen hat, jetzt hier, würde Colin Hackfleisch aus ihm machen.

»Ich rufe bei der Polizei an und frage, ob sie den Wichser geschnappt haben«, murmelt er, nach seinem Handy greifend.

»Spar dir die Mühe. Den werden sie nie finden.« Ich trinke einen Schluck Kaffee, komme langsam in die Gänge. »Mein Fall ist für die Polizei doch völlig unbedeutend«, sage ich bitter. »Außerdem will ich den Scheiß einfach nur vergessen.«

»Ein bewaffneter Wiederholungstäter ist nicht unbedeutend, vor allem nicht in einer Universitätsstadt. Vertrau mir, die werden nach dem Arschloch fahnden. Und wenn nicht, werde ich anrufen und dafür sorgen, dass sie es tun.« Er lässt sein Handy auf den Tisch fallen, und bei dem plötzlichen Geräusch zucke ich erschrocken zusammen. Er bemerkt es und zieht eine schuldbewusste Miene, was mich total wütend macht. Ich will sein Mitleid nicht. »Bist du okay?«

»Natürlich bin ich okay.« Ich fühle mich angreifbar, als könnte er direkt in mich hineinblicken. All meine Fehler sehen und meine Verbitterung wegen dieser blöden Geschichte. Eine Geschichte, auf die ich gern verzichtet hätte. Überfallen zu werden und das hilflose, schwache Opfer zu sein ist keine Rolle, in der ich mich wohlfühle. Ich hatte deswegen einen Albtraum. Habe noch einmal erlebt, wie er mich umschmiss, mir die Handtasche entriss, mich Schlampe nannte.

Dieser Typ hat mir nicht nur die Handtasche mit allem darin gestohlen. Ich fürchte, er hat mir auch meine Stärke und meinen Mut geraubt.

»Ich weiß, du versuchst auf deine Art damit klarzukommen, und es ist schwierig. Aber du benimmst dich fast so, als … als wärst du auf mich wütend.« Er presst die Lippen zu einem harten Strich zusammen, obgleich sein Blick voller Sorge ist. »Und, stimmt das? Bist du wütend auf mich?«

Auf keinen Fall kann ich jetzt aufrichtig sein. Er wird mich für verrückt halten, wenn ich ihm erzähle, dass ich eine Wahnsinnswut auf ihn habe, obwohl ich das nicht so krass ausdrücken würde. Aber ich komme mir tatsächlich verrückt vor, weil ich echt keinen Grund habe, auf ihn sauer zu sein. Was hat er denn Schlimmes verbrochen?

Mir geholfen? Meine Wunden verarztet? Mich ins Bett gebracht und mir versichert, dass alles gut werden würde?

Ja. Okay. Ich bin lächerlich. Ich kann es nicht ändern.

»Der gestrige Vorfall hat mir ein für alle Mal bewiesen, dass ich von hier verschwinden muss. Ich hasse diese Stadt.« Ich trinke meinen Kaffee aus, spüre seinen intensiven Blick auf mir. *Verdammt!*

»Moment mal. Meinst du, das könnte dir woanders nicht passieren? In Sacramento gibt es eine höhere Kriminalitätsrate als hier«, argumentiert er.

»Ja, es ist auch eine viel größere Stadt. Dagegen ist das hier das reinste Dorf.« Achselzuckend stehe ich auf und gehe zur Kaffeemaschine, um mir noch eine Tasse zu machen. Ich wende ihm den Rücken zu, will dieses Gespräch nicht weiterführen. Habe Angst vor dem, was ich sagen könnte, wenn er mich zu sehr in die Enge drängt.

»Hat es irgendwas mit mir zu tun? Bist du aus einem bestimmten Grund auf mich böse? Denn genauso verhältst du dich.« Ich höre, wie er seinen Stuhl zurückschiebt und auf mich zugeht, spüre seine Körperwärme, als er näher kommt. »Gibst du mir die Schuld an dem, was passiert ist?«

Ich wirble herum, erschrecke, als ich entdecke, dass er viel näher steht, als ich dachte. Bei dem unerwarteten Anblick von so viel nackter männlicher Haut läuft mir das Wasser im Mund zusammen, und ich verschlinge ihn mit Blicken, bewundere diese ganze muskulöse Herrlichkeit. Widerstrebend reiße ich mich von seinem Oberkörper los, hebe den Blick zu seinem Gesicht und stelle fest, dass er mich mit einem Ausdruck ansieht, der klar erkennen lässt, dass er jeden meiner Gedanken lesen kann.

Verdammt peinlich. Eigentlich sollte ich doch wütend und seinen Reizen gegenüber gleichgültig sein.

Aber so gleichgültig bin ich nicht. Und das weiß er.

»Nein, natürlich gebe ich dir keine Schuld«, erwidere ich. »Ich bin die Idiotin, die nicht richtig aufgepasst hat.«

»Ich hätte dich an der Tür abholen sollen«, entgegnet er.

»Und ich hätte dir simsen sollen, damit du mich abholst«, gebe ich zurück.

Er schließt für einen Moment die Augen und atmet tief durch, als suche er nach den richtigen Worten. »Hör zu, ich hätte auf dich aufpassen sollen. Schließlich bin ich dein Arbeitgeber. Dein Freund. Dein …« Er verstummt.

Ich lege ihm die Hand auf den Mund, bringe ihn zum Schweigen. Na ja, wahrscheinlich hätte er sowieso nichts mehr gesagt. Er sieht aus, als wäre er genauso verlegen um Worte wie ich. »Lass. Wir sind nichts weiter als Freunde, richtig?«

Er nickt, durchbohrt mich mit Blicken. Aber er widerspricht nicht.

»Freunde sind füreinander da. Und gestern Abend bist du für mich da gewesen.« Mit dem Zeigefinger male ich die Kontur seines Mundes nach, die volle Unterlippe, die schön geschwungene Oberlippe. Er hat einen so wunderschönen Mund. Einen Mund, den ich gern betrachte, wenn er redet, wenn er lächelt, wenn er mich küsst. Am liebsten würde ich ihn jetzt auf der Stelle küssen. Einfach nur, um für eine Weile alles zu vergessen: meinen Umzug, den Überfall, Colins permanente Fürsorge, weil er sich mir gegenüber verpflichtet fühlt.

Ich will keine Belastung sein. Denn genau das bin ich

für ihn – er fühlt sich verpflichtet, anstelle meines Bruders auf mich aufzupassen. Zumindest hat es so angefangen. Er wurde mein Held. Hat mich zu einem Zeitpunkt gerettet, als ich gar nicht gerettet werden wollte. Hat mich vor einem Leben als Nutte bewahrt, obwohl ihm dieser Teil meiner Biografie gar nicht bekannt war.

Unser Verhältnis hat sich eindeutig über eine Bruder-Schwester-Beziehung hinaus entwickelt …

»Jen.« Seine Stimme ist tief, grollend. Ich spüre, wie sie in mir vibriert, mich in Schwingung versetzt. Die Hand auf meiner Hüfte, zieht er mich näher, und unsere Oberkörper streifen sich. Sofort stehe ich in Flammen, meine Nippel werden hart, pressen sich gegen mein Tanktop. Ich will ihn. Will ihn in mir spüren, will von ihm geküsst und in jenen leeren Raum katapultiert werden, wo ich, zumindest für eine Weile, alles vergessen kann.

Ich lege die Hand auf seine Brust, direkt in die Mitte, und fühle, wie sein Herz schlägt. Es ist ein schnelles, rhythmisches Pochen. Beruhigend und kräftig. Außerstande zu widerstehen, beuge ich mich vor und streiche mit den Lippen über seinen Oberkörper. Er schließt die Augen, und in seinem Gesicht liegt ein Ausdruck süßer Qual.

»Ich will dich«, flüstert er. »Aber du bist noch total fertig wegen diesem Arschloch, das dich überfallen hat. Ich will mich dir nicht aufdrängen. Nicht jetzt.«

»Du würdest mir nicht schaden. Ganz im Gegenteil.« Erneut küsse ich ihn, verweile mit den Lippen auf seiner warmen, festen Haut. Dann platziere ich die Hände auf seinen Hüften, schiebe die Finger unter den Bund seiner Pyjamahose und treffe auf nackte, heiße Haut. Durch den dünnen Stoff seiner Pyjamahose spüre ich seinen erigierten Schwanz, der gegen meinen Bauch stößt und mir zeigt, wie sehr Colin nach mir verlangt.

Vielleicht sogar noch mehr als ich nach ihm.

»Ich möchte nicht, dass du heute Abend arbeitest«, wechselt er abrupt das Thema.

Ich fasse es nicht, dass er jetzt über die Arbeit reden kann. »Ich habe es dir doch gesagt: Mir geht es gut. Wirklich.« Ich stelle mich auf die Zehenspitzen, drücke die Lippen auf Colins Hals, lecke über seine Haut, schmecke ihn, genieße das Stöhnen, das ich ihm entlocke. Ich möchte ihn ablenken, uns beide ablenken. Reden führt bei uns oft zu Problemen, vor allem in letzter Zeit.

Sex hingegen führt bei uns zu einem absoluten, rauschhaften Glücksgefühl. Und genau danach ist mir jetzt zumute.

»Nein.« Er weicht zurück, seine Miene und seine Körpersprache verraten seine innere Qual. »Ich werde das nicht tun. Du musst dich erst von diesem schrecklichen Erlebnis erholen.«

Frustration durchströmt mich, macht mich wütend. »Ich bin keine zerbrechliche Puppe, Colin, die man mit besonderer Vorsicht behandeln muss. Ich bin gestern hingefallen und habe mir die Knie aufgeschrammt. Und?«

»Du bist verdammt noch mal überfallen worden, Jen. Du hast einen riesigen Schock erlitten. Offenbar stehst du immer noch unter Schock. Anders kann ich mir dein merkwürdiges Verhalten nicht erklären.«

Idiot! Ich habe es so satt, mich ständig von ihm analysieren zu lassen. »Aha. Du willst also wegen dieser Geschichte von gestern keinen Sex mit mir haben, richtig?«

»Genau.«

»Du bist total bescheuert.«

»Du auch«, entgegnet er.

Wir starren uns an, die Luft zwischen uns ist aufgeladen von allen möglichen widersprüchlichen Gefühlen. Ich möchte mit ihm vögeln, und gleichzeitig würde ich ihm am liebsten eine knallen.

Über ihn herfallen …

Oder ihm eine knallen?

Colin

Ich möchte mit ihr vögeln, und gleichzeitig würde ich ihr am liebsten eine knallen, was total verrückt ist, weil ich noch nie gewalttätige Fantasien gegenüber Frauen hatte. Und Scheiße, sie wurde gerade erst ausgeraubt. Ich sollte lieber mal überlegen, wie ich ihr etwas Vernunft beibringen kann.

In den kurzen schwachen Momenten, als sie meinen Mund mit dem Finger nachzeichnete, meinen Oberkörper berührte, meinen Hals küsste, war ich mehr als bereit zu kapitulieren. Einfach diesem unkontrollierbaren Verlangen nachzugeben, das mich immer überfällt, wenn sie bei mir ist. Wenn ich verzweifelt danach giere, ihr die Kleider vom Leib zu reißen und sie in Besitz zu nehmen. Sie zu zeichnen, ihr zu befehlen, meinen Namen zu schreien, wenn ich sie zum Höhepunkt bringe. Damit sie weiß, wem sie gehört.

Mir. Und sonst niemandem.

»Du wirst heute Abend nicht arbeiten, und damit basta!«, knurre ich schließlich, weil, heilige Scheiße, ich habe keine Ahnung, was ich sonst sagen soll, um diese fast unerträgliche Anspannung zwischen uns zu durchbrechen.

»Wer bist du, mein Dad?« Der Sarkasmus in ihrer Stimme ist unüberhörbar.

»Nein, ich bin dein verfickter Boss.« Abrupt drehe ich mich um und verlasse die Küche, brauche den Abstand, doch sie folgt mir, murmelt irgendetwas vor sich hin.

»Ist was? Hast du was gesagt?« Ruckartig drehe ich mich zu ihr um. Heißer Zorn steigt in mir auf, bringt mein Blut in Wallung. Jen kann mich echt auf hundertachtzig bringen, und nicht nur im positiven Sinn.

»Ich sagte, genau so ist es. Du bist mein verfickter Boss. Das heißt, du bist mein Boss und wir ficken.« Sie grinst – ein verdammt selbstgefälliges Grinsen – und verschränkt die Arme vor der Brust, als wollte sie mir sagen, ich solle es ja nicht wagen, das abzustreiten.

Ich habe keine Lust auf eine Antwort. Jen bringt mich echt zur Weißglut, und ich verstehe einfach nicht, warum wir uns so absurd verhalten. Als wären wir dem anderen gegenüber total feindselig eingestellt und würden nur auf eine Gelegenheit lauern, um aufeinander losgehen zu können.

Wie zwei Dampfkessel, die jeden Moment zu explodieren drohen.

»Ist das alles, was ich für dich bin«, frage ich in einem Ton, der besagt, sie solle sich unterstehen, Ja zu sagen.

Sie zuckt die Achseln, als ginge ihr das alles am Arsch vorbei. »Meine Güte, wir kennen uns doch schon ewig. Ich finde nicht, dass wir einander irgendwas schuldig sind.«

Mir dreht sich alles. Ist ihr nicht bewusst, wie viel ich

ihr schulde? Ich habe sie gern, mehr als ich mir eingestehen will. Je näher ihr Umzug rückt, desto mehr wünsche ich mir, sie möge bleiben. Das muss ich ihr sagen. Ich muss ihr sagen, was sie mir bedeutet, aber …

Es ist so verdammt schwer. Ich bin nicht der Typ, der mit seinen Gefühlen herausplatzt. Meine Eltern sind nicht gefühlsbetont und reden kaum über ihr Innenleben. Ich verstecke mich die meiste Zeit hinter einer Maske. Was immer die Leute sehen wollen, ich gebe es ihnen. Nur bei Jen ist das anders.

Sie ist der einzige Mensch, der mein wahres Ich sieht.

»Außerdem bin ich doch nur eine Belastung für dich. Hast du es nicht satt, dich ununterbrochen um mich zu kümmern? Dafür zu sorgen, dass ich in Sicherheit bin und mir nichts Böses widerfährt? »

»Gestern Abend habe ich zugelassen, dass dir etwas Böses widerfährt«, sage ich leise und voller Selbsthass. Die Schuldgefühle, die erneut in mir aufflackern, sind so heftig, dass ich es kaum aushalte.

»Das war nicht deine Schuld. Du kannst dich doch nicht für alles, was mir passiert, verantwortlich fühlen. Geht dir das nicht auf den Geist?«

»Nein. Ich möchte mich um dich kümmern. Auch Danny hätte das gewollt.« Es ist das Geringste, was ich tun kann. Und selbst dabei habe ich mehrfach versagt. Ich kann mich an mindestens drei Mal erinnern.

»Glaubst du wirklich, Danny hätte gewollt, dass wir zusammen sind? Dass wir ab und zu miteinander ficken?«, fragt sie.

Ich zucke zusammen. »Nenn es nicht so.«

»Ich soll es nicht als das bezeichnen, was es ist? Komm

schon, wir können die Wahrheit doch offen aussprechen. Bis ich wegziehe, ficken wir miteinander. Es hat nichts zu bedeuten. Das haben wir so abgemacht. Du kannst jetzt keinen Rückzieher machen.«

»Warum versuchst du, einen Streit vom Zaun zu brechen?«

»Ist nicht sehr angenehm, wenn dich jemand herausfordert, was? Ich weiß, dass das nicht gerade oft passiert«, knallt sie mir vor den Latz.

Ich öffne den Mund, um etwas super Sarkastisches zu erwidern, doch in diesem Moment klingelt es an der Tür. Mit zusammengekniffenen Augen starren wir uns an, als wären wir Revolverhelden, die sich zum Showdown auf dem Hauptplatz treffen.

Scheiße, ich habe zu viele blöde Western gesehen. Scheint abzufärben.

»Willst du nicht aufmachen?«, fragt sie. »Wer immer vor der Tür steht, er ist bestimmt viel wichtiger, als ich es bin.«

Was zum Teufel soll das nun wieder? Ich verstehe sie einfach nicht. Sie ist aufmüpfig, wütend, selbstgerecht. Es kommt mir vor, als hätte sie sich in den letzten vierundzwanzig Stunden komplett verändert.

»Dieses Gespräch ist noch nicht beendet«, knurre ich, während ich auf die Tür zugehe. In der Annahme, es sei die Polizei, frage ich gar nicht erst, wer da ist, sondern schiebe den Riegel zurück und reiße die Tür auf.

»Hallo, mein Sohn.«

Ach, du heilige Scheiße, es ist mein Vater. Das nenne ich echt mal eine Überraschung.

Ich habe ihn seit fast drei Jahren nicht gesehen.

17. KAPITEL

Colin

»Willst du mich nicht reinlassen?« Der Mann, der da auf meiner Schwelle steht, könnte ich in zwanzig, dreißig Jahren sein. Ich sehe meinem Vater beinahe beängstigend ähnlich. Die gleiche Größe, die gleiche Statur, die gleichen Züge, das gleiche Haar, obwohl seines mittlerweile von grauen Strähnen durchzogen ist.

Er bleckt die Zähne zu einem Haifischgrinsen, und ich muss an mich halten, um keine genervte Grimasse zu ziehen. Kein Wunder, dass meine Mom mich nicht besonders mochte. Ich erinnere sie zu sehr an den Mann, der sie geschwängert, geheiratet und dann verlassen hat, und das alles innerhalb von achtzehn Monaten. Bis zum heutigen Tag veranstalten sie ein erbittertes Tauziehen um mich, und ich bin verdammt noch mal ein erwachsener Mann. Da gibt es nichts zu streiten. Ihr Verhalten ist mir völlig schleierhaft.

»Klar, komm rein.« Ich öffne die Tür etwas weiter, und Conrad Wilder schreitet herein, bleibt jedoch abrupt stehen, als er Jen entdeckt, die mitten im Wohnzimmer steht. Sie wirkt verunsichert, und das sieht unglaublich süß aus.

Mein früherer Zorn schmilzt dahin, einfach so. Mit ihren großen braunen, von dunklen Ringen umschatteten Augen blickt sie von mir zu meinem Dad und wieder zu mir zurück. Sie ist meinem Dad schon mal begegnet, aber das ist bereits eine Weile her. Es ist jedoch ziemlich offensichtlich, wer er ist.

»Willst du mich nicht vorstellen?« Die Brauen hochgezogen, sieht mein Dad mich an. Er ist ein notorischer Weiberheld. Die Frauen liegen ihm scharenweise zu Füßen, und das genießt er. Mit zunehmendem Alter bevorzugt er junge Frauen. Je jünger, desto besser. Ich wette, er gibt mir im Moment mental ein High Five.

»Das ist Jennifer Cade, Dad.« Ich halte inne, als er mit einem etwas zu freundlichen Lächeln und ausgestreckter Hand auf Jen zugeht. »Sie ist Dannys Schwester.«

»Aaah.« Er dehnt den Laut in die Länge und wirft mir über die Schulter hinweg einen kurzen Blick zu, ehe er seinen Charme über Jen auskippt. »Wir sind uns früher bestimmt schon mal begegnet. Ich bin Conrad Wilder, aber Sie können mich Con nennen.«

Das ist mal wieder typisch für ihn. Mit seiner lockeren Art versteht er es meisterhaft, die Leute einzuwickeln und von sich zu überzeugen. Deshalb ist er auch so unanständig reich.

»Freut mich, Sie kennenzulernen«, sagt Jen, während sie ihm kurz die Hand schüttelt. Sie wirft mir einen Blick zu, der besagt, sie müsse sofort hier raus, und ich kann es ihr nicht verdenken. »Ich gehe duschen.«

Ich sehe ihr nach, als sie den Raum verlässt, hefte den Blick auf ihre schwingenden Hüften, ihren süßen Arsch, der nur von winzigen Baumwollshorts bedeckt ist. Ihre Beine machen mich total verrückt.

»Süße Maus, aber sehr dünn. Eigentlich gar nicht dein Typ«, bemerkt mein Dad, sobald das Zuschlagen von Jens Zimmertür zu hören ist.

»Ich habe keinen bestimmten Typ.«

Dad lacht. »Und ob! Blond, zierlich, schmale Taille, große Möpse – das war immer dein Typ. Also, was findest du an ihr? Ist es was Ernstes?«

»Wir sind alte Freunde. Mehr nicht«, brumme ich unwillig.

»Oh, noch schlimmer. Man vögelt nicht mit Freunden, Sohnemann. Habe ich dir denn gar nichts beigebracht?« Lachend haut er mir auf den Rücken, benimmt sich, als wären wir gute Kumpel, die zusammen abhängen und Weiber anbaggern.

Das war schon immer mein größtes Problem mit ihm. Er behandelt mich wie einen Freund, nicht wie seinen Sohn. Nur wenn es nötig ist, gibt er mir einen Rat und macht einen auf Daddy, aber die meiste Zeit will er mit mir über Titten und Ärsche quatschen, sich besaufen und mit seiner Kohle angeben.

Als ich jünger war, fand ich das super. Den Alten betrunken machen, über irgendeine scharfe Braut quatschen und plötzlich einen Scheck über Tausende von Dollar in die Hand gedrückt kriegen. Aber jetzt nervt es. Ich werde langsam zu alt für diesen Scheiß. Und mein Vater ist dafür erst recht zu alt. Er ist so durchschaubar mit seiner kumpelhaften Attitüde, dass es echt peinlich ist.

»Ich vögle sie nicht«, stoße ich zwischen zusammengepressten Zähnen hervor. Ich lüge ihn an, denn es stört mich, wie er meine Beziehung mit Jen abwertet. Weit mehr stört mich jedoch, wie Jen unsere Beziehung inzwischen abwertet. Seit wann bin ich plötzlich der Einzige, der an diese Sache glaubt?

Wann habe ich jemals an etwas geglaubt?

»Wie hältst du es aus, dass direkt vor deiner Nase so eine Maus in megaknappen Shorts und mit super sexy Beinen herumläuft? Stelle ich mir ganz schön anstrengend vor.«

»Herrgott, würdest du bitte aufhören, so über sie zu reden? So ist das nicht zwischen uns.« Das Problem ist, dass ich nicht weiß, was wirklich zwischen uns ist, weil ich völlig durcheinander und fertig bin.

»So verdammt empfindlich, wie du reagierst, scheinst du die Sache viel zu ernst zu nehmen. Als hättest du Gefühle für sie. Und das bringt nichts als einen Haufen Probleme.« Er lässt sich aufs Sofa plumpsen, mustert mich mit einem durchtriebenen Ausdruck. »Danny Cades Schwester, ja? Richtig, ich habe sie im Lauf der Jahre einige Male gesehen, weil du ja ständig mit Danny zusammengesteckt hast. Allerdings ist die letzte Begegnung schon eine Weile her.«

»Sie wohnt seit ein paar Monaten bei mir. Sie ist von zu Hause abgehauen, weil sie Streit mit ihren Eltern hatte. Ihre Eltern riefen mich an und baten mich, nach Jen zu suchen. Sie hatten erfahren, dass sie hier in der Stadt in einem Striplokal arbeitet, und da sie wussten, dass ich hier das District eröffnet hatte, baten sie mich, Jen ausfindig zu machen. Ich habe sie aus diesem Drecksladen rausgeholt und ihr angeboten, bei mir zu arbeiten«, erkläre ich, und krümme mich innerlich, als ich seinen verächtlichen Gesichtsausdruck sehe. *Na, toll.* »Die Cades wussten, dass ich helfen würde. Ich habe es für Danny getan.«

»Ist Danny nicht tot?«, fragt Dad verwirrt.

»Ja, natürlich, aber er wollte, dass ich mich um seine kleine Schwester kümmere. Und das tue ich.«

»Hat sie gestrippt?«, fragt er. Er sieht mich an, als wäre meine Geschichte kompletter Schwachsinn. Ich sage nichts, verweigere die Antwort. »Nettes Arrangement, das du da hast. Hört sich aber nach viel Ablenkung an, und ich brauche deinen vollen Einsatz. Ich habe ein sehr reizvolles Angebot für dich.«

Sogleich überfällt mich ein mulmiges Gefühl. Der Appetit auf ein herzhaftes Frühstück ist mir vergangen. »Wie meinst du das?«, frage ich argwöhnisch, während ich mich auf den Sessel gegenüber von Dad setze.

Er beugt sich vor, stützt die Ellbogen auf die Schenkel und sieht mich eindringlich an. »Ich habe gerade ein fantastisches Objekt im Zentrum von San Francisco erworben. In der Nähe von Fisherman's Wharf, ein Eckhaus mit vielen Büros drum herum. Ein junges, hippes Viertel. Das Gebäude wurde kürzlich renoviert, die Kosten dürften sich also in Grenzen halten. Eine sehr belebte Gegend, vor allem abends, was genau das ist, was wir brauchen.« Er reibt sich die Hände wie ein geldgieriger Geschäftsmann – der er ja ist. »Zeit für eine neue Herausforderung, Sohnemann. Übergib jemand anderem die Leitung für das Restaurant in diesem Kaff hier. Ich möchte, dass du mit mir nach San Francisco kommst. Wir können den neuen Laden zusammen aufmachen. Uns ein spannendes Konzept ausdenken, das wir zu einer landesweiten Kette ausbauen könnten. Was hältst du davon?«

»Wir sollen gemeinsam ein Restaurant führen?« Das wäre für mich die ultimative Katastrophe. Eine direkte Zusammenarbeit mit meinem Vater ist der reinste Albtraum. Ich bin vor Jahren weggezogen, damit ich seinem Einfluss so gut es geht entkomme. Doch das ist schwierig, wenn es um Geld geht. Das ist der Moment, wo ich in der Regel anfange zuzuhören.

»Nur zu Beginn. Du kennst mich doch.« Er hatte schon immer Hummeln im Hintern, hielt es nie lange an einem Ort aus. »Ich werde dir nicht auf den Geist gehen. Das wird ganz und gar dein Projekt sein. Ich werde da sein, ein wachsames Auge haben, mich um den Kram kümmern, mit dem du dich nicht gern befasst, und sobald der Laden läuft, bin ich draußen. Ich werde unser Franchiseunternehmen in allen Großstädten an der West Coast verkaufen. Los Angeles, Portland, Seattle. Danach werden wir uns nach Osten orientieren. Las Vegas, Phoenix …

Das klingt zu gut, um wahr zu sein. Ganz klar, da muss irgendwo ein Haken sein.

»Ich habe gerade den Kredit für den Laden genehmigt bekommen. Wir müssen also schnell ein Treuhandkonto aufmachen«, fährt mein Dad fort. »Ich besitze viel Grund. Sehr viel sogar. An Bargeld hapert es jedoch. Also werde ich mir etwas Bargeld leihen müssen, um die Kosten abzudecken.«

Das ist der Haken. Dabei hatte ich den Köder noch nicht einmal geschluckt. Scheiße. »Ich soll dir Geld leihen?«, frage ich entgeistert. Mein Vater hat mich noch nie um Geld angehauen. Das hat er nie nötig gehabt. Mein seit Langem verstorbener Großvater hatte ihm massig Kohle hinterlassen, und obwohl Dad im Grunde ein Hochstapler ist, ist er zum Glück ein sehr wohlhabender Hochstapler. Er kann es sich leisten, Risiken einzugehen. Er hat immer mit Geld um sich geschmissen und mit seinen Erfolgen geprahlt, wenngleich diese Erfolge sich durchaus sehen lassen können.

Das Letzte, was ich will, ist, meinem Vater Geld zu leihen. Doch was bleibt mir anderes übrig?

Er ist mein Vater. Er war emotional vielleicht nicht für mich da, aber er hat mir immer geholfen, wenn ich finanzielle Engpässe hatte, auch wenn er mich hart dafür arbeiten ließ.

Ich bin es ihm schuldig. Nicht zuletzt bin ich auch dank ihm dort, wo ich heute bin.

Jen

Ich hatte vergessen, wie unwohl ich mich in Gegenwart von Colins Dad fühle, doch diese Begegnung hat es mir wieder verdeutlicht. Er ist zu glatt, zu charmant, zu … was auch immer. Ich traue ihm nicht. Er kommt mir nicht echt vor.

Ich stelle mich unter die heiße Dusche, will die grässlichen Gedanken wegspülen, die mir wegen gestern Abend noch im Kopf herumschwirren. Und die Erinnerung daran, wie Conrad Wilder mit mir geredet, mich angesehen hat. Wie er in Colins Wohnung hereinspazierte, als würde sie ihm gehören. In unseren privaten Raum eindrang. Alles kaputt machte.

Zum Glück ist Colin nicht wie sein Vater. Okay, er hat den Ruf eines Frauenhelden, und als ich anfing, bei ihm zu arbeiten, war er ständig am Flirten. Hatte mit einigen Frauen sogar Dates. Im District ist er der Charmeur, der die Frauen bezirzt, sie zum Lachen bringt, sodass sie um seine Aufmerksamkeit konkurrieren. Doch sein Charme hat nichts Unechtes oder Aufgesetztes.

In letzter Zeit hatte er keine Dates mehr. Er flirtet ein wenig mit den weiblichen Gästen, aber mehr nicht. Ich bin die Einzige, die er wirklich beachtet.

Ich schließe die Augen, presse die Stirn an die kühlen Kacheln und lasse mich von dem heißen Wasser überströmen. Er bringt mich so durcheinander. Was er tut, wie er sich verhält – ich werde einfach nicht schlau aus ihm. In der einen Minute gibt er mir das Gefühl, total begehrenswert zu sein, in der nächsten behandelt er mich wie eine gute, alte Freundin oder schlimmer noch, wie eine unverbindliche Affäre.

Du bist diejenige, die eine unverbindliche Affäre haben wollte.

Ja. Wie unglaublich dumm von mir, das vorzuschlagen. Kein Wunder, dass er da gern eingewilligt hat. Ein Mann wie Colin ist immer für eine unkomplizierte Bettgeschichte zu haben.

Seufzend drehe ich das Wasser aus, steige aus der Dusche und trockne mich ab, während ich mich innerlich auf den Tag vorbereite. Mir tut immer noch alles weh, doch mit ein paar Schmerztabletten müsste es gehen. Colin hat zwar gesagt, ich solle heute zu Hause bleiben, aber er hat gut reden. Ich werde ganz sicher nicht hier herumsitzen und die Wände anstarren. Ich würde durchdrehen. Außerdem brauche ich das Geld, weil mir gestern mein Trinkgeld geklaut wurde.

Abgesehen davon könnte es sein, dass Colins Dad sich heute Abend, wenn Colin im Restaurant ist, hier in der Wohnung aufhält, und ich werde auf keinen Fall allein mit ihm bleiben.

Ich gehe aus dem Bad in mein angrenzendes Zimmer, ziehe BH und Panties an und schlüpfe in eine Yogahose und ein hellblaues Tanktop. Automatisch halte ich Ausschau nach meinem Handy, um meine SMS zu checken, und erst da wird mir bewusst, dass mein Handy weg ist.

Der Wichser, der meine Tasche geklaut hat, hat auch mein Handy. Gut möglich, dass er sich nur das Bargeld rausgenommen und meine billige Handtasche mitsamt Handy und den anderen Dingen in den Müllcontainer geworfen hat. Dinge, die mir etwas bedeuten. Sachen, die ich brauche.

Schniefend lasse ich mich auf das Bett sinken, presse die Lippen zusammen, um nicht loszuheulen. Ich bin erschöpft. Wütend. Frustriert. Eine Woge von Gefühlen überrollt mich, und ich blicke auf das Nachtkästchen, auf dem das Festnetztelefon steht.

Ja, Colin ist einer der wenigen Menschen, die noch einen Festnetzanschluss haben. Ich nehme den Hörer ab und wähle die kostenpflichtige Nummer meiner Telefongesellschaft, um mein Handy als gestohlen zu melden und ein neues zu bestellen, was sich zu einem zwanzigminütigen Gespräch ausdehnt.

Colin würde stolz auf mich sein. Ich komme mir tatsächlich unglaublich erwachsen vor, eine kompetente junge Frau, die tut, was getan werden muss.

Kaum habe ich aufgelegt, beginnt das Telefon zu klingeln. Automatisch hebe ich ab, was ich nur selten tue, da kaum jemand über diese Leitung anruft, und wenn, dann ist es in der Regel für Colin.

»Oh, hi. Ich dachte, ich probier es mal mit dieser Nummer«, sagt Fable, nachdem ich mich gemeldet habe. Sie klingt erleichtert. »Alles in Ordnung bei dir? Mir ist eingefallen, dass dein Handy wahrscheinlich auch gestohlen wurde.«

»Ja.« Seufzend streiche ich durch mein feuchtes Haar und lasse mich gegen das Kopfteil des Bettes sinken. »Ich bin ziemlich müde, aber sonst geht es mir gut.«

Wir reden noch ein paar Minuten, und ich lasse meinen Frust darüber aus, dass Colin mich heute Abend nicht zur Arbeit gehen lassen will, obwohl mir nichts fehlt.

»Also ich finde auch, dass du zu Hause bleiben solltest. Das würde ich an deiner Stelle jedenfalls tun. Colin bezahlt dir sicher trotzdem dein Gehalt«, sagt sie.

Typisch Fable, dass sie den finanziellen Aspekt bedenkt. Normalerweise bin ich genauso. Wir denken da ähnlich, weil wir beide aus eher ärmlichen Verhältnissen kommen.

»Ha. Bei meinem Glück bin ich mir da nicht sicher. Deshalb werde ich heute Abend ins Restaurant kommen«, erwidere ich.

Es klopft an der Tür, und gleich darauf wird die Tür aufgerissen. »Hey, ich muss Schluss machen«, sage ich zu Fable und lege rasch auf, ehe sie Zeit hat zu antworten. Colin stürmt herein, knallt die Tür hinter sich zu. Am Fußende des Bettes bleibt er stehen, stemmt die Hände in die Hüften und funkelt mich an. Da er nach wie vor nichts als diese verdammte Pyjamahose trägt, zwinge ich mich eisern, den Blick auf sein Gesicht zu heften.

Dieser nackte, muskulöse Oberkörper wird mich nicht ablenken. Das lasse ich nicht zu.

»Nur weil das deine Wohnung ist, heißt das noch lange nicht, dass du einfach so bei mir hereinplatzen kannst«, fahre ich ihn gereizt an. Während ich ihn unverwandt ansehe, rutsche ich im Bett nach oben, bis ich praktisch zwischen den Kissen sitze.

Mit finsterer Miene fährt er sich durch das Haar, verwuschelt es total, was auf seinen Frust hindeutet, aber trotzdem sehr sexy aussieht. »Tut mir leid wegen meinem Dad. Ich hatte ihn nicht erwartet. Normalerweise ruft er an, bevor er vorbeikommt.«

»Besucht er dich oft?«

»Eher selten. Deshalb war es ja so eine Überraschung.« Er verdreht die Augen wie ein genervter Teenager. Schon witzig, wie man in Gegenwart seiner Eltern wieder in pubertäre Verhaltensweisen verfällt.

»Kein Problem. Es stört mich nicht, dass er da ist«, sage ich achselzuckend, als wäre es mir egal, doch das ist es nicht.

Colins Haus ist für mich wie ein sicherer Hafen. Da selten jemand vorbeikommt, sind wir die meiste Zeit unter uns. Vor einiger Zeit meinte Fable spöttisch, ich würde mit ihm einen auf Familie machen.

Ich glaube, sie hat recht.

»Er hat sich dir gegenüber wie ein Arsch verhalten, und ich hasse ihn dafür.«

»Du brauchst dich nicht für ihn zu entschuldigen«,

sage ich, obwohl ich ihm insgeheim dankbar dafür bin. So weiß ich zumindest, dass er wahrnimmt, wie sich sein Vater verhält.

»Hm, finde ich schon.« Er setzt sich an den Bettrand und wendet sich mir zu, mustert mich mit diesen wunderschönen blauen Augen, die gleichzeitig alles und nichts sehen. »Vor allem sollte ich mich wegen des Streits und ... all der anderen Sachen von vorhin entschuldigen.«

Sofort habe ich die Szene im Wohnzimmer wieder deutlich vor Augen, und ein Schauer durchläuft mich. Ich hatte es gewollt. Es gibt absolut keinen Grund, dass er sich dafür entschuldigt. »Nein«, gebe ich knapp zur Antwort. Statt mich um Kopf und Kragen zu reden, halte ich lieber den Mund.

»Gut.« Er nickt, reibt sich den Nacken, erweckt den Anschein, als würde er sich ziemlich unbehaglich fühlen und gern das Thema wechseln. »Als du unter der Dusche warst, habe ich die Polizei angerufen.

»Oh.« Ich bemühe mich um einen gelassenen Ton, doch mir versagt beinahe die Stimme. »Ähm ... was haben sie gesagt? Irgendwelche Neuigkeiten?«

»Sie haben den Kerl noch nicht geschnappt, was nicht überraschend ist. Ich habe mit einem Detective gesprochen, der angeblich für deinen Fall zuständig ist, und der wusste einen Scheißdreck.« Das letzte Wort speit Colin förmlich heraus, und seine Augen blitzen vor Zorn. Dass er wegen mir so aufgebracht ist, gibt mir ein gutes Gefühl. Blöd, ich weiß, aber so ist es nun mal.

Ich liebe es, wenn er sich für mich einsetzt.

»Ich habe gleich gesagt, dass denen das egal ist«, erinnere ich ihn.

»Ja, ja.« Er lächelt leicht, bringt mich total aus der Fassung, doch ich versuche tapfer, mich wieder auf das Wesentliche zu konzentrieren.

Er macht es mir nur so verdammt schwer, wenn er mich auf diese Art ansieht.

»Hast du deine Bankkarte schon sperren lassen?«, fragt er, als ich stumm bleibe.

Ich krümme mich innerlich vor Verlegenheit. »Noch nicht.«

»Herrgott, Jen.« Mit seinen schönen Händen streicht er wieder durch sein verdammtes Haar, zerwühlt es noch mehr, und unwillkürlich beuge ich mich ihm entgegen. Es juckt mir in den Fingern, in diesen zerzausten Haarschopf zu greifen, um seinen Kopf, seine Lippen näher zu mir heranzuziehen.

»Ich rufe rasch an.« Ich greife nach dem Telefon, doch er hält mich am Handgelenk fest, zieht mich näher.

»Du machst mich nervös«, murmelt er. Unsere Gesichter sind nur wenige Zentimeter voneinander entfernt, unsere Münder liegen auf einer Höhe. »Du musst dich besser um dich kümmern, zumal du demnächst ja auf dich allein gestellt bist.«

»Ich komme schon klar«, fauche ich, wütend über seine indirekte Unterstellung, ich käme allein nicht zurecht.

»Wirklich? Ich mache mir Sorgen um dich. Du hast nie längere Zeit allein gelebt. Und als du es einmal versucht hast, hast du es … na ja, ziemlich vergeigt.«

Die Untertreibung des Jahres. Er spielt auf die Zeit an, als ich weggelaufen bin und in meinem beschissenen Auto gelebt habe. Ich will nicht an diese Zeit zurückdenken, vor allem nicht, wenn ich Colin vor mir habe. »Das waren schwierige Umstände«, erinnere ich ihn. Erinnere ich mich. »Ich war nicht darauf vorbereitet, mit so einer Situation umzugehen.«

»Weißt du, genau darum geht es im Leben. Es gibt immer irgendwelche schwierigen Umstände. Wieso glaubst du, dass du jetzt besser darauf vorbereitet bist? Denk nur daran, was gestern Abend passiert ist.« Er mustert mich scharf, als ich ihn weiterhin wie eine Idiotin anglotze. Ich kann auch nichts dafür, dass er mich ablenkt. Er ist einfach so unfassbar schön. »Du wirst in wenigen Tagen völlig auf dich allein gestellt sein, Jen. Wie willst du das machen?«

»Ich weiß schon wie, okay? Mach mich doch nicht dümmer als ich bin. Ich ... ich hatte zu viel andere Dinge im Kopf, um mich um den Anruf bei der Bank zu kümmern.«

»Ich finde dich nicht dumm«, sagt er so sanft, dass ich am liebsten weinen würde. »Ich mache mir einfach Gedanken um dich. Mir gefällt die Vorstellung nicht, dass du da draußen ganz allein bist.«

»Ich brauche dich nicht«, murmle ich und schließe kurz die Augen, als ich seinen verletzten Ausdruck sehe.

Ich bin eine verdammte Lügnerin. Ich brauche ihn so sehr. Und das hasse ich.

»Ich weiß.« Seine Stimme ist nur mehr ein Wispern. »Manchmal glaube ich, dass ich dich viel mehr brauche als du mich.«

Ich bin kurz davor loszuheulen und versuche schniefend dagegen anzukämpfen, aber ohne Erfolg. Tränen steigen mir in die Augen, und meine Lippen beginnen zu zittern. Herrgott, was bin ich nur für ein Weichei. Ich schwöre, ich habe seit Dannys Tod kaum noch geweint. Niemals würde ich mir eingestehen, wegen Colin zu weinen, deshalb spiele ich es herunter und schiebe es auf den gestrigen Vorfall, was zum Teil ja auch stimmt.

»Ich muss ständig an den Typ denken. Wie er mich einfach umgeschmissen hat.« Ich halte den Kopf gesenkt, um seinem forschenden Blick auszuweichen. »Wie er mich als Schlampe beschimpft hat. Das war alles so krass. So beängstigend.«

»Dieser Scheißkerl! Komm her, Jen.« Als ich aufblicke, sehe ich, wie Colin die Arme für mich aufhält, und ich werfe mich hinein, schließe die Augen, lasse mich fest umfangen. Ich presse das Gesicht an seinen Hals, atme seinen sauberen, vertrauten Geruch ein und schlinge die Arme um seinen Hals.

»Es tut mir so leid, was du alles durchmachen musstest«, flüstert er, den Mund an meinem Haar. Er verstärkt den Griff um meine Taille, zieht mich so nahe es geht an sich. »Die Security-Firma, die kaputten Laternen auf dem Parkplatz – das ist alles meine Schuld. Er hat dich überfallen, weil ich ihm die Möglichkeit dazu gegeben habe.«

Mit aller Kraft schiebe ich ihn weg, springe vom Bett herunter und stelle mich vor ihn hin. »Hör auf, dich schuldig zu fühlen. Was passiert ist, was gerade passiert, hat nichts damit zu tun, was du getan oder nicht getan hast.«

Stirnrunzelnd blickt er zu mir auf. »Was redest du da?«

»Diese … beschissenen Schuldgefühle, die du ständig hast, vor allem, wenn es um mich geht. Das ist total lächerlich. Du kannst dich nicht dein Leben lang für alles, was mir widerfährt, verantwortlich fühlen, verstehst du?

Zwischen uns passiert viel mehr – du willst es nur nicht wahrhaben.«

Colin ignoriert diese Bemerkung. Typisch. »Es sind keine … Schuldgefühle.« Er kriegt das Wort kaum heraus. »Ich möchte mich um dich kümmern.«

»Als wäre ich eine Aufgabe. Eine Pflicht, die du erfüllen musst, weil du es meinem Bruder und meinen Eltern schuldig bist.« Erregt wedle ich mit den Händen. Ich habe diesen ganzen Kram so satt. »Unsere Gespräche drehen sich ständig im Kreis. Ich sage immer das Gleiche, du sagst immer das Gleiche, und dann ist alles in Butter. Aber in Wahrheit ist nichts in Butter. Wir kommen immer wieder auf das Gleiche zurück. Jedes verdammte Mal.«

Jetzt steht er ebenfalls auf, baut sich mit seiner ganzen imposanten Größe vor mir auf. »Ich hasse das. Ich hasse es, dass du glaubst, du seist eine Art Pflicht für mich. Ich hasse es, dass wir dieses bescheuerte Streitgespräch immer wieder aufs Neue führen.« Er packt mich und zieht mich so fest an sich, dass ich aufkeuche. »Ich weiß nicht, was ich noch tun kann, um dir zu beweisen, dass du mehr als nur eine Verpflichtung für mich bist. So unendlich viel mehr.«

Endlich. Diese Worte habe ich gebraucht. Warum bittet er mich dann nicht zu bleiben? Warum sagt er nicht, dass ihm etwas an mir liegt und er sich wünscht, ich würde als seine Freundin, oder als was immer er mich bezeichnen will, bei ihm bleiben? Wir müssen das, was zwischen uns ist, nicht benennen. Ich will einfach mit ihm zusammen sein.

Nur mit ihm.

18. KAPITEL

Colin

»Lassen wir diese blöden Gespräche«, sage ich und umfasse ihre Taille, schiebe die Finger unter ihr Tanktop, damit ich ihre nackte, warme Haut spüren kann. »Wenn wir reden, verbocke ich nur alles.« Ich muss wieder daran denken, was Fable mir erzählt hat: Wenn sie mit Drew Streit hat, macht er es jedes Mal, wenn er den Mund öffnet, nur noch schlimmer. Anscheinend bin ich ihm da ähnlich.

Ein leichtes Lächeln spielt um ihre Lippen. »Du hast ja so recht.« Sie hält inne, in ihrem Blick spiegelt sich eine Mischung aus Verlangen und Sorge. »Wir scheinen uns am besten zu verstehen, wenn wir gar nicht reden, findest du nicht?«

»Hm, oft magst du es aber, wenn ich mit dir rede.« Ich drücke die Lippen auf ihren Mund, sanft und unschuldig, doch ich weiß, dass ich das nicht lange durchhalten werde. »Zum Beispiel, wenn ich dir all die schmutzigen Sachen ins Ohr flüstere.« Jetzt küsse ich sie gierig, entlocke ihr ein leises Stöhnen, als ich die Zunge tief in ihren Mund schiebe. Sie schmeckt nach Zahnpasta, frisch und pfefferminzig, und nach ihrem eigenen, unverwechselbaren Geschmack. Ein Geschmack, in dem ich mich für den Rest meines Lebens verlieren könnte.

»Wir können unsere Probleme nicht mit Sex lösen«, sagt sie, als ich mich von ihrem Mund losreiße, um ihren Hals mit kleinen, nassen Küssen zu benetzen. »Sie werden uns früher oder später einholen. Das ist immer so.«

»Dann werden wir uns später damit befassen. Seit gestern Abend lechze ich danach, in dir zu sein«, murmle ich, an ihrem Hals knabbernd. Ich liebe das Gefühl ihrer Haut an meinen Lippen, den Duft, den leicht herben Geschmack.

Sie erzittert, legt die Hände auf meine Schultern und versucht mich wegzuschieben. In der Annahme, sie wolle die Sache abbrechen, weiche ich widerstrebend zurück, um dann ungläubig zu beobachten, wie sie ihr Tanktop auszieht und ihren hübschen pinkfarbenen BH enthüllt.

»Dann lass es uns tun«, sagt sie mit heiserer Stimme, während sie an ihren Rücken greift und den BH aufhakt. »Bald bin ich weg, Colin. Ich will keine Zeit mehr vergeuden.«

Mit trockenem Mund sehe ich zu, wie sie ihren BH auf den Boden wirft und dann in einem Rutsch Yogahose und Slip auszieht. Sie ist nackt, für mich der schönste Anblick, den diese beknackte Welt zu bieten hat, und ohne nachzudenken, schiebe ich sie zum Bett, ziehe mir hastig die Pyjamahose aus und dringe ohne jede Vorwarnung in Jen ein. Kein Vorspiel, keine Liebkosungen bis auf die hungrigen Küsse, die wir gerade ausgetauscht haben.

So verzweifelt verlange ich danach, in ihr zu sein.

Sie muss genauso verzweifelt danach verlangen. Sie ist feucht und heiß, öffnet sich mir völlig, und ich bewege mich in ihr, stoße in sie hinein. Tief. Tiefer. Verliere mich in ihr, wie ich es mir gewünscht habe, schließe die Augen und gebe mich ganz der köstlichen Empfindung hin.

»Ah, du fühlst dich so verdammt gut an. So eng und heiß«, flüstere ich ihr ins Ohr, während ich sie an mich drücke. Bei meinen Worten entschlüpft ihr ein leises Stöhnen. »Ich möchte gern für immer dortbleiben, tief in dir drinnen.«

»Das wird, ah ... schwierig, wenn wir arbeiten gehen«, murmelt sie, und ihre Stimme stockt bei jedem meiner Stöße. Wow, das macht mich total an. Ihr leises Stöhnen zu hören, ihre süßen Seufzer, diese kleinen wimmernden Laute, die ich mit dem Mund in mich einsauge. Ich möchte sie bis zur Bewusstlosigkeit ficken. Kein Denken, kein Reden, keine Vergangenheit, keine Zukunft, nichts außer dem Hier und Jetzt.

Mit Jen.

»Wir werden nie wieder arbeiten. Wie werden dieses Bett nie wieder verlassen«, sage ich ernst, und ich meine es auch so. Ich würde am liebsten für immer mit ihr hierbleiben.

Für immer.

»Jenny.« Ich flüstere ihren Namen an ihren Lippen, bin so überwältigt von meinen Gedanken, von der neuen, unbekannten Emotion, dass sich mein Herz schmerzhaft zusammenkrampft. Jen bedeutet mir mehr als jeder andere Mensch, mehr als Danny, mehr als meine Eltern, obwohl das nicht schwierig ist.

Diese Erkenntnis ist furchterregend. Machtvoll. Befreiend.

Mist. Das geht nicht. Ich darf keine tiefen Gefühle für sie entwickeln, wenn sie so fest entschlossen ist, mich zu verlassen, und sich scheinbar durch nichts davon abhalten lässt. Wir haben uns die ganze Zeit etwas vorgemacht. Uns lässig gegeben, als hätten wir nur freundschaftliche Gefühle füreinander. Doch als sie hier einzog, hat es vom ersten Moment an zwischen uns geknistert. Bis es zu stark wurde und wir es nicht länger ignorieren konnten. Und jetzt sind wir uns sogar noch nähergekommen.

Ich habe mich in sie verliebt. Total.

Ich schiebe alle Gedanken beiseite, streichle Jen gierig am ganzen Körper, während ich mich in ihr bewege. Immer schneller. Bis wir uns aufschreiend aneinanderklammern, als der Orgasmus uns gleichzeitig überrollt und wir uns ineinander verlieren, genauso, wie wir es uns gewünscht haben.

Doch nun weiß ich, dass ich mir noch mehr wünsche.

Stunden später verlassen wir Jens Zimmer und machen uns für die Arbeit fertig. Mein Vater ist verschwunden, hat mir per SMS mitgeteilt, er wolle die Gegend erkunden, was immer das heißen soll. Nach dem Sex sind Jen und ich eingeschlafen, beide erschöpft von den gestrigen Geschehnissen, dem Streit heute Morgen und dem unerwarteten Besuch meines Dads.

Die letzten vierundzwanzig Stunden waren eine emotionale Achterbahnfahrt. Ein schwindelerregendes Auf und Ab, von dem wir uns beide immer noch erholen müssen.

Unseren Streit haben wir beide nicht mehr erwähnt. Jen rief irgendwann bei der Bank an und ließ ihre Karte sperren, die der Kerl zum Glück nicht benutzt hat. Morgen kann sie zu ihrer Bankfiliale gehen und sich eine neue Karte abholen.

Sie hat Glück im Unglück gehabt. Er hätte ihr Konto abräumen können. Oder seine Aggressionen an ihr auslassen, als sie vor ihm auf dem Boden lag. Allein der Gedanke daran bringt mich total in Rage.

Deshalb sollte ich besser nicht mehr daran denken.

Zu guter Letzt willigte ich ein, dass Jen in die Arbeit geht, weil sie meinte, es ginge ihr gut und sie wolle nicht mit ihren Gedanken allein sein. Ich bin mir nicht ganz sicher, was sie damit meinte, aber ich gab nach, denn wenn es um Jen geht, will ich immer nachgeben. Ich kann nicht anders.

Inzwischen ist der halbe Abend vorbei, und ich sitze über den Unterlagen für das neue Restaurant. Plötzlich fällt mir ein, dass ich mit Jen noch gar nicht über die Job-Idee gesprochen habe, die mir gestern gekommen ist. Der Job, bei dem sie in meiner Nähe bleiben würde. Jetzt, da mir klar geworden ist, dass ich mehr von Jen will, finde ich die Idee noch reizvoller. Mal ganz abgesehen von meinen schwelenden Schuldgefühlen, ich will, dass Jen in meinem Leben einen festen Platz hat. Ich will eine Beziehung mit ihr haben.

Und ich glaube, sie wird das auch wollen, wenn ich sie davon überzeugen kann, dass ich es ernst meine.

Kurzentschlossen stehe ich auf und mache mich auf

die Suche nach Jen. Ich erspähe sie in der Bar und rufe sie zu mir. Mit fragendem Ausdruck nähert sie sich mir. Wie immer bin ich hingerissen von ihrer Schönheit, und als mein Blick auf ihr verbundenes Knie fällt, muss ich unwillkürlich lächeln. Der Anblick erinnert mich an die Jenny im Alter von neun Jahren, die ständig hinfiel und sich Knie und Ellbogen aufschrammte. Die immer versuchte, mit Danny und mir mitzuhalten.

»Alles in Ordnung?«, fragt sie, die schön geschwungenen Brauen gerunzelt.

»Ich möchte etwas mit dir besprechen«, antworte ich und packe sie impulsiv am Arm, um mich gleich darauf umzusehen, ob uns jemand beobachtet. Doch niemand schenkt uns Beachtung. »Kannst du kurz in mein Büro kommen?«

»Ähm, im Moment ist nicht viel los, klar.« Sie folgt mir den Gang hinunter zu meinem Büro. »Nicht gerade diskret, wie du mich in dein Büro lockst.«

»Keine Bange, das hat niemand mitbekommen.« Grinsend füge ich hinzu: »Außerdem geht es tatsächlich um etwas Berufliches. Komm.«

Ich führe sie in mein Büro und bedeute ihr mit einer Handbewegung, sich zu setzen. Die Tür lasse ich absichtlich offen, damit ich mich nicht sofort auf Jen stürze und bei meinen Angestellten nicht in den Verdacht gerate, ich würde Jen auf dem Schreibtisch vögeln.

Ich würde sie rasend gern auf dem Schreibtisch vögeln, aber jetzt ist nicht der richtige Zeitpunkt dafür.

»Was gibt's?«, fragt sie, sobald ich hinter dem Schreibtisch Platz genommen habe. Sie wirkt zappelig, nervös, wackelt ununterbrochen mit dem Knie auf und ab.

»Ich möchte dir einen Vorschlag machen.« Die Unterarme auf den Schreibtisch gestützt, sehe ich Jen an, denke mir zum Millionsten Mal, wie verdammt schön sie ist. »Und ich hoffe, du willigst ein.«

Skeptisch zieht sie die Brauen hoch. »Worum geht es?«

»Nun, du weißt ja, dass ich in Redding eine Filiale aufmachen werde.« Redding ist mit dem Auto nur eineinhalb Stunden von hier entfernt, eine Stadt mit etwa hunderttausend Einwohnern, die ihre Restaurantketten lieben. Das District wird dort bestimmt super ankommen.

»Ja, und?«

»Ich brauche jemanden, der mir bei der Leitung des neuen Restaurants hilft. Und ich hätte gern, dass du dieser Jemand bist.« Ich halte inne, lasse die Worte sacken.

Mit offenem Mund und aufgerissenen Augen starrt Jen mich an. »Du meinst das wirklich ernst.«

»Absolut. Auf diese Weise bleibst du in der Nähe. Und du wärst auch viel näher bei deinen Eltern, obwohl ich nicht weiß, ob dir das besonders wichtig ist.«

Sie schweigt, den Kopf gesenkt, als würde sie intensiv über meinen Vorschlag nachdenken. Dann atmet sie hörbar aus, hebt den Kopf und sieht mich an. »Colin, ich weiß das Angebot wirklich zu schätzen, aber …«

»Bitte, sag nicht Nein«, falle ich ihr ins Wort. Bei dem Gedanken, sie könnte ablehnen, beginnt mein Herz wie verrückt zu schlagen. Verdammt, sie wird ablehnen. Das spüre ich. »Ich habe dich ja schon mal gefragt, ob du mir nicht ab und zu im Büro helfen willst, und das kam für dich nicht infrage. Schon klar. Du willst von mir weg.«

Weder bestätigt sie das noch verneint sie es, was ganz schön kränkend ist. Und mir das Gefühl gibt, ein totales

Weichei zu sein. Doch statt mich mit Schmollen aufzuhalten, rede ich weiter auf Jen ein.

»Du bist perfekt für die Position – du brauchst nur ein wenig Anleitung, und die kann ich dir geben. Du arbeitest seit Jahren in der Gastronomie, scheust die Verantwortung nicht. Du bist effizient, umsichtig, und die anderen Angestellten sehen dich als eine Art ausgleichende Instanz. Du managst alles, ohne mich zu fragen. Ganz selbstverständlich.«

Erstaunen spiegelt sich in ihrem Blick. War ihr nicht bewusst, dass ich das alles registriere? Wie fleißig sie ist und welch enormer Gewinn für mein Restaurant? Ich habe diese Frau nicht nur unfassbar gern, ich bewundere sie auch maßlos.

»Ich brauche dich, Jen. Ich brauche dich als Managerin für den neuen Laden, und das hat nichts mit unserer privaten Beziehung zu tun. Das schwöre ich.«

Ungläubig schüttelt sie den Kopf. »Wie soll ich bitte schön ein Restaurant managen? Ich habe null Erfahrung damit. Das weißt du auch. Allein die Vorstellung macht mir eine Scheißangst.«

Ich winke ab. »Was immer du wissen musst, ich kann es dir beibringen. Du lernst schnell. Du bist gewissenhaft und verantwortungsbewusst. Ich weiß, du würdest mich nicht bescheißen oder den Laden herunterwirtschaften. Du bist absolut loyal, und all das findet man selten bei einem Angestellten.«

»Ich–ich habe keine Ahnung von Personalführung, Colin«, sagt sie, doch das stimmt nicht. Das ist ihr größtes Talent bei der Arbeit. »Es wäre so eine riesige Verantwortung … und ich habe das Gefühl, du bietest mir das nur an, um mich in der Nähe zu behalten.« Ein harter Ausdruck tritt in ihre Augen, als hätte sie mich gerade beurteilt und für zu leicht befunden. »Außerdem liegt Redding ziemlich weit weg von Sacramento.«

»Es ist in der Nähe von hier.«

»In der Nähe von *dir*«, verbessert sie mich. »Darum geht es doch, oder? Du willst, dass ich in deiner Nähe bleibe. Warum?«

Das ist meine Chance. Jetzt kann ich ihr gestehen, was ich für sie empfinde. Dass mir gestern Abend nach dem Überfall plötzlich klar wurde, wie gern ich sie habe. Dass mir der Gedanke, sie würde mich verlassen, das Herz bricht. Dies ist der Moment, der mein Leben komplett verändern könnte.

Vor Nervosität wird mir ganz schlecht, doch ich will das jetzt durchziehen und öffne den Mund, um zu der kleinen Rede anzusetzen, die ich gestern Abend einstudiert habe. »Jen, du sollst wissen …«

Jemand klopft an die Bürotür, und als ich mich umblicke, sehe ich meinen gottverdammten Dad auf der Schwelle stehen. »Hey«, sage ich gereizt, bin stocksauer über die Störung.

»Hey, Sohnemann, hast du mal eine Minute?« Er betritt den Raum, als würde er ihm gehören, und wirft Jen ein kurzes Lächeln zu. »Sie erlauben doch, Schätzchen, nicht wahr?«

»Natürlich.« Jen steht auf, zupft abwesend am Saum ihres Kleids, und ihr überraschter, leicht verärgerter Blick streift meinen, ehe sie sich abwendet.

»Wir reden nachher weiter darüber«, sage ich, als sie zur Tür geht, doch sie dreht sich nicht um. Ihre Schultern sind steif, ihre Haltung kerzengerade. Sie wirkt … angepisst.

Ich frage mich, womit zum Teufel ich sie gekränkt haben könnte. Ich unterbreite ihr ein sagenhaft gutes Angebot, und sie ist sauer? Das kapier ich nicht.

Sobald Jen draußen ist, eilt mein Dad zur Tür, macht sie zu und schließt ab. Dann wendet er sich mir zu, die Hände in die Hüften gestemmt. »Was zum Teufel hast du dir dabei gedacht?«

Sein feindseliger Ton bringt mich total aus der Fassung. »Was meinst du damit?«

»Ich meine damit, dass du deinem kleinen Kellnerin-Flittchen eine Manager-Stelle anbietest! Wie alt ist sie? Neunzehn?«

»Obwohl dich das nichts angeht: Sie ist zweiundzwanzig. Und du hast mir die Leitung eines Restaurants anvertraut, als ich gerade mal verdammte neunzehn Jahre alt war«, erinnere ich ihn. Er hat das aus Schuldgefühlen heraus getan, und vielleicht spielt das auch bei mir mit hinein, aber, Scheiße noch mal, Jen hat es drauf. Ich wünschte, sie könnte sehen, wie großartig sie ist.

»Das ist etwas anderes. Du bist mein Sohn.« Er setzt sich auf denselben Stuhl, den Jen gerade frei gemacht hat, und schlägt die Beine übereinander. »Sie ist nur irgendein kleines Flittchen, mit dem du herummachst. Von der Leitung eines Restaurants hat die nicht die leiseste Ahnung.«

»Nenn sie nicht so!«, fahre ich ihn an. »Sie bedeutet mir sehr viel. Ich weiß, du verstehst das nicht, da mangelt es dir einfach an Herz, aber ich mag sie.«

»Wie, mir mangelt es an Herz? Ah, schon kapiert.«

Grinsend schüttelt er den Kopf. »Bestimmt klagt deine Mom ständig darüber, was für ein herzloses Arschloch ich bin, stimmt's?«

Ich ignoriere seine Worte. Hier geht es nicht um meine Eltern. Ich habe keinen Bock, über meine Mom zu reden. »Wieso glaubst du, du könntest dir über Jen ein Urteil anmaßen? Du hast dich nie richtig mit ihr unterhalten, geschweige denn mit ihr gearbeitet.«

»Ich kann mir ein Urteil erlauben, weil ich ein wenig recherchiert habe.« Sein süffisantes Grinsen geht mir total auf den Senkel. Es ist selbstgefällig und wissend, beides zusammen. »Ich habe herausgefunden, dass deine Jennifer Cade ein kleines Geheimnis hat.«

Ich erschrecke, meine Eingeweide krampfen sich zusammen. »Was soll das heißen?«

»Du hast dich geirrt, Colin. Sie war in diesem abgefuckten Klub nicht nur Stripperin. Eine sehr beliebte Stripperin übrigens, was mich nicht weiter überrascht.« Er bleckt die Zähne, sieht wieder ganz und gar wie der Haifisch aus, der er ist. »Sie war auch eine dreckige Nutte.«

19. KAPITEL

Jen

Mir schwirrt der Kopf. Colin will, dass ich sein neues Restaurant manage? Spinnt er? Ist das Angebot eine Art Almosen? Klar, was sonst. Ich kann die Anforderungen, die er an mich stellt, nicht erfüllen, und das weiß er. Ich habe keine Ahnung von Management, Personalführung und dem ganzen bürokratischen Scheiß. Allein beim Gedanken an diese enorme Verantwortung bricht mir der Schweiß aus.

Es ist eine supertolle Chance, nur glaube ich, dass es eher ein Angebot ist im Sinne von »Ich muss mich um dich kümmern, weil das meine Pflicht ist«. Wie üblich. Aber traut er mir das wirklich zu? Behaupten tut er es jedenfalls. Oder bietet er mir die Stelle nur deshalb an, weil er mich in der Nähe behalten möchte, in seiner Obhut?

Herrgott, dieser Typ verunsichert mich total. Als könnte ich nichts schaffen. Als wäre ich davon abhängig, dass man mir unter die Arme greift. Und wenn ich mal versuche, allein etwas auf die Beine zu stellen, versage ich meistens.

Meistens? Immer, du Dumpfbacke!

Oder ich lande in der Gosse, wo ich es irgendwelchen Kerlen für ein paar Dollar besorge, um zu überleben.

»Alles okay?« Fable taucht vor mir auf, die Brauen besorgt zusammengezogen. »Du wirkst etwas neben der Spur.«

»Colin hat mir gerade einen Job angeboten«, platze ich heraus.

Sie lacht. »Hm, ich will ja nicht besserwisserisch klingen, aber arbeitest du nicht bereits für ihn? Nein, warte, lass mich raten. Er hat dich gefragt, ob du seine persönliche Sexsklavin sein willst. Ich wette, das wird super bezahlt«, fügt sie augenzwinkernd hinzu.

Verärgert und amüsiert zugleich, kneife ich sie in den Arm. »Hör auf. Ich meine es ernst.«

»Okay, okay. Was für ein Job ist es denn?«

»Ich soll das neue Restaurant managen.«

Ihr Lächeln schwindet. »Den Laden, den er in Redding eröffnet?«

Ich nicke. »Genau den.«

»Hm ... ich dachte, er hätte bereits jemanden.«

»Dachte ich auch, aber das scheint nicht so zu sein. Keine Ahnung. Jedenfalls hat er mir die Stelle gerade angeboten.«

»Was hast du geantwortet?«, fragt Fable.

»Noch gar nichts. Ehe wir genauer darüber sprechen konnten, ist sein Dad plötzlich im Büro aufgetaucht und hat uns unterbrochen. Dieser Idiot«, füge ich finster hinzu.

»Sein Dad ist da? Echt? Wow.« Sie zieht eine Grimasse. »Du magst ihn nicht, was?

»Ich kann ihn nicht ausstehen.« Unwillkürlich erschauere ich. Der Typ verursacht mir ein unangenehmes Gefühl.

»Was wirst du Colin also antworten?«

»Ich werde absagen, was sonst? Mir fehlt das nötige Know-how für so eine Stellung. Das wäre viel zu viel Druck.« Ich zucke die Achseln, fühle mich plötzlich niedergeschlagen und habe keine Ahnung warum. Ich wünschte, ich hätte die notwendige Erfahrung, um den Job annehmen zu können. Dann würde ich vor Freude einen Luftsprung machen. Aber es wäre Colin gegenüber nicht anständig, wenn ich dieses Angebot akzeptieren würde. »Außerdem ist es nur eine Art Almosen. Ich wäre seine Marionette, und er würde im Hintergrund die Fäden ziehen.«

»Herrgott noch mal, Jen, er macht dir ein super Jobangebot, und du behauptest, es sei nur ein Almosen? Meinst du nicht, dass er dich in diese Position befördert, weil er dir das zutraut? Andernfalls wäre es ein viel zu großes Risiko.« Sie neigt den Kopf zur Seite. »Du bist ziemlich gut in Personalführung. Alle hören auf dich. Wenn Colin nicht da ist, übernimmst du automatisch die Leitung.«

Stimmt, das tue ich wirklich. Aber nur deshalb, weil ich mich hier wohl und sicher fühle. Colin hat mir auch nie dreingeredet. Dafür bin ich ihm echt dankbar.

Aber ganz allein für ein Restaurant und das Personal verantwortlich zu sein, als wüsste ich genau, was ich tue? Die Vorstellung ängstigt mich zu Tode.

»Ich weiß nicht, was ich davon halten soll. Wie gesagt, bevor wir darüber reden konnten, kam sein Dad hereingerauscht und gab mir unmissverständlich zu verstehen, ich solle mich vom Acker machen«, sage ich schließlich.

»Scheint ja ein sympathischer Zeitgenosse zu sein«, sagt Fable, und ihre sonst so süße Stimme trieft vor Sarkasmus.

»Er ist ein Siegertyp, ein Angeber. Zum Glück ist Colin ganz anders.« In den vielen Jahren, die ich Colin kenne, habe ich mich in seiner Gegenwart nie unbehaglich gefühlt.

Sein Vater hingegen hatte damals in Shingletown einen miserablen Ruf. Obwohl er eigentlich nicht dort lebte. Er hat Colins Mutter auf irgendeinem wilden Konzertwochenende kennengelernt, so habe ich es zumindest gehört. Als Colin meinem Bruder diese Geschichte vor vielen Jahren erzählte, habe ich heimlich gelauscht und versucht, mir jedes winzige Detail zu merken.

Die Affäre währte nur kurze Zeit, doch dann stellte Colins Mutter fest, dass sie von Conrad Wilder schwanger war, und suchte ihn völlig überraschend auf, um ihm die freudige Nachricht zu überbringen. Er hatte zu dem Zeitpunkt eine Freundin, die ihn daraufhin aus dem gemeinsamen Haus schmiss. Also kam er nach Shingletown, zog bei Colins Mutter ein, heiratete sie, und im Märchen hätten sie dann glücklich bis an ihr Lebensende weitergelebt.

Doch das Leben ist kein Märchen. Sie wohnten in einer kleinen, schäbigen Bruchbude, keiner von beiden hatte einen Job oder irgendwelche Ambitionen außer zu trinken (er) und zu streiten (sie), was letzten Endes dazu führte, dass Conrad Wilder kurz vor Colins erstem Geburtstag das Weite suchte. Kurioserweise sind sie nach wie vor verheiratet.

Kein Wunder, dass Colin keinen Bock auf Beziehungen hat. Seine Eltern waren da das beste Negativbeispiel.

»Familien sind komisch, soviel steht fest. Als ich Drews Dad das erste Mal begegnete, fand ich ihn total unangenehm. Inzwischen ist mir klar, dass es ihm einfach schlecht ging und er eine miserable Ehe führte. In Wahrheit ist er kein schlechter Kerl.« Fable schenkt mir ein aufmunterndes Lächeln. »Vielleicht ist Colins Dad gestresst oder überarbeitet. Wer weiß? Aber eines will ich dir noch sagen: Frag Colin, was genau dieser Job beinhaltet, wie dein Aufgabenbereich aussieht. Schlag sein Angebot nicht einfach aus.«

»Es spielt keine Rolle mehr. In etwas über einer Woche ziehe ich nach Sacramento, Fable. Ich habe ein WG-Zimmer bei einem netten Mädchen gefunden«, sage ich und krümme mich innerlich, als ich Fables traurige Miene sehe.

»Du hast ein WG-Zimmer gefunden?«, wiederholt sie leise.

»Ja. Wir haben schon alles fixgemacht. Ich habe ihr die Kaution überwiesen, also ...« Ich hasse es, darüber zu reden. Der enttäuschte Ausdruck in Fables Augen macht mich ganz fertig.

»Toll. Ich freue mich für dich.« Fable reckt das Kinn nach vorne, als wollte sie demonstrieren, dass alles bestens ist. Ich kenne diesen Ausdruck bei ihr. »Aber ich meine es ernst. Rede mit ihm. Hör dir an, was er dir anzubieten hat.«

»Wo der Haken bei seinem Almosen ist?«, sage ich betont scherzhaft, obwohl ich es genau so meine. Colins großzügiges Verhalten mir gegenüber war nie ganz selbstlos, sondern diente ihm auch dazu, mich ständig im Blick behalten zu können.

Doch allmählich geht mir seine unentwegte Fürsorge auf den Wecker. Ich will etwas anderes von ihm haben.

»Benutz nicht immer dieses Wort, okay? Das klingt, als würdest du dich für wertlos halten. Das ist echt nervig.« Fable starrt auf irgendetwas hinter mir. Sie strafft die Schultern, reißt die Augen auf. »Wenn man vom Teufel spricht. Oh, oh, er sieht total angepisst aus.«

»Wer denn?« Ich will mich schon umdrehen, doch Fable zischt mir etwas zu, lässt mich innehalten.

»Sieh nicht hin! Es ist Colin. Oh, Gott, er kommt schnurstracks auf uns zu. Vielleicht ist er wegen seinem Dad sauer«, fügt Fable rasch hinzu, ehe Colin bei uns ist.

»Während der Arbeitszeit quatschen? Auf meine Kosten?« Er sieht Fable scharf an, und ausnahmsweise hält sie die Klappe. Das ist ein echtes Wunder. »Ich schlage vor, du machst dich wieder an die Arbeit.«

Ohne ein Wort dreht sie sich um und geht, lässt mich allein mit einem Mann, der sehr, sehr sauer ist.

Und ich fürchte, es hat etwas mit mir zu tun.

»Ich habe gerade mit meinem Vater gesprochen«, sagt er, seine Stimme ist angespannt, seine Augen schmal. »Er hatte interessante Neuigkeiten für mich.«

»Welcher Art?«, frage ich argwöhnisch.

»Über dich.« Er hält inne, gibt mir Zeit, das Gesagte zu verdauen. »Und über deinen kleinen Nebenverdienst, als du im Gold Diggers gearbeitet hast.«

Ich kriege weiche Knie, kann mich kaum noch aufrecht halten. »W-was meinst du damit?« Ich weiß genau, was er meint. Ich habe ihm dieses Geheimnis die ganze Zeit verschwiegen. Fast ein Jahr lang. Er sollte die Wahrheit niemals erfahren.

Colin tritt näher, blickt sich schnell nach allen Seiten um, als wollte er sich vergewissern, dass wir allein sind. »Das weißt du ganz genau.«

Panik erfasst mich, meine Gedanken rasen wild durcheinander. Ich wollte nicht, dass er es erfährt, vor allem nicht auf diese Weise. Ich würde es gern leugnen. Würde gern so tun, als sei alles ein Irrtum, aber das kann ich nicht. Also entscheide ich mich zu schonungsloser Offenheit.

Selbst wenn die Wahrheit mich alles kosten kann, was mir lieb und teuer ist.

»Du weißt ja, dass ich in dem Laden als Stripperin gearbeitet habe«, sage ich kleinlaut. »Ich habe getanzt, aber nur für kurze Zeit. Ein paar Monate.« Heftige Reue durchströmt mich, und ich schiebe das Gefühl beiseite. Aber ich schaffe es nicht weiterzureden.

»Du lügst mich an, Jen. Warum? Ich dachte, ich sei dein Freund.« Er beginnt zu schreien, und ich beschwichtige ihn, will keine Aufmerksamkeit erregen.

»Wir sollten nicht hier darüber reden.« Ich packe ihn am Arm, versuche, ihn in sein Büro zu ziehen, aber er reißt sich los. In seiner Miene spiegelt sich Abscheu und Entsetzen.

Und es gilt mir.

»Du hast etliche Gelegenheiten gehabt, mir die Wahrheit zu sagen. Ich hätte es aus deinem Mund erfahren müssen«, stößt er verächtlich hervor. »Ich hätte dir helfen können. Das weiß du. Herrgott, Jenny, warum hast du dich von den Kerlen *anfassen* lassen?«

Mir ist schwindlig vor Angst. Woher weiß er Bescheid? Er spricht nicht aus, was er weiß, aber ich sehe es ihm an. Er sieht total entsetzt aus, und ich hasse es. Hasse es, dass dies ein Teil meiner Vergangenheit ist und er von jemand anderem davon erfahren hat. Ich hätte es ihm erzählen sollen. Ich hätte von Anfang an ehrlich zu ihm sein sollen. »Ich weigere mich, dieses Gespräch hier zu führen, wo alle mithören können.« Ich strecke die Hand nach ihm aus, doch er weicht zurück, will nicht berührt werden. Nicht von mir. Das tut verdammt weh. »Lass uns in dein Büro gehen. Bitte.«

»Nein«, erwidert er heftig. »Sprich es aus, Jen. Sag mir, was die Kerle mit dir machen durften.«

Seufzend lege ich den Kopf in den Nacken und starre eine endlos lange Minute an die Decke, ehe ich Colin schließlich ansehe. »Es ging nur ein paar Monate lang. Ich war verzweifelt. Ursprünglich hatte ich als Barkeeperin angefangen, wie ich es dir erzählt habe, aber die Mädchen, die tanzten, haben so viel mehr Geld verdient, dass ich neidisch wurde. Sie haben mich ermutigt, auch zu tanzen, und irgendwann dachte ich, scheiß drauf, warum nicht? Also trank ich mir eines Abends Mut an, ging auf die Bühne und habe mich bei meinem ersten Auftritt ziemlich blamiert.«

Ich erinnere mich an die peinliche Situation so deutlich, als wäre es gestern gewesen. Die Männer, die mich auspfiffen oder offen auslachten. Meine Tanzkünste waren eher mittelmäßig, und ich war ziemlich beschwipst und wacklig auf den Beinen. Aber nach einer Weile kam ich rein und tanzte mit wilder Hingabe.

Als ich Colin zaghaft anblicke, sehe ich, dass er mich mit finsterer Miene mustert und darauf wartet, dass ich weiterspreche. Ich will nichts mehr sagen.

Aber ich tue es.

»Die Männer warfen mir Geld zu, wenn ich tanzte, und das gab mir ein Gefühl von Macht. Ich–ich wurde süchtig nach den Scheinen. Ich brauchte dieses Geld. Bald tanzte ich an sechs Abenden in der Woche, arbeitete so viel ich konnte. Machte so viel Geld wie ich konnte. Als ich mehr Selbstvertrauen gewonnen hatte, fing ich an Lap Dances anzubieten.« Ich wende den Blick ab, halte es nicht aus, Colins Reaktion zu sehen. Er muss mich schrecklich hassen. »Meine Trinkgelder explodierten. Ich sparte und sparte, legte die Kaution für ein Apartment zurück, damit ich meiner grässlichen Mitbewohnerin entkomme, doch als ich eines Abend bei der Arbeit war, schlich sich einer ihrer gruseligen Freunde in mein Zimmer. Er durchsuchte meine Sachen und fand meine geheimen Ersparnisse, die ich in einem alten Schuhkarton unter dem Bett aufbewahrte.«

»Er hat dein Geld geklaut.« Colins Stimme ist flach, und ich weigere mich weiterhin, ihn anzusehen.

»Ja, er hat alles mitgenommen. Meine Mitbewohnerin wurde stinksauer, als ich ihren Freund beschuldigte, mich beklaut zu haben. Sie warf mich raus. Ich war völlig fertig.«

Verzweifelt. Verängstigt.

»Warum hast du nicht deine Eltern angerufen? Sie hätten dich doch jederzeit wieder aufgenommen.«

»Sie hatten ja kaum bemerkt, dass ich weg war!« Jetzt schaue ich ihn an, sehe, wie er zusammenzuckt, als ich die Stimme erhebe. »Ich bin gegangen, weil meine Eltern sich nicht mehr für mich interessierten. Niemand interessierte sich für mich. Nach Hause zu gehen wäre für mich ein Rückschritt gewesen.«

»Da hast du lieber in deinem Wagen gehaust«, bemerkt er sarkastisch.

»Was hätte ich denn tun sollen? Es gab keinen Ort, an den ich hätte gehen können. Ich war abgebrannt, total am Ende. Ich habe Dinge getan, auf die ich weiß Gott nicht stolz bin.« Dinge, die ich nicht einmal Fable anvertraut habe, und sie ist meine beste Freundin. Sie ist die Einzige, die es vermutlich verstanden hätte.

Zwei Wochen, nachdem mir das Geld geklaut worden war, hat Colin mich dann aus dieser unwürdigen Situation gerettet. Auch über den Diebstahl habe ich bisher noch nie mit ihm gesprochen. Ich rede nicht gern über die Zeit im Gold Diggers.

Und Colin auch nicht.

»Warum hast du mir das nie erzählt? Ich meine, ich wusste ja bereits, dass du gestrippt hast.« Er geht einen Schritt zurück, reibt sich den Nacken. Er sieht verwirrt aus. Verletzt. Enttäuscht.

Völlig am Boden zerstört durch mein Geständnis.

O Gott. Er findet mich abstoßend wegen der Sachen, die ich getan habe. Und dabei weiß er noch nicht einmal die Hälfte davon. »Was geht dich das alles überhaupt an?« Ich weiß, warum es ihn etwas angeht … Ich will, dass er es erfährt. Er ist mein bester Freund.

Und inzwischen weiß ich, dass ich in ihn verliebt bin.

»Ich bin dein Freund, Jen. Wenn nicht mal Freunde ehrlich miteinander sind ...« Er verstummt, doch mir ist auch so klar, was er meint.

Er meint, dass ich eine elende Lügnerin und eine Schlampe bin. Wie kann er es wagen, irgendwelche Schlüsse zu ziehen? Wie kann er es wagen, über mich zu urteilen? Okay, ich bin nicht stolz auf das, was ich getan habe, aber ich hatte keine Wahl. Ich war allein. Ich konnte nicht nach Hause zurück; meine Eltern waren zu sehr mit ihren eigenen Problemen beschäftigt, um sich mit mir abzugeben. Sie hatten mich jahrelang ignoriert, und als mein Bruder tot war, war es so, als würde ich gar nicht mehr existieren.

Mein Bruder. Der einzige Mensch in der Familie, der mich wirklich wahrgenommen hat. Der sich um mich gekümmert hat. Und plötzlich war er tot. Ich hatte niemanden mehr.

Nur noch mich.

»Freunde behandeln einander nicht wie Dreck. Zumindest nicht die Freunde, die ich kenne.« Mit diesen Worten drehe mich um, gehe hinaus und haste ins Personalzimmer, wo sich die Schließfächer befinden. Ich öffne mein Fach, schnappe mir die alte Handtasche, die ich seit dem Überfall benutze, knalle die Metalltür des Schließfachs zu und kehre ins Restaurant zurück. Hocherhobenen Hauptes und den Blick ins Leere gerichtet, stürme ich an Colin vorbei.

»Wo zum Teufel willst du hin?«, bellt er mir nach.

Ich drehe mich zu ihm um, rümpfe hochmütig die Nase. »Ich gehe.«

»Wenn du jetzt gehst, bist du entlassen«, droht er.

Oh mein Gott. Er meint es ernst, die grimmige Entschlossenheit ist ihm ins Gesicht geschrieben. »Dann entlass mich eben.« Ich senke den Blick, weigere mich, Colin anzusehen. Denn andernfalls würde ich vielleicht zusammenbrechen und zu weinen beginnen.

»Jenny.« Er flüstert meinen Namen, und ich riskiere einen Blick auf ihn. »Rede mit mir.« Ich sehe die Verwundbarkeit in seinen Augen, die Verwirrung, die Traurigkeit. Vielleicht auch einen Hauch Abscheu. Ich weiß es nicht. Kann es nicht wirklich einschätzen. Ich weiß nur, dass er mich verurteilt und dafür sorgt, dass ich mich wegen meiner Verfehlungen noch schlechter fühle als ohnehin schon. Ich sollte Schadensbegrenzung betreiben und verschwinden. Wie ich es ursprünglich geplant hatte.

»Provozier mich nicht«, fährt er mit einem gequälten Unterton fort. »Provozier mich nicht, dir zu kündigen.«

»Du meinst es ernst, was? Gut, nur zu.« Ich recke mein Kinn in die Höhe. »Kündige mir. Dann habe ich wenigstens einen guten Grund, noch eher von hier zu verschwinden.«

20. KAPITEL

Colin

Ich nehme Jen an der Hand, zerre sie in mein Büro zurück, und es ist mir scheißegal, ob jemand unseren Streit beobachtet. Ich bin nicht willens, sie auf diese Weise gehen zu lassen. Nicht, bevor ich gehört habe, was sie zu sagen hat.

»Erzähl mir *alles*«, sage ich, als wir mein leeres Büro betreten. Zum Glück ist Dad gegangen. Ich bin so wütend und so aufgebracht, dass ich am ganzen Körper zittere.

»Mehr gibt es nicht zu erzählen«, antwortet sie so leise, dass ich sie kaum verstehe.

Sie lügt. Da ist noch mehr. Was mein Dad gesagt hat … Ich würde mir so sehr wünschen, dass alles eine Lüge ist.

Doch ich fürchte, dass es die Wahrheit ist. Schließlich weiß ich noch zu gut, wie ich sie in diesem verfluchten Wagen entdeckt habe. Herrgott, die Szene verursacht mir Albträume.

Die Worte meines Dads lasten immer noch wie dunkle Schatten auf meinem Gemüt. Scheiße, auch das wird mir Albträume bereiten. Das weiß ich.

»Du verschweigst mir etwas«, stoße ich hervor. Ich will unbedingt, dass sie ehrlich zu mir ist. Dass sie mir vertraut. Ich fühle mich, als hätte ich alles zwischen uns kaputt gemacht, und das halte ich nicht aus.

Sie hebt das Kinn, in ihr hübsches Gesicht tritt ein aufmüpfiger Ausdruck. »Du weißt alles, was du wissen musst. Das war schon immer so. Ich verstehe nicht, warum du jetzt so ein Theater darum machst.«

Die Worte drohen aus mir herauszubrechen. Ich kann sie nicht fragen, ob die Geschichte, die mein Dad mir erzählt hat, wahr ist. Seinem Bericht zufolge, war er im Gold Diggers und entdeckte an der Wand ein Foto von Jen. Der Barkeeper erzählte ihm, Jen sei eine ihrer besten Tänzerinnen gewesen, aber man munkle, sie habe daneben käuflichen Sex auf dem Parkplatz angeboten.

Oh, Gott.

Ich muss das aus ihrem Mund hören. Ich will, dass sie mir genügend vertraut, um alles zu gestehen.

Doch das wird sie nicht tun. Das verstehe ich nicht. Ich würde sie nicht verurteilen.

Nein? Scheiße, ich weiß es nicht.

»Ich bitte dich nur, ehrlich zu mir zu sein«, sage ich fast schon flehend. Oh, Mann, ich höre mich echt verzweifelt an.

Weil ich verdammt noch mal verzweifelt *bin.*

»Wie gesagt. Es gibt nichts, was du noch wissen müssest.« Sie verschränkt die Arme vor der Brust. »War's das?«

»Du wirst schön hierbleiben«, knurre ich finster.

»Den Teufel werde ich!«

Verdammt! Sie treibt mich wirklich zum Äußersten. »Wenn du jetzt gehst, brauchst du nicht wiederzukommen.«

»Ich gehe.« Ihr Blick flackert. Ich sehe ihre Sorge. Die Angst. Das hält sie freilich nicht davon ab, mir die Stirn zu bieten.

Ich presse die Lippen aufeinander, funkle Jen wütend an. »Gut, du bist mit sofortiger Wirkung gefeuert. Heute Abend kannst du dir deinen letzten Gehaltsscheck abholen.«

»Behalt ihn. Ich will dein Geld nicht«, faucht sie, während sie auf dem Absatz kehrtmacht und zur Tür geht. »Es sind sowieso viel zu viele Bedingungen daran geknüpft.«

Ich habe nie etwas anderes getan, als mich um sie zu kümmern. Auf sie aufzupassen. »Wenn diese sogenannten Bedingungen beinhalten, dass ich mich um deine Sicherheit und dein Wohlergehen gekümmert habe, frage ich mich, warum du nicht schon längst dagegen protestiert hast«, rufe ich ihr nach.

Sie dreht sich nicht um, gibt keine Antwort. Ich verstehe sie nicht. Und ich bin mir ziemlich sicher, dass sie mich genauso wenig versteht.

Niemand versteht mich.

Fünf Minuten später kommt Dad in mein Büro, und sobald er mich sieht, schüttelt er ernst den Kopf. Meine Verzweiflung steht mir offenbar ins Gesicht geschrieben.

»Hat sie es dir gebeichtet?«, fragt er.

»Ich möchte nicht darüber sprechen.« Nervös krame ich durch Schubladen, auf der Suche nach … keine Ahnung, wonach. Ich weiß nur, wenn ich meinen Dad zu lange ansehe, könnte ich zusammenbrechen und wie ein Baby zu heulen anfangen.

Er seufzt. »Sie ist nur eine kleine Nutte, Colin. So ein Mädchen willst du doch nicht ernsthaft in deinem Leben haben, oder?«

Ohne nachzudenken, springe ich auf und stürze mich auf ihn, stoße ihn so fest gegen die Wand, dass er mit dem Hinterkopf gegen das Mauerwerk knallt. Mein Gesicht nur wenige Zentimeter von seinem entfernt, funkle ich ihn an, sehe die Angst und Verwirrung in seinen Augen. »Wenn du sie noch einmal als Nutte bezeichnest, reiße ich dich in Stücke. Hast du das verstanden?«

Sein Atem geht hart und stockend. »Hast du sie wirklich so gern? Nach allem, was ich dir erzählt habe?«

»Ich knipse meine Gefühle nicht an und aus wie einen gottverdammten Lichtschalter«, zische ich. »Ich bin nicht so wie du.«

Dads Augen verdunkeln sich vor Zorn. »Du kennst mich doch gar nicht.«

»Damit hast du verdammt recht, ich kenne dich wirklich nicht. Hast dich ja nicht gerade häufig blicken lassen. Scheiße, das letzte Mal ist fast drei Jahre her!«, schreie ich, wütend auf meinen Dad, auf Jen, auf mich selbst.

Was zum Teufel stimmt nicht mit mir? Mit den Menschen in meinem Leben? Alles ist kompliziert. Nichts ist einfach. Ich habe es so satt. Ich möchte ein einfaches Leben haben. Ich will glücklich sein.

Ich möchte mit Jen zusammen sein. Ja, aber wie gesagt, das ist nicht so einfach.

»Du schienst dir nie viel aus mir zu machen. Deine Mutter hat alles getan, um mich von dir fernzuhalten«, entgegnet er.

Verdattert über seine Worte, lasse ich ihn los und trete einen Schritt zurück. »Was hast du gesagt?«

»Glaubst du etwa, ich wollte nicht an deinem Leben teilhaben? Meinst du, ich bin aus freien Stücken weggeblieben?« Er streicht sein zerknautschtes Hemd glatt, bringt seine Frisur wieder in Form. »Deiner Mutter war nur daran gelegen, dich mir zu entfremden.«

»Warum denn?« Ich glaube ihm nicht. Ich weiß, sie hasst ihn, aber sie hätte ihm doch niemals den Kontakt zu mir untersagt … oder?

Als kleiner Junge habe ich mich oft verkrochen und viel geweint, habe mir sehnlichst gewünscht, mein Dad würde mehr Zeit mit mir verbringen. Meine Mutter wusste das, da sie mich mehr als einmal in diesem verzweifelten Zustand gefunden hat. Ich war neidisch auf das Verhältnis, das Danny zu seinem Dad hatte. Eine solide, liebevolle Vater-Sohn-Beziehung. Sie spielten im Hof Baseball oder kickten einen Fußball hin und her. Sie gingen zusammen angeln. Obwohl sie mich immer miteinbezogen, mir immer das Gefühl gaben, willkommen zu sein, kam ich mir tief im Inneren wie ein Eindringling vor. Ein eifersüchtiger, ungeliebter Fremdkörper.

»Ich glaube, sie hatte Angst, ich würde dich ihr wegnehmen. Ach, keine Ahnung. Wir hatten nur eine flüchtige Affäre, und als sie dann zu mir kam und sagte, sie sei schwanger, wollte ich das Richtige tun und habe sie geheiratet. Ich habe mich gefreut, Vater zu werden.« Er hält inne und holt tief Luft, lehnt den Kopf an die Wand, an der er immer noch lehnt. »Wenige Tage, nachdem ich bei ihr eingezogen war, wurde mir klar, dass wir die falsche Entscheidung getroffen hatten. Wir passten nicht zusammen, stritten uns ununterbrochen. Sie hasste mich, nahm mir übel, dass ich sie geschwängert und ihrer Freiheit beraubt hatte.«

Da ist es wieder, dieses verdammte Wort. Freiheit. Jen ringt ständig darum, und ich versuche ständig, sie in Abhängigkeit zu halten. Vielleicht bin ich meinem Vater ähnlicher, als ich glaube.

»Ich dachte immer, du hättest kein Interesse, Kontakt zu mir zu haben«, sage ich. Obwohl mir von all diesen Offenbarungen ganz schwindlig ist, ist meine Stimme überraschend ruhig. »Mom sagte, du hättest Shingletown gehasst und wolltest unbedingt von dort weg.«

Er lacht, aber es ist kein heiteres Lachen. »Deine Mom hat recht. Ich habe dieses kleine Drecksnest gehasst. Es gab nichts zu tun, keine Jobs. Ich wusste nicht weiter. Mein Dad hatte mich enterbt, lag im Sterben, und ich hatte überhaupt keinen Plan. Mit meinen achtundzwanzig Jahren hätte ich eigentlich vernünftig sein sollen. Hätte wissen sollen, wo es langgeht. Aber ich war einfach ein großer Junge, der Party machen wollte. Ich hatte kein Verantwortungsgefühl. Bis du auf die Welt kamst.«

Ich hatte keine Ahnung gehabt, wie das für ihn gewesen war. Dass er tatsächlich unter der Situation litt. Kein Wunder, er hat mir das nie erzählt, während meine Mutter ihn bei jeder sich bietenden Gelegenheit schlechtgemacht hat. Ihn nach wie vor schlechtmacht. Wenn sie jetzt anriefe, würde sie Conrad Wilder als Mistkerl bezeichnen und was immer ihr noch an Schimpfwörtern einfiele.

»Warum habt ihr euch nicht scheiden lassen?« Diese Frage beschäftigt mich schon mein ganzes Leben. Wenn die beiden einander so hassen und nicht zusammenleben können, warum dann nicht Nägel mit Köpfen machen und sich scheiden lassen?

»Es hört sich bescheuert an, aber ich will nicht, dass sie ganz aus meinem Leben verschwindet. Verrückt, was? Vielleicht sind wir einfach nur zu faul. Ich weiß es nicht.« Er klingt, als versuche er sich selbst zu überzeugen. »Wir sind immer in Kontakt geblieben, deine Mom und ich.«

Mir verschlägt es die Sprache. »Echt?«

»Ja.« Er lacht leise. »Wenn wir uns unterhalten, artet das immer in Streit aus, deshalb, na ja …«

Okay, jetzt bin ich echt baff. »Aber … ich dachte, ihr hasst euch.«

»Ja. Nein. Ich weiß es nicht. Frag mich nicht, Colin. Nicht einmal ich kapier das.« Mit einem tiefen Seufzer stößt er sich von der Wand ab, geht zu einem Stuhl und nimmt Platz. »Wir gehen uns zwar tierisch auf den Geist, aber zwischen uns bestand immer eine Verbindung.«

Ich will gar nicht wissen, welcher Art diese Verbindung ist. »Habt ihr euch manchmal getroffen?«

Er lächelt verlegen. »Ja. Aber nie für länger. Wir halten es nicht länger als ein, zwei Tage im selben Raum aus, bis wir zu streiten beginnen.«

Klingt irgendwie bekannt. Wenngleich Jen und ich uns eher deshalb streiten, weil wir gegen die Gefühle ankämpfen, die wir füreinander empfinden.

Ich will mehr von ihr, aber ich muss aus ihrem Mund die ganze Wahrheit hören. Vielleicht war es eine Lüge, was der Barkeeper meinem Dad erzählt hat. Ich hoffe es so sehr.

Und wenn nicht ... dann kann ich damit umgehen. Ich muss damit umgehen können. Sie ist die einzige Frau, mit der ich mein Leben teilen möchte.

Ich liebe sie.

Jen

Ein paar Blocks vom District entfernt erspähe ich ein Taxi, das am Straßenrand parkt. Ich hüpfe auf den Rücksitz, rattere Colins Adresse herunter und bitte den Fahrer, mich dorthin zu kutschieren.

»Ich bin nicht im Dienst, Schätzchen«, brummt der Fahrer, schaltet aber dennoch den Motor an. »Ich mache gerade Pause.«

»Bitte«, sage ich, erwähne jedoch absichtlich nichts von einem netten Trinkgeld. Er könnte es als sexuelles Angebot missverstehen, und das ist das Letzte, womit ich mich im Moment befassen möchte.

»Na gut.« Er fährt los, schaltet das Radio an, und ich bin froh, als der Klang eines belanglosen, beliebten Popsongs das Innere des Wagens erfüllt.

Der Song vertreibt jedoch nicht meine deprimierte Stimmung. Ich sollte erleichtert sein, dass Colin mich zur Rede gestellt hat, obwohl ich ihm nicht wirklich etwas erzählt habe. Aber ich muss schleunigst von hier verschwinden.

Und ich muss sicherstellen, dass er nie, niemals irgendetwas herausfindet. Ich will gar nicht daran denken. Es ist ganz schön beängstigend, sich damit auseinanderzusetzen, was man alles tun würde, wenn man nur verzweifelt genug ist. Ich hasse mich für meine Schwäche. Doch ich musste einfach das Geld wieder reinbekommen, das mir geklaut wurde. Und das bedeutete, jeden Abend tanzen, stundenlang im Nebenraum die Typen mit Lap Dances aufgeilen, sie an den intimsten Stellen berühren, in der Hoffnung auf extra gute Trinkgelder, was in der Regel funktionierte …

Als der erste Mann mir ein eindeutiges Angebot machte, lehnte ich ab. Ich lehnte viele Angebote ab. Doch nachdem mir alles gestohlen worden war und ich auf die Schnelle Geld benötigte, willigte ich dann eines Abends widerstrebend ein. Der Typ war wenigstens attraktiv. Er war ungefähr Anfang dreißig, hatte einen üblen Scheidungskrieg hinter sich, und als wir uns nach dem Ende meiner Schicht trafen, erzählte er erst einmal von seinen vielen Problemen. Er war nett, freundlich, zärtlich und unglaublich nervös. Er hätte gern richtigen Sex gehabt, aber ich sagte ihm, ich sei nur zu Oralsex bereit, und … so geschah es dann auch.

Ich fühlte mich total minderwertig, als er mir, nachdem ich fertig war, die Hundertdollarnote in die Hand drückte. Was hatte ich nur getan? Was war aus mir geworden?

Eine Prostituierte. Eine gewöhnliche Nutte.

Eine Rückkehr nach Hause war nun vollends unmöglich geworden. Wie hätte ich meinen Eltern jetzt noch unter die Augen treten können? Ich schämte mich. Ekelte mich vor mir selbst, weil ich es nicht bei diesem einen Mal beließ. Ich machte es wieder. Und wieder.

»So, da wären wir, Schätzchen«, sagt der Taxifahrer, reißt mich aus meinen trübsinnigen Gedanken. Obwohl ich über diese schlimme Zeit nicht nachdenken wollte, bin ich irgendwie doch dabei gelandet. »Das macht zweiundzwanzig Dollar.«

Ich krame in meiner Handtasche nach dem Geld, gebe ihm fünfundzwanzig Dollar, steige aus und schlage die Wagentür zu. Mit aufheulendem Motor fährt er weiter, lässt mich allein auf dem Gehweg zurück. Die Nacht umfängt mich. Es ist kühl, der Himmel ist dunkel und mondlos, die Straße menschenleer. Erst kurz nach zehn Uhr, und alle scheinen schon im Bett zu sein, da in dieser Straße hauptsächlich Familien wohnen.

Colin und ich sind die Ausnahme. Wir sind ganz klar keine Familie. Nicht einmal ein Paar.

Ich gehe zum Haus, ziehe den Schlüssel heraus und sperre die Tür auf. Sobald ich eintrete, erleuchten von draußen Scheinwerfer das noch dunkle Innere des Hauses, und gleich darauf ertönt das Surren des sich öffnenden Garagentors. Das Herz rutscht mir in die Kniekehlen, mein Mund wird trocken.

Colin ist nach Hause gekommen.

Ich schlucke ein paarmal, um den Anflug von Übelkeit zu bekämpfen, und gehe in die Küche, um mir ein Glas Wasser einzuschenken. Gierig trinke ich es in einem Zug aus, wische mir mit dem Handrücken über den Mund und lehne mich, während ich auf Colin warte, schutzsuchend an die Küchentheke.

Besser ihm hoch erhobenen Hauptes zu begegnen, als

wegzurennen und mich in meinem Zimmer zu verkriechen. Lang bleibe ich sowieso nicht mehr hier. Colin wird mich zweifellos aus der Wohnung schmeißen, deshalb werde ich wohl früher als geplant nach Sacramento gehen. Jason würde mir sicher aushelfen, wenn ich ihn darum bitte. Vielleicht könnte ich von meinen Ersparnissen etwas abzweigen und mir einen Umzugswagen mieten. Morgen früh werde ich gleich als Erstes meine Mitbewohnerin anrufen und fragen, ob ich ein paar Tage früher einziehen kann. Ich glaube nicht, dass das ein Problem sein wird. Auf diese Weise könnte ich mich einleben und sofort auf Jobsuche gehen.

Hoffentlich mit Erfolg.

Als Colin schließlich hereinkommt und mich an der Küchentheke entdeckt, bleibt er wie angewurzelt stehen. »Wie bist du hergekommen?«

Kein *hi, ich habe mir Sorgen gemacht,* nur ein *wie bist du hergekommen,* als wollte er mich nicht länger bei sich zu Hause haben. Wie schnell man doch sein Verhalten verändert! »Ich habe mir ein Taxi genommen.«

»Ein Taxi?«, wiederholt er ungläubig. »Wie hast du es geschafft, in der Innenstadt ein Taxi aufzutreiben?« In der Innenstadt gibt es kaum Taxis, die Frage ist also berechtigt.

»Weiß auch nicht.« Ich zucke die Achseln. Warum führen wir überhaupt dieses dumme Gespräch? »Es parkte in der Nähe des Restaurants, der Fahrer war aber nicht im Dienst. Ich bin trotzdem eingestiegen, und er hat mich netterweise gefahren.«

»Herrgott.« Sichtlich aufgebracht fährt er sich mit der Hand durch das Haar. »Dein riskantes Verhalten wird dich irgendwann in ernste Schwierigkeiten bringen. Der Typ hätte sonst was mit dir anstellen können.«

»Ich bin ein großes Mädchen. Außerdem hatte ich diese Woche bereits mein Quantum an bösen Männern, die mich überfallen.« Ich höre mich wie eine blöde Zicke an, aber ich kann nicht anders. Wenn ich mich in die Ecke gedrängt fühle, fahre ich meine Krallen aus.

Er starrt mich an, als wäre mir ein zweiter Kopf gewachsen. »Wir müssen reden«, sagt er langsam.

»Worüber?« Ich hebe das Kinn, sehe ihn herausfordernd an, beginne jedoch am ganzen Körper zu zittern. Gleich werde ich komplett zusammenbrechen.

»Darüber, was du getan hast, als du im Gold Diggers beschäftigt warst.« Er nickt in Richtung Wohnzimmer. »Lass uns rübergehen und uns hinsetzen.«

Kalte Angst erfasst mich, und ich klammere mich am Rand der Theke fest. Wie hat er es herausgefunden? Kein Zweifel, er weiß Bescheid, und das halte ich kaum aus. »Nein. Wir können hier reden.«

»Gut. Wie du meinst.« Die Hände auf den Hüften, blickt er sich in der halbdunklen Küche um. Die einzige Lichtquelle stammt von der Beleuchtung über dem Spülbecken. Er ist frustriert, das sehe ich ihm an. Ich kenne ihn so gut wie mich selbst, obwohl ich nie gedacht hätte, dass er so auf mein Geheimnis reagiert.

Vielleicht war es dumm von mir zu glauben, er würde Verständnis dafür haben. Aber womöglich geht es ihm gar nicht so sehr um die Sache an sich, sondern darum, auf welche Art er es herausgefunden hat. Ich hätte diejenige sein sollen, die es ihm erzählt, und das habe ich nicht getan. Jemand anderer ist mir zuvorgekommen.

Ich bin ratlos, weiß nicht, wie ich mich rechtfertigen soll.

»Ich verstehe nicht ganz, was du von mir erwartest. Du willst doch wohl nicht alle schmutzigen Details erfahren, oder?« Ich erschauere, als ich seinen finsteren Blick bemerke. »Nicht, dass es viele schmutzige Details gäbe …« Ich verstumme. Mein Versuch, die Situation zu entschärfen, ist gründlich fehlgeschlagen.

»Hast du mit Männern für Geld Sex gehabt?« Er stellt diese Frage so ruhig, so direkt, dass ich mich noch fester an die Theke klammere, aus Angst umzukippen. Meine Knie sind wie Wackelpudding und drohen jeden Moment einzuknicken. Am liebsten würde ich mich in Luft auflösen und vergessen, dass all das jemals geschehen ist.

»Was soll das?«, flüstere ich, in dem verzweifelten Versuch, Zeit zu schinden. Ich kann ihn nicht belügen. Ich muss ihm die Wahrheit gestehen, ansonsten würde ich mir das niemals verzeihen. Außerdem würde er mir sowieso nicht glauben, wenn ich es abstreite. Er ist sich seiner Sache so sicher, dass alle Ausflüchte sinnlos wären.

»Antworte mir.« Er erhebt die Stimme, und bei dem Klang überziehen sich meine Arme mit Gänsehaut. Ich öffne den Mund, aber kein Laut kommt heraus.

Ich kann es nicht abstreiten, weil es die Wahrheit ist.

»Und, hast du?«, fragt er abermals, seine Stimme rau, sein Blick gequält. Jäh packt er mich am Oberarm, schüttelt mich leicht. »Verdammt, sag es mir! Hast du das getan, Jen?«

Ich zucke zusammen, als er mich anschreit, krümme mich unter der rasenden Wut, die hinter seinen Worten liegt. Tränen schießen mir in die Augen, blenden mich kurz, ehe sie über meine Wangen rollen, auf den Boden tropfen. »Ja«, schluchze ich und habe das Gefühl, als würde meine Brust vor Schmerz zerreißen. »Ich habe es getan, okay? Ist es das, was du hören willst? Dass ich mit Männern Sex hatte und sie mir Geld dafür gegeben haben?«

Seine Augen weiten sich, und ich schwöre, dass ich Tränen darin schimmern sehe. Echte, gottverdammte Tränen, und ich habe diesen Mann, bis auf die trockenen Schluchzer in seinen Albträumen, noch nie weinen sehen.

Aber gelten diese Tränen mir? Oder ihm selbst, weil er bei mir versagt und sein Versprechen an meinen Bruder, an meine Eltern gebrochen hat? »Oh, Gott, Jen, ich fasse es nicht ... *warum?* Warum zum Teufel hast du das gemacht? Was sollen deine Eltern von dir denken? Was würde Danny von dir denken?«

Ich reiße meinen Arm los, gehe ein Stück zurück und schüttle den Kopf. »Hör auf, mir Schuldgefühle zu machen. Glaub mir, ich habe auch so schon genug daran zu knabbern.«

»Du weißt, du hättest deine Eltern anrufen können. Sie hätten dir geholfen. Du bist ihre Tochter.« Er betont das letzte Wort, und das macht mich nur noch zorniger.

»Moment mal! Seit Dannys Tod haben mich meine Eltern praktisch ignoriert. Sie waren nur mit ihrem eigenen Kummer beschäftigt, sind völlig verstummt, und wenn sie gesprochen haben, dann über Danny. Du bist genauso, mit deinen Albträumen und allem. Danny ist in deinem Kopf und ihren Köpfen immer präsent, und das verstehe ich. In meinem Kopf ist er auch präsent. Aber er ist tot. Wir müssen unser Leben weiterleben«, stoße ich unter Tränen hervor und wundere mich selbst, wie ich vom eigentlichen Thema abgekommen bin.

»Heißt Weiterleben für dich, dass du dich in üblen Kaschemmen herumtreibst und es Männern gegen Geld besorgst?«

Seine Worte sind wie eine Ohrfeige. Ich weiche zurück, meine Wangen glühen vor Scham. Sofort erkennt er seinen Fehler und schickt sich an, zu mir zu gehen, aber bebend vor Wut schüttle ich den Kopf.

»Jen, tut mir leid«, beginnt er, doch ich hebe die Hand, gebiete ihm Einhalt.

»Spar dir deine Worte. Du wirst es nie verstehen. Niemand kann das. Ich hätte mich nicht rechtfertigen sollen. Ich war allein, ganz auf mich gestellt. Verloren.« Ich drehe mich um und gehe zur Tür, will in mein Zimmer fliehen und mich ordentlich ausheulen. Und danach werde ich packen.

Auf keinen Fall kann ich hier noch eine weitere Nacht verbringen. Dieses Arrangement hat sich erledigt.

»Ich war immer für dich da, Jen. Immer. Ich habe dich da rausgeholt«, erinnert er mich, als ich hinausgehe. Den Rücken ihm zugewandt, bleibe ich stehen, warte darauf, dass er weiterredet. »Und hättest du mich um Hilfe gerufen, wäre ich schon früher zu deiner Rettung herbeigeeilt. Ich würde alles für dich tun, Jen. Weißt du das nicht?«

»Meinst du, du kannst vergessen, was ich getan habe?« Langsam drehe ich mich zu ihm um, habe Angst vor dem, was ich in seiner Miene lesen könnte. Doch ich sehe mich einer leeren, ausdruckslosen Maske gegenüber.

Er blinzelt einmal. Zweimal. Das ist die einzige äußerliche Reaktion. »Ich weiß es nicht«, sagt er aufrichtig.

Wer immer gesagt hat, die Wahrheit würde wehtun, er hatte völlig recht. Doch sie tut mehr als nur weh. Es ist, als würden sich Millionen Messer in meine Brust bohren und mein Herz in Stücke reißen.

Ich weiß nicht, ob ich die einzelnen Stücke jemals wieder zusammensetzen kann.

21. KAPITEL

Colin

Es fühlt sich an, als würde ich gehenkt werden, ich bin bereit, meinem Schöpfer zu begegnen. Jetzt trete ich vor ihn hin, den Kopf gesenkt und am ganzen Körper zitternd. Er ragt über mir auf einem Sockel auf, sein Gesicht liegt im Schatten.

»Du hast mich enttäuscht«, sagt er mit gruselig vertrauter Stimme.

Ich kann nur nicken, habe zu viel Angst, um zu sprechen. So viel Angst habe ich noch nie gehabt. Es ist eine Sache zu wissen, dass du nicht ewig lebst. Eine andere ist es, mit deiner Sterblichkeit konfrontiert zu werden und zu wissen, dass es nun vorbei ist.

»Du hast dein Leben nicht so geführt, wie ich es von dir erwartet habe.« Er hält inne, sein Atem ist schwer, die Stimmung und die uns umgebende Dunkelheit voller böser Vorahnung. »Du hast viele Menschen enttäuscht.«

»Ich weiß.« Meine Stimme ist brüchig, und ich räuspere mich. Ich komme mir vor, als wäre ich wieder sieben Jahre alt. Mit der Tatsache konfrontiert, dass mein Dad sich nichts aus mir macht und meine Mom die ganze Zeit verbittert und wütend ist. Dass ich niemanden habe, der rein und gut ist, mit Ausnahme von Danny und Jenny.

Ich liebe die beiden wie Geschwister. Und ich habe beide im Stich gelassen. Ich weiß, auf wen dieser geheimnisvolle Dämon anspielt, muss nicht daran erinnert werden.

»Sieh mich an«, befiehlt die Stimme, und ich blicke auf, erstarre vor Überraschung, als der Geist die Kapuze herunterzieht und ich sehe, dass es Danny ist, der da vor mir steht. »Du hast mich im Stich gelassen. Und danach hast du meine Schwester im Stich gelassen.«

Ich hatte solche Angst, und dabei war es nur Danny, der vor mir aufragte. Der versuchte, mich einzuschüchtern und mich dazu zu bringen, mich schlecht zu fühlen. Ich merke, wie Wut in mir aufsteigt. Rasende Wut darüber, dass er mir für alles die Schuld geben will.

Ist wirklich alles meine Schuld? Oder habe ich mir die Schuld selbst aufgebürdet wie eine schwere Last, die mich immer weiter nach unten gezogen hat?

»Du hättest dich nicht ohne mich bei den Marines verpflichten dürfen«, werfe ich ihm grimmig an den Kopf. Wir wollten zusammen eintreten. Hatten alles geplant, einen Termin festgelegt und so weiter.

Dann kreuzte mein Dad auf, bot mir die Chance meines Lebens. Ich freute mich so darauf, Danny davon zu erzählen, ihn in die neuen Pläne mit einzubeziehen. Wir könnten das Restaurant in South California zusammen leiten. Wir könnten diesem beschissenen Kaff endlich entfliehen, alle Frauen kriegen, die wir haben wollten, reich werden.

Stattdessen musste ich feststellen, dass er nicht auf mich gewartet und sich bereits verpflichtet hatte. Für mich kam das nicht mehr infrage. Er war wütend auf mich. Enttäuscht, dass ich ihn nicht begleitete.

Und dann ging er weg und starb.

»Ich habe getan, was ich tun musste«, sagt er feierlich. Seine Züge sind hart. Undurchschaubar. Obwohl es sein Gesicht ist, sieht er nicht mehr wie Danny, mein bester Freund, aus. Der Freund, den ich nach wie vor schmerzlich vermisse.

»Hör auf, mir die Schuld an deinem Tod zu geben«, sage ich mit erhobener Stimme.

»Hör auf, dir selbst die Schuld dafür zu geben«, entgegnet er. Schwer seufzend mustert er mich, seine zu schmalen Schlitzen zusammengekniffenen Augen sind so dunkel, dass sie fast schwarz wirken. »Es ist auch nicht deine Schuld, was Jenny getan hat.«

Er hat sie immer Jenny genannt. Ich komme mir vor, als wären wir wieder Teenager und würden sie mit ihrem Spitznamen necken, den sie eines Tages aus heiterem Himmel als zu kindisch und albern abtat. Um sie zu ärgern, nannten wir sie ein ganzes Jahr lang weiterhin Jenny, bis ihre Mutter schließlich ein Machtwort sprach und uns aufforderte, damit aufzuhören.

Also fügten wir uns. Doch ich fand es immer schade, sie nicht mehr Jenny nennen zu dürfen. Es ist ein süßer Name für ein süßes Mädchen. Das zu einer süßen und sehr sexy jungen Frau hergewachsen ist.

Eine Frau, die ihren Körper verkauft und Sex gegen Geld angeboten hat.

Scheiße. Ich komme einfach nicht darüber hinweg.

»Du musst nicht darüber hinwegkommen«, sagt Danny, als könne er meine Gedanken lesen. »Manchmal geraten wir in Situationen, aus denen wir keinen Ausweg mehr sehen. Sie wusste nicht, wie sie um Hilfe bitten sollte. Sie glaubte, sie müsse diese Dinge tun, um irgendwie zu überleben.«

»Ich weiß nicht, ob ich mich damit abfinden kann«, gestehe ich und lasse vor Scham den Kopf hängen. Wer bin ich, um über Jen zu urteilen? Auch ich habe Dinge getan, für die ich mich schäme. Und Jen hat mich nie wegen irgendetwas verurteilt.

»Liebst du sie?«, herrscht Danny mich mit drohender Miene an. Er sieht aus, als wollte er mich umbringen.

Erschrocken über seine Reaktion, seine Worte, trete ich einen Schritt zurück. »Ich … ja. Ich liebe sie.« Scheiße. Das Eingeständnis erschüttert mich so sehr, dass meine Beine einzuknicken drohen. Ich stütze mich mit der Hand an der Mauer ab und atme einige Male tief durch, um meinen rasenden Herzschlag zu beruhigen.

»Dann kämpfe um sie. Sag ihr, was du für sie empfindest.«

»Ich kann nicht.« Die Worte tropfen von meinen Lippen, gebrochen und traurig. Ich falle auf die Knie, kann mich nicht länger aufrecht halten. »Ich will, aber ich kann nicht. Ich habe Dinge gesagt, die sie verletzt haben. Und ich weiß nicht, ob ich es jemals schaffen werde, mich mit ihrer Vergangenheit zu arrangieren.« Verzweif-

lung erfasst mich, blendet mich. »Ich habe alles zwischen uns kaputt gemacht.«

Danny tritt mir gegen die Brust, zwingt mich, zu ihm aufzublicken. Ich fühle mich klein. Ohnmächtig. Während er groß und imposant über mir aufragt, Macht und Stärke verströmt.

Aber er ist tot, fällt mir plötzlich ein. Wie kann er stärker sein als ich, wenn er seit fast zwei Jahren tot ist?

»Wenn du dich weiterhin so verhältst, wirst du tatsächlich alles kaputt machen«, sagt er, und seine Stimme ist wie ein Zischen. »Wenn du die Vergangenheit, deine und ihre, nicht endlich loslässt und dich auf das Hier und Jetzt konzentrierst, kann ich dich nicht retten. Und sie kann dich auch nicht retten. Du musst in der Gegenwart leben. Mit ihr.«

»Ich fürchte, sie hasst mich.«

»Sie hasst dich nicht. Sie könnte dich niemals hassen.« Lächelnd schüttelt Danny den Kopf. »Sie liebt dich. Schon seit Jahren. Du warst die ganze Zeit blind dafür.«

Die Erkenntnis trifft mich wie ein Faustschlag. Jen liebt mich. Ich habe sie ignoriert, sie beschissen behandelt, mit meiner Fürsorge erstickt, sie gefickt, sie angebrüllt, sie eine Nutte genannt, und trotzdem liebt sie mich.

Ich verdiene sie nicht.

»Ich verdiene sie nicht«, sage ich weinend. »Ich verdiene ihre Liebe nicht.«

Danny tritt mich erneut, sein Lächeln wird breiter. »Glaubst du das ernsthaft? Gut. Du hast recht. Du verdienst sie nicht. Du verdienst überhaupt nichts Gutes in deinem Leben. Du bist ein wertloses Stück Scheiße, das es nie zu etwas bringen wird.«

Ich öffne den Mund, um zu protestieren, doch es dringt kein Laut hervor.

»Tja, so ist das. Mach dir gar nicht erst die Mühe, mit mir darüber zu diskutieren, denn du weißt selbst, dass es wahr ist.« Er bückt sich zu mir hinunter, sein Gesicht nur wenige Zentimeter von meinem entfernt, und starrt mich mit seinen dunklen Augen an, als könnte er sehen, dass ich ein Nichts bin. »Wertlos. Genau wie dein Vater. Wie es deine Mutter immer gesagt hat.«

»Nein!«

»Wertlos!« Er beginnt das Wort zu singen, seine Stimme zehrt an meinen Nerven, und ich halte mir die Ohren zu, um sie auszublenden. Doch es ist, als hätte sich seine Stimme in mein Gehirn geschmuggelt; sie ist nun alles, was ich hören kann. »Ein nichtsnutziger Loser. Hat deine Mutter das nicht über deinen Vater gesagt?«

»Ich bin nicht wie er«, begehre ich auf.

»Du bist genau wie er. Du siehst sogar genauso aus. Du bist dazu verdammt, Colin, dich in deinen Vater zu verwandeln.« Danny tritt mich noch einmal, diesmal mitten in den Magen, und ich sacke nach vorne, presse die Hände auf die Rippen. »Und es gibt nichts, was du dagegen tun kannst.«

Ruckartig wache ich auf, reiße die Augen auf und sehe nichts als Dunkelheit. Vom angestrengten Atmen tun mir die Lungen weh, und ich zittere am ganzen Körper.

O *Mann!* Was für ein Traum. Ganz anders als alle Träume, die ich jemals hatte.

»Sch.« Eine sanfte, vertraute Stimme durchbricht die Stille, und dann spüre ich sie. Jen. Ihre Hände streichen beruhigend über meinen Körper, über meine Brust, legen sich auf mein Herz. »Alles in Ordnung. Es war nur ein Traum.«

Dass Jen nach allem, was ich gesagt und getan habe, wieder an mein Bett kommt, um mich zu trösten, ist ... überwältigend.

Ich bin ein egoistisches Arschloch, während sie unentwegt gibt und gibt. Und ich tue nichts anderes, als zu nehmen.

Du gibst ihr auch etwas, du Idiot. Mag sein, dass du deine Gefühle ihr gegenüber nicht ausdrücken kannst, aber du bist immer für sie da. Willst dich immer um sie kümmern.

Ja, daran muss ich arbeiten – wenn sie mich noch lässt.

Ich lege die Arme um ihre Taille, damit sie nicht entfliehen kann. Nie war ich dankbarer, sie in meinem Bett vorzufinden. Sie fühlt sich so verdammt gut an, ihre langen nackten Beine sind mit meinen verschlungen, ihr Haar streicht über meine Brust. Ich atme ihren Duft tief in mich ein, wünsche mir, ich könnte ihn bis in alle Ewigkeit in mir behalten.

»War es ein böser Traum?«, fragt sie, während sie die Arme um mich schlingt, mich an sich zieht. »Du hast meinen Namen gerufen.«

»Wirklich?« Ich erinnere mich nicht daran, aber zum Teufel, es passierte alles so schnell. Dannys Worte waren wie tödliche Geschütze, rissen mich auf, verwundeten mich.

»Ja.« Sie seufzt, den Mund an meinem nackten Oberkörper, und ich spüre ihren warmen Atem. Als Reaktion spannt sich mein verräterischer Körper sofort an. »Du hast wütend geklungen. Und traurig.«

In meinem Traum habe ich tatsächlich beide Emotionen verspürt. Doch ich möchte den Traum jetzt vergessen, ihn wegschieben und mich auf die Frau konzentrieren, die ich gerade in den Armen halte.

Die Frau, die ich liebe.

»Jen, ich muss dir was sagen.« Ich hole tief Luft, bin bereit, eine Entschuldigung auszusprechen, eine Bitte oder was auch immer nötig sein sollte, um Jen dazu zu bewegen, bei mir zu bleiben und mich niemals zu verlassen.

»Nein. Bitte nicht.« Sie rutscht nach oben, legt die Finger auf meinen Mund, um mich zum Schweigen zu bringen. »Es ist nicht nötig, etwas zu sagen. Ich weiß, wie du dich fühlst.«

Den Teufel weiß sie. Entschlossen, meine Rede fortzusetzen, öffne ich den Mund, doch sie erstickt meine Worte mit einem Kuss.

Und sofort bin ich verloren. Verliere mich im Geschmack ihres weichen, hungrigen Mundes, in der Berührung ihres warmen, geschmeidigen Körpers. Ich rolle mich auf den Rücken, und sie rollt mit, liegt auf mir, und die ganze Zeit küssen wir uns.

»Schlaf mit mir, Colin«, flüstert sie an meinen Lippen. »Ein letztes Mal. Bitte.«

Ein letztes Mal? Wenn es nach mir ginge, wäre dies erst der Anfang. Das würde ich ihr gern sagen. Ja, ich muss ihr sagen, was ich für sie empfinde, aber sie küsst mich wieder, ein langer, heißer, berauschender Kuss, der alle Gedanken aus meinem Hirn verdrängt. Es gibt nur noch Jen und mich.

Ich weiß, ich sollte es nicht tun, aber bevor ich gehe, möchte ich ein letztes Mal mit ihm zusammen sein. Mehr verlange nicht. Ich weiß, dass es mit uns beiden auf Dauer nicht funktionieren würde. Er kommt mit meiner Vergangenheit nicht klar. Ich komme selbst kaum klar damit, wie kann ich dann von ihm Verständnis erwarten?

Ich lag ewig lange wach, konnte nicht einschlafen, weil mir zu viele Gedanken und Sorgen im Kopf herumgingen. Ich hörte Colin schreien, verstand die Worte jedoch nicht. Es hörte sich zornig an. Und dann rief er meinen Namen.

Das klang so traurig. So jämmerlich.

Außerstande zu widerstehen, eilte ich wie in all den Nächten davor zu ihm. Er lag im Bett, nur in seine Unterwäsche gekleidet, die Decke unordentlich um seine Beine gewickelt. Sein goldenes Haar war zerwühlt, die Anspannung und Qual seines Traumes standen ihm ins Gesicht geschrieben.

Ohne nachzudenken, schlüpfte ich zu ihm ins Bett, entwirrte die Decke und breitete sie über uns aus. Er zog mich im Schlaf an sich, als wüsste er, dass ich da bin, und freue sich darüber. Mein Herz begann schneller zu schlagen, und ich schmiegte mich näher an ihn, wollte ihm ein letztes Mal den Trost spenden, den er so dringend benötigte.

»Ich liebe dich«, flüsterte ich, den Mund an seinem Oberkörper, fühlte mich sicher, da ich wusste, dass er schlief. »Ich wünschte, du könntest das sehen und annehmen.«

Als er schließlich aufwacht, wirkt er so erfreut, mich in seinem Bett vorzufinden, dass ich weiß, dass wir Sex haben werden. Ich will es, sehne mich danach, ihn in mir zu spüren.

Seine Küsse entflammen mich. Seine Hände sind überall auf mir, berühren mich beinahe ehrfürchtig, als wäre ich etwas Besonderes. Ich glaube, für ihn bin ich auch besonders, und der Gedanke erfüllt mich mit so viel Zuneigung, dass ich weinen könnte.

Ich konzentriere mich ganz auf ihn. Auf seinen schönen Körper, auf die Art, wie er mich ansieht, wenn ich meinen Mund zu einem harten, heißen Kuss auf seine Lippen presse. Ich küsse ihn überallhin, präge mir jede Hautfalte, jeden Muskel mit meinen Lippen ein.

Denn er gehört mir. Wir werden immer zueinander gehören, auch wenn wir nicht zusammen sein können.

Mit bebenden Fingern streife ich ihm die Unterwäsche hinunter, berühre ihn überall. Seinen Bauch, die Beine, seinen erigierten Schwanz. Seine Hand zittert, als er sie nach mir ausstreckt und mir hilft, aus meiner Kleidung zu schlüpfen. Binnen Sekunden sind wir ein wirrer Haufen aus Armen und Beinen, unsere Münder und Körper vereint, während er in mich eindringt. So tief, dass ich vor reiner, köstlicher Lust aufschreie.

Ich habe ihn gebeten, mit mir zu schlafen, und bei Gott, er macht es perfekt. Kein schnelles übereinander Herfallen. Nein, er nimmt sich Zeit für mich, wie ich mir für ihn Zeit nehme. Sein Mund, seine Hände und Finger erkunden zärtlich und ehrfürchtig meinen Körper, schenken all den richtigen Stellen besondere Aufmerksamkeit. Er weiß, wie er mich erregen kann, mir so viel Lust bereiten kann, dass ich Angst habe, viel zu früh zum Höhepunkt zu kommen. Ich fühle mich vergöttert, schön, geliebt.

Geliebt.

Vielleicht interpretiere ich zu viel hinein. Vielleicht projiziere ich meine eigenen Gefühle auf ihn, doch ich fühle mich in diesem Moment vollkommen vereint mit ihm. Als würde er mich vollkommen verstehen, und ich ihn. Als könnten wir all die früheren Verletzungen und Fehler beiseitelegen und wären beide endlich dazu bereit, uns dem Hier und Jetzt zu widmen.

Reines Wunschdenken, nehme ich an, denn das kann einfach nicht wahr sein. Trotzdem kommt es mir so vor.

Und als er sich tief in mir bewegt, immer tiefer, bis er ganz und gar ein Teil von mir geworden ist, rollt der Orgasmus wie eine Flutwelle über mich hinweg, reißt mich mit sich, strömt durch meine Adern, pulsiert in meinem Inneren. Es fühlt sich wie ein Erwachen an. Eine Erkenntnis. Mein Atem geht stoßweise, mein Bauch kribbelt und mein Herz droht mir aus der Brust zu springen.

Noch niemals habe ich mich so verloren gefühlt, so gefunden, so unsagbar … durcheinander.

Typisch. Wenn es um Colin geht, gerate ich total durcheinander. Das war schon immer so.

»Es gefällt mir gar nicht, dass ich da mitmache«, flüstert Fable mir zu, als wir uns auf dem Gehweg vor Colins Haus treffen. Sie ist mit Drews Pick-up gekommen, um mich abzuholen. Vor ein paar Stunden hatte ich ihr eine SMS geschrieben und sie praktisch angefleht, mir zu helfen. Sie hat zugesagt, keine Fragen gestellt, aber jetzt zeigt sie offen ihren Unwillen. Ich kann es ihr nicht verdenken. Es ist fünf Uhr morgens, die Sonne ist noch nicht aufgegangen, und ich schleiche mich fort wie ein Dieb in der Nacht.

Für immer.

»Ich bin dir echt dankbar, weil ich nicht weiß, wie ich sonst hier wegkommen soll.« Ich werfe meinen Koffer auf die Rückbank, klettere auf den Beifahrersitz und sehe Fable erwartungsvoll an. »Und, bist du bereit?«

Hinter dem Steuer dieses geräumigen Wagens wirkt Fable geradezu winzig. Ihr langes blondes Haar ist zu einem nachlässigen Dutt hochgebunden, ihr verschlafen aussehendes Gesicht ist völlig ungeschminkt, aber dennoch ist sie wunderschön. Sie trägt über dem T-Shirt einen Old-Navy-Trainingsanzug und an den Füßen gefälschte Uggs. Ich bin fast genauso gekleidet, nur in einer anderen Farbe, aber ich spare mir den Kommentar, dass wir praktisch wie Zwillinge aussehen.

Jetzt ist nicht der richtige Zeitpunkt für sentimentales Gesäusel. Ich muss sehen, dass ich von hier wegkomme. Und Fable fühlt sich mit der Situation bereits unwohl genug.

»Du hättest ihm sagen sollen, dass du gehst«, platzt sie heraus und sieht mich eindringlich an. »Das ist das Mindeste, was man erwarten kann.«

»Ich habe ihm ein paar Zeilen geschrieben.« Ich wende mich ab, starre zu dem dunklen, stillen Haus hinüber. Ihn einfach so zu verlassen war das Härteste, was ich jemals getan habe. Ihn friedlich schlafend im Bett zurückzulassen … Am liebsten wäre ich wieder zu ihm unter die Decke geschlüpft und hätte ihn in die Arme genommen. Ihn nie wieder losgelassen.

Aber ich musste gehen. Das ist für uns beide das Beste. Zumindest rede ich mir das ein.

»Nur ein paar Zeilen zu hinterlassen ist echt feige«, sagt Fable leise. »Glaub mir, ich habe damit Erfahrung. Man sollte einem Menschen, der einem etwas bedeutet, immer persönlich sagen, was man fühlt und empfindet.«

»Und was ist mit Drews Gedichten, die du so liebst?«, werfe ich ein. »Darin drückt er doch auch seine Gefühle aus.« Er großer, kräftiger Footballspieler mit einem romantischen Gemüt, das ist schon anbetungswürdig.

Mein überfürsorglicher, ziemlich dominanter Colin ist ebenfalls anbetungswürdig. Ich weigere mich nur, weiterhin so an ihn zu denken. Das ist zu hart. Mein Herz schmerzt, weil ich ihn so sehr vermisse.

Und dabei habe ich ihn noch gar nicht verlassen.

»Ja, inzwischen liebe ich seine Gedichte. Aber als er mich das erste Mal verließ, hinterließ er mir auch ein Gedicht, ein paar Zeilen, die mir das Herz brachen und zugleich die Hoffnung gaben, er würde zu mir zurückkommen.« Sie lächelt traurig. »Er ist nicht zurückgekommen.«

»Was?«, frage ich befremdet. »Wie meinst du das?« Ich dachte, die beiden wären wie füreinander geschaffen. Die perfekte Beziehung. Gut, sie hatten ein paar Probleme, und anfangs war es etwas schwierig, aber ich hatte keine Ahnung, dass er sie schon einmal verlassen hat und nicht zurückgekommen ist.

»Erinnerst du dich an den Abend, als die College-Jungs Party machten und Drew dazukam? Als er mit diesem Arschloch fast eine Prügelei angefangen hätte?« Fable erschauert.

»Klar, natürlich erinnere ich mich.« Das war ein ziemlich dramatischer Abend gewesen. Aber er hat uns auch einander nähergebracht. Damals wurde mir klar, dass sie eine echte Freundin werden könnte.

Und so geschah es. Jetzt ist sie meine beste Freundin, und ich verlasse auch sie.

»An diesem Abend habe ich ihn zum ersten Mal seit über zwei Monaten wiedergesehen«, erzählt Fable.

Und ich dachte, die Beziehung der beiden sei das Ideal, nach dem wir alle streben sollten. »Fable, ich hatte ja keine Ahnung …«

Mit einer Handbewegung tut sie meine mitfühlende Bemerkung ab. »Okay, okay. Es war alles ziemlich verworren, aber wir haben unsere Probleme gelöst, die Kurve gekriegt, und sieh uns jetzt an. Wir werden heiraten.«

Eifersucht durchzuckt mich. Ich wünschte, auch Colin und ich könnten alle Probleme zwischen uns ausräumen, doch das wird nie geschehen. Er wird mir meine Vergangenheit immer vorwerfen. Und das kann ich sogar nachvollziehen.

Mir geht es nicht anders.

»Was immer er getan hat«, sagt Fable leise, reißt mich aus meinen Gedanken, »was immer du getan hast, nichts davon ist von Bedeutung, solange ihr euch wirklich liebt.«

Meine Gedanken scheinen ein offenes Buch für sie zu sein. Ganz schön nervig. »Ich wünschte, ich könnte das glauben«, murmle ich. »Wie du es sagst, hört es sich so einfach an.«

»Es ist einfach, wenn ihr euch gemeinsam euren Problemen stellt. Zumindest ist es dann einfacher. Es bringt nichts, wenn ihr eure Kämpfe getrennt ausfechtet. Glaub mir. Die Kämpfe weiten sich dann nur aus.«

»Bitte, halte mir keine Vorträge und versuche nicht, mich zum Bleiben zu überreden.« Meine Stimme ist nur mehr ein Krächzen. »Wir müssen fahren, Fable. Jetzt. Er könnte wach werden und meine Abwesenheit bemerken.«

Die Lippen zu einem schmalen Strich zusammengepresst, legt sie den Gang ein und gibt Gas, fährt langsam durch das Viertel, in dem ich über ein Jahr lang gewohnt habe. Wehmut durchströmt mich, als ich auf die vorbeiziehenden Häuser blicke, und ich halte meine Tränen nicht zurück, lasse sie ungehindert über meine Wangen rollen.

»Warum, Jen?«, fragt Fable so traurig, dass ich mich vom Fenster abwende und sie ansehe. »Warum gehst du weg, wenn du es doch ganz offensichtlich gar nicht willst? Was ist so schrecklich an diesem Ort, hm? Du hast mich, du hast Drew, du hast deine Arbeitskollegen, und du hast Colin. Wir alle mögen dich. Warum willst du also nicht hierbleiben?«

Ich lege die Hand in den Nacken, streiche über das dumme, schöne Tattoo. Colin hat mich gern. Vielleicht liebt er mich sogar. Aber kann er akzeptieren, was geschehen ist? Was ich getan habe? Ich weiß es nicht. Wir hatten zwar perfekten Sex und waren uns für einige Momente unfassbar nah, aber wir haben nichts zwischen uns geklärt.

Ehe ich mich – und mein Herz – Colin bedingungslos schenke, muss ich mir erst sicher sein, dass er mit sich und mir im Reinen ist. Und so weit ist er, glaube ich, noch nicht.

Dann bringe ich es doch am besten hinter mich, oder? Verlasse ihn, ehe er mir das Herz bricht …

»Da gibt es noch mehr, wovon du nichts weißt«, gestehe ich Fable. Meine Stimme zittert, mein Magen rumort, und mir ist übel. Seit gestern Mittag habe ich kaum etwas gegessen, und ich habe das Gefühl, ich müsste mich gleich übergeben. Ich schließe kurz die Augen, versuche meinen Tränen Einhalt zu gebieten und mich innerlich zu fangen. »Ich habe in der Vergangenheit Dinge getan, auf die ich nicht stolz bin.«

»Ich dachte, er weiß, dass du als Stripperin gearbeitet hast«, erwidert sie sanft.

Ich nicke, wische mir die Tränen weg, die mir nach wie vor über die Wangen strömen. »Ich habe auch andere Sachen gemacht. Schlimme Sachen.« Ich nehme einen zitternden Atemzug. »Richtig schlimme Sachen, Fable. Du würdest mich dafür verabscheuen. Er verabscheut mich jedenfalls dafür, das weiß ich.«

Fable lenkt den Pick-up an den Straßenrand, schaltet auf Parken und wendet sich mir zu. »Was immer du getan hast, es spielt für mich keine Rolle. Es wäre nie ein Problem für mich, weil du meine Freundin bist und ich dich nicht verurteile. Du kannst es mir erzählen oder es für dich behalten – ich werde deine Entscheidung so oder so respektieren.« Sie hält inne, ihr Blick ist weich, und es liegt so viel aufrichtige Sorge darin, dass ich noch mehr weinen könnte. Am liebsten würde ich mich schluchzend in Fables Arme werfen und etwas von ihrer Stärke in mir aufnehmen. »Aber wenn du darüber reden willst, ich bin für dich da. Das sollst du wissen.«

Ich nicke, kann kaum sprechen, weil ich so überwältigt

bin von ihrer liebevollen, selbstverständlichen Akzeptanz. »Ich–ich habe mich von Männern für Sex bezahlen lassen«, stoße ich hervor, von dem Verlangen erfüllt, mich ihr anzuvertrauen, mir alles von der Seele zu reden.

Sie lässt keine Regung erkennen, doch in ihre Augen tritt ein Ausdruck von Mitgefühl. »Oh, Jen …«

»Jetzt weißt du es. Ich bin eine Nutte. Okay, ich hatte keinen Geschlechtsverkehr, aber ich habe den Typen für Geld einen geblasen.« Ich schüttle den Kopf, bin angewidert von den Worten, von der Erkenntnis, was ich getan habe. Ich habe mich erniedrigt. Meinen Körper wie eine gewöhnliche Nutte verkauft. Ich schäme mich so, dass ich mich am liebsten in irgendeinem Loch verkriechen und nie wieder herauskommen würde.

»Du hattest keine andere Wahl, da bin ich mir sicher.« Fable streckt die Hände nach mir aus, und ich lasse mich in ihre Arme fallen. Sie hält mich fest, tätschelt meinen Rücken, gibt beruhigende Laute von sich, als ich laut zu schluchzen beginne. Ich fasse es nicht, dass ich derart zusammenbreche. Ganz schön peinlich.

Aber es fühlt sich auch gut an. Befreiend. Dieses Geheimnis hat so lange in mir gegärt. Ich hatte gehofft, ich könnte alles vergessen. Die ekelhaften Erinnerungen einfach aus dem Gedächtnis löschen und weiterleben, als wäre nichts passiert.

Doch es ist passiert. Ich kann es nicht vergessen. Alle glauben, ich sei die liebe, nette Jen, aber das bin ich nicht. Ich bin eine Schwindlerin.

»Ich habe keine Ahnung, wie Colin es herausgefunden hat, aber er weiß Bescheid. Über *alles.*« Meine Stimme gerät ins Stocken, und ich schüttle den Kopf. »O Gott, es war schrecklich, wie er mich angesehen hat. Als wäre ich das widerwärtigste Geschöpf auf diesem Planeten.«

»Das glaube ich nicht. Ich habe oft genug beobachtet, wie er dich ansieht, und zwar so, als wärst du die schönste, erotischste Frau auf diesem Planeten«, sagt Fable. »Er liebt dich, Jen. Ich bin mir sicher, er kann dir deine Fehler nachsehen und dir verzeihen.«

»Hm, das bezweifle ich«, murmle ich, wünsche mir jedoch sehnlichst, Fable hätte recht mit dem, was sie sagt.

Wünsche sind etwas für Narren. Also bin ich wahrscheinlich ein Narr.

22. KAPITEL

Colin

»Sie ist weg, und ich glaube, du weißt, wo sie ist«, knurre ich in mein Handy, und es ist mir scheißegal, wer das alles hört. »Also, raus mit der Sprache!«

Im Restaurant herrscht Hochbetrieb, und um ungestört zu sein, habe ich mich in mein Büro zurückgezogen. Die Tür habe ich weit offen gelassen für den Fall, dass jemand aus dem Personal das Telefonat mitbekommt und mir nähere Informationen geben kann. Ich vermute, dass sie vorzeitig nach Sacramento aufgebrochen ist, doch ich brauche eine Bestätigung.

Dann werde ich nach Sac fahren, mich auf die Suche nach Jen machen und sie zurückbringen. Nach Hause, wo sie hingehört.

Zu mir.

»Rede nicht so mit mir, Colin. Du bist mein Boss, aber das gibt dir noch lange nicht das Recht, mich blöd anzumachen.« Fable seufzt, scheint ziemlich angepisst über meinen Anruf zu sein, aber das ist mir egal. »Hör zu, heute ist mein freier Tag, und ich habe echt keinen Bock auf Stress. Ich bin erschöpft. Vielleicht können wir morgen darüber reden.«

Sie ist genauso unfreundlich wie ich. Aber ich kenne sie gut genug, um zu merken, wenn sie mich abwimmeln will. Die kleine Heimlichtuerin. Sie weiß Bescheid, das spüre ich genau. »Hast du Jen heute früh bei ihrem Auszug geholfen?«

Als ich entdeckte, dass Jen weg ist und mit ihr alle ihre Sachen, bin ich total durchgedreht. Ich knallte ein gerahmtes Foto von Danny und mir gegen die Wand, sodass überall Scherben herumlagen. Die Befriedigung über diesen zerstörerischen Akt währte nur kurz, dann stellte sich Reue ein.

Und Trauer. Und dann Zorn.

Herrgott, ich weiß wirklich, wie man alles verbockt.

Fable schweigt so lange, dass ich schon fürchte, sie habe aufgelegt. Doch dann sagt sie ein einziges Wort.

»Ja.«

Okay. Langsam kommen wir weiter. »Sag mir, wo du sie hingefahren hast, Fable. Ich muss es wissen. Ich muss Jen finden.«

»Wozu? Um sie zurückzuschleppen und zu zwingen, wieder für dich arbeiten, nachdem du sie rausgeschmissen hast? Und so zu tun, als wäre alles so wie früher? Denn das ist es nicht, und das weiß du.« Sie hält inne. »Ich weiß Bescheid. Sie hat auch mir alles gebeichtet. Du bist ein totaler Idiot, wenn du Jen wegen dieser Geschichte verurteilst. Diese Sachen sollten keine Rolle spielen. Es ist ein Teil ihrer Vergangenheit, mehr nicht. Du solltest das abhaken, dich lieber auf die Gegenwart konzentrieren.«

Verdammt, sie klingt genauso wie Danny in meinem Traum. Sicher, Fable hat recht, aber ich kann nicht aus meiner Haut heraus. Was Jen getan hat, bricht mir das Herz und macht mich gleichzeitig ungeheuer wütend. Wie sie sich erniedrigt hat, sich an diese Kerle, die ihrer völlig unwürdig sind, verkauft hat. »Du hast recht«, murmle ich. »Aber wenn ich bereit bin, diese Sache zu akzeptieren und um Jen zu kämpfen, muss ich wissen, wo sie steckt. Bitte.«

»Ich habe sie zum Busbahnhof gefahren«, gibt Fable widerstrebend zu. »Sie wollte nach Sacramento. Ihre Mitbewohnerin war einverstanden, dass sie schon früher einzieht.«

Genau, wie ich es mir gedacht habe, aber ich brauche noch mehr Infos. »Und wo liegt die Wohnung? In welchem Stadtteil?«

»Keine Ahnung. Ich glaube, sie hat Citrus Heights erwähnt, aber sicher bin ich mir nicht. Einer dieser Vororte eben. So, das ist alles, was ich weiß.«

»Und was ist mit ihrer Adresse? Hat sie dir die nicht gegeben?« Es ist ein Schuss ins Blaue, aber ich muss es fragen.

»Nein.« Fable seufzt. »Ich habe sie gebeten, mir zu simsen, wenn sie da ist, aber bisher habe ich noch nichts von ihr gehört, obwohl sie schon längst angekommen sein müsste.«

Meine Brust schnürt sich vor Sorge zusammen. Jen hat sich ein neues Handy gekauft; sie hat es gestern vor der Arbeit abgeholt. Ich habe schon versucht, sie anzurufen.

Habe ihr mehrere SMS geschickt. Habe ihr flehende, verzweifelte Nachrichten auf die Mailbox gesprochen. Sie hat nicht geantwortet. Und dieser dumme, sinnlose Brief, den sie auf meinem Kissen hinterlassen hat, war auch nur leeres Gewäsch. Allein der Gedanke daran macht mich stocksauer.

Danke für alles, was du für mich getan hast. Du bedeutest mir mehr, als du denkst. Ich werde dich vermissen.
Pass gut auf dich auf,
Jen

Sie hat echt mit *Pass gut auf dich auf* unterschrieben. Was ist das nun wieder für ein Scheiß? Offenbar verdiene ich nicht einmal ein *Alles Liebe, Jen.* Ha, sie hat mich nicht einmal mit Namen angesprochen.

»Auf meine Anrufe und SMS hat sie sich auch nicht gemeldet«, sage ich und fahre mir nervös durch das Haar.

»Ich habe es auch ein paarmal auf ihrem Handy probiert, aber ohne Erfolg.« Sie hört sich wütend an. *Super.* Da sind wir schon mal zwei. »Ich mache mir auch Sorgen, weißt du. Ich wollte sie nicht zum Busbahnhof fahren, habe mir den Mund fusslig geredet, um sie umzustimmen.«

Ich weiß, dass Fable die Wahrheit sagt. Genau wie ich, wollte sie nicht, dass Jen weggeht. »Gib mir Bescheid, sobald du von ihr hörst, okay? Umgekehrt werde ich das auch tun.«

»Okay. So machen wir's.« Erneut seufzt sie. »Entschuldige, dass ich dich vorhin so angeraunzt habe, Colin. Ich mache mir einfach nur Sorgen um sie.«

»Ich mir auch.« Ich beende das Gespräch, bevor ich Gefahr laufe, etwas Dummes und Klägliches von mir zu geben. Als ich aufblicke, sehe ich in der offenen Tür meinen Dad stehen. Er scheint fast Angst zu haben hereinzukommen.

Na toll. Er ist der allerletzte Mensch, den ich im Moment sehen will. »Wolltest du nicht Mom besuchen?«, frage ich.

Leise vor sich hinlachend, betritt er den Raum und nimmt auf einem Stuhl vor meinem Schreibtisch Platz. »Ich fahre später hin. Sie ist noch in der Arbeit.«

Verwundert sehe ich ihn an. Dass sie arbeitet, ist mir neu. »Wo arbeitet sie?«

»In dem Lokal im Nachbarort. Du weiß schon, der Laden, in dem deine Jennifer Cade früher mal gejobbt hat.« Woher er solche Sachen über Jen weiß, ist mir schleierhaft. Als würde er, obwohl er schon lange woanders lebt, immer noch den Kleinstadtklatsch erfahren. »Das hat mir zumindest deine Mutter erzählt.«

Ah, das ergibt schon mehr Sinn. Mom hat Jen immer gemocht. »Ich bin immer noch sauer auf dich«, sage ich, ohne um den heißen Brei herumzureden. Das ist etwas Neues für mich, da ich in der Regel Konfrontationen aus dem Weg gehe.

Er stößt hörbar die Luft aus. »Du musstest es erfahren, Colin. Wenn du auf eine Frau stehst, solltest du wissen, worauf du dich einlässt. Du willst ja wohl nicht so enden wie deine Mom und ich.«

Das ist verdammt richtig. Aber obwohl ich nun all diese schlimmen Dinge weiß, will ich Jen nach wie vor. Ich liebe sie und werde alles dafür tun, um sie zurückzugewinnen.

»Hat sie es zugegeben?«, fragt er, als ich schweige.

Ich nicke. Ich bin echt nicht scharf auf dieses Gespräch und habe nicht vor, ins Detail zu gehen. »Anfangs war ich wütend. Durcheinander. Wir hatten einen Riesenstreit, und sie ist heute früh, als ich noch schlief, ausgezogen.«

»Oh. Gratulation. Du bist sie ohne großes Tamtam losgeworden.«

Ich knirsche mit den Zähnen, verbeiße mir die bösen Worte, die mir auf der Zunge liegen. Der Mann ist ein komplettes Arschloch. Kein Wunder, dass meine Mutter total genervt von ihm war. »Ich will sie zurückhaben.«

»Was?« Seine Augen quellen förmlich aus ihren Höhlen hervor. »Du machst wohl Witze.«

»Nein«, erwidere ich knapp und räuspere mich. Ich habe vor, etwas Bedeutsames zu verkünden, und will seine ungeteilte Aufmerksamkeit. »Ich liebe Jen.«

Er lacht. Klar, was hätte ich von dem Idioten anderes erwarten sollen? »Du bist verrückt. Genauso verrückt wie deine Mutter. Nichts als Flausen im Kopf und unbelehrbar.«

»Hört sich ganz nach dir an«, bemerke ich bissig.

»Ja. Stimmt. Du hast recht. Ein paar Flausen können mitunter ganz inspirierend sein.« Er richtet sich auf, seine Miene wird völlig ausdruckslos. »Apropos, ich wollte mit dir über diese Location in San Francisco reden und über das Darlehen, das du mir versprochen hast ...«

Einen Scheiß habe ich ihm versprochen, aber ich werde jetzt nicht darauf herumreiten. »Vergiss San Francisco, Dad. Ich mache es nicht. Ich habe genug zu tun und bin hier sehr zufrieden.« Misstrauisch mustere ich ihn. »Du hast doch noch nichts unterschrieben, oder?« *Bitte, sag mir, dass du nichts unterschrieben hast.*

»Nein, ich wollte erst dein Okay haben.« Seufzend lehnt er sich zurück. »Ich wusste, dass du mir eine Abfuhr erteilen würdest. Wir hätten zusammen eine Menge Geld machen können.«

»Hm, na ja, vielleicht irgendwann, aber nicht jetzt.« Er soll aus meinem Büro verschwindet. Ich will allein sein und in Ruhe darüber nachdenken, wie ich Jen aufspüren kann.

»Ähm, und was ist mit diesem Darlehen, Colin? Ich brauche mehr Geld, um das alles zu stemmen. Es stehen ein paar Zahlungen an, fällige Rechnungen, und da brauche ich ein wenig Hilfe.« Er fühlt sich ganz offensichtlich sehr unwohl in seiner Haut, worüber ich dankbar bin. Wenn ihm diese Bitte zu leicht über die Lippen käme, würde er mich womöglich ständig um Geld anhauen.

»Klar. Kein Problem.« Er hat mir früher sehr oft geholfen, obwohl das immer an Bedingungen geknüpft war. Und es war nie einfach zwischen uns gewesen. Wir haben zwar versucht zusammenzuarbeiten, aber wir sind wie Öl und Wasser. Wir harmonieren einfach nicht miteinander.

Ich ziehe eine Schreibtischschublade auf, hole das Firmenscheckheft heraus und krame nach einem Kugelschreiber. »Wie viel brauchst du?«

»Hunderttausend Dollar.«

Vor Schreck über die schwindelerregend hohe Summe fällt mir beinahe der Kugelschreiber aus der Hand. Entgeistert blicke ich auf. »Soll das ein Witz sein?«

Mit unglücklicher Miene schüttelt er den Kopf. »Du

wirst mich bestimmt für einen verdammten Idioten halten, aber ich habe ein paar Schlägertypen am Hals. Es geht um alte Spielschulden. Bis Montag muss ich zahlen, sonst stecke ich bis über beide Ohren in der Scheiße.«

»Für mich hört sich das an, als würdest du jetzt schon ziemlich tief in der Scheiße stecken.« Ich lege den Kugelschreiber weg, lehne mich zurück. Wütend fahre ich mir durch das Haar, kralle mich für einen Moment darin fest, ehe ich es wieder loslasse. Wieso gerät er ständig in solche gefährlichen Situationen? Er wurde als Kind sehr verwöhnt und neigte bereits in jungen Jahren zu Leichtsinn. Er balanciert gern am Abgrund. Das war schon immer so gewesen. Allerdings hatte ich keine Ahnung, dass er ein Spielproblem hat. »Herrgott, so viel Geld habe ich nun auch wieder nicht!«

»Komm schon, Colin. Ich würde dir auch helfen«, bettelt er.

Autsch, danke für die Schuldgefühle. Hab dich auch lieb, Dad. Natürlich würde ich ihm seine Bitte niemals abschlagen, aber verdammt noch mal. Das ist eine Menge Kohle.

»Okay«, räumt er ein, »vielleicht wirst du eine Weile etwas knapp bei Kasse sein, aber das holst du schnell wieder rein. Das weiß ich. Du bist nun mal ein Wilder.« Er bleckt seine blendend weiß gebleachten Zähne. »Wir sind uns sehr ähnlich. Ich weiß, du scheffelst hier richtig fett Kohle. Und demnächst wirst du das nächste Restaurant eröffnen. Das wird ein Riesenerfolg werden, daran zweifle ich keine Sekunde.«

Mist. Ich habe das Geld, aber worum er mich bittet, ist kein Darlehen. Ich werde keinen Cent davon zurückbekommen. »Wie wäre es mit fünfzigtausend?«, schlage ich vor.

Seine zutiefst enttäuschte Miene ist nicht leicht zu ignorieren. »Auch gut. Ich nehme, was ich kriegen kann. Vielleicht brechen sie mir dann nicht beide Beine sondern nur eines.«

Zähneknirschend stelle ich ihm einen Scheck über Fünfundsiebzigtausend aus, weil ich ein Idiot bin und er mein Vater ist. Wenn er wirklich von Schlägertypen bedroht wird, könnte ich es mir niemals verzeihen, wenn die Kerle ihm tatsächlich die Beine brechen.

Als ich ihm den Scheck reiche, reißt er ihn mir aus der Hand und strahlt mich erleichtert an. »Danke, Sohnemann. Ich werde es dir so bald ich kann zurückgeben«, sagt er.

Wer's glaubt.

»Ich möchte dich noch um einen Gefallen bitten«, sage ich, während ich zusehe, wie er den Scheck zusammenfaltet und in die Brusttasche seines Button-Down-Hemds steckt.

»Selbstverständlich«, sagt er eifrig. »Was immer du brauchst, ich werde mich darum kümmern.«

»Ich möchte, dass du mir hilfst, Jen zu finden«, sage ich, worauf ihm der Unterkiefer herunterklappt. »Nutz deine Kontakte und spür sie auf. Bei deinen zahlreichen Verbindungen dürfte das kein Problem sein.«

»Aber ich muss in einer knappen Stunde los«, jammert er.

Mit einem Blick bringe ich ihn zum Verstummen. »Du bist es mir schuldig. Wenn du sie findest, kriegst du die restlichen Fünfundzwanzigtausend.«

Ja, ja, auf Con Wilders Gier kann man sich echt verlassen. Zugegebenermaßen bin auch ich nicht ganz frei davon. »Hm, jetzt kommen wir langsam ins Gespräch.«

Nur mühsam unterdrücke ich eine genervte Grimasse. »Finde sie binnen der nächsten Stunden, und die Fünfundzwanzigtausend sind dein.« Ich fasse es nicht, dass ich ihn tatsächlich dafür bezahle, Jen zu finden, aber ein verzweifelter Mann greift zu verzweifelten Mitteln.

Und ich sehne mich verzweifelt danach, Jen zurückzubekommen.

Jen

Die Busfahrt hat länger gedauert als gedacht. Es kam mir vor, als hielten wir in jedem winzigen Nest, das entlang der Strecke liegt, und wahrscheinlich war es auch so. Jedenfalls saß ich so lange in diesem großen, stinkenden, heißen Bus, dass mein Handy-Akku leer wurde. Dann fiel mir siedend heiß ein, dass ich vergessen hatte, mein Aufladegerät einzupacken. Bestimmt steckt es immer noch in der Steckdose in Colins Küche.

Ich Dummkopf. Schon wieder habe ich die Dinge nicht gründlich durchdacht.

Müde, frustriert und hungrig komme ich schließlich in Sacramento an und hoffe, dass meine neue Mitbewohnerin, Angela, ihr Versprechen wahr macht und mich am Busbahnhof abholt. Bepackt mit meinem Rollkoffer und meiner riesigen, randvoll gefüllten Handtasche steige ich aus und erspähe eine junge Frau, die mir zuwinkt.

Sobald ich sie sehe, überkommt mich ein ungutes

Gefühl. Sie ist das komplette Gegenteil von mir, klein und kurvig, mit blondierten Haaren und sonnenbankgebräuntem Gesicht. Die mit pinkfarbenem Lipgloss bemalten Lippen zu einem breiten Grinsen verzogen, kommt sie auf mich zu.

»Du bist Jennifer, nicht wahr?«, fragt sie und klatscht wie ein Kind in die Hände.

Scheiße. Sie ist mir eine Spur zu enthusiastisch. »Ja. Und du musst Angela sein.«

»Wie schön, dich endlich kennenzulernen!« Sie umarmt mich so fest, dass ich fürchte zu ersticken. Vorsichtig löse ich mich aus der Umarmung und erwidere Angelas breites Grinsen mit einem matten Lächeln. »Nur ein Koffer? Wow, du reist wirklich mit leichtem Gepäck.«

»Das ist alles, was ich besitze«, sage ich, in dem Versuch, witzig zu sein, doch ich komme mir eher blöd vor.

»Du hast kein Bett oder irgendwelche anderen Möbel?«

»Ähm …« Da mir nichts einfällt, was ich sagen könnte, halte ich den Mund und presse meine vollgestopfte Handtasche noch enger an mich. Wie versprochen hat Colin mir gestern Abend einen Scheck über mein restliches Gehalt mitgebracht. Obwohl ich vorher aus Zorn gesagt hatte, ich wolle sein Geld nicht haben, habe ich den Scheck trotzdem eingesteckt. Zum Glück. Ich brauche jeden einzelnen Dollar.

Du wirst es niemals allein schaffen.

Grimmig ignoriere ich die gemeine Stimme in meinem Kopf.

»Hey, ich fahre dich morgen zu Goodwell oder Target oder Walmart, wohin immer du willst. Wir werden sicher was Nettes für dich finden. Heute Abend kannst du ja auf dem Sofa pennen. Ich habe Roger schon vorgewarnt, dass du heute kommst«, sagt sie kichernd, während wir im fahlen Licht der spätnachmittäglichen Sonne zum Parkplatz des Busbahnhofs gehen.

»Wer ist Roger?«, frage ich.

»Na, mein Freund. Er übernachtet ziemlich oft bei mir. Ich hoffe, es macht dir nichts aus.« Sie wirft ihr Haar über die Schulter zurück. »Er ist echt nett. Ihr werdet euch sicher super verstehen.«

»Natürlich macht es mir nichts aus. Er ist bestimmt ein guter Typ«, sage ich, obwohl es mir sehr wohl was ausmacht. Verdammt viel sogar. Von einem Freund, der halb dort wohnt, war nie die Rede gewesen. *Na toll.*

»Klasse! Hey, ich war heute arbeiten, und meine Chefin meinte, sie würde gern noch eine Teilzeitkraft einstellen.« Ihr Lächeln hört nie, nie auf. »Wärst du daran interessiert?«

»Absolut«, erwidere ich und spüre einen Hauch von Vorfreude. Ich bin nicht so eine Frohnatur wie Angela, aber wenn ich eine Zeit lang bei ihr wohne, wird ihre gute Laune vielleicht auf mich abfärben.

Vielleicht.

»Wir können morgen kurz vorbeifahren, dann kannst du den Bewerbungsbogen ausfüllen.« Vor einem knallroten VW Käfer bleibt sie stehen und klatscht abermals in die Hände. Sie erinnert mich an ein aufgedrehtes kleines Mädchen, das Geburtstag hat und ihre ganzen Geschenke sieht. »So, da wären wir. Rein mit dir und deinen Siebensachen!«

Oh. Mein. Gott. Wie soll ich mit dieser Tussi nur klarkommen? Sie ist super nervig, und im Moment habe ich für blonde Dummchen null Toleranz. Nein, ich darf sie nicht einfach als Dummchen abstempeln. Ich kenne sie gar nicht, also sollte ich lieber mal runterkommen.

Und dankbar sein. Schließlich hat sie mich abgeholt, und wie ich im Stadtplan gesehen habe, ist es ziemlich weit von der Wohnung zum Busbahnhof. Außerdem hat sie mir einen Job besorgt. Und sie will mir beim Möbelkauf helfen.

Klingt doch alles sehr vielversprechend. Vielleicht gelingt es mir ja endlich, nach vorne zu schauen und meine Vergangenheit ein für alle Mal zu vergessen. Mir ein neues Leben aufzubauen und die Freiheit zu erlangen, die ich mir so verzweifelt ersehnt habe …

Stunden später muss ich mich der Tatsache stellen, dass meine neue Mitbewohnerin nicht eine Sekunde die Klappe halten kann. Angela bestellte beim Chinesen etwas zu essen, genug, um eine achtköpfige Familie zu versorgen, und danach tauchte ihr Freund auf, mürrisch und mies gelaunt. Mit sandfarbenem Haar, langem Boy-Band-Pony, den man ständig aus dem Gesicht werfen muss, und glitzernden goldbraunen Augen. Im Gegensatz zu seiner Freundin redet er fast gar nicht, aber mir gefällt der Blick nicht, mit dem er mich ansieht.

Er ist mir unheimlich.

Ich beschließe, ihn nicht zu beachten, und konzentriere mich stattdessen auf Angela, die ununterbrochen quasselt, mir praktisch ihr ganzes Leben erzählt. Ich tue so, als würde ich zuhören, muss aber die ganze Zeit aufpassen, dass ich nicht mittendrin einfach wegdöse. Da ich schon seit fünf Uhr früh auf bin, ist das Wachbleiben echte Schwerstarbeit.

»Du bist müde«, sagt Angela mit mitfühlendem Blick. »Ich hole dir ein Kissen und eine Decke, dann kannst du dich aufs Sofa hauen. Klingt das gut?«

»Und wie!« Dankbar lächelnd nicke ich. »Es klingt großartig. Ich kann die Augen kaum noch offen halten.«

»Ich langweile dich sicher mit meinem endlosen Gerede.« Sie wirft ihrem unheimlichen Freund einen Blick zu. »Roger meint, ich quatsche zu viel.«

Roger hat zu hundert Prozent recht, aber ich werde den Teufel tun, ihm zuzustimmen. Er verursacht mir Unbehagen, kommt mir irgendwie dubios vor. »Mich stört das nicht«, sage ich zu Angela, was weder eine Bestätigung noch eine Verneinung ihrer Bemerkung ist. »Ich finde es total süß von dir, dass du mir hilfst. Du ahnst gar nicht, wie viel mir das bedeutet.«

»Du hilfst mir ja auch. Es war ganz schön schwierig, eine Mitbewohnerin zu finden, und Roger wollte nicht einziehen. Er meint, ich würde ihn dann seiner Freiheit berauben.« Sie wirft ihm einen vernichtenden Blick zu. Zwischen den beiden herrscht eine spürbare Spannung, und nicht von der guten Sorte. »Ich glaube, du und ich, wir passen perfekt zusammen.«

So weit würde ich zwar nicht gehen, doch ich bin ihr so dankbar für alles, was sie bereits für mich getan hat, dass ich nur zustimmend nicken kann. »Ja«, sage ich matt und schieße Roger einen finsteren Blick zu, als ich ihn dabei ertappe, wie er mich anstarrt. Schon wieder. »Wir passen perfekt zusammen.«

23. KAPITEL

Jen

»Bitte vergib mir«, wispert er in mein Ohr. »Ich habe dir wehgetan, und das tut mir leid. Ich will dich wieder in meinem Leben haben, Jenny. Ich brauche dich.«

Mein Herz wird weit. So weit, dass ich das Gefühl habe, es würde meine Brust sprengen. »Ich vergebe dir, Colin«, sage ich, schlinge die Arme um seinen warmen, vertrauten Körper, schmiege mich an ihn. »Danke, dass du gekommen bist.«

»Ich kann ohne dich nicht leben. Wie könnte ich da nicht zu dir kommen.« Er hält mich fest, drückt den süßesten aller Küsse auf meine Wange. »Ich liebe dich, Jen. Liebe dich so sehr, dass ich es kaum aushalte.«

Ich breche in lautes Gelächter aus. Nur Colin gelingt es, eine Liebeserklärung schmerzvoll klingen zu lassen. Aber es ist eine gute Art von Schmerz. Ein Schmerz, in dem ich schwelgen, mich verlieren kann. »Ich liebe dich auch.«

Er zieht mich enger an sich, seine Arme umschlingen mich wie Eisenbänder, pressen mein Gesicht an seine Brust. Anfangs ist es tröstlich, und ich entspanne mich in seiner Umarmung. Doch sein Griff wird immer fester, bis ich plötzlich das Gefühl habe, keine Luft mehr zu kriegen.

»Colin.« Ich versuche, ihn wegzuschieben, aber meine Arme sind zwischen unseren Körpern eingeklemmt. »Lass mich los. Bitte.«

»Ich will dich nur umarmen«, flüstert er, seine Stimme ein Zischeln. Fremd. »Mehr will ich gar nicht. Nur dich umarmen.«

Jetzt wehre ich mich, versuche mich ihm zu entwinden, aber ohne Erfolg. Ich kann mich nicht befreien. Panik erfasst mich, droht mich zu ersticken, und ich öffne die Lippen zu einem Schrei. Doch er hält mir den Mund zu, bringt mich zum Verstummen. Er riecht nicht nach Colin. Sein Geruch nach Schweiß und Angst steigt mir in die Nase, und ich ziehe hinter seiner feuchten, warmen Handfläche eine angeekelte Grimasse.

»Sei still«, zischt er. Seine Stimme erinnert mich an den Kerl, der meine Tasche gestohlen hat. Meine Panik wächst, und ich winde mich unter seiner Umklammerung, versuche irgendwie freizukommen.

Es gelingt mir nicht.

»Hör auf mit dem Scheiß«, flüstert er, haucht mir seinen heißen schweren Atem ins Gesicht. Angewidert rümpfe ich die Nase. Das … das ist nicht Colin. Gänsehaut überläuft mich, als der Fremde mit der Hand über meinen Rücken streicht, meine Pobacken umfasst, mich dicht an seinen unverkennbar erigierten Schwanz zieht.

O Gott. Dieser fremde Mann wird mich vergewaltigen.

»Ich weiß, dass du es willst. Lass es einfach zu. Ich kann unser schmutziges kleines Geheimnis für mich behalten.«

Schmutzige Geheimnisse. Davon habe ich schon mehr als genug. An einem weiteren habe ich wahrlich keinen Bedarf.

Ich öffne die Augen – und stelle fest, dass mein Albtraum Realität ist. Und es ist auch nicht Colin, der mich mit seinen kräftigen Armen viel zu fest hält und die Hand auf meinen Mund presst.

Es ist Roger.

Ein gedämpfter Schrei entfährt mir, und er drängt sein Gesicht gegen meines. In seinen Augen glitzert helle Wut. »Halt die Fresse!«, knurrt er. »Ich weiß, dass du es willst. Du hast mich den ganzen Abend angestarrt.«

Er war derjenige, der *mich* angestarrt hat, würde ich ihn gern berichtigen. Aber ich kann nicht sprechen, wenn er mir den Mund zuhält. Mein Herz rast, und wenn er mich nicht sofort loslässt, werde ich eine Panikattacke bekommen. Verzweifelt kämpfe ich gegen ihn an, schreie immer wieder *Bitte* gegen seine feuchtwarme Hand.

Mit hartem Blick sieht er mich an. »Versprichst du mir, dass du nicht schreist, wenn ich die Hand wegnehme?«

Ich nicke wild, würde fast alles versprechen, nur um wieder atmen zu können. Meine Muskeln sind angespannt, mein Körper stocksteif.

Langsam nimmt er die Hand von meinem Mund, und ich hole tief Luft, atme dann langsam wieder aus. Ich zittere, gebe mir Mühe, mich so zu verhalten, als wäre es keine große Sache, dass Roger auf dem Sofa seiner Freundin auf mir liegt. Seine Hände sind überall, sein Mund klebt an meinem Hals, und ich presse die Lippen aufeinander, versuche durch die Nase zu atmen.

O Gott, er wird mich tatsächlich vergewaltigen. Und seine Freundin schläft nur wenige Meter entfernt.

»Wenn du schreist, werde ich Angie sagen, dass du es wolltest. Dass du mich angemacht hast. Mir wird sie eher glauben als dir. Sie glaubt mir alles«, droht er, während er meine linke Brust so fest quetscht, dass mir Tränen in die Augen schießen. So brutal, wie er mich anfasst, werde ich am ganzen Körper blaue Flecken bekommen.

Er ist widerlich, und er macht so etwas ganz bestimmt nicht zum ersten Mal. Arme Angela! Sie hat einen Vergewaltiger als Freund. Einen Vergewaltiger, der mich mit Gewalt nehmen wird, und ich kann nichts dagegen tun.

»Du hast ziemlich kleine Titten.« Abermals quetscht er meine Brust, fährt mit der Hand unter mein T-Shirt, um meine nackte Haut zu berühren. Er kneift in meine Brustwarze, und ich beiße mir vor Schmerz auf die Unterlippe. »Ich wette, du bist ein guter Fick. Und deine sexy Lippen werden sich an meinem Schwanz richtig geil anfühlen.«

Ich ertrage es nicht. Es geht nicht. Ich schließe die Augen und sehe wieder vor mir, wie ich vor nicht allzu langer Zeit vor einem fremden Mann kniete und seinen Schwanz in den Mund nahm. Wie sich mein Verstand und meine Gefühle jedes Mal, wenn ich es machte, ausschalteten. Wie ich mit der Zeit völlig gegen das Grunzen und Stöhnen der Männer abstumpfte, gegen die Art, wie sie mich berührten, mit den Händen in meinem Haar wühlten, mich mit heiserer Stimme aufforderten, fester zu saugen, den Schwanz tiefer in den Mund zu nehmen.

Ich erinnere mich, wie ich mich in Colins Büro geschlichen und ihm einen geblasen habe. Das war das erste Mal, dass es mir wirklich Spaß gemacht hat. Wie mächtig ich mich gefühlt habe, wie sehr ich den verzückten Ausdruck in seinem Gesicht genossen habe, die süßen, sexy Sachen, die er zu mir gesagt hat. Wie er mit den Händen immer wieder mein Haar zurückgestrichen hat, um zusehen zu können.

»Lass mich in Ruhe«, sage ich nun energisch. »Sonst werde ich so laut schreien, dass ich das ganze Haus aufwecke.«

»Nur zu, wenn du dich unbedingt selbst in die Scheiße reinreiten willst.« Er stößt ein fieses Lachen aus.

Es ist mir egal. Vielleicht ist so etwas tatsächlich schon öfter passiert, sodass Angela mir und nicht ihrem Freund glauben wird. Ich muss es zumindest versuchen.

Auf keinen Fall lasse ich mich noch länger von diesem Schwein anfassen.

Ein lauter schriller Schrei entringt sich meiner Kehle, zerreißt die Stille der Nacht. Eine Tür geht auf, und Roger springt gerade noch rechtzeitig von mir hinunter, ehe die Deckenbeleuchtung angeht.

»Was zum Teufel ist hier los?« Angela steht mitten im Wohnzimmer, ihre Augen werden weit, als sie von mir zu Roger und wieder zu mir zurück blickt. Ich setze mich auf, zupfe mein T-Shirt zurecht und zucke zusammen, als der weiche Stoffe über meine schmerzende Brustwarze streicht. Ein Schauer überläuft mich. Puh, was ist das nur für ein brutales Arschloch. »Dein Freund ist über mich hergefallen.«

»Baby, sie ist über *mich* hergefallen. Ich wollte mir ein Glas Wasser holen, und da hat sie sich auf mich gestürzt.« Er geht zu Angela hinüber, nimmt sie am Arm und schüttelt sie leicht. »Sie hat mich den ganzen Abend angeschmachtet, als wollte sie mich auf der Stelle vernaschen. Das habe ich dir doch erzählt, bevor wir ins Bett gingen, erinnerst du dich?«

Sie mustert ihn misstrauisch, ehe sie sich mir zuwendet. »Hast du nur deine Unterwäsche an?«

Ich blicke an mir hinunter. Ich trage ein überdimensioniertes T-Shirt, das früher mal Danny gehört hat; es reicht mir fast bis an die Knie, ist also echt riesig. »Willst du damit sagen, ich hätte ihn durch meine Kleidung quasi eingeladen, über mich herzufallen?«

Während sie mich weiterhin mustert, werden ihre Augen schmal. »Nicht mal einen BH.«

Ich kreuze die Arme vor der Brust, riskiere einen Blick in Rogers Richtung. Sein Gesichtsausdruck ist selbstgefällig, gelassen. *Arschloch!* »Ich habe geschlafen, Angela. Und dann bin ich davon wach geworden, dass er auf mir lag und versuchte mich zu küssen.«

»Alles Lüge«, knurrt Roger. »Du hast darum gebettelt, mich überall angefasst. Wolltest es mir mit dem Mund ...«

»Sei still! Aufhören!«, kreischt Angela und hält sich wie ein Kind die Ohren zu. »Du musst gehen, Jen. Ich kann nicht mit dir zusammenwohnen.«

»Moment mal ... *was?*« Hat sie das wirklich gesagt?

Sie lässt die Hände seitlich herunterfallen, sieht mich voller Bedauern an. »Du würdest ihn permanent in Versuchung führen. Roger ... er ist ein ehemaliger Sexsüchtiger.«

Sexsüchtig, meine Fresse! Glaubt sie diesen Stuss ernsthaft? »Angela, er hat angedeutet, dass er solche Sachen schon öfter gemacht hat und du ihm immer geglaubt hast.«

»So etwas ist früher vorgekommen, aber jetzt ist er in Therapie.« Langsam schüttelt sie den Kopf. »Ich hatte gehofft, er sei geheilt, aber offenbar ist das nicht der Fall. Und dein Outfit ist da auch nicht gerade hilfreich.«

»Ich soll aufreizend gekleidet sein?« Ich springe auf die Beine, lasse die Decke achtlos zu Boden fallen. »Sieh mich an!«

»Ja, sieh dich an.« Sie selbst trägt einen Pyjama, ist von Kopf bis Fuß bedeckt. An den Füßen hat sie Socken, und wie es aussieht, hat sie sogar einen BH an.

Seltsam.

»Ich kann deine Beine sehen, und unter deinem T-Shirt zeichnet sich dein Busen ab. Total unanständig.« Sie besitzt tatsächlich die Frechheit, sich zu schütteln. »Du musst von hier weg. Ich kann dich nicht als Mitbewohnerin dulden. Roger kann damit nicht umgehen, und ich auch nicht.«

Komisch, dass Roger keinen Mucks mehr verlauten lässt. »Ich werde gleich morgen früh verschwinden«, sage ich fest und verdränge die Panik, die mich erneut zu übermannen droht.

Was soll ich tun? Wo soll ich wohnen? So langsam wächst mir das alles über den Kopf.

»Nein«, sagt sie gedehnt und senkt den Kopf, damit sie mich nicht ansehen muss. »Du musst verschwinden. Auf der Stelle.«

»Aber … wo soll ich denn hingehen?« Ich höre mich kleinlaut an. Jämmerlich. Ich fühle mich jämmerlich.

Diese Frau setzt mich einfach vor die Tür.

»Das ist nicht mein Problem, oder?« Sie sieht Roger an, der neben ihr steht. »Wir werden in meinem Zimmer bleiben, damit wir dir beim Packen nicht im Weg herumstehen.«

»Und was ist mit meiner Kaution?« In meinem Kopf dreht sich alles, mir wird schwindlig. Ich lasse mich auf das Sofa plumpsen und atme tief durch, um mein unkontrolliertes Zittern in den Griff zu bekommen. »Ich brauche das Geld.«

»Nicht zurückzahlbar. Hast du das Kleingedruckte nicht gelesen?« Sie seufzt, als wäre sie diejenige, die man in die Kälte hinausjagt. »Schade, dass es nicht funktioniert hat, Jen. Ich hatte es so gehofft.«

Ich sage kein Wort, habe Angst den Mund zu öffnen, weil dann eine Flut an Beleidigungen hervorkäme, die ich nicht stoppen könnte. Ich würde sie mit jedem Schimpfwort benennen, das mir einfällt, und dann könnte sie mich ohne meine Sachen hinauswerfen. Und das wäre richtig scheiße.

Also halte ich die Klappe und sehe zu, wie die beiden durch den Flur zu Angelas Zimmer gehen. Bevor sie eintreten, dreht Roger sich noch einmal zu mir um, in seinen Augen ein Ausdruck von Hass und Geilheit. In einer obszönen Geste streckt er die Zunge heraus, und als ich ihm den Stinkefinger zeige, grinst er und knallt die Tür hinter sich zu.

Das laute Geräusch lässt mich zusammenzucken, und ich schlinge fröstelnd die Arme um meinen Körper, um mich zu wärmen. Roger hatte mit seiner Drohung recht behalten.

Ich sitze bis zum Hals in der Scheiße.

Colin

Irgendwie hat mein Dad tatsächlich binnen weniger Stunden Namen und Adresse von Jens Mitbewohnerin herausgefunden. Ich habe ihn nicht gefragt, wie er das angestellt hat. Wollte es ehrlich gesagt gar nicht wissen. Mein Dad hatte schon immer eine leicht kriminelle Ader. Er kennt eine Reihe verdammt zwielichtiger Typen. Gangster, mit denen sich ein normaler Mensch nie einlassen würde.

Doch mein Dad ist kein normaler Mensch. Er schert sich einen Dreck um so etwas. Vielmehr glaubt er, es sei eine gute Sache, »diese Art Leute« – sein Zitat, nicht meines – in der Hinterhand zu haben.

Ziemlich beängstigend.

Als er mir den Zettel in die Hand drückte, auf dem der Name und die Adresse standen, war ich so unfassbar erleichtert, dass ich ihm sofort den Scheck über fünfundzwanzigtausend Dollar überreichte. Dann schob ich den Zettel in meine Hosentasche und brach in Richtung Sacramento auf, gab Fable vorher jedoch noch Bescheid, dass ich wisse, wo Jen steckt. Es kümmerte mich nicht, dass es mitten in der Nacht war und die Fahrt stundenlang dauern würde.

Ich musste Jen finden. Auf keinen Fall würde ich Sacramento ohne sie wieder verlassen. Wir gehören zusammen. Selbst wenn ich tagelang auf sie einreden müsste, um sie davon zu überzeugen, würde ich es tun. Ich bin fest entschlossen, sie zurückzugewinnen.

Die Fahrt verläuft problemlos, da um diese Zeit kaum Verkehr herrscht. Dank des Navis finde ich mühelos die Straße, in der sich Angela Blackburns Wohnblock befindet. Langsam fahre ich an dem Block entlang, suche nach der Adresse, als das Licht meines Scheinwerfers plötzlich auf eine hochgewachsene, schlanke Gestalt fällt, die den Bürgersteig entlanggeht und einen riesigen schwarzen Koffer hinter sich herzieht.

Mein Herz macht einen Sprung, ich reiße das Steuer herum und lasse das Beifahrerfenster hinunter, während ich langsam neben Jen herfahre. Sie geht schneller, hält den Kopf gesenkt, als hätte sie Angst, zu mir hinzusehen. Wahrscheinlich hält sie mich für einen Perversen, der Frauen nachts auflauert, was ich ihr auch nicht verdenken kann.

Ein unheilvolles Gefühl überfällt mich, schnürt mir die Brust zusammen. Was zum Teufel hat sie mitten in der Nacht mit ihrem ganzen Gepäck auf der Straße verloren?

»Jen!«, rufe ich, worauf sie wie angewurzelt stehen bleibt. Ich bremse, und sie beugt sich zum Beifahrerfenster hinunter. Als sie mich sieht, werden ihre Augen weit vor Staunen. »Steig ein.«

»W–was machst du hier?« Ihre Stimme zittert, und sie wirkt völlig verstört. Ich muss mich echt beherrschen, um nicht aus dem Auto zu springen, Jen zu packen und sie mir wie ein grunzender Höhlenmensch über die Schulter zu werfen.

»Ich bin wegen dir hier«, sage ich schlicht und schalte auf Parken. Dann steige ich aus, gehe um den Wagen herum und bleibe dicht vor Jen stehen. Sie sieht mich an, und in ihrem Blick liegt so viel Erleichterung und Freude, dass mir das Herz aufgeht. »Glaubst du wirklich, ich würde dich einfach gehen lassen? Du weißt doch, irgendwann finde ich dich immer.«

Tränen steigen ihr in die Augen, und der Anblick zerreißt mir schier das Herz. »Woher wusstest du, dass ich dich gerade jetzt ganz schrecklich brauche?«

Bei ihren Worten schmelze ich dahin. Ich ziehe sie an mich, und die Anspannung in meiner Brust löst sich, als sie die Arme um mich schlingt und das Gesicht an meine Schulter schmiegt. »Weil ich dich auch gebraucht habe. Ohne dich kann ich nicht leben«, raune ich in ihr seidiges Haar.

»O Gott, ich …« Mit einem Kuss ersticke ich jedes weitere Wort. Ich schlucke ihre Schluchzer, koste ihren vertrauten Geschmack mit der Zunge. Sie in den Armen zu halten fühlt sich gut an, richtig. Es ist echt unglaublich, dass ich sie mehr oder weniger zufällig dabei entdeckt habe, wie sie mitten in der Nacht die gottverdammte Straße hinunterging.

»Wieso bist du nicht in deiner neuen Wohnung?«, frage ich, als der Kuss endet, und streiche ihr das Haar aus der Stirn. Ich kann nicht aufhören, sie anzusehen, sie zu berühren. Kann nicht glauben, dass sie tatsächlich vor mir steht. Sie war nicht einmal vierundzwanzig Stunden weg, und es fühlte sich an wie ein halbes Leben.

Ich will sie nie wieder aus den Augen verlieren.

»Meine Vermieterin hat mich rausgeworfen«, sagt sie mit zitternder Stimme.

Das Blut dröhnt mir in den Ohren. »Was? Warum?«

Sie beginnt zu weinen, und ich schiebe sie sacht ein Stückchen weg, damit ich ihr schönes, tränenüberströmtes Gesicht sehen kann. Mit dem Daumen wische ich ein paar Tränen von ihren Wangen. »Ihr F-Freund hat v-versucht, mich zu v-vergewaltigen«, stößt sie schluchzend hervor.

»Wie bitte?« Rasend vor Wut balle ich die Hand zur Faust. »Bring mich sofort in die verdammte Wohnung.«

Als ich mich umdrehe, um in den Wagen zu steigen, hält sie mich fest. »Nein, Colin. Bitte. Ich will nicht, dass du Scherereien kriegst. Das sind die beiden nicht wert.«

»Herrgott, er wollte dich *vergewaltigen,* Jen! Scherereien hin oder her, ich werde dem Kerl die Fresse polieren, ihm sämtliche Kochen brechen.« Ich koche vor Wut, habe einen roten Schleier vor den Augen, als ich Jens Koffer packe, die Wagentür aufreiße und den Koffer auf den Rücksitz schmeiße.

»Glaub mir. Er ist ein krankes Arschloch, und sie ist einfach nur dumm. Wenn du hingehst und ihn verprügelst, werden die beiden dich anzeigen, und dann landest du im Knast.« Sie nimmt mich bei den Schultern und schüttelt mich, um meine Aufmerksamkeit auf sich zu lenken. »Ich will nicht, dass man dich verhaftet, Colin. Ich brauche dich hier, bei mir, nicht weggesperrt in einer Gefängniszelle.«

Ihre Worte dringen durch den roten Nebel zu mir durch, und ich atme keuchend aus, als ich schlagartig wieder zur Besinnung komme. »Ja, du hast recht«, sage ich, während ich mich langsam beruhige. »Aber ich würde es verdammt gern für dich tun. Ihn zusammenschlagen, meine ich. Das weißt du, oder?«

»Natürlich.« Sie lächelt, ein zärtliches, herzzerreißendes Lächeln, stellt sich auf die Zehenspitzen und streicht mit den Lippen über meinen Mund. »Ich liebe dich, Colin. Danke, dass du mich gerettet hast.«

»Oh, Gott, ich liebe dich auch.« Ich drücke sie an mich, küsse sie, nehme ihre Lippen in Besitz, ihren Atem, raube ihr das Herz, genau so wie sie mir meines geraubt hat. Ich gehöre ihr mit Haut und Haaren, schon seit Monaten. Jahren. Und sie gehört mir mit Haut und Haaren. Sie ist mein.

Wir gehören zusammen.

Wir haben vielleicht verdammt lange gebraucht, um das herauszufinden, aber Gott sei Dank ist es uns klar geworden, bevor es zu spät war.

»Ich will keine Zeit mehr vergeuden«, flüstert sie an meinen Lippen. »Ich will zu dir zurück. Ich möchte mit dir leben, wenn du es mit mir aushältst.«

Was für eine Frage! »Ich werde dich so lange aushalten wie du mich. Es ... es tut mir leid, was ich neulich gesagt habe. Wie ich dich behandelt habe.«

»Schon verziehen.« Sie lächelt, in ihrem Blick liegt Glück und eine Spur von Traurigkeit. »Und mir tut es leid, dass ich dir die Wahrheit verschwiegen habe. Ich hatte einfach Angst.«

»Du darfst nie Angst vor mir haben. Du bist alles für mich.« Herrgott, ich kann mich so unendlich glücklich schätzen, dass diese wunderbare Frau ein Teil meines Lebens ist. »Ein Leben ohne dich ist für mich unvorstellbar.«

»Mir geht es mit dir genauso«, gesteht sie leise, den Kopf gesenkt und mit den Fingern an der Vorderseite meines Hemdes zupfend. Die unschuldige Berührung erhitzt mein Blut, entflammt mich. Ich will nie wieder von ihr getrennt sein.

»Willst du mit mir zurückkommen? Mit mir zusammen leben?«, frage ich, weil ich ihr Ja hören möchte. »Ich brauche dich, Jenny. Ich liebe dich.« Ich weiß nicht, ob ich jemals aufhören kann, ihr zu sagen, dass ich sie liebe.

Langsam hebt sie den Kopf, sieht mir tief in die Augen. Die Traurigkeit ist aus ihrem Blick verschwunden. Tränen strömen ihr aus den Augen, rinnen über ihre Wangen, aber sie sieht glücklich aus. »Ich liebe dich auch. Liebe dich so sehr.«

Ich nehme sie an der Hand, führe sie zum Wagen und öffne die Beifahrertür. »Steig ein, Baby. Ich bringe dich nach Hause.«

24. KAPITEL

Jen

»Oh, là, là!«, ruft Fable und stößt einen leisen Pfiff aus, als ich vor ihr stehen bleibe. »Total scharfes Manager-Outfit!«

»Lass das.« Mit vor Verlegenheit brennenden Wangen gebe ich Fable einen leichten Schubs und streiche meinen schwarzen Bleistiftrock glatt. »Du weißt doch, es ist nur vorübergehend.«

»Ja, ja.« Sie verdreht die Augen, doch ihr breites Grinsen verrät, dass sie keineswegs so genervt ist wie sie vorgibt. »Colin kann ohne dich nicht leben, du kannst ohne ihn nicht leben, bla, bla, bla. Ich finde immer noch, dass du hierbleiben und den Laden ganz übernehmen solltest. Du könntest ihn bestimmt besser führen als jeder andere.«

»Hm, kann sein.« Auch wenn sie vielleicht etwas übertreibt, erfüllen mich ihre Worte mit Freude und Stolz. Im Übrigen ist Fable sehr dicht an der Wahrheit dran, was recht kurios ist. Colin und ich haben unsere Pläne nämlich noch nicht bekannt gegeben.

Zu Hause angekommen, teilte Colin mir mit – okay, nachdem wir erst einmal im Bett unsere Wiedervereinigung gefeiert hatten –, er wolle mich zur Geschäftsführerin des neuen Restaurants in Redding machen.

Ich lehnte ab, mit dem Erfolg, dass wir stundenlang herumstritten, was ziemlich bescheuert ist, aber hey, so sind wir nun mal. Schließlich gelangten wir zu einem Kompromiss: Er würde einen geeigneten Geschäftsführer für das Restaurant in Redding suchen, und bis dahin würde ich dort die Leitung übernehmen.

Es ist nicht so, dass ich die Stelle nicht haben wollte oder mir nicht zutraute. Doch ich arbeite lieber mit Colin zusammen. Wir sind ein prima Team, Colin und ich. Als er mich dann fragte, ob ich stattdessen die Co-Leitung des District übernehmen wolle, während er das Franchise-Projekt weiter ausbaut, willigte ich sofort ein.

Sobald er einen Geschäftsführer gefunden hat, der meine Stelle in Redding übernimmt, werden wir diese Neuerung bekannt geben. Bis dahin werde ich pendeln: morgens und abends jeweils eineinhalb Stunden an fünf Tagen in der Woche. Wir stehen das durch. Es ist ja nur vorübergehend. Außerdem hat Colin mir beim Kauf eines Autos geholfen. Ein gebrauchter Honda, klein und schnuckelig, der nicht mit schlechten Erinnerungen belastet und zuverlässig ist.

»Ich meine es ernst.« Fable nimmt meine Hand und zieht mich in eine feste Umarmung. »Ich bin so stolz auf dich. Du machst hier einen klasse Job. Colin schwärmt aller Welt ständig von dir vor. Echt süß.«

Tränen schießen mir in die Augen, und verärgert über mich selbst, blinzle ich sie weg. In letzter Zeit bin ich total gefühlsduselig. Ich nehme an, das liegt an der ständigen Fahrerei, weil ich die Vorbereitungen zur Eröffnung des neuen Restaurants überwache. Der Stress, die Aufregung, die Vorfreude – all das macht mich zu einem emotionalen Wrack.

Aber ein glückliches Wrack. Das Leben ist schön. Ich habe Freunde, die mich mögen. Ich habe wieder Kontakt zu meinen Eltern aufgenommen, und obwohl wir nur kurz miteinander gesprochen haben, habe ich vor, sie bald zu besuchen. Es ist ein Schritt in die richtige Richtung. Unsere Beziehung ist nicht für immer ruiniert, auch wenn sie gewiss nicht perfekt ist. Ich muss daran arbeiten. Und meine Eltern genauso. Ich hoffe, sie werden irgendwann erkennen, wie sehr ich unter ihrer Vernachlässigung gelitten habe.

Colin hat versprochen, mit mir nach Shingletown zu fahren. Er meinte, er sei jetzt bereit, seine Mom wiederzusehen.

Colin. Er ist so unterstützend, so ermutigend. Inzwischen empfinde ich sein Verhalten mir gegenüber nicht mehr als überfürsorglich oder kontrollierend. Es ist einfach seine Art, und ich akzeptiere das. Er will sich um die Menschen, die er liebt, kümmern. Und er liebt mich. Leidenschaftlich. Innig.

Ganz und gar.

Seine Träume haben fast völlig aufgehört. Gut, ich schlafe jede Nacht neben ihm, das macht sicher etwas aus. Aber ich glaube auch, dass er seinen Frieden mit Dannys Tod geschlossen und die Schuldgefühle abgeschüttelt hat, die ihn so sehr belastet haben. Er hat mir gebeichtet, was an dem Tag, als Danny sich zum Militärdienst meldete, zwischen ihm und meinem Bruder vorgefallen war. Als wäre es irgendein tiefes, dunkles Geheimnis.

Ich hatte so etwas bereits vermutet, war mir aber nicht sicher gewesen. Bevor Danny wegging, schien er über Colin verärgert gewesen zu sein. Natürlich sprach ich ihn darauf an, aber er ignorierte meine Fragen oder sagte, das ginge mich nichts an.

Also beließ ich es dabei.

Nach seinem Geständnis war Colin so erleichtert, dass er sich im Bett dicht an mich schmiegte und an meiner Brust weinte. Tränen vergoss, sein Herz erleichterte. Danach sagte er, er fühle sich gereinigt und sei so dankbar, dass ich sein Verhalten so problemlos akzeptiere.

Als hätte er keine Ahnung, wie sehr *seine* Akzeptanz mir dabei hilft, meine Vergangenheit zu verarbeiten. Die Entscheidungen, die ich getroffen habe. Er wirft mir das nie vor.

Er … hält *mich*. Und sagt, dass er mich liebt.

Immerzu.

»Auseinander, ihr beiden!« Colin nähert sich, schlägt seinen gestrengen Boss-Ton an und sagt das, was er immer sagt, wenn er Fable und mich zusammen antrifft. »Solltet ihr nicht längst wieder bei der Arbeit sein?«

»Ich bin als Gast hier«, sagt Fable hochnäsig. »Also kannst du mich heute Abend nicht herumkommandieren.«

»Und ich bin hier Geschäftsführerin«, sage ich hoheitsvoll. »Oder ist das noch nicht zu dir durchgedrungen?«

»Wer ist der Irre, der dir diese Position gegeben hat?« Er legt den Arm um meine Schultern, küsst mich mit seinen weichen, warmen Lippen. Ich erwidere den Kuss, trete dann einen Schritt zurück und schüttle langsam den Kopf. »Hey, ich muss hier ein gewisses Image aufrechterhalten. Kein Küssen während der Arbeit.«

»Hm, das ist verdammt schade«, brummt er und lächelt mich an. Sogleich durchströmt mich ein so heftiges Verlangen, dass ich an mich halten muss, um mich nicht auf ihn zu stürzen.

»Hört auf, ihr beiden. Ihr macht mich ganz krank«, sagt Fable und rümpft die Nase.

»Da spricht die Richtige«, bemerkt Colin grinsend. »Wo ist denn *dein* Süßer? Normalerweise könnt ihr doch die Hände nicht voneinander lassen.«

»Er sucht mit Owen einen Tisch aus.« Fable strafft die Schultern, macht ein ernstes Gesicht. »Danke, Colin, dass du mir den Abend freigegeben und uns zur Eröffnung eingeladen hast. Und danke, dass du Owen bei dir im Restaurant jobben lässt. Er kann es kaum erwarten, endlich anzufangen.«

Colin hat Owen als Hilfskellner eingestellt. Sobald die Football-Saison endet und im Restaurant der Hochbetrieb losgeht, wird Owen anfangen. Er hat bereits eine Arbeitserlaubnis beantragt und was sonst noch so nötig ist. Ja, er nimmt seinen ersten richtigen Job sehr ernst. Fable ist so glücklich, dass sie vor Freude platzen könnte. Sie hat hart dafür gekämpft, dass ihr Bruder nicht vom rechten Weg abkommt, und Drew hat sie dabei sehr unterstützt.

Ich finde es super, dass Colin ihnen hilft. Allerdings ist er sehr vorsichtig, will Fable auf keinen Fall kränken, weil sie ziemlich empfindlich sein kann, wenn es um sogenannte Almosen geht.

Kein Wunder, dass wir so gute Freundinnen sind.

Colin mag Owen und ist wie ich davon überzeugt, dass er seine Arbeit gut machen wird. Wir fünf hängen oft miteinander ab. Colin und ich haben die drei auch schon zu uns zum Essen eingeladen. Drew und Colin scheinen gut miteinander klarzukommen, was ich ganz toll finde. Fable, Drew, Owen – sie sind für mich wie meine Familie.

Colin ebenfalls, aber er ist mir immer vertraut gewesen. Und jetzt, da wir die Sache sehr viel ernster angehen …

Jetzt ist er mein Ein und Alles.

»In zwei Wochen kann Owen bei mir antreten«, sagt Colin lächelnd zu Fable und legt den Arm um meine Taille. Er zieht mich an sich, sodass ich an seine Seite geschmiegt bin. Unsere Körper ergänzen sich perfekt, und ich blicke verliebt zu Colin auf. »Er wird seine Sache bestimmt gut machen.«

Fable nickt und blickt lächelnd von mir zu Colin. »Ihr seid so irre süß zusammen. Hat ja lange genug gedauert.«

»Zum wievielten Mal sagst du das jetzt? Zum dreiundachtzigsten?«, bemerke ich ironisch.

»Und es muss noch viel öfter gesagt werden.« Sie drückt erst mir, dann Colin einen Kuss auf die Wange. »Ich werde mich jetzt mal auf die Suche nach meinen Männern machen. Wir sehen uns später Jen, okay?«

»Ja, wenn der Trubel zu groß wird, musst du mich retten«, erwidere ich und sehe ihr nach, wie sie davongeht.

»Sie ist wirklich eine gute Freundin«, sagt Colin, die Lippen dicht an meinem Ohr.

Lächelnd blicke ich zu ihm auf. »Die beste, die es gibt. Aber du bist auch ein guter Freund.«

Er küsst mich, als könne er einfach nicht anders. »Das Kompliment gebe ich an dich zurück, Liebste.«

Wärme durchflutet mich, seine Liebe gibt mir Halt und verleiht mir den Mut, den ich brauche, um mich heute Abend in Topform präsentieren zu können. »Ich werde mich um den Haupteingang kümmern«, sage ich und küsse ihn auf die Wange. »Wünsch mir Glück.«

»Nein.« Auf meinen fragenden Blick hin, gibt er mir einen Kuss auf die Nasenspitze. »Das brauchst du nicht. Du hast es drauf, und das weißt du auch.«

Sein Glaube an mich macht mich froh. Und im Moment brauche ich das verdammt dringend. »Ich bin nervös«, flüstere ich. »Also Danke für dein Vertrauen.«

»Jederzeit, Baby. Du weißt, ich stehe hinter dir.« Er umarmt mich, knabbert an meinem Ohr. »Ich liebe dich so sehr.«

»Ich liebe dich auch.« Mein Herz wird weit, und die leichte Übelkeit, die mich seit einer Stunde plagt, verschwindet.

Diesen Mann an meiner Seite zu haben macht mich zur glücklichsten Frau der Welt.

Colin

Freude durchströmt mich, als ich beobachte, wie sie sich durch das Restaurant bewegt, alles mit ruhiger Effizienz handhabt. Sie begrüßt jeden Gast mit einem herzlichen Lächeln und stellt sich den Mitgliedern der Handelskammer vor, die wir zur Eröffnungsfeier des Restaurants eingeladen haben.

Der Parkplatz ist bereits voll, aber immer noch strömen Leute herein. Ein lokaler Radiosender hat draußen sein Equipment zu einer Live-Übertragung aufgebaut und ermuntert seine Zuhörer, das neue Restaurant mal auszuprobieren. Alle Tische sind belegt, die Bar ist gerammelt voll und im Empfangsbereich warten so viele Leute auf einen Platz, dass die Schlange bis nach draußen reicht, wo die Leute auf Bänken warten, während ihre Kinder zu den Top-Forty-Hits tanzen, die der Radiosender abspielt.

Die Eröffnung ist ein absoluter Erfolg, was vor allem Jen zu verdanken ist. Ich hatte ihr vorgeschlagen, in Redding zu wohnen, wäre zu einer Fernbeziehung bereit gewesen, damit sie längerfristig die Geschäftsleitung übernimmt. Sie ist in dem Job so verdammt gut. Ich fürchte, der Typ, den ich als Ersatz für sie engagiert habe, wird da nicht mithalten können.

Aber natürlich kann niemand mit meiner Jen mithalten.

Sie hat meinen Vorschlag abgelehnt. Sagte, sie würde es nicht aushalten, so weit von mir entfernt zu sein. Sie liebe mich viel zu sehr und wolle nicht, dass wir voneinander getrennt sind.

Welcher Mann wäre da nicht weich geworden?

»Hallo, Sohnemann.«

Ich spanne mich an und drehe mich langsam zu meinem Dad um.

»Hey«, begrüße ich ihn matt und umarme ihn kurz. »Wie geht's?«

»Gut, danke der Nachfrage. Schick siehst du aus. Und ein netter Laden, den du da hast. Macht was her.«

»Danke.« Obwohl er mich tierisch nervt, macht mich sein dürftiges Kompliment stolz. Er hatte das Restaurant seines Vaters übernommen und es in einen Nobelschuppen verwandelt. Und ich mache das Gleiche, eifere ihm in gewisser Weise nach. Ich will, dass er stolz auf mich ist. Ungeachtet unserer Differenzen bin ich immer noch das Kind, das nach der Anerkennung seines Dads sucht.

Irgendwie freue ich mich auch, dass er gekommen ist. Ich hatte ihm die Einladung aus purer Höflichkeit geschickt, hätte nie damit gerechnet, dass er tatsächlich aufkreuzt.

»Ich bin echt überrascht, dich hier zu sehen«, sage ich und komme mir sofort wie ein ausgemachter Idiot vor.

»Nun ja, du hast mich eingeladen«, erwidert Dad lapidar. »Und wenn es Gratisessen gibt, bin ich immer dabei.«

Ich lache. Zum Glück hat er die Situation entkrampft.

»Ich habe deine Jenny gesehen.«

»Und?« Der Ausdruck »meine Jenny« wärmt mir das Herz. Sie ist die Meine. Es freut mich, dass auch er das erkennt.

»Sie wirkte nervös. Ich habe ihr gesagt, sie solle sich keine Sorgen machen. Sie würde das schaffen.« Seine Worte verblüffen mich. Vielleicht sagt er das nur, um mich glücklich zu machen, keine Ahnung. Wie auch immer, ich freue mich, dass er ein paar aufmunternde Worte für Jen gefunden hat. Ich will keinen Streit.

Ich habe diese Streitereien so verdammt satt.

»Und? Wie läuft es bei dir beruflich?«, frage ich gezielt. Er speist mich mit einer vagen Antwort ab, und ich bohre nicht nach. Nachdem ich ihm das Geld gegeben hatte, hatten wir ein langes Gespräch über sein Spielproblem und wie er es unter Kontrolle bringen könnte. Durch seine Sucht ist mein Dad in eine richtig brenzlige Lage geraten, und es war sein Glück, dass ich die nötigen Mittel hatte, um ihn auszulösen. Aber ich habe ihn gewarnt, dass ich das nicht noch einmal tun würde und er sich Hilfe suchen müsse. Das hat er getan; er geht inzwischen einmal in der Woche zu einem Therapeuten.

Ich besorge meinem Dad einen Tisch und mache mich dann auf die Suche nach Jen. Ich entdecke sie im Eingangsbereich, wo sie am Empfangspult lehnt, als könne sie sich kaum noch auf den Beinen halten. Ihre Schultern sind vornübergebeugt, ihr Kopf ist gesenkt, aber sie grinst über das ganze Gesicht.

Erschöpft aber glücklich, stelle ich fest.

Sobald sie mich erspäht, leuchten ihre Augen auf, und wir eilen aufeinander zu. »Hi«, begrüßt sie mich atemlos. »Ich hätte nicht gedacht, dass ich dich jemals wiedersehen würde.«

Lachend streiche ich ihr eine Haarsträhne hinter das Ohr. »Wie kommst du denn auf diese Idee?«

»Na, so voll, wie es hier ist. Echt irre.« Sie runzelt kaum wahrnehmbar die Stirn, aber ihre Augen strahlen weiterhin. »Ich habe deinen Dad gesehen.«

»Ich weiß. Er hat es mir erzählt.«

»Er war sehr nett zu mir.« Sie lächelt.

»Das freut mich.« Mit dem Zeigefinger streiche ich über ihre Wange und versinke für einen Moment in ihren Augen, vergesse beinahe, dass wir uns in der Öffentlichkeit befinden.

Beinahe.

»Er meinte, er würde sich freuen, dass wir zusammen

sind.« Jen schmiegt sich an mich, lehnt die Stirn an mein Kinn, eine süße, vertrauensvolle Geste. »Ich freue mich auch darüber, habe ich geantwortet.«

Na, und ich erst! »Baby, lass uns sobald es geht von hier verschwinden. Ich möchte mit dir nach Hause fahren.«

»Colin.« Seufzend weicht sie ein Stück zurück. »Ich leite das Restaurant, und heute Abend findet die Eröffnungsfeier statt. Da kann ich mich nicht einfach verdrücken.«

»O doch. Vor allem, wenn der Besitzer besagten Restaurants dich dazu auffordert.« Ich verschränke die Arme vor der Brust, spiele den fiesen Boss. »Deine Arbeit ist für heute Abend beendet. Wir fahren nach Hause.«

»Aber ...«

»Kein Aber«, sage ich streng. »Wir gehen. Jetzt.«

Sie lächelt, in ihrem Blick spiegelt sich Verheißung. »Es macht mich total an, wenn du diesen strengen Ton anschlägst.«

»Ich weiß. Was meinst du, warum ich ihn anwende?« Lachend lege ich die Hand auf den unteren Teil ihres Rückens und dirigiere sie durch das Gewühl hindurch zum Büro. Sobald wir eingetreten sind, sperre ich die Tür zu und dränge Jen mit meinem Körper gegen die Wand, klemme sie zwischen mir und der Wand ein.

Sie legt die Hände auf meine Schultern, nicht um mich wegzuschieben, sondern um mich noch näher zu ziehen. Wie von selbst treffen unsere Münder aufeinander. Mit der Zunge streiche ich an ihrer Zunge entlang, vertiefe den Kuss, und sie stöhnt auf, ehe sie die Lippen von meinem Mund löst. »Wir sollten das hier nicht tun.«

»Warum nicht? Wir haben *mein* Büro eingeweiht. Also lass uns jetzt *deines* einweihen.«

Sie verdreht die Augen, aber sie lächelt, streicht langsam mit der Hand über meinen Oberkörper, berührt jeden Zentimeter. Ich werde hart, habe große Lust, sie gleich hier, an die Wand gelehnt, zu nehmen, aber ich will sie nicht drängen, wenn sie das nicht möchte.

Das ist ein Thema, über das wir ausführlich diskutiert haben. Ihre Vergangenheit, und wie manche Dinge nach wie vor die schlimmen Erinnerungen heraufbeschwören. Ich habe mich mit der Sache arrangiert, gebe mir Mühe, mich davon nicht tangieren zu lassen. Obwohl ich ein verdammter Lügner wäre, wenn ich behaupten würde, es mache mir nichts aus …

Aber ihre Vergangenheit hat nichts mit unserer Gegenwart zu tun. Ich weiß das, und sie weiß das auch.

»Was würdest du sagen, wenn ich die Managerstelle doch dauerhaft übernehmen will?«, fragt sie in sachlichem Ton, doch ich sehe die Besorgnis in ihrem Blick.

Mein Herz krampft sich zusammen, und meine erste Reaktion ist *Kommt gar nicht infrage!* Doch das wäre nicht fair. »Ist das wirklich dein Wunsch?«

Langsam schüttelt sie den Kopf. »Nein. Ich wollte von dir nur hören, dass ich tun kann, was immer ich will. Ich hätte dich nicht auf die Probe stellen sollen.« Seufzend zieht sie mich näher, so nah, dass kein Blatt Papier mehr zwischen uns passen würde. »Ich kann es kaum erwarten mit dir als deine Geschäftspartnerin zu arbeiten.«

»Ich freue mich auch darauf«, antworte ich. »Vielleicht kannst du eines Tages in jeder Beziehung meine Partnerin sein.«

Ihre Augen weiten sich. »Meinst du das ernst?«

»Absolut.« Ich nicke, wundere mich kein bisschen darüber, dass ich es tatsächlich ernst meine. »Jetzt, da du wirklich zu mir gehörst, will ich es festmachen.«

»Es ist doch schon fest«, murmelt sie.

»Ja, aber es soll von Dauer sein.« Ich küsse sie. Einmal, zweimal, unsere Lippen sind vereint, unser Verlangen wird immer leidenschaftlicher, bis ich mich als Erster zurückziehe. »Und ich will zu dir gehören. Wir können zusammen arbeiten. Uns verloben. Heiraten.«

»Oh, mein Gott«, keucht sie, und in ihren dunkelbraunen, weit aufgerissen Augen steht Hoffnung und Aufregung.

»Könntest du dich damit anfreunden?«, frage ich.

Sie nickt. »Willst du mich wirklich heiraten?«

»Ich würde alles für dich tun«, gelobe ich feierlich. »Hast du das immer noch nicht erkannt?«

»Doch.« Lächelnd küsst sie mich, schlingt die Arme um meinen Nacken, schmiegt sich an mich. »Ich liebe dich so sehr, Colin Wilder.«

»Ich liebe dich auch, Jennifer Lynn Cade.« Ich lege die Hand in ihren Nacken, zeichne mit dem Finger das Schmetterlings-Tattoo nach, das ich schon Hunderte Male berührt habe. Sie erschauert, und ich lächle.

Verschmitzt sieht sie mich an. »Weißt du noch, wie du mich mal aufgeweckt und Pfirsichbäckchen genannt hast?«

»Na klar.« Meine Stimme wird weich und mein Schwanz hart, als ich mich an ihre Wange schmiege. »Du hast ja auch sehr hübsche, appetitliche Pfirsichbäckchen.«

»Du auch«, flüstert sie. »Was hältst du davon, wenn

wir deine Pfirsichbäckchen auf den Schreibtisch setzen und ein bisschen herummachen?«

Ich hebe die Brauen. »Herummachen?« Hm, klingt vielversprechend.

Aber der Sex mit ihr ist immer aufregend. Je öfter wir es machen, desto besser wird es. Das hätte ich früher nie für möglich gehalten.

Sie nickt. »Ja. Obwohl, hmm.« Sie löst sich aus meinen Armen, dreht sich um und betrachtet den Schreibtisch, während sie mit dem Zeigefinger auf ihre geschürzten Lippen klopft. Ich lasse meinen lüsternen Blick über ihren Körper wandern, bewundere die gestärkte weiße Bluse, den sexy schwarzen Rock, der sich perfekt um ihre Hüften schmiegt. Allein sie anzusehen bringt mich ins Schwitzen.

»Denkst du dasselbe, was ich denke, Pfirsichbäckchen?«, frage ich sie, meine Stimme ist rau, mein Körper angespannt.

Mit laszivem Blick dreht sie sich zu mir um. »Wenn du daran denkst, mich über den Schreibtisch zu legen, um zu sehen, was er aushält, dann ja. Dann denke ich definitiv dasselbe.«

Verdammt, sie kann echt Gedanken lesen. »Okay, Baby, dann lass uns den Schreibtisch mal testen.« Mit beiden Händen umfasse ich ihren Arsch, presse mich an sie und schiebe sie zum Schreibtisch, wo ich sie ausziehe und vor mich hindrapiere wie mein persönliches Festmahl.

Und sie zur meinen mache.

Für immer.

DANKSAGUNG

Was für ein Jahr! Ich freue mich so darüber, dass die Together-Forever-Reihe bei Bantam/Randomhouse erscheint. Ich weiß, dort ist mein Werk in guten Händen. Ein großes Dankeschön an meine Lektorin, Shauna Summers, die mir bei diesem Buch ungemein geholfen und es mit ihren zahlreichen Vorschlägen tausendmal besser gemacht hat. Ich danke meiner Agentin, Kimberly Wahlen, weil sie Shauna und Bantam für mich gefunden hat. Ich glaube, wir haben es alle gut getroffen.

Danke an meine kritische Partnerin, Katy Evans, die eine sehr grobe Rohfassung dieses Buches kannte und mir diesen Lichtblick-Moment beschert hat, den ich so dringend brauchte. Danke, liebste Freundin, ich weiß nicht, was ich ohne dich tun würde.

Erwähnen möchte ich auch Kati Rodriguez und KP Simmon, die mich beschäftigt hielten und mir halfen, wenn ich jene Last-Minute-E-Mails sandte, die mit »Könntet ihr …« begannen. Danke, Ladys. Eure Hilfe ist unschätzbar.

Ich danke meinem Mann, der mein Fels in der Brandung ist. Ganz besonders danke ich meinen Kindern, die es vor allem in diesen letzten Monaten, als ich mich kaum noch vom Schreibtisch wegbewegte, nicht leicht mit mir hatten. Ich hoffe, die abenteuerlichen Reisen nach Seattle und Disney World haben euch dafür etwas entschädigt.

Und immer wieder muss ich meinen Leserinnen danken. Und den Rezensenten und Bloggern und all den vielen anderen, die mir für meine Bücher Unterstützung angeboten haben. Danke, danke aus ganzem Herzen. Worte können nicht ausdrücken, wie sehr ich jedem einzelnen von euch danke. Es war ein weiter, spannender Weg, der dank euch und dem Kontakt mit euch via E-Mail, Facebook, Twitter oder persönlich noch spannender und interessanter wurde.

Jens und Colins Geschichte ist anders als die von Fable und Drew, weil das so sein musste. Und sie ist erotischer – weil das so sein musste. Die beiden sind älter, sie haben eine Vergangenheit, eine gemeinsame Geschichte, aufgrund derer es mir unvermeidlich erschien, dass die beiden zusammenkommen. Sie sind nicht wie Drew und Fable, und ganz ehrlich – das hat mir beim Schreiben ganz schön Angst gemacht. Ich hoffe, ihr mögt Colins und Jens Geschichte und seid nicht mehr misstrauisch in Bezug auf Colins Absichten. Ich liebe Colin. Und ich liebe Jen. Vor allem liebe ich beide zusammen.

J. R. Ward

Wenn Träume zum Greifen nah sind …

978-3-453-53460-5

Leseprobe unter **www.heyne.de**

HEYNE

Cindi Madsen

Und wenn sie nicht gestorben sind, dann suchen sie noch heute …

978-3-453-35789-1

Leseprobe unter **www.heyne.de**

HEYNE